À L'OMBRE D'ÉDEN

SUSAN R. SLOAN

À L'OMBRE D'ÉDEN

*Traduit de l'américain
par Dominique Peters*

FRANCE LOISIRS
123, boulevard de Grenelle, Paris

Titre original :
AN ISOLATED INCIDENT
publié par Warner Books, Inc., New York.

Une édition du Club France Loisirs, Paris,
réalisée avec l'autorisation des Editions Belfond

ISBN 2-7441-2435-4

Pour Jack Fields,
professeur remarquable
qui m'a appris, avant tout,
à ne parler que de ce que je connais

Je dois beaucoup à Howard Schage, Sally Sondheim, Susan Klein, Joyce Valentine, Betta Ferrendelli et Linda Stenn – qui m'ont soutenue, qui m'ont secondée, qui ont été mes amis. Car on ne peut exiger la vérité que de ses amis. Je n'oublie pas non plus Fredy-Jo Grafman, Mona Kunen et Kasey Todd Ingram pour les recherches très spécialisées qu'ils ont menées afin de contribuer au processus créateur.

Je dois aussi remercier le chef de la police de Bainbridge, John Sutton, et les détectives Loretta Faust et Steve Cain pour leur patience, leur sagesse et leur bonne humeur. J'espère avoir bien compris au moins l'essentiel.

Je suis heureuse de dire ma reconnaissance à Becky Fox Marshall, rédactrice en chef du *Central Kitsap Reporter*, qui a partagé avec moi son expérience et ses opinions.

Enfin, je souhaite exprimer ma gratitude aux experts du laboratoire de la police criminelle de l'État de Washington, et à tous ceux du bureau du procureur du comté de Kitsap, qui ont pris le temps de répondre à toutes mes questions, si bêtes qu'elles aient pu leur paraître.

Sans leur aide à tous, cet ouvrage n'aurait jamais vu le jour.

PREMIÈRE PARTIE

Le crime

Le meurtre, même s'il n'a pas de langue,
parlera.

SHAKESPEARE

1

La mort vint sans prévenir. L'adolescente vit le couteau à la lueur de la lune, elle s'agrippa à la main de celui qui le tenait, mais elle crut qu'il cherchait seulement à la menacer, jamais elle n'imagina qu'il allait vraiment utiliser l'arme. Puis la lame plongea dans le tissu de sa jupe, juste en dessous de la taille. C'est ce qu'elle pensa, durant la fraction de seconde où elle put penser : il avait déchiré sa jupe, et non enfoncé le couteau dans sa chair.

Surprise, elle tenta de percer du regard l'obscurité, curieuse de voir à quel point il avait abîmé son vêtement. Ensuite, ses mains, suivant ses yeux à l'endroit où le couteau avait frappé, trouvèrent une substance poisseuse et chaude. La surprise fit place à l'incrédulité.

Pourtant, elle ne saisit son intention que lorsqu'il s'en prit de nouveau à elle. Elle le regarda et vit ses yeux, vides de toute expression, de toute charité. Alors elle comprit, et son incrédulité se transforma en terreur absolue.

Instinctivement, elle voulut courir, bien sûr, tenter de lui échapper, de survivre. Mais il dut le deviner. Il s'y était préparé. Il tendit la main et la saisit par les cheveux, la tenant à bout de bras. Elle sentit le troisième coup de couteau, à quelques centimètres des deux premiers, puis le quatrième, et le cinquième, et le sixième. Après, elle ne compta plus.

Elle eut une faiblesse, comme un vertige et sa vue se troubla. Finalement, elle ne tint plus debout par sa propre volonté, mais par celle de celui qui continuait à la tenir d'une main par les cheveux, tout en la frappant de l'autre. Un grondement semblable aux vagues de l'océan parvint à ses oreilles, et elle l'entendit clairement :

« Je suis désolé, dit-il d'une voix aussi vide que ses yeux, mais je ne peux pas te laisser faire ça. Je ne peux pas te laisser gâcher ma vie. »

Elle pensa à sa propre vie à peine vécue, à toutes les choses qu'elle avait prévu de faire et qu'elle ne ferait jamais. Aux lieux qu'elle allait

13

voir, aux gens qu'elle allait rencontrer. Très loin d'ici, dans un pays de soleil et de pardon. Elle avait désiré être une gentille fille, faire tout comme il fallait. C'était si injuste.

Maintenant, le sang poisseux et chaud jaillissait d'elle en maints endroits. Elle savait qu'elle ne pouvait plus le retenir. Il s'écoulerait jusqu'à ce qu'il ne lui en reste plus, et alors elle serait morte. Pourtant, elle ne lutta pas. C'était presque comme si elle acceptait que ce qui lui arrivait soit la volonté de Dieu.

Dès son plus jeune âge, elle était allée à l'église et elle avait écouté, fascinée, le père Paul parler de la vie meilleure qui attendait les fidèles, de l'âme immortelle, de la récompense des Cieux. Cela lui avait toujours semblé si rassurant, elle avait tellement envie de croire. Mais, dans ses dernières secondes de conscience, elle ne put s'en empêcher : elle se demanda ce que serait vraiment la mort.

Quand elle sentit une explosion blanche dans sa poitrine, elle comprit que son cœur se brisait. Dans un dernier sursaut d'énergie, elle ouvrit la bouche et cria. Peu importait qu'il n'y eût personne pour l'entendre, pour la sauver. Ce n'était pas pour cela qu'elle criait, mais parce que c'était là tout ce qui lui restait pour protester – un son atroce, rendu d'autant plus insupportable qu'il était né non de la douleur mais de la trahison.

2

C'était en général à grand regret que la côte nord-ouest du Pacifique relâchait sa douce emprise sur l'été pour prendre brutalement le chemin de l'automne. La saison pouvait avoir commencé depuis des semaines déjà selon le calendrier avant que l'air bruisse de feuilles roussies, se charge des senteurs de la brise fraîche venue de l'océan et se mette en harmonie avec les piaillements des enfants dans la cour de l'école ; avant que l'agréable odeur du feu de bois bannisse la fraîcheur du soir, avant que les pluies sans fin imbibent les esprits autant que la terre.

Cette année ne fit pas exception. On était déjà à la mi-octobre, et le ciel matinal restait bleu, le ciel nocturne parsemé d'étoiles et la température douce, alors même que les jours raccourcissaient.

À 6 heures et demie, le deuxième dimanche du mois, Tom Hildress entra avec son pick-up Dodge sur le parking du cap Madrona, tourna à droite et suivit ses phares dans la quasi-obscurité, en direction de la benne à ordures bleue, au fond de la vaste aire de stationnement couverte de graviers.

C'était le week-end où les insulaires de Seward devaient faire leur grand nettoyage d'automne ; on avait disposé des bennes aux endroits stratégiques pour qu'ils se débarrassent des objets encombrants qui ne tenaient pas dans les boîtes à ordures ménagères. Bien que le cap Madrona, zone densément boisée couvrant presque toute l'extrémité nord-ouest de l'île, fût l'endroit le plus à l'écart parmi ceux où l'on avait mis une benne, c'était celui qui convenait le mieux aux Hildress : ils habitaient à un kilomètre de là. La veille, Tom avait passé la journée à nettoyer le garage, et il commençait tôt ce matin, parce qu'il avait deux autres chargements de rebuts à apporter et qu'il avait promis à sa femme de tout terminer à temps pour se doucher, s'habiller et se rendre à la messe en famille.

15

Il fit reculer son pick-up à moins de deux mètres de la benne et arrêta le moteur.

« Monte sur le rebord et je te passerai les trucs, suggéra-t-il au gamin de neuf ans à genoux près de lui.

— D'accord, dit Billy Hildress, qui sauta de la cabine et grimpa sur les objets qu'on avait placés devant la benne pour servir de marches. Beurk ! gémit-il en plissant le nez tandis qu'il arrivait en haut. Y a quelque chose qui pue. »

Il regarda à l'intérieur. Le soleil ne se lèverait pas avant une bonne heure, mais dans la pénombre annonçant l'aube il vit que la benne était déjà à demi pleine de tout et n'importe quoi – vieux pneus, réfrigérateurs hors d'usage, même un canapé éventré dans un coin, et un gros rouleau de tapis dans un autre.

« Je te jure, papa, je suis sûr qu'on pourrait meubler une maison entière avec ce qu'il y a là-dedans. »

Tom Hildress était connu dans toute l'île pour les heures qu'il consacrait à la patiente récupération de ce dont les autres ne voulaient pas, à la recherche de trésors méconnus qu'il restaurait amoureusement afin de leur rendre leur gloire originelle. La foire de Noël de l'église méthodiste d'Eagle Rock remportait toujours un immense succès grâce à son œil averti et à ses mains habiles. N'importe quel autre matin, il aurait bondi près de Billy, impatient de regarder.

« Pas le temps, déclara-t-il avec un soupir en passant une brassée de cartons à son fils. On a des ordres stricts de maman. »

Billy jeta les cartons à l'autre bout de la benne et se retourna pour prendre le lot suivant. Tandis qu'il le jetait à son tour dans la même direction, il se figea soudain.

Les premiers cartons avaient heurté le tapis roulé, l'ouvrant à un bout et révélant ce qui, dans la pénombre, ressemblait à une tête aux boucles blondes et à un morceau d'épaule beaucoup trop grands pour être ceux d'une poupée.

« Papa, dit Billy d'une voix étrange, je crois qu'il y a quelqu'un là-dedans.

— Qui ça ? demanda Tom, qui n'avait guère de temps à perdre et se concentrait déjà sur le troisième lot de cartons.

— Une personne, répondit le gamin. Une vraie personne. Je crois qu'il y a quelqu'un, ici.

— Mais qu'est-ce que tu racontes ? grogna Tom. Est-ce qu'il y a quelqu'un en train de fouiller les ordures ?

— Viens voir », répondit Billy en secouant la tête, avant de redescendre lentement.

Tom, irrité et impatient, monta à sa place pour regarder dans la benne. Immédiatement, il sentit l'odeur fétide qui avait agressé le nez de Billy.

Il fouilla des yeux les ordures, de gauche à droite, jusqu'à ce qu'il les arrête sur le tapis, à l'autre bout. Il vit ce que Billy avait vu.

« Oh, mon Dieu ! » s'exclama-t-il.

Il descendit dans la benne et se fraya un chemin parmi les rebuts. Bien que Tom fût grand et en excellente condition physique, il ne progressa pas vite. Par endroits, il avait des objets jusqu'aux genoux, et son cœur battait douloureusement à chaque pas. Quand il arriva près du tapis, il se racontait encore que c'était une de ces poupées gonflables dont il avait entendu parler, même si la puanteur augmentait et s'il savait, comme Billy l'avait su, qu'il n'allait pas trouver une poupée.

La première chose qu'il aperçut clairement fut le sang. Le tapis en semblait imprégné. Puis il distingua la fille. Elle était jeune, une adolescente, et apparemment on l'avait roulée dans le bout de moquette et jetée dans les ordures. Tom ne put retenir un haut-le-cœur et se détourna pour vomir jusqu'à ce que son ventre soit vide.

« Qu'est-ce que c'est, papa ? demanda Billy.

— Ne monte pas, mon garçon, ordonna Tom dès qu'il put reprendre son souffle. Va m'attendre dans le camion. J'arrive dans une minute. »

Il avala sa salive avec peine et se pencha pour doucement dérouler le reste du tapis, dévoilant le corps. Des morceaux d'une jupe en jean y collaient encore, du jean qui avait sans doute été bleu, mais qui était maintenant rouge sombre. Le T-shirt imbibé de sang était en lambeaux. Inutile d'être un expert pour voir que la gamine avait été frappée à plusieurs reprises avec un couteau ; rien qu'en la regardant, Tom ressentait presque la violence de l'agression, et il se demanda quel maniaque lâché sur Seward pouvait avoir fait une chose pareille.

Il se pencha et se força à toucher une des plaies. Le sang était toujours poisseux ; la vie n'était donc sortie par ces horribles trous que depuis quelques heures. Malgré le manque de lumière, Tom remarqua que la jeune fille portait une petite croix d'or autour du cou. Il glissa ses doigts à côté et les appuya sur la gorge, juste pour confirmer ce qu'il savait déjà : elle était tout à fait morte.

La bile monta de nouveau en lui. Il ne voulait ni déplacer le corps ni toucher quoi que ce fût d'autre – déjà, il pensait à trouver un téléphone et à appeler la police –, mais, quelques profondes inspirations plus tard, il se pencha et écarta doucement une boucle blonde.

Un œil le regarda, grand ouvert et vitreux, figé dans une peur si palpable que Tom trébucha à reculons. Elle avait la bouche ouverte, grotesque, tordue, figée par la souffrance dans une accusation silencieuse.

3

Ginger Earley était chez elle sur l'île Seward depuis qu'elle avait trois ans. En fait, c'était le jour de son anniversaire que sa famille était arrivée de Pomeroy, une petite ville au coin sud-est de l'État de Washington, afin que son père devienne l'huissier de la cour de justice du comté de Puget.

En partie parce que cela pouvait bien être vrai, mais surtout à cause d'un fort sentiment d'insécurité, la mère de Ginger avait toujours nourri la certitude que les habitants du lieu, dont la grande majorité vivait sur Seward depuis des générations, la considéraient avec mépris. En conséquence, elle s'était fixé comme but de sa vie, au point que cela en était presque devenu une obsession, que ses enfants soient les plus propres, les plus nets, les mieux élevés, les plus polis de l'île.

Ses efforts avaient raisonnablement porté leurs fruits en ce qui concernait les trois garçons Earley, mais Ginger... c'était une autre histoire. La plus jeune des enfants, et de loin la plus têtue, était bien davantage qu'une gageure pour sa mère.

Dès son plus jeune âge, et peut-être un peu pour frustrer sa mère, Ginger avait refusé qu'on l'appelle par son prénom, Virginia, insistant pour qu'on lui permît d'utiliser le surnom que son père lui avait donné. Elle refusait les robes et les chaussures de marque en cuir, auxquelles elle préférait les jeans et les pieds nus. Elle négligeait ses leçons de danse au profit des matches de football, et grimpait dans les arbres au lieu d'étudier son piano. Elle ne savait rien de la manière correcte de servir le thé, mais tout du dressage des chevaux. Elle ne pouvait rester plus de dix minutes en compagnie des amies bavardes de sa mère, mais passait des heures dans les bois, où daims et tamias lui mangeaient dans la main.

Ginger était plus grande que la moyenne ; à douze ans, elle avait atteint sa taille définitive d'un mètre soixante-quinze. Au sommet de sa haute silhouette, une tête aux cheveux roux indisciplinés que sa mère prétendait venir du côté de son père, un visage semé de taches de rousseur, de grands yeux brun, vert et or tout à la fois. Elle n'était pas belle, même si quelqu'un un jour l'avait trouvée « saisissante », ce qui la fit bien rire plus tard, et elle était beaucoup trop athlétique dans ces années d'adolescence pour éveiller l'intérêt du sexe opposé. Mais Ginger semblait s'en moquer. Elle était la seule fille que les garçons invitaient à jouer au foot et au base-ball, et dans les deux cas elle tenait son rôle mieux que d'autres. Elle savait faire évoluer un cerf-volant avec les meilleurs, monter à cheval mieux que quiconque sur l'île, et elle avait détenu le record de son lycée à la course, aux 500 et aux 1 000 mètres, pendant trois années consécutives.

Finalement, il arriva un moment où sa mère jeta l'éponge, dégoûtée.

« Vas-y, sois un garçon manqué si ça te plaît, mets-nous définitivement dans l'embarras ! s'écria-t-elle un jour où Ginger, âgée de seize ans, venait de choisir un match de basket plutôt qu'un ballet.

— Ce n'est pas *ma* faute si je suis ce que je suis, rétorqua la rouquine furieuse. Ce sont *tes* gènes qui m'ont faite comme ça ! »

On ne souleva plus jamais le problème. Si sa mère était gênée face aux habitants de Seward, Ginger, quant à elle, adorait l'île. Pendant son enfance, à peine quatre mille âmes revendiquaient les cinquante-cinq kilomètres carrés de collines et de vallées luxuriantes, de bois épais et de plages de sable. Cela laissait beaucoup de place à un esprit libre.

Autant qu'il était possible chez les Earley, Ginger avait ses propres idées et agissait à sa guise. Elle était fidèle à ses amis, assez intelligente pour que ses pairs l'admirent, et jamais elle ne renonçait à se battre pour une juste cause. Comme elle était grande et forte, elle pouvait vaincre presque tous les garçons de son âge. Quand elle n'y arrivait pas, elle appelait ses grands frères à la rescousse, et les choses devenaient claires pour tous.

Un incident, en particulier, la rendit célèbre : lorsque leur brute de voisin arrosa d'essence leur chat et y mit le feu, Ginger, sans hésiter, arrosa d'essence la brute et y mit le feu. Bien que le gamin ait eu plus de peur que de mal, ce fut un scandale.

« Pourquoi est-ce que tu ne lui as pas seulement cassé la figure ? lui demanda, exaspéré, son gentil gros ours de père après que les parents du garçon eurent menacé de les traîner en justice.

— Parce que je voulais qu'il sache exactement ce que Mitaines avait ressenti quand il lui avait fait ça, avait répondu la gamine de huit ans. Maintenant il sait, et je parie qu'il ne le refera jamais. »

La police enquêta. Les insulaires étaient partagés en deux clans égaux sur la question. Après négociation, on abandonna les poursuites.

Son image de garçon manqué convenait parfaitement à Ginger. Plus encore que la liberté que cela lui donnait, cela lui permettait de dissimuler son tempérament de gagneuse. Dès son plus jeune âge, elle avait découvert qu'être aussi bonne que ses frères ne suffisait pas – il fallait qu'elle soit meilleure pour être leur égale. En dépit du fait qu'elle était la plus intelligente des quatre, et à l'évidence la prunelle des yeux de son père, elle voyait bien qu'il se tournait vers les garçons quand il voulait avoir ce qu'il appelait « une conversation entre hommes ». C'était leur point de vue, leur opinion qu'il prenait en considération, pas les siens. Elle s'en offusquait, mais elle devait admettre qu'elle-même s'adressait à son père lorsqu'elle avait des problèmes, des questions ou des doutes, non à sa mère. Elle décida qu'il devait y avoir un moyen de se faire accepter comme une égale par les hommes tout en se faisant respecter en tant que femme.

Quand elle obtint son diplôme de fin d'études secondaires presque en tête de classe, ses amis et sa famille pensèrent qu'elle irait à l'université et deviendrait vétérinaire ou avocate. Elle les surprit tous.

Ce n'est pas sa dureté physique qui la conduisit à l'académie de police pour une carrière d'officier des forces de l'ordre. Plutôt ce mélange en elle de loyauté et d'intelligence, le sentiment aigu de ce qui est bien, au moins l'espoir d'un jeu égal. Et aussi sa fierté vis-à-vis d'un père qui avait voué sa vie au service public.

« Dis-moi ce que tu en penses, papa, demanda-t-elle. Dis-moi ce que tu en penses vraiment.

— Je pense que tu réussiras tout ce que tu décideras de faire, répondit Jack Earley, parce qu'il ne pouvait rien lui refuser et que, de plus, aucun de ses fils n'avait choisi cette carrière. Mais que tu entres dans la police... rien ne pouvait me rendre plus fier.

— Je croyais que tu serais avocate », dit sa mère.

Elle aurait tant aimé avoir un avocat dans la famille ! Ses trois fils étaient de bons jeunes gens, mais l'un avait choisi la marine, l'autre travaillait pour Boeing, et le troisième avait déjà une femme et un enfant à vingt ans, si bien qu'il avait dû se contenter d'un emploi à la compagnie du téléphone.

« C'est toi qui voulais que je sois avocate, lui rétorqua Ginger. Pas moi. »

Curieusement, son premier poste à la sortie de l'académie l'envoya dans une petite ville de l'est de l'État de Washington, à moins de cinquante kilomètres de Pomeroy, où elle était née. Elle y vécut chez une de ses tantes et son mari. Ils la présentèrent à un grand jeune homme qui travaillait dans les machines agricoles avec son père, et elle tomba amoureuse de lui. Tous deux se fréquentèrent pendant presque un an et demi, mais, quand les choses devinrent sérieuses, il apparut que le jeune homme ne pouvait supporter l'idée d'être marié à une femme flic. Elle fut anéantie, six mois plus tard, lorsqu'il en épousa une autre.

Son deuxième poste la ramena dans l'ouest de l'État, trop loin pour vivre chez ses parents, mais assez près pour leur rendre visite quand elle n'était pas de service le week-end. Pendant cinq ans, elle travailla dur et apprit vite, si bien qu'elle mérita sa promotion au rang de détective. Elle sortait avec des garçons, parfois, mais rien de sérieux – ou peut-être ne désirait-elle pas que cela devienne sérieux.

Quand un poste s'offrit sur l'île Seward, elle fut une des premières à poser sa candidature. Pas étonnant : elle avait toujours voulu rentrer chez elle. Seize autres candidats, tous des hommes, eurent un entretien pour cet emploi. Certains avaient plus d'expérience qu'elle et d'autres avaient déjà assumé plus de responsabilités. Pourtant, Ginger ne douta jamais que le poste serait pour elle, pas nécessairement en raison de son intelligence et de son intuition supérieure, mais parce qu'elle disposait d'un atout qui leur manquait à tous ; elle avait été élevée sur cette île et comprenait mieux ses habitants que les seize autres réunis.

Ce qui explique pourquoi elle sut, à la minute où elle arriva sur le parking du cap Madrona, que ce que Tom et Billy Hildress avaient trouvé dans la grande benne bleue allait détruire son île.

4

L'île Seward était, au milieu du détroit de Puget, comme une émeraude sur un pan de velours bleu – radieuse et rare.

C'est le commodore Nathaniel Seward qui l'avait découverte. Naviguant à la suite de George Vancouver, à la fin du XVIIIe siècle, il avait été, disait-on, tellement subjugué par la beauté de cette terre qu'il avait accosté, renvoyé son bateau à Portsmouth pour y chercher sa famille et entrepris d'y vivre comme un gentleman-farmer anglais jusqu'à plus de quatre-vingts ans.

À sa façon, l'île était aussi exquise que n'importe lequel de ces paradis tropicaux que le commodore avait vus au cours de ses voyages. Des résineux couvraient les collines d'un vert éternel, une herbe grasse tapissait les vallées, et un panorama somptueux s'offrait de presque tous les points de vue – depuis les monts Olympiques abrupts, à l'ouest, jusqu'à la chaîne des Cascades toute fripée à l'est ; du mont Baker escarpé au nord, au mont Rainier qui s'élevait jusqu'au ciel au sud, au-delà de Seattle.

Au milieu du XIXe siècle, cependant, les descendants du commodore en avaient eu assez de vivre ainsi isolés sur l'île, même si c'était un paradis, et beaucoup avaient décidé de vendre leurs propriétés pour partir.

Des Anglais des usines de Manchester et des mines de Newcastle, avides de connaître une vie nouvelle, arrivèrent à la recherche de terres à eux. Des Norvégiens immigrèrent dans le nord-ouest de la côte Pacifique, amenant leurs traditions de pêche et de construction de bateaux. Des Alsaciens, des Lorrains et des Allemands du Schleswig-Holstein quittèrent leurs fermes pour fuir la guerre. Et des Irlandais, laissant derrière eux la famine et la pénurie de pommes de terre, arrivèrent eux aussi pour s'enraciner ailleurs.

Le chaud soleil d'été, les douces pluies d'hiver et la terre riche faisaient que, dans cette île tranquille, presque n'importe quoi poussait à profusion. Du cap du Nord à la baie du Sud, les fleurs s'épanouissaient, fruits et légumes venaient bien. On apporta des poules du continent, et les œufs frais abondèrent sur le marché. Des chevaux paissaient dans les prés de la vallée des Cèdres, des vaches parsemaient les pentes du rocher de l'Aigle. Les saumons remplissaient les filets des pêcheurs, les palourdes jonchaient les plages, et il y avait plus de crabes qu'on n'en pouvait manger. Des commerces approvisionnèrent bientôt les habitants, et un petit chantier naval commença à fonctionner.

Finalement, on incorpora Seward au comté de Puget, dont elle devint le chef-lieu. Le comté consistait en un chapelet de petites îles reliées entre elles par la géographie et par le manque d'imagination : qu'en faire d'autre ? Les citoyens élurent un maire et un conseil municipal. Peu après, on mit en place un système d'imposition et on pava les routes, on amena l'électricité par des câbles sous-marins, on organisa la police et les pompiers, on fonda une clinique et on encouragea la venue d'un nombre limité d'industries légères.

L'île parvint néanmoins à conserver l'essentiel de son charme rural, au milieu de la grande expansion du nord-ouest du Pacifique, pour une bonne part grâce au fait qu'elle n'était accessible que par la mer. Une marina au sud du port de la Mouette permettait d'ancrer cent cinquante bateaux de plaisance, et l'État de Washington finançait un service quotidien de ferry.

En cette fin du XXe siècle, à peine douze mille habitants vivaient dans ce paisible paradis, et la ville, perchée sur la colline descendant vers le port, ressemblait à un petit coin d'Angleterre. Elle était restée telle que le commodore et sa famille l'avaient conçue avec soin, telle que l'avaient entretenue avec amour ceux qui les avaient suivis.

Près d'un tiers des habitants effectuaient dans les deux sens, chaque jour de la semaine, la traversée de quarante-cinq minutes jusqu'à Seattle, et les touristes envahissaient l'île le week-end. Pas autant que ceux qui se bousculaient sur les îles voisines de Bainbridge et Whidbey, peut-être, mais assez pour faire travailler les boutiques de Commodore Street, pour remplir les charmants salons de thé qui donnaient son caractère à Seward Street, pour acheter les confitures et les gelées, la marmelade de citrons et même les fruits de la vigne de Tire-Bouchon.

« Bienvenue sur l'île Seward ! Un beau site à visiter, un lieu idéal où élever sa famille ! » avait pyrogravé un artisan sur une planche rustique qui accueillait les visiteurs à leur descente du ferry.

Le journal local avait fait remarquer un jour que cette pancarte résumait parfaitement ce qu'il y avait à dire. L'air était le plus pur de tout le détroit de Puget, le taux de délinquance un des plus bas de tout l'État, et la population, à 93 pour 100 anglo-saxonne, celtique, germanique ou scandinave, comptait quelques autres Européens, une poignée de gens du Proche-Orient et une petite communauté asiatique, qui formaient les 7 pour 100 restants.

23

Dans cet environnement presque homogène, le chef de la police Ruben Martinez était une anomalie. Passé en fraude du Mexique quand il avait deux mois, promené d'une ferme à l'autre au gré des emplois saisonniers dans les vallées de Californie jusqu'à l'âge de douze ans, il avait ensuite été confié à un oncle dans un quartier de l'est de Los Angeles, et il avait eu la chance de survivre à son adolescence. Il avait grandi, maigre, dur, affamé.

Ce n'est qu'à force de volonté qu'il avait échappé au *barrio*, et grâce à la certitude que ses parents souhaitaient mieux pour lui que la répétition de leurs propres vies misérables. Il apporta son intelligence, son sens de l'observation et sa ruse de gamin des rues à l'académie de police de Los Angeles, d'où il sortit troisième de sa promotion.

Ruben avait l'intention de demeurer en Californie du Sud et de lutter contre les gangs du *barrio* qu'il connaissait si bien ; mais une balle qui vint se loger près de sa colonne vertébrale lui interdit de continuer à travailler dans la rue.

« C'est une vraie saloperie, sergent, lui dit brutalement le médecin. Si on laisse la balle où elle est, vous aurez un peu mal, votre mobilité sera quelque peu réduite, mais vous pourrez toujours fonctionner. Si on essaie de l'extraire... Eh bien, vous avez une chance sur deux de vous retrouver paralysé. »

La balle demeura où elle était. On munit Ruben d'un corset rigide pour réduire la tension, et on lui prescrivit des antalgiques qui l'abrutirent. Il jeta les comprimés dans les toilettes au bout d'une semaine.

Pendant un temps, il eut un emploi de bureau, mais rester assis toute la journée n'était pas bon pour son dos, et ses pieds le démangeaient tant ils avaient besoin d'action. Ruben quitta Los Angeles pour une plus petite ville de Californie centrale où la vie dans la police était considérablement moins astreignante. Suivit un chapelet d'autres petites villes où il accumula une précieuse expérience et affina ses capacités. Il se maria, aussi. Son épouse lui donna une fille avant de mourir. Après, il choisit ses postes avec une optique différente, fondant sa décision sur la qualité de l'environnement et du système scolaire plus que sur le degré de son engagement dans les forces de l'ordre.

C'est une voie détournée qui conduisit Ruben Martinez sur l'île Seward, mais il y arriva avec un dossier impressionnant, et une solide réputation d'honnêteté et d'efficacité. Le maire et la majorité du conseil municipal furent convaincus qu'ils ne pouvaient mieux choisir comme nouveau chef de la police.

« Il est certainement le plus qualifié, dit l'un.

— Probablement trop qualifié, approuva un autre.

— Cela fera bien dans le tableau, suggéra un troisième.

— C'est un étranger, hésita un quatrième.

24

— Il est exactement ce qu'il nous faut », déclara Albert Hoch, le maire, un géant à qui son embonpoint donnait la forme d'une poire.

Les termes du contrat de Ruben lui attribuèrent une jolie maison avec deux chambres à coucher en bordure de la ville, à trois minutes en voiture du poste de police et à cinq pâtés de maisons du lycée Seward où sa fille était maintenant en seconde.

Stacey Martinez, quinze ans – qui alliait les cheveux blonds et les traits fins de sa mère à la peau mate et aux yeux sombres de son père – était le centre de la vie de Ruben. Elle s'était débrouillée seule dès l'âge de deux ans, puis, à dix ans, elle avait commencé à prendre soin de son père. Cet accord entre eux expliquait sans doute en grande partie le fait qu'il ne s'était jamais remarié. Il considérait que Stacey et lui formaient une équipe, et ne semblait avoir besoin de personne d'autre.

Il savait, bien sûr, que cela ne durerait pas toujours. Elle grandissait si vite ! Bientôt, il serait temps qu'elle le quitte pour vivre sa vie, temps pour lui de réévaluer la situation. Mais rien ne servait d'y penser avant que cela arrive, et pour le moment il était tout à fait satisfait de la manière dont les choses se déroulaient.

Depuis trois ans que Ruben était chef de la police sur l'île Seward, son unité avait dû s'occuper de multiples actes de vandalisme et de chapardage, d'une augmentation régulière et alarmante des incidents liés à la drogue chez les jeunes, de désordres occasionnels attribuables à l'alcool, de quelques infractions au code de la route, de fréquentes blessures mineures, pour certaines dues à la violence conjugale, de cambriolages et même d'un vol à main armée, de deux viols et de trois morts accidentelles. Personne ne se souvenait qu'il y ait jamais eu d'homicide.

Si, en principe, Ruben était de garde vingt-quatre heures sur vingt-quatre, il travaillait en général du lundi au vendredi, restait à proximité le samedi en cas d'urgence, et préservait son dimanche pour le passer avec Stacey. C'est pourquoi, quand le téléphone le réveilla à 7 heures et demie le matin du deuxième dimanche d'octobre, il fut surpris d'entendre la détective Ginger Earley à l'autre bout du fil.

« Désolée de gâcher votre dimanche, chef, dit-elle d'une voix tendue. Mais je suis au cap Madrona, et je crois que vous devriez venir ici tout de suite. »

Se fiant davantage à l'urgence perceptible dans sa voix qu'à ses paroles, Ruben ne prit pas le temps de se doucher. Il enfila ses vêtements, avala trois gorgées du jus d'orange que Stacey lui tendait et fila au garage. Un quart d'heure plus tard, il arrêtait sa Blazer noire frappée de l'écusson de la police sur le parking du cap Madrona, près de la voiture pie de Ginger.

« Qu'est-ce qui se passe ? s'enquit-il en sortant.

— Je n'ai jamais vu une chose pareille ! répondit avec un frisson la jeune rousse qui, en neuf ans de service, avait eu sa part de cadavres horribles. Je vous assure, c'est atroce. »

Son frais visage aux taches de rousseur avait une teinte verdâtre qui rappela à Ruben l'époque où il travaillait dans les rues des quartiers est de Los Angeles. Ginger l'entraîna vers la benne et les marches de fortune. L'aube s'était levée, et on ne pouvait plus douter de ce qui gisait, mutilé, sur le tapis imbibé de sang. Ruben s'approcha autant qu'il l'osa et se pencha pour mieux voir.

Bien qu'il fût difficile de l'affirmer étant donné la quantité de sang, le corps semblait porter une douzaine de blessures profondes. Ruben regarda la couleur du sang, y plongea le bout de son petit doigt pour en vérifier la consistance. Puis il remarqua la couleur bleutée de la peau, ce qui, par temps chaud, indiquait plus certainement la perte de sang que l'hypothermie. Pour finir, il leva un bras pour évaluer la rigidité cadavérique. En s'appuyant sur le genre d'expérience qu'on oublie rarement dans son métier, il estima que la jeune fille était morte depuis au moins six heures.

« Tu l'as touchée ? demanda-t-il à la détective.

— Non, ça n'a pas été nécessaire... Dirksen était là, expliqua Ginger en indiquant du menton le jeune officier en uniforme qui avait pris l'appel de Tom Hildress et l'avait ensuite contactée. Il a dit qu'il était allé la toucher, mais juste pour avoir la confirmation de sa mort.

— Quelqu'un d'autre a-t-il dérangé quoi que ce soit autour d'elle ?

— J'ai fait attention, dit Ginger sans se montrer trop affirmative, mais c'est un homme du coin qui nous a signalé la présence du corps. Il était venu jeter des rebuts avec son fils. Je ne l'ai pas encore interrogé, alors je ne sais pas ce qu'il a fait.

— Bon, branle-bas de combat ! ordonna Ruben comme s'il récitait une leçon. Fais isoler le parking et ses abords. Je ne veux personne à moins de cent mètres d'ici jusqu'à ce qu'on en ait terminé. Envoie quelqu'un au ferry pour vérifier les identités. Sors du lit toute la brigade s'il le faut. Je veux que cette île grouille d'uniformes, qu'on cherche dans chaque recoin, qu'on interroge tout ce qui bouge. Et puis, tu vas bien sûr appeler le Dr Coop et trouver Charlie. »

Magnus Coop, le médecin de la ville, faisait aussi fonction de médecin légiste du comté, et Charlie Pricker, l'autre détective du service, était chargé de rassembler les indices matériels.

« Dirksen est en train de boucler les lieux, répondit Ginger. Deux hommes en uniforme sont au ferry et une demi-douzaine d'autres doivent déjà avoir pris un bateau pour venir. J'ai laissé un message pour Magnus ; il était en train de mettre au monde des jumeaux. Et Charlie est en route.

— Bien, approuva Ruben, qui s'autorisa un petit sourire parce que, comme d'habitude, elle avait pris les devants.

— Vous savez qui c'est, n'est-ce pas ? demanda-t-elle.

— Elle me dit quelque chose..., murmura le chef de la police en scrutant le visage de l'adolescente sans parvenir à mettre un nom dessus.

— Tara Breckenridge. »

Le nom le fit sursauter. Il savait qui elle était, maintenant. Il regarda le corps brutalisé.

« Seigneur ! » soupira-t-il.

Elle avait l'âge de Stacey, et il croyait se rappeler qu'elles avaient même quelques cours en commun au lycée. Si le sort l'avait voulu, il aurait tout aussi bien pu être en train de regarder sa propre fille.

« Toute l'île va en être bouleversée », prédit Ginger.

Ruben se remit péniblement sur ses pieds et sortit de la benne. Il ressentit alors comme un coup de poignard dans le dos parce que, dans sa hâte, il avait négligé de mettre son corset. Cela faisait des années qu'il n'avait pas eu un meurtre sur les bras, et au moins dix ans qu'il n'avait pas dû affronter une affaire de ce genre. Il était à un mois de son quarante-sixième anniversaire, mais à cet instant il eut l'impression d'être plus proche de soixante-six ans.

« Faut croire que ça devait arriver un jour, dit-il avec un soupir triste.

— Quoi ? demanda Ginger.

— Le premier meurtre de l'île Seward. »

5

La messe avait à peine commencé dans les diverses églises que la nouvelle du meurtre se diffusait partout sur la petite île, laissant les résidants en état de choc. Durant toute l'histoire de cette paisible communauté, jamais il ne s'était produit une chose semblable, ni même quoi que ce fût d'approchant. Presque tout le monde connaissait la victime ou sa famille, mais même les rares individus dont ce n'était pas le cas furent scandalisés par cette mort brutale et insensée. La population dans son ensemble se sentit violée.

« Si une telle chose peut arriver à Tara, se murmurait-on au téléphone, par-dessus les clôtures, au coin des rues, cela peut arriver à n'importe qui. »

Bien sûr, Tara n'était pas n'importe qui. Elle était la fille de la famille la plus en vue de l'île. Son père, Kyle Breckenridge, était président-directeur général de la Caisse d'épargne du détroit de Puget, et sa mère, née Mary Seward, descendait en ligne directe du vieux commodore en personne.

De surcroît, Kyle siégeait au conseil d'administration de la chambre de commerce, était diacre de l'église épiscopalienne, ancien président de l'association de parents d'élèves, membre respecté du Rotary, de l'association caritative des Elks et du club de chasse. Il était notoire qu'il détenait des hypothèques sur la moitié au moins des maisons de l'île et qu'il n'avait jamais jugé bon d'en faire vendre aucune.

Mary était membre du club de jardinage, travaillait sans relâche pour les enfants malheureux et pour une association charitable chrétienne ; récemment, elle avait aidé à fonder le premier refuge du comté pour accueillir les femmes battues.

Tara était l'aînée des enfants Breckenridge. Ils avaient une autre fille, Tori, qui venait d'avoir douze ans. Blonde aux yeux bleus, Tara était l'image de son père, et on considérait en général qu'elle était une des plus jolies filles de l'île. En plus de sa beauté et de sa personnalité douce, voire un peu timide, elle se préoccupait sincèrement de ceux qui n'avaient pas sa chance, trait de caractère dont elle avait hérité de sa mère et qui la rendait très populaire. Trois ans plus tôt, elle avait été élue princesse des Moissons par l'écrasante majorité des insulaires.

La bonne ouvrit l'énorme porte de Southwynd, propriété ancestrale des Seward dont avaient hérité les Breckenridge. La demeure était située au sud-est de l'île, sur dix hectares de parc. En 1830, le seul fils survivant du commodore l'avait construite en cèdre et en pierre, les matériaux du lieu, et chaque génération suivante avait ajouté des pièces, au point que la maison d'origine était à présent perdue dans un colossal amalgame architectural.

Couronnant une pente douce d'herbe grasse ponctuée de pins bleus et d'érables, elle offrait une vue splendide sur le détroit de Puget, jusqu'à Seattle et aux montagnes au-delà. C'était le genre d'endroit qui incitait encore Ruben, en dépit de son ascension sociale, à penser qu'il devait chercher l'entrée de service.

« M. et Mme Breckenridge ne sont pas là, répondit Irma Poole à la question du chef de la police. Ils sont à Seattle pour un baptême.

— Et les filles ? demanda Ginger.

— Elles sont ici, bien sûr, dit Irma avant de s'interrompre. Non, attendez une minute. Il n'y a que Mlle Tori. Je ne pense pas que Mlle Tara soit rentrée.

— Où est-elle allée ? intervint Ruben.

— Je n'en sais rien. Chez une amie, sans doute.

— Devait-elle y passer la nuit ?

— Oh non ! Elle dort toujours à la maison.

— Vous voulez dire qu'elle est partie chez une amie ce matin ? s'enquit Ginger.

— Je crois. Très tôt, sûrement, parce qu'elle n'était pas là pour le petit déjeuner, alors que j'ai fait des pancakes aux pommes.

— Qu'est-ce qui vous donne à penser qu'elle est chez une amie ? » questionna Ruben.

La bonne haussa les épaules.

« C'est ce que son père dit quand elle n'est pas là. Il dit qu'elle est probablement chez une amie.

— Pour quelle heure attendez-vous leur retour, madame Poole ? demanda Ginger après un coup d'œil à Ruben.

— Ils n'ont rien dit, répondit Irma avec une moue.

— M. Breckenridge a-t-il un téléphone portable ? questionna Ruben.

— Oui.

— Pouvez-vous m'en donner le numéro, s'il vous plaît ?

« — Je ne suis pas autorisée à le faire. Ne pouvez-vous attendre qu'ils soient rentrés ?

— Non, dit gentiment le chef de la police. Je crains bien que non. »

Kyle Breckenridge ressemblait davantage à un acteur de cinéma qu'à un président de banque. Approchant la cinquantaine, il mesurait plus d'un mètre quatre-vingts, avait des yeux bleu glacier, et ses cheveux blonds blanchissaient juste aux bons endroits. Il se conservait en excellente condition physique et cultivait un hâle permanent au salon de beauté local pendant les mois d'hiver. En revanche, son épouse Mary était frêle, pâle, et s'habillait toujours d'un marron peu flatteur.

Chaque geste de Kyle semblait avoir un but, caractéristique qu'il avait cultivée dans sa jeunesse parce qu'il trouvait que cela lui donnait un air important. Ce fut particulièrement évident à 2 heures de l'après-midi, ce dimanche, quand il pénétra dans le bâtiment blanc en bardeaux qui abritait le centre médical du comté de Puget, son épouse sur ses talons, comme une ombre.

À l'intérieur, la clinique surprenait agréablement par son décor aux couleurs douces, son papier peint à fleurs et ses meubles confortables : elle rappelait bien plus la gracieuse demeure qu'elle avait jadis été que l'institution qu'elle était devenue. Magnus Coop, médecin de famille des Seward depuis près de quarante ans, attendait dans le hall avec Ruben Martinez.

« Bon, alors, qu'est-ce qui se passe ? lança Kyle avec autorité dès qu'il eut franchi la porte. Vous me demandez de prendre le premier ferry pour rentrer, et vous ne me dites pas pourquoi.

— J'ai peur que nous ayons de mauvaises nouvelles, monsieur Breckenridge, répondit Ruben. J'ai pensé que vous n'aimeriez pas en parler au téléphone.

— Est-ce que c'est Tara ? murmura Mary Breckenridge d'un ton pressant. Il est arrivé quelque chose à Tara ?

— Pourquoi le pensez-vous, Mary ? » demanda Coop.

Moins grand qu'elle encore, le docteur avait l'air d'un gnome. Sous sa tignasse blanche, ses petits yeux bruns, qui regardaient à travers des lunettes cerclées de métal posées au milieu de son nez, ne rataient pas grand-chose.

« Parce que..., répondit-elle en jetant un coup d'œil à son mari, parce qu'elle n'était pas à la maison ce matin pour nous accompagner au baptême.

— Savez-vous où elle était, madame Breckenridge ? questionna Ruben.

— Nous avons pensé qu'elle était allée voir une amie, répondit Kyle à la place de sa femme.

« — Une amie en particulier ?

— Non, une camarade d'école ou une autre. Mais qu'importe ! Dites-nous, je vous prie, ce que tout cela signifie.

— Je suis désolé..., déclara doucement Coop après s'être éclairci la gorge. Il n'y a pas de bonne manière de vous l'annoncer... Tara est morte. »

Mary Breckenridge se mit à gémir, un son étrange qui s'éleva comme un cri inhumain tandis qu'elle regardait d'abord son époux, puis le chef de la police et finalement le médecin.

« Tara... morte ? Vous avez dit que Tara est morte ? »

Son mari l'accompagna jusqu'au fauteuil le plus proche, et Coop lui fit une piqûre qu'il avait eu la sagesse de préparer.

« Qu'entendez-vous par là ? demanda Kyle à Ruben, le visage gris. Qu'est-ce qui vous fait dire qu'elle est morte ?

— On l'a trouvée tôt ce matin, lui répondit le chef de la police.

— Trouvée ? répéta Kyle sans comprendre. De quoi parlez-vous ?

— Un habitant de l'île a découvert son corps au cap Madrona, annonça Ruben avec précaution. Il semblerait qu'elle ait été poignardée.

— Bien sûr, nous ne savons pas tout ce qui s'est passé, ajouta le médecin. Nous venons juste de l'amener.

— Poignardée ? articula lentement Kyle comme s'il s'agissait d'un mot inconnu. Voulez-vous dire, demanda-t-il au chef de la police, qu'il ne s'agit pas d'un accident ? Elle n'a pas été renversée par une voiture ? Pas tombée ? Quelqu'un l'a... assassinée ?

— Je le crains, murmura Ruben en hochant la tête.

— Il semble bien », confirma Coop.

Ce fut comme si l'amidon qui donnait sa tenue au président de la banque se dissolvait soudain. Il s'agrippa au dossier du fauteuil de Mary pour rester debout.

« Comment est-ce possible ? réussit-il à crier. Pourquoi ?

— Nous l'ignorons encore, dit Magnus avec un profond soupir.

— Mais nous le découvrirons », affirma Ruben.

Il regarda Mary. Le sédatif à action rapide produisait déjà son effet. Elle était effondrée dans le fauteuil ; son cri sinistre devenait une lamentation sans timbre. Elle ne prêtait plus aucune attention à la conversation.

« Vous devez signer des papiers, Kyle, déclara le docteur.

— Quels papiers ?

— Pour l'autopsie. »

Kyle Breckenridge posa sur le médecin un regard anxieux.

« Une autopsie ? répéta-t-il d'une voix rauque. Non, non... pas d'autopsie. Je ne peux pas vous laisser la charcuter. Qu'est-ce que vous voulez, ajouta-t-il en regardant sa femme, tuer Mary aussi ?

— Je crains que ce ne soit nécessaire, lui dit Ruben. L'autopsie est cruciale pour notre enquête. Que nous le voulions ou non, un crime a été

31

commis. Afin de trouver qui est responsable de cette atrocité, nous devons avoir l'autorisation de rassembler tous les indices possibles.

— Je comprends votre point de vue, commissaire Martinez, répondit Kyle, mais je vois mal comment un élément essentiel pourrait apparaître en éventrant ma fille. »

Ruben connaissait à peine le banquier, mais Magnus Coop le fréquentait depuis vingt ans, depuis que l'homme était arrivé sur Seward et avait épousé la plus riche jeune femme de l'île.

« En fait, intervint le docteur avec gentillesse mais fermeté, nous n'avons pas besoin de votre autorisation. Il s'agit juste d'une formalité : dans les cas d'homicide, l'autopsie est obligatoire.

— Alors, allez-y, répliqua abruptement Breckenridge, dont le visage s'était figé d'angoisse. Faites ce que vous avez à faire.

— Je veux voir mon bébé, gémit soudain Mary. Emmenez-moi voir mon bébé. Peut-être que ce n'est pas Tara. Peut-être que vous avez commis une terrible erreur. »

Sans qu'elle le voie, Coop secoua la tête à l'intention de Kyle. Il pensait au corps déchiqueté qu'il avait rapporté du cap Madrona moins d'une heure plus tôt et qui reposait maintenant sur une table, recouvert d'un drap, dans l'arrière-salle servant de morgue.

« Si Magnus dit que c'est Tara, murmura Breckenridge à sa femme, tu peux le croire. Penses-tu vraiment qu'il nous infligerait cela s'il avait le moindre doute ?

— Je dois d'abord l'examiner, Mary, déclara doucement Coop. Je dois trouver ce qui lui est arrivé. Après, bien sûr, vous pourrez la voir.

— C'est ce que vous dites toujours quand elle est malade, murmura Mary.

— Oui, sans doute.

— Alors c'est bon, Magnus, accepta-t-elle avec un sourire pathétique. Prenez tout le temps qu'il vous faut pour qu'elle aille mieux. »

Deborah Frankel passait ses dimanches à faire la lessive. Dans sa vie trop remplie, c'était le seul moment qui lui restait. Chaque jour de la semaine, elle prenait le ferry pour Seattle, où elle était vice-présidente d'une grande société de placement. Le samedi matin, elle faisait les courses de la semaine. Elle consacrait le samedi après-midi à son mari, Jerry, et à leur fils de huit ans, Matthew.

Ce samedi, ils étaient tous allés à vélo au cap Madrona et, comme toujours, Matthew avait voulu faire la course avec son père et il était tombé, s'égratignant les genoux et tachant de sang son jean tout neuf. Deborah avait retiré le pantalon au gamin dès qu'ils étaient rentrés et, un peu trop irritée par un incident aussi mineur, elle avait mis le vêtement à tremper dans l'évier pour la nuit.

C'est pourquoi, quand elle eut fini de plier les draps et les serviettes propres et qu'elle entreprit de trier les vêtements, séparant le blanc des couleurs, le clair du foncé, elle fut étonnée de trouver dans la pile, lui aussi taché de sang, le sweat-shirt gris clair frappé de l'emblème de l'île Seward que Jerry portait la veille.

Elle rejoignit son mari dans la bibliothèque – en fait, une alcôve du salon de leur maison en cèdre et en verre typique de la région où ils avaient mis ses livres et ses papiers, ainsi que son vieux bureau à cylindre, afin qu'elle puisse utiliser comme bureau de haute technologie la chambre disponible. Jerry était étendu sur un sofa de cuir souple qu'ils avaient réussi à coincer entre le bureau et la fenêtre, absorbé par les mots croisés du *Times* du dimanche. Cela faisait presque neuf mois qu'ils avaient quitté Scarsdale, mais il insistait pour conserver son abonnement au journal de New York.

« Comment se fait-il que ton sweat-shirt soit taché de sang ? » demanda-t-elle en le brandissant.

Jerry Frankel leva les yeux, surpris. Il avait un beau visage aux traits réguliers qui semblait s'éclairer de l'intérieur quand il souriait. Ses cheveux noirs lui tombaient sur le front comme à un gamin. Ses yeux bruns chaleureux se posèrent sur quelque chose par-delà l'épaule de sa femme.

« Je me suis coupé, répondit-il après une ou deux secondes de réflexion en montrant son pouce bandé.

— Tout ce sang pour une petite coupure ?

— Elle était profonde, expliqua-t-il d'un air indifférent.

— Pourquoi ne m'en as-tu pas parlé ? insista-t-elle, irritée.

— C'est arrivé tard hier soir, quand je travaillais dans l'atelier. Tu étais déjà couchée. Je n'ai pas voulu te réveiller.

— Tu n'aurais pas pu laver ton sweat ? Ou du moins le mettre dans l'évier avec le jean de Matthew ?

— Je n'y ai pas pensé... Pourquoi tant d'histoires ? Je savais que tu ferais la lessive aujourd'hui. »

Deborah soupira et emporta le sweat-shirt jusqu'à l'évier de la buanderie. Elle en sortit le jean de Matthew, changea l'eau et y ajouta une bonne dose d'eau de Javel. Les taches de sang n'avaient pas encore eu le temps de sécher, se dit-elle. Avec un peu de chance, elles partiraient.

6

Gail Brown, insulaire de la troisième génération, était partie après le lycée faire des études supérieures d'anglais à Wellesley College, dans le Massachusetts, puis un troisième cycle de journalisme à Columbia University, à New York. Elle avait ensuite travaillé pour une demi-douzaine de journaux de l'est du pays avant de rentrer prendre en charge en tant que rédactrice en chef le *Seward Sentinel*.

Pendant des dizaines d'années, le journal avait joui d'une réputation confortable grâce à ses commentaires sur la vie sociale de l'île. Gail marqua son retour en jetant un gros caillou dans ses rouages bien huilés.

« Signaler que le club de jardinage a tenu sa réunion annuelle ne suffit plus, dit à son équipe la brune anorexique à la queue de cheval et aux grosses lunettes. Ni que Susie Sweetpea a célébré son seizième anniversaire par un déjeuner au restaurant La Mouette. Ce genre de truc ne convient plus à la majorité de nos habitants – ni à la majorité de nos annonceurs, au cas où vous ne l'auriez pas remarqué. »

Ceux qui s'étaient rassemblés dans son petit bureau réagirent par des hochements de tête et des haussements d'épaules, des soupirs aussi.

« Si nous voulons conserver nos salaires exorbitants, continua Gail avant de marquer une pause pour les petits rires qui ne manquèrent pas de fuser, nous devons augmenter les recettes, autrement dit les ventes. À partir de maintenant, le *Seward Sentinel* va devenir le journal d'information du comté de Puget. Nous allons nous attaquer aux vrais problèmes, les problèmes graves qui se posent à nous, sur l'île et dans tout le pays : politique, religion, éducation, utilisation des terres, impôts, corruption – toutes ces choses que les gens doivent connaître pour prendre en connaissance de cause des décisions concernant l'avenir du lieu où ils vivent. Personne n'échappera à notre regard légitimement scrutateur, et aucun sujet ne sera tabou.

— Est-ce qu'on ne risque pas de perdre les abonnés qui aiment le journal tel qu'il est ? demanda quelqu'un.

— Si certains d'entre eux n'adhèrent pas à la nouvelle formule, qu'ils nous écrivent et nous le disent, suggéra la rédactrice en chef avec un sourire en coin. On publiera leurs commentaires. »

En six mois, la vente du journal avait triplé. En un an, la publicité avait augmenté de 40 pour 100. Et avant la fin de la deuxième année de Gail au gouvernail, les « Lettres à la rédaction » qui occupaient au départ une colonne au ton mièvre par semaine remplissaient deux pages entières de débats souvent vigoureux dans presque chaque édition.

« Si vous voulez vraiment être informé sur les événements à Seward, disait-on, lisez les lettres. »

C'était vrai.

« Le caractère d'une communauté n'est pas défini par ce qui s'y passe, faisait astucieusement remarquer Gail. Il est défini par les réactions des gens à ce qui s'y passe. »

Le lendemain de la mort de Tara Breckenridge, la rédactrice en chef était à son bureau à l'aube pour composer un éditorial approprié, à la fois compatissant et édifiant. Bien qu'absorbée par sa tâche, elle remarqua le flot continu de gens qui venaient remettre en personne leurs « réactions » écrites à la réception, juste devant sa porte.

Le *Sentinel* avait ses bureaux dans un joli bâtiment gris aux fenêtres pain d'épice de Johansen Street, à l'extrémité sud de la ville. On assurait que l'endroit, connu sous le nom de maison Curtis, datait de 1915 : une certaine « Madame Adelaide » Curtis, la plus infâme des tenancières de bordel de la ville, avait eu l'audace de la construire juste au croisement de Commodore Street et Seward Street. Ces messieurs haut placés de la ville avaient protesté bruyamment, non pas tant, apparemment, pour l'outrage à la morale qu'elle représentait, mais en raison de leur désir de ne pas être vus quand ils fréquentaient l'établissement. Ils l'avaient bel et bien fait transporter, aux frais des contribuables, évidemment, jusqu'à son emplacement actuel, un peu moins en vue. Gail n'avait jamais pu apporter de preuves étayant cette légende, mais sa seule évocation donnait à la petite maison une délicieuse touche de caractère.

À 8 h 10, Iris Tanaka, la minuscule rédactrice adjointe du *Sentinel*, passa la tête dans le bureau de Gail.

« C'est incroyable ! s'exclama-t-elle. On a déjà plus de deux cents lettres à propos de Tara Breckenridge, et elles continuent d'arriver.

— Tout le monde veut ses quinze lignes de gloire, répondit la rédactrice en chef avec un soupir, en retirant ses lunettes pour se frotter l'arête du nez.

— Mais qu'allons-nous en faire ?

— Triez-les. Jetez celles qui ne recherchent à l'évidence que les faveurs de la famille Breckenridge ; ensuite, choisissez-en une demi-douzaine parmi les plus éloquentes, qui pleurent sincèrement Tara pour de bonnes raisons, et deux ou trois parmi celles qui, en dépit de cette tragédie, ne peuvent s'empêcher de jeter le blâme sur la victime.

— À un moment pareil ! s'étonna Iris en fronçant son nez de dégoût. Vous tenez vraiment à ouvrir ce véritable guêpier ?

— Un bon débat est toujours profitable à une communauté, répondit Gail en remettant ses lunettes pour continuer son travail sur écran. Et ça fait vendre. »

Jerry Frankel gara son break Taurus bordeaux à la place qui lui était attribuée sur le parking réservé aux enseignants du lycée Seward. Il en descendit, boutonna sa veste de tweed sur sa chemise à carreaux, écarta ses cheveux de ses yeux, prit sa serviette et se précipita sur l'allée couverte qui menait à l'entrée nord du bâtiment. La salle de classe unique construite en 1865 à cet emplacement était devenue un grand complexe en briques avec gymnase, piscine couverte, salle de théâtre et laboratoire de sciences qu'enviait toute la région, et qui témoignait de la générosité des habitants de l'île quand il s'agissait du bien-être de leurs enfants.

Il était 8 h 20. Deborah avait pris le premier ferry pour Seattle, laissant à Jerry la charge d'obtenir que Matthew se lève, se lave, s'habille et déjeune, puis de le déposer devant son école. À présent, le professeur d'histoire avait tout juste le temps de gagner sa classe.

Ses tâches du matin n'étaient pas la seule raison de son retard. Il n'avait pas réussi à quitter son lit à l'heure à cause d'une rage de dents qui avait commencé à le harceler le dimanche après-midi, et qui, le soir, le lancinait au point qu'il avait passé la nuit à se tourner et se retourner jusqu'à ce que Deborah se lève et lui donne un somnifère.

Jerry arriva devant sa salle au premier étage à peine deux minutes avant la sonnerie. Heureusement que Matthew semblait avoir hérité des dents de sa mère, se dit-il tout en sortant de sa serviette ses livres et ses papiers pour les organiser sur son bureau.

Sa mâchoire inférieure ne lui laissait pas un instant de répit. En saisissant un morceau de craie pour écrire au tableau le titre de la leçon du jour, Jerry tenta de calculer combien de temps il devrait attendre avant de pouvoir reprendre une dose d'aspirine. Il était à tel point absorbé par sa douleur qu'il lui fallut plus de cinq minutes après la sonnerie pour se rendre compte que la moitié des sièges de la salle étaient vides.

« Que se passe-t-il ? Où sont les autres ce matin ? s'enquit-il.

— Ils sont en état de choc ! répondit du fond le blond Hank Kriedler, élève de seconde.

— Vous ne savez pas ? demanda Jeannie Gemmetta, les larmes aux yeux. Seigneur ! Je croyais que tout le monde était au courant maintenant. Tara est morte.

— Morte ? s'étonna le professeur en posant ses doux yeux sur la jeune fille du premier rang. Que voulez-vous dire ?

— Elle a été assassinée samedi soir.

— *Assassinée ?* »

Jerry s'effondra contre le coin de son bureau. Il avait manqué le café hebdomadaire de l'équipe enseignante, et n'avait pas eu le temps de s'arrêter au secrétariat, pas même pour voir s'il y avait un message le concernant sur le tableau de service. Il regarda le bureau vide au milieu de la troisième rangée et eut une faiblesse.

« Je suis désolé, dit-il sans s'adresser à quelqu'un en particulier. Que s'est-il passé ?

— Elle a été poignardée, dit Jack Tannauer.

— Au moins une douzaine de fois... »

C'était la voix de Melissa Senn, amplifiée par sa place près de la porte. Beauté à la somptueuse chevelure, elle était arrivée deuxième derrière Tara pour l'élection de la princesse des Moissons.

« ... et on l'a jetée dans une benne à ordures », termina Jeannie, qui trouva soudain le professeur d'histoire très pâle.

Jerry eut du mal à avaler sa salive.

« Est-ce qu'on sait qui a fait ça ? » réussit-il à demander.

Les élèves se tournèrent vers Stacey Martinez, assise près de la fenêtre. La fille du chef de la police n'apprécia pas d'être ainsi singularisée.

« Je ne crois pas, répondit-elle. Et, de toute façon, je n'en sais pas plus que les autres. »

Le poste de police de Seward était situé dans un immeuble en parpaings carré à l'extrémité est de Commodore Street. On l'appelait affectueusement la maison Graham, du nom du premier chef de la police qui avait été très populaire.

Construit en 1949, quand la population comptait moins de trois mille habitants et que six personnes seulement y travaillaient, le poste n'était plus du tout adapté aux effectifs, avec ses dix-sept policiers supplémentaires. Les murs auraient eu besoin d'un coup de peinture, les bureaux en métal perdaient leur couleur grise, le sol de linoléum se trouait par endroits et les policier travaillaient pratiquement les uns sur les autres dans l'espace exigu. Depuis cinq ans, le conseil municipal refusait les crédits pour la rénovation et l'extension du bâtiment.

À 9 heures précises, Albert Hoch, l'imposant maire de la ville que l'on appelait parfois dans son dos Aigle Chauve à cause de son nez proéminent et de son crâne luisant, fit irruption dans le minuscule bureau du chef de la police.

« Expliquez-moi, Ruben, aboya-t-il d'une voix qui s'entendit facilement dans tout le bâtiment. On n'a pas de crimes de sang sur cette île. Personne n'y a jamais été assassiné !

— Eh bien, quelqu'un l'a été, maintenant, répondit avec calme Ruben.

— Kyle Breckenridge est un de mes plus proches amis, rugit Hoch, et ce "quelqu'un" était ma filleule, bon dieu ! Alors, je veux savoir tout ce que vous savez, et je veux que vous me teniez au courant au jour le jour jusqu'à ce que l'affaire soit résolue. »

Ruben soupira. Ce n'était pas qu'il n'appréciât pas le pompeux représentant de la ville, mais Albert Hoch était bien peu perspicace en matière d'enquête.

« Jusque-là, nos seules informations sont qu'elle a été poignardée à mort samedi tard dans la nuit ou dans les premières heures de dimanche, puis jetée dans une benne au cap Madrona, lui dit Ruben. Bien sûr, nous en apprendrons plus après l'autopsie et les recherches sur le lieu du crime.

— Avez-vous des indices ? insista Hoch. Une idée de qui aurait pu faire ça ?

— Rien de concret pour le moment. Mais nous commençons à peine. »

Le premier magistrat de la ville n'était pas plus célèbre pour sa discrétion que pour sa perspicacité, et Ruben avait appris depuis bien longtemps qu'il valait mieux taire au maire ce que la police ne voulait pas immédiatement voir diffuser dans toute l'île.

« Qui allez-vous charger de l'affaire ? demanda Hoch.

— Moi-même. Ginger Earley s'occupera de l'enquête. Charlie Pricker sera responsable des preuves matérielles. Avant que tout soit terminé, je crois que chacun ici aura joué un rôle ou un autre. »

Dans un aussi petit poste, ils travaillaient toujours ainsi. Il sembla soudain absurde à Ruben de rassurer le maire en lui disant ce qu'il savait déjà. Après tout, la police de l'île Seward n'avait que deux détectives : Ginger, qu'il avait embauchée lui-même un peu moins de deux ans auparavant, et Charlie, agent en uniforme dont il avait hérité, et à qui il avait accordé une promotion l'année précédente.

« Seigneur ! soupira Hoch en agitant sa tête chauve. Qu'est-ce que Tara faisait dehors à cette heure ? Comment est-elle allée jusqu'au cap Madrona ? Comment a-t-elle fini dans cette benne à ordures, pour l'amour de Dieu ? Qu'est-ce qui pourrait bien pousser quelqu'un à faire une chose pareille ? »

Rien que de bonnes questions, songea Ruben. Aucune n'avait de réponse. Pour l'instant.

« M. Frankel a vraiment été secoué, remarqua Melissa Senn au déjeuner.

— Oui, approuva Jeannie Gemmetta. Tu as vu son visage ? Il est devenu si blanc, à un moment, qu'il paraissait sur le point de s'évanouir.

38

— C'est vrai, confirma Melissa. Il avait l'air en pleine tragédie... presque comme s'il avait perdu sa meilleure amie.

— Tara était canon, dit Jack Tannauer. Qui sait... Peut-être qu'ils s'entendaient bien...

— Ne sois pas ridicule », gronda Jeannie.

Le père de Jack dirigeait le cinéma de l'île, et certaines idées de son fils semblaient sortir tout droit de Hollywood.

« Je crois qu'il est seulement comme ça..., continua Jeannie. Ce genre de personne qui s'inquiète du sort des autres. Moi, ajouta-t-elle en éclairant d'un sourire son petit visage rond un peu fade, ça ne m'ennuierait pas tellement qu'il s'intéresse à moi. Ne dites pas le contraire : il est trop mignon !

— Tu trouves ? répliqua Melissa.

— Que oui ! Avec ses yeux rêveurs... Quand il les pose sur moi, on dirait qu'il peut lire dans mon âme.

— Voyons, il est assez vieux pour être ton père ! protesta Bill Graham – un garçon de seize ans dont les amis attribuaient la pâleur malsaine au fait qu'il passait trop de temps à la morgue, où travaillait son père.

— Et alors ? rétorqua Jeannie. Il n'en a pas l'air. En fait, il me rappelle un peu Brad Pitt.

— Maintenant que tu le dis, moi aussi je le trouve assez mignon, avoua Melissa en gloussant.

— Sauf son nez, déclara Hank Kriedler.

— Qu'est-ce qu'il a, son nez ?

— Il est plutôt grand, tu trouves pas ? répondit l'adolescent blond avec un méchant sourire.

— Je n'ai rien remarqué, avoua Jeannie.

— C'est parce qu'il est juif, lui dit Hank.

— Vraiment ? s'exclama Jeannie. Je l'ignorais. Comment le sais-tu ?

— Dans quel monde tu vis ? demanda Hank avec un haussement d'épaules. Je pensais que tout le monde le savait. »

« On n'a pas encore grand-chose », expliqua Albert Hoch, qui avait été convoqué en fin de journée dans le spacieux bureau de Kyle Breckenridge, au coin de Commodore et Seward.

Le président-directeur général de la Caisse d'épargne du détroit de Puget était face à un bureau en bois de rose verni qui semblait flotter sur une mer de tapis aigue-marine, et il posait un regard vide sur l'imposant maire.

« Je veux savoir tout ce que vous avez, dit-il.

— Eh bien, Ruben a mis tout le monde sur l'affaire, évidemment. C'est sa priorité absolue. L'autopsie est en cours, de même que l'enquête sur le lieu du crime. Magnus devrait rendre son rapport à Ruben dans un ou deux jours, et Charlie Pricker aura probablement fini de collecter des indices dans la journée de demain. Mais, bien sûr, ça peut prendre des semaines, sinon des mois, avant que le labo trouve quelque chose. Ginger Earley est en train d'interroger les gens... ceux qui connaissaient Tara.

— Cela signifie, je suppose, que quelqu'un va se pointer à Southwynd, remarqua Breckenridge en soupirant. Honnêtement, Albert, je ne sais pas si Mary pourra en supporter davantage en ce moment. »

Hoch hocha la tête : Mary Breckenridge n'était pas très solide.

« Si Phoebe ou moi pouvons faire quoi que ce soit..., murmura-t-il.

— Soyez certain que je vous en suis très reconnaissant, répondit Kyle qui savait l'épouse du maire au moins aussi bavarde que son mari. Tous les deux, vous avez déjà été plus que gentils... Savez-vous, demanda-t-il après avoir cillé plusieurs fois et s'être un peu redressé dans son fauteuil, s'il y a déjà des suspects possibles ? Est-ce que Martinez a trouvé un mobile plausible ? A-t-il au moins une hypothèse ? »

Hoch agita sa grande carcasse dans son siège. En fait, le chef de la police, bien décidé apparemment à garder toute spéculation pour lui-même, ne s'était pas montré aussi ouvert que le maire l'aurait aimé, et Hoch n'avait pas vraiment fait pression sur lui.

« Je ne crois pas, répondit-il. Dans certaines situations, les preuves sont si écrasantes et les mobiles si évidents qu'on peut identifier le meurtrier presque immédiatement, mais cela ne semble pas le cas ici. Les suspects n'apparaissent pas comme par magie. Ruben devra se remuer pour trouver ce salaud. Mais c'est pour ça qu'on le paie, hein ? »

« Une de mes élèves est morte ce week-end, dit Jerry Frankel à son épouse au dîner, le lundi soir.

— Que c'est triste ! murmura Deborah, son attention divisée à parts égales entre son assiette de tagliatelles et un gros rapport qu'elle devait lire avant le petit déjeuner du lendemain.

— Non, je veux dire... elle a été assassinée.

— Quelqu'un a été assassiné, ici, sur l'île ? » demanda-t-elle en levant les yeux sur Jerry.

Il hocha la tête.

« Ça alors ! Je ne pensais pas que les gens d'ici faisaient rien de plus excitant que de regarder pousser les cèdres. »

Ils étaient seuls dans la salle à manger peinte en gris perle. Jerry, chaque soir, faisait dîner Matthew à 6 heures, puis lui donnait son bain et le couchait. Deborah rentrait vers 8 heures, à temps pour embrasser le petit garçon et éteindre sa lampe de chevet. Quand elle redescendait, Jerry avait mis le dîner sur la table. Il était devenu un assez bon cuisinier. S'il s'était passé quelque chose ce jour-là qui valait la peine qu'ils en parlent, ils le faisaient en mangeant. À moins, bien sûr que Deborah n'ait rapporté du travail. C'était un des compromis qu'ils avaient faits quand ils avaient décidé que Deborah demanderait sa mutation au bureau de Seattle de son entreprise, et que le seul poste d'enseignant trouvé par Jerry en milieu d'année scolaire avait été sur cette île isolée, avec des horaires de ferry inflexibles.

« Les gosses ne parlaient que de ça, lui expliqua-t-il. Matthew m'en a même touché un mot en rentrant de l'école.

— Tu la connaissais bien ?

— Je la connaissais, mais pas si bien, dit-il en roulant ses tagliatelles dans une cuiller à soupe. Elle s'appelait Tara Breckenridge. C'était une de mes élèves au cours d'été, et elle était en seconde dans ma classe ce semestre. »

Une ombre passa dans les yeux clairs de Deborah Frankel.

« Que lui est-il arrivé ? »

Jerry fronça les sourcils, en regardant les pâtes enroulées dans sa cuiller comme s'il n'était plus certain de vouloir les introduire dans sa bouche.

« D'après les gosses, elle a été poignardée, et on l'a retrouvée dans la benne à ordures du cap Madrona. »

Deborah ignorait tout de Tara Breckenridge, mais les Frankel étaient allés au cap Madrona deux jours plus tôt. Elle frissonna.

« C'est horrible », murmura-t-elle en enfournant une portion de pâtes et en tournant une page de son rapport.

« Tout le monde à l'école est vraiment bouleversé à cause de Tara, déclara Stacey à son père ce soir-là. Ils ne parlaient que de ça, à chaque interclasse. Ils n'arrêtaient pas de me demander si je savais quelque chose. Je déteste qu'ils fassent ça. Comme si j'allais leur répéter quelque chose que tu m'aurais dit !

— Et tu ne sais rien, je suppose, non ? soupira Ruben.

— Pas grand-chose. C'est drôle, tu vois, continua Stacey d'un air pensif, tout le monde aimait Tara, mais quand on les écoute, on s'aperçoit qu'ils étaient très peu nombreux à la connaître vraiment. Ils la connaissaient juste comme ça. Elle n'était pas gâtée. En fait, je crois que ses parents étaient assez stricts avec elle. Elle n'était ni snob ni rien. Jamais elle ne se vantait devant nous de son argent, de son physique ni de sa position sociale. Elle faisait toujours son possible pour être vraiment gentille avec tout le monde, mais elle restait très discrète la plupart du temps.

— Que pensais-tu d'elle ? »

En plus de ses yeux et de son teint, Stacey avait hérité de l'esprit délié de Ruben, et il avait appris à faire confiance à son instinct concernant les gens.

« Je la connaissais à peine – même si elle était dans deux de mes cours il y a deux ans, trois l'an dernier et deux à nouveau cette année... Voilà, c'est précisément ce que je voulais dire : elle ne laissait pas les gens être trop proches d'elle. J'ai toujours pensé qu'elle était assez bonne élève, mais ses notes ont dû baisser, parce que quelqu'un a dit que ses parents l'avaient envoyée aux cours d'été. Les plus longues conversations que j'ai jamais eues avec elle concernaient des notes d'algèbre.

— Quels étaient ses amis ?

— Eh bien... Les seules filles que je voyais régulièrement avec elle étaient Melissa Senn et Jeannie Gemmetta.

— Des garçons ?

— Non. Avec Melissa et Jeannie, elle fréquentait Hank Kriedler et sa bande, parfois, mais je suis presque certaine que c'était juste un groupe d'amis.

— Es-tu certaine de ne l'avoir jamais vue seule avec l'un d'eux ? Avec qui que ce soit ? »

La jeune fille réfléchit un moment parce que quelque chose semblait chatouiller les coins de sa mémoire, hors de portée. Mais elle haussa les épaules et secoua la tête.

« Si c'est le cas, je ne m'en souviens plus. »

7

« Tara Breckenridge n'a pas seulement été jetée au cap Madrona, déclara d'entrée Charlie Pricker le mardi matin. Elle y a aussi été tuée. »

Il était assis dans le bureau de Ruben ; la troisième chaise, vide, était repoussée contre le mur. Ses lunettes sans monture reposaient sur ses cheveux bruns bouclés. Le chef de la police était installé derrière son bureau, ce qui laissait à Ginger un petit espace pour se tenir debout près de la porte.

« Comment tu le sais ? demanda-t-elle.

— On a repéré l'endroit où il l'a tuée, expliqua Pricker avec un sourire. C'était à une vingtaine de mètres de la benne. Beaucoup de sang. On dirait que le type a essayé de l'éponger avec quelque chose – peut-être le tapis dans lequel il l'a enroulée, parce qu'il était imbibé et que j'y ai trouvé du gravier. Comme il n'y arrivait pas, je pense qu'il a tenté de recouvrir la tache avec du gravier. Mais il ne devait pas y voir vraiment bien, dans le noir. Les gens ne comprennent pas qu'on ne peut jamais se débarrasser de tout le sang.

— Pourquoi est-ce qu'il ne l'a pas laissée où elle est tombée ? s'interrogea Ginger à haute voix.

— C'est un homme méticuleux, notre assassin, répondit Pricker avec un haussement d'épaules ; un fou de propreté. Il ne voulait pas laisser de saleté, je suppose. Ou bien il l'a jetée dans la benne parce qu'il a cru que personne ne l'y découvrirait. Vous savez, il est même allé aux toilettes du parking après le meurtre, pour se laver. On y a trouvé du sang aussi.

— Celui de Tara ou le sien ? demanda Ruben.

— Je l'ignore. Tout ce que je peux vous dire, c'est qu'elle avait un sang du groupe A et qu'on en a trouvé dans les toilettes. Du AB et du O également, mais ça n'a peut-être rien à voir. Il y avait aussi au moins une centaine d'empreintes digitales – ce qui n'a peut-être rien à voir non plus.

— Un parking, après un week-end..., réfléchit Ruben. Pas évident. Des empreintes sanglantes ?

— Non, répondit Charlie. Mais on a une empreinte partielle sur la croix que portait Tara. »

Ruben et Ginger réagirent en se penchant vers lui.

« Sanglante ? questionna le chef de la police.

— Désolé, non.

— Bon, c'est mieux que rien, déclara Ginger. Cela ne garantit pas qu'elle date du moment du meurtre, mais c'est utilisable. »

Ruben se frotta le dos contre sa chaise.

« En cas de meurtre, les quarante-huit premières heures sont cruciales, dit-il à ses deux détectives. C'est là qu'on peut espérer rassembler l'essentiel des preuves susceptibles de faire le lien entre le crime et le meurtrier.

— Alors, qu'avons-nous ? » demanda Ginger.

L'affaire Breckenridge avait quarante-neuf heures. Ruben soupira.

« Pas assez. »

Ils connaissaient l'heure approximative de la mort. Ils étaient presque certains que l'autopsie attribuerait le décès de Tara Breckenridge aux multiples coups de couteau. Ils avaient éliminé de la liste des suspects tant Tom que Billy Hildress. Ils savaient que le tueur avait tiré de la benne le tapis dans lequel Tara avait été enroulée, parce que Egon Doyle, un insulaire de soixante-six ans, l'avait identifié comme ayant appartenu à sa mère récemment décédée. Il avait dit à la police qu'il l'avait personnellement déposé dans la benne vers 5 heures de l'après-midi le samedi. Ils avaient éliminé Egon Doyle de la liste des suspects. Et maintenant, ils savaient avec certitude que le cap Madrona avait été le lieu du crime. En dehors de cela, ils n'avaient aucun témoin oculaire, aucune arme du crime, aucun mobile apparent, aucun suspect.

« Les gens tentent désespérément de se persuader que c'est l'œuvre d'un étranger psychopathe, déclara Ginger. L'idée que Tara ait pu être aussi sauvagement assassinée par un des leurs les effraie trop pour qu'ils l'envisagent.

— Je les comprends, admit Ruben. On ne peut pas leur en vouloir.

— Vous pensez que c'est un étranger ? demanda Ginger.

— Non, répondit le chef de la police en secouant la tête. Mais je pourrais avoir tort. C'est juste une intuition, une impression, à cause de la nature du crime.

— Bon, je crois que nous pouvons éliminer tout lien avec la drogue, dit Ginger. Selon tous ceux à qui j'ai parlé, Tara était si peu portée sur les drogues qu'elle ne prenait même pas d'aspirine. Et personne ne l'a jamais vue à proximité de drogués. »

La marijuana, l'héroïne et la méthamphétamine étaient ce que choisissaient le plus couramment les adolescents, et les statistiques de la police montraient que leur utilisation sur l'île dépassait le double de la moyenne nationale.

« Charlie, faut-il vraiment écarter la drogue ? interrogea Ruben.

— Oui, affirma le détective. Selon Magnus, elle n'avait pris ni drogue ni alcool – pas même de l'aspirine.

— S'il s'agit d'une agression commise au hasard par un fou, de l'île ou du continent, fit observer Ginger, ce n'est peut-être qu'un début.

— Dans ce cas, répliqua Ruben, je vais enfermer ma fille dans sa chambre pour le reste de ses jours.

— À moins que nous ne découvrions un mobile, insista Ginger. Que pouvons-nous échafauder d'autre comme hypothèse ?

— À l'évidence, déclara Ruben en se levant pour détendre son dos, au point où nous en sommes, cela ne va pas faire avancer les choses d'écha- fauder des hypothèses dans le vide. Charlie, trouve-nous un couteau plein de sang. Ginger, interroge tous ceux qui la connaissaient... Enfin, rectifia- t-il au souvenir de ce que Stacey lui avait dit, interroge tous ceux qui savaient quoi que ce soit à son sujet.

— J'y vais, dit Charlie. Si vous avez besoin de moi, je serai au cap Madrona.

— J'y vais aussi, dit Ginger. Si vous avez besoin de moi, je serai au lycée.

— Si vous avez besoin de moi, conclut Ruben, je serai à Southwynd. »

Il sonna à la porte à 10 heures précises.

« Entrez, commissaire Martinez, dit Mary Breckenridge en lui ouvrant elle-même. Mon mari vous attend. »

Elle était très pâle, et ses yeux rouges et cernés lui donnaient l'air d'un vampire. Ses cheveux brun clair ne semblaient pas peignés. Elle portait une robe noire visiblement chère, mais peu flatteuse.

« Je suis désolé de devoir vous ennuyer à un tel moment », murmura Ruben.

Elle le conduisit par un couloir de marbre vert pâle, jalonné de bustes de ses ancêtres sur de gracieux piédestaux et d'énormes vases de fleurs, jusqu'à une bibliothèque lambrissée, meublée de sièges en cuir luisant sur une épaisse moquette rouge. Des livres de toutes tailles et de tous genres s'étageaient du sol au plafond. Parmi eux, Ruben remarqua d'un coup d'œil des ouvrages de Stevenson, Kipling, Hardy et Maugham, pro- bablement des éditions originales.

Les rayons du soleil matinal filtraient à travers les lattes en bois du store. Un petit feu brûlait dans une énorme cheminée de pierre. Ce n'était pas un endroit où pouvaient jouer des enfants, mais une pièce exclusive- ment masculine, et immaculée. Pour autant que Ruben put le voir, il n'y

45

avait pas un grain de poussière sur la moindre surface, pas un seul objet déplacé.

« Je serais plus qu'heureux de vous dire tout ce que vous désirerez savoir, affirma Kyle Breckenridge, mais je ne crois pas savoir quoi que ce soit susceptible de vous aider. »

Il était vêtu d'un complet gris foncé et d'une chemise blanche amidonnée fermée par une cravate noire. Sa peau habituellement hâlée avait décidément viré au gris.

« Eh bien, il arrive parfois, répondit Ruben, qu'une information en apparence anodine s'avère être la clé de toute une affaire. »

Breckenridge montra deux fauteuils qui se faisaient face devant la cheminée. Son épouse se dirigea vers la porte.

« S'il vous plaît, madame Breckenridge, ne partez pas, demanda Ruben. Si vous le voulez bien, j'aimerais que vous participiez aussi à cette conversation. »

Elle regarda son mari et soupira, puis approcha un fauteuil et s'assit toute droite sur le bord du coussin. Ce n'était visiblement pas une pièce où elle venait souvent, se dit Ruben. Il sortit un carnet de notes et un crayon de sa poche de veste.

« Si nous commencions par la journée de samedi ? suggéra-t-il d'une voix douce et calme. Quand avez-vous vu Tara pour la dernière fois ce soir-là ?

— Ce devait être vers 22 heures, répondit Kyle. Nous avons dîné à 19 h 30. Puis nous avons un peu regardé la télévision. À 21 heures, notre fille cadette est montée se coucher. Puis, à 22 heures, mon épouse s'est retirée avec la migraine et je suis venu ici lire un moment.

— Et Tara ?

— Quand ma femme est montée, Tara est allée dans sa chambre faire ses devoirs.

— Était-ce habituel ?

— Quoi ?

— Que Tara passe son samedi soir dans sa chambre à travailler ?

— Sans le qualifier d'habituel, c'était ce qu'elle faisait souvent, surtout quand elle avait un examen à préparer, ou un projet à élaborer pour l'école.

— Avait-elle un examen ou un projet ?

— Je ne sais pas, dit Breckenridge en regardant sa femme.

— Le savez-vous, madame Breckenridge ? s'enquit poliment Ruben.

— Non, murmura Mary Breckenridge. Mais je pense que ce devait être le cas.

— Que faisait Tara, en général, les week-ends où il n'y avait ni examen ni projet scolaire ? demanda Ruben à la mère.

— Lorsque mon épouse et moi sortions, répondit le père, elle restait à la maison avec sa sœur.

— Et sinon ?

— Il arrivait que nous dînions tous dehors, ou que nous allions au cinéma. Parfois, nous nous rendions à Seattle pour assister à un concert ou une pièce de théâtre.

— Est-ce que Tara sortait avec des amis le samedi soir ?

— De temps en temps.

— Avait-elle un petit ami ?

— Non, répondit froidement son père. Nous ne l'autorisions pas à fréquenter des garçons. Elle n'avait que quatorze ans.

— Quinze », murmura la mère.

Ruben les regarda brièvement l'un et l'autre.

« Où était Tara pendant la journée de samedi ? interrogea-t-il.

— Elle est allée en ville avec sa sœur, répondit Mary. Je les ai déposées moi-même un peu avant 11 heures. Elles ont déjeuné et fait des emplettes, puis je suis venue les reprendre. Nous étions à la maison vers 15 heures... Elles étaient très proches, ajouta la mère en posant son regard sur le feu.

— Et de 15 heures au dîner, Tara était ici ?

— Oui.

— A-t-elle reçu des appels téléphoniques ? En a-t-elle passé, à votre avis ?

— Je l'ignore, affirma Kyle en secouant la tête. J'étais à un tournoi de golf, samedi. Je ne suis rentré qu'un peu après 18 heures.

— Le savez-vous, madame Breckenridge ?

— Je ne l'ai pas entendue passer d'appel. Mais il y a un téléphone dans sa chambre, alors c'est possible.

— Bien, déclara Ruben aussi gentiment qu'il le put. D'après nos informations actuelles, nous croyons que la mort de Tara est intervenue entre minuit et 2 heures du matin dimanche. Ce qui signifie qu'elle a dû quitter la maison après 22 heures, quand vous l'avez vue pour la dernière fois, et probablement avant minuit. Savez-vous où elle aurait pu se rendre aussi tard ?

— Non, répondit Kyle avec un haussement d'épaules.

— Et elle n'a rien dit à l'un ou l'autre d'entre vous avant de sortir ?

— Comme je vous l'ai expliqué, j'étais dans la bibliothèque en train de lire. Je ne l'ai pas revue après qu'elle a été montée, et je ne l'ai pas entendue sortir. »

Ruben se tourna vers la mère.

« J'étais dans ma chambre, répondit-elle à la question silencieuse. Ma migraine...

— Mais, d'après vous, il était plus de 10 heures ?

— Oui, dit le père.

— Tara faisait-elle souvent ce genre de choses ? demanda Ruben.

— Quel genre de choses ?

— De sortir la nuit ?

— Non, bien sûr que non, affirma Breckenridge. C'était une gentille fille, très bien élevée. Elle était toujours couchée avant 11 heures le samedi soir. À moins bien sûr que nous ne soyons au-dehors.

— Mais ça n'a pas été le cas ce samedi, n'est-ce pas ?

— Il faut croire que non, dit Kyle en changeant de position dans son fauteuil.

— Et elle a quitté la maison sans vous en avertir ?

— Apparemment.

— Et le matin, en ne la voyant pas, vous avez pensé qu'elle était chez une amie.

— Oui.

— Pourquoi ?

— C'est ce qui nous a semblé le plus logique. Elle avait parlé au dîner d'un cours de chimie qu'elle devait rendre.

— Mais, en ne la voyant pas au petit déjeuner, n'avez-vous pas été inquiets ?

— J'ai été surpris, et, je dois l'admettre, même un peu contrarié qu'elle n'ait pas pris la peine de prévenir quelqu'un qu'elle sortait, mais je n'étais pas inquiet, non. Cette île a toujours été si sûre. Et puis, nous ignorions qu'elle était sortie toute la nuit, alors nous ne pensions pas qu'il y avait de raisons de nous inquiéter.

— Quelqu'un est-il allé voir si Tara avait dormi dans son lit ?

— Oui, moi, déclara Mary. Les draps m'ont semblé froissés. On aurait dit qu'elle y avait dormi.

— Jamais il ne nous est venu à l'idée que quelque chose avait pu lui arriver, assura Breckenridge avec un profond soupir. Comme j'aimerais être allé la voir avant de me coucher !

— Vous ne pouviez pas savoir, observa Ruben.

— Non, dit Kyle en fermant les yeux. Je suppose que non.

— Au fait, à quelle heure vous êtes-vous couché ?

— Vers 11 h 30, je crois. Peut-être un peu plus tard, ajouta Kyle avec une hésitation en regardant sa femme. Quelle heure était-il quand je suis monté, tu t'en souviens ?

— Environ 11 heures et demie, répondit-elle après avoir cillé plusieurs fois.

— Vous en êtes certaine ? » insista doucement Ruben.

Elle hocha la tête sans un mot.

« La bonne pourrait vous le dire, déclara soudain Breckenridge. Maintenant que j'y pense, elle était dans l'entrée pour éteindre les lumières lorsque je suis monté.

— Vous souvenez-vous d'une quelconque dispute pendant la soirée ? Tara était-elle ennuyée par quelque chose ? L'un de vous était-il en colère contre elle pour une quelconque raison ?

48

— Non, affirma Kyle. Il n'y a pas eu de dispute. Personne n'était en colère.

— Serait-il possible que quelque chose de personnel l'ait ennuyée ?

— Que voulez-vous dire ?

— Eh bien, j'ai aussi une gamine de quinze ans à la maison, expliqua Ruben avec un petit sourire, et elle a parfois des problèmes qui sur le coup lui semblent insurmontables. À cet âge, il arrive souvent que les gosses aient du mal à discuter de sujets personnels avec leurs parents.

— Pourquoi posez-vous toutes ces questions ? grogna Breckenridge.

— Je suis conscient que cela doit être terriblement douloureux pour vous, mais le seul moyen dont nous disposions pour trouver comment et pourquoi cet terrible événement s'est produit, c'est d'en apprendre autant que nous pouvons sur Tara et ses habitudes.

— Eh bien, commissaire Martinez, répliqua Breckenridge en soupirant, si elle avait un problème personnel qu'elle n'avait pas envie d'aborder avec nous, comment en serions-nous au courant ?

— Et vous, madame Breckenridge ? Avez-vous remarqué si quelque chose semblait la préoccuper ?

— Non, murmura Mary dont les yeux s'emplirent de larmes.

— Et sa sœur ? Vous avez dit qu'elles étaient très proches. Tara aurait-elle pu lui parler ?

— Tori a à peine douze ans, rétorqua Breckenridge. Si Tara lui a parlé, ça n'a pas pu être de choses plus importantes que de poupées ou de rubans pour les cheveux. Comme je vous l'ai déjà dit, Tori est allée se coucher à 9 heures, samedi soir. Elle ne sait rien... Nous lui avons posé la question. Elle est très bouleversée par la mort de sa sœur, et je vous supplie de ne pas aggraver les choses en l'interrogeant maintenant. Dans une ou deux semaines, peut-être, quand ce ne sera plus aussi... douloureux.

— Bien sûr, admit Ruben. Je comprends tout à fait... Vous avez parlé d'un cours de chimie. Si Tara avait décidé qu'elle devait rendre ce cours en pleine nuit, où serait-elle allée ? Chez une camarade de classe ? une amie ? Avez-vous une idée de qui il peut s'agir ?

— Non, reconnut Breckenridge au bout de quelques secondes. Je ne savais pas grand-chose de ses camarades de classe ou de ses amies.

— Et vous, madame Breckenridge ?

— Peut-être Melissa, ou Jeannie, suggéra-t-elle en tamponnant ses joues avec un mouchoir trempé. Il me semble qu'elles étaient en chimie ensemble.

— À supposer qu'elle soit partie à pied, aurait-elle pu aller chez l'une ou l'autre ? »

Il y eut un temps de silence.

« Jeannie vit de l'autre côté de l'île, répondit Mary. Melissa à environ huit cents mètres. Mais d'autres camarades à elle habitent sans doute plus près...

« — Il est possible qu'elle soit seulement sortie se promener, lança soudain Kyle. Sans chercher à se rendre dans un endroit particulier, juste pour prendre l'air. Ce pourrait être aussi simple que ça !

— Prendre l'air ? répéta poliment Ruben.

— Il faisait très beau, samedi, continua Kyle, très chaud pour la saison. Peut-être est-elle simplement partie se promener, et un fou est passé en voiture et, pour je ne sais quelle horrible raison, elle l'a laissé l'emmener... Pas quelqu'un de Seward, bien sûr, ajouta-t-il en toute hâte. Un étranger qui aura pris sa voiture pour un de ces amusements de malade.

— Il est possible que vous ayez raison, concéda Ruben avant de changer de sujet. Votre bonne vit-elle ici ?

— Oui, confirma Breckenridge.

— Quelqu'un d'autre ?

— Non.

— Reçoit-elle de la visite ?

— Non. Mme Poole est veuve. Elle n'a pas d'enfants, elle ne reçoit personne. Nous sommes probablement sa seule famille. Elle est chez nous depuis plus de vingt ans.

— J'aimerais lui parler, suggéra Ruben, juste pour que tout soit clair dans ma tête. »

Breckenridge se retourna et tira sur un gros cordon de soie qui pendait près de la cheminée. Ils attendirent tous les trois en silence qu'Irma Poole frappe doucement à la porte et pénètre dans la pièce.

« Le commissaire Martinez est ici à propos de la mort de Tara, lui expliqua Kyle. Il cherche à confirmer notre emploi du temps de samedi soir. Je lui ai déjà dit que je vous ai vue éteindre les lumières au moment où je suis monté me coucher. Mme Breckenridge et moi-même croyons que c'était vers 11 heures et demie. Vous en souvenez-vous ?

— C'était précisément à 11 heures et demie, affirma Irma Poole en s'adressant à son employeur.

— Vous en êtes certaine ? demanda Ruben.

— Tout à fait.

— Comment se fait-il que vous vous souveniez aussi précisément de l'heure ?

— C'est toujours à 11 h 30 que j'éteins les lumières et que je verrouille les portes.

— Avez-vous vu ou entendu quoi que ce soit sortant de l'ordinaire, ce soir-là ? Un détail auquel vous n'avez pas attaché d'importance sur le coup, mais qui maintenant vous paraît inhabituel ?

— Non, dit-elle après réflexion. Je n'ai rien vu et rien entendu, ajouta-t-elle en posant cette fois ses yeux tristes sur Ruben.

— Merci, madame Poole, déclara Kyle à la bonne, qui se retira.

— Elle adorait Tara, lança Mary avec une pathétique tentative de sourire. Tout le monde aimait Tara. »

Ruben regarda Breckenridge qui regardait le feu, le visage tiré et gris. Il détestait devoir leur faire subir cela, mais il le fallait.

« Si cela devenait nécessaire, monsieur Breckenridge, seriez-vous prêt à subir le test du détecteur de mensonges et à nous donner un échantillon de votre sang ? »

Mary cessa de respirer, la bouche ouverte, et Kyle fixa le chef de la police d'un regard glacial.

« Êtes-vous sérieux ? Pensez-vous vraiment que j'aurais pu faire une chose pareille à ma propre fille ?

— Je suis désolé, s'excusa Ruben, mais je ne ferais pas mon travail si je n'envisageais pas même les solutions les plus invraisemblables.

— Alors, quand vous aurez suffisamment de raisons de me croire impliqué d'une quelconque façon dans cette affaire, répondit d'un ton sec le banquier, je me présenterai à la maison Graham pour tous les tests que vous souhaiterez réaliser – à condition que j'aie l'accord de mon avocat, bien sûr.

— Merci, dit doucement Ruben avant de continuer : L'un de vous pense-t-il à quelqu'un qui pourrait avoir eu une raison de faire du mal à votre fille ? »

C'est alors que Mary, déjà trop tendue, fondit en larmes, enfouissant son visage dans son mouchoir pour étouffer ses sanglots.

Kyle Breckenridge secoua la tête.

« Ma femme vous l'a déjà dit, commissaire Martinez : tout le monde aimait Tara. Elle n'avait pas un ennemi au monde.

— Alors, pourriez-vous penser à quelqu'un qui aurait cherché à vous atteindre *vous*, en s'attaquant à elle ?

— Moi ? s'étonna Breckenridge. Mais je n'ai pas non plus d'ennemi. Toute ma vie, j'ai aidé les gens. Personne ne peut me haïr au point d'avoir pris la vie de cette merveilleuse petite fille. »

Sa voix se brisa sur les derniers mots, et il perdit la maîtrise qu'il avait tenté si difficilement de conserver. Il se détourna du chef de la police.

Une des choses que Ruben avait apprises au fil des années, c'était de savoir quand cela suffisait.

« Merci à tous les deux de m'avoir consacré tout ce temps, dit-il à mi-voix. Je connais le chemin. »

Il rangea son carnet de notes et son crayon dans sa veste, et se leva pour partir. Mais, en arrivant à la porte de la bibliothèque, il s'arrêta, désireux d'adresser quelques paroles appropriées à ces parents effondrés.

« Ma fille est plus importante pour moi que ma propre vie, affirma-t-il. Je sais ce que je ressentirais si une chose pareille lui arrivait. Je vous prie d'accepter mes condoléances. »

Kyle Breckenridge se ressaisit et se leva.

« Je sais que vous avez une enquête à mener, commissaire Martinez, répliqua-t-il d'une voix sans timbre, et je ne veux vous gêner en rien.

Mais il nous faut enterrer notre fille et faire notre deuil. Je crois que toute l'île en a besoin. Alors, je vous en prie, si vous pouviez accélérer les choses afin que nous parvenions à faire ce que nous avons à faire, cela signifierait plus pour nous que n'importe quoi, en ce moment.

— Je veillerai à ce que le corps vous soit rendu dès que possible », promit Ruben.

Maintenant, il y avait des larmes dans les yeux du père.

« Trouvez le salaud qui a fait ça à ma petite fille », murmura-t-il.

Ruben rentra à la maison Graham, l'esprit plus fixé sur la conversation qu'il venait d'avoir avec les Breckenridge que sur la route qu'il suivait.

C'était une bien triste illustration du monde dans lequel il vivait, se dit-il, que son enquête l'oblige à vérifier l'emploi du temps de Kyle Breckenridge à l'heure du meurtre. À l'évidence, l'homme était au désespoir, et étant père, Ruben ne pouvait s'empêcher de se mettre à sa place. Qu'on envisage seulement que lui-même puisse toucher un cheveu de la tête de Stacey lui glaçait le sang de rage et il savait comment il aurait répondu à une telle suggestion.

Tout bien considéré, le père de Tara Breckenridge était resté très courtois.

Le lendemain, le *Seward Sentinel* publia l'éditorial suivant :

La police part de l'hypothèse que Tara Breckenridge a été accostée par un agresseur, ou des agresseurs, tandis qu'elle se promenait près de chez elle après 10 heures du soir, samedi.

Selon le maire Albert Hoch, la jeune insulaire que tout le monde aimait aurait pu vouloir se rendre chez une amie, ou tout simplement aller prendre l'air.

M. le Maire nous a déclaré : « Nous avons toutes les raisons de croire que Tara était près de Southwynd quand elle a été enlevée par cette personne, ou ces personnes, puis emmenée au cap Madrona, où elle a trouvé cette mort tragique. »

Un fidèle de l'église épiscopalienne de Seward, que fréquentait la famille Breckenridge, écrivit au journal :

Si quelque chose de positif peut être dit à partir d'une aussi terrible tragédie, c'est que notre peine face à la mort de notre chère Tara nous incite à apprécier d'autant plus chaque instant que nous passons avec nos propres enfants, si précieux.

52

Un pêcheur bourru, dont le fils purgeait une peine de deux ans dans une prison de Californie pour détention de cocaïne, déclara pour sa part :

Qu'on le veuille ou non, le crime violent a atteint notre île. Peut-être que la seule manière de garder nos jeunes loin des ennuis est de les empêcher de sortir dans les rues.

8

Malcolm Purdy vivait à l'ouest de l'île Seward, sur une parcelle de terre de quinze hectares léguée par un grand-oncle qu'il n'avait jamais connu. La première chose que fit l'ancien marine en recevant le titre de propriété fut d'ériger un haut mur de pierre tout autour, percé d'un unique portail en fer. La seconde fut de l'électrifier.

Un jour, environ dix ans plus tôt, il avait surgi de nulle part, descendant du ferry au volant d'une Jeep Cherokee toute neuve, un chien borgne assis près de lui. Personne sur l'île n'avait jamais compris de quoi il vivait. Apparemment, il n'avait pas d'emploi, pas de revenus visibles et, en dehors de sa pension militaire et de son modeste héritage, aucune rentrée d'argent clairement identifiable. Il vivait seul dans la petite maison construite par son grand-oncle, et ne s'absentait de l'île qu'un mois par an.

Les rares personnes, surtout des livreurs, qui avaient franchi le portail affirmaient qu'il ne faisait rien de la terre. Ses voisins disaient qu'il consacrait beaucoup de temps à s'exercer au tir, le bruit de ses fusils, hélas, franchissant le mur. La femme qu'il employait trois jours par semaine pour effectuer le ménage, la lessive et quelques courses, et qui restait sur la propriété pendant le mois où il s'absentait, était aussi taciturne que son employeur. Certains disaient qu'elle était aussi sa maîtresse, mais si tel était le cas cela ne semblait pas beaucoup gêner son mari, un pêcheur ronchon qui partait parfois des mois d'affilée sur son bateau.

Les deux premières années, Malcolm Purdy avait été de toutes les conversations sur l'île Seward, son mode de vie alimentant l'insatiable curiosité d'insulaires avides de connaître tout ce qu'il y avait à connaître sur tout le monde. Ils surent quand il reçut l'ordinateur très puissant qu'il avait commandé par correspondance. Ils surent, au centime près, combien il dépensait en munitions à l'armurerie de Gus Landry. Ils surent quels journaux emplissaient régulièrement sa boîte aux lettres. Ils en conclurent qu'il conservait un véritable petit arsenal sur sa propriété, mais comme aucun d'entre eux ne fut jamais invité à le voir, ils n'en eurent jamais la preuve. Surtout, ils spéculèrent sur ce qu'il faisait durant le mois où il quittait l'île chaque année. Ils auraient donné presque n'importe quoi pour savoir où il allait, mais personne n'était en mesure de le leur dire.

Leur intérêt s'émoussa, et pendant un temps le reclus fut laissé à sa vie obscure. Puis des hommes étranges commencèrent à arriver sur l'île pour se diriger vers le portail électrifié. Ils restaient un ou deux mois, puis repartaient.

Peu après l'arrivée des premiers visiteurs, on livra une grosse quantité de bois de construction et d'autres matériaux chez Purdy, et les voisins rapportèrent que les bruits de tir étaient remplacés par ceux des scies et des marteaux. Et voilà qu'un ouvrier du continent qui installait des fosses septiques révéla que Purdy construisait une cabane derrière sa maison. Un plombier de l'île confirma plus tard cette information.

Les ragots reprirent de plus belle sur Seward. Que se passait-il là-bas ? se demandaient les bonnes gens. Entraînait-il des terroristes ? Planifiait-il une insurrection ? Hébergeait-il des criminels recherchés dans tout le pays ?

Jamais Purdy ne laissa voir qu'il savait à quel point son mode de vie préoccupait les insulaires. C'était comme s'ils évoluaient et parlaient sur une autre planète. Orphelin originaire d'Alabama, il avait été promené d'un parent éloigné à un autre jusqu'à ses dix-huit ans. Pendant des années, le corps des marines avait tout représenté pour lui. Il lui avait donné une identité qu'il n'avait jamais eue auparavant, des camarades qu'il n'aurait jamais connus, la discipline qui lui avait toujours manqué, un but qu'il n'aurait sinon jamais envisagé. Et il lui avait appris comment tuer : rapidement, proprement, sans remords. Si Malcolm Purdy était capable d'aimer quelque chose, il aimait les marines.

Il avait été marié, et il avait connu ce qu'il prenait pour une vie de famille. Un jour, rentrant chez lui plus tôt que prévu, il avait trouvé sa femme au lit avec un autre. Il les avait tués tous les deux, froidement, calmement, d'un coup bien ajusté dans chacune des deux têtes.

Son avocat, un capitaine rigoureux, avait réussi à le tirer d'affaire, prétendant qu'il avait agi sous l'effet d'une douleur atroce et d'une rage incontrôlable qui avaient entraîné ce crime passionnel tout à fait justifiable, expliquant même que la femme et son amant avaient en quelque sorte mérité leur sort, après ce qu'ils avaient fait.

Mais le corps des marines devait préserver son image. Après vingt-trois ans de bons et loyaux services, Purdy fut discrètement et rapidement démobilisé, avec tous les avantages. Il n'en voulut pas aux marines. Il comprit.

Il se retrouva seul avec deux petites filles, une de cinq ans, l'autre de presque trois ans. Il les emmena à Mobile chez une cousine au second degré et son mari, tous deux âgés d'une trentaine d'années et sans enfants.

« Je veux que vous adoptiez légalement les filles », leur dit-il en leur remettant les documents qui officialisaient son renoncement à tout droit parental présent ou à venir. Elles ont besoin d'un bon foyer et de gentils parents. Elles n'ont pas besoin de savoir que leur mère était une putain et leur père un meurtrier.

— Où vas-tu aller ? demanda sa cousine. Que vas-tu faire ?

— Je n'en sais rien. Ne t'inquiète pas. »

Un mois plus tard, un avocat chargé de la succession de son grand-oncle prenait contact avec lui.

Au cours des dix années écoulées depuis, Malcolm Purdy n'avait rien fait pour avoir des nouvelles de sa cousine, ni pour se renseigner sur ce qu'étaient devenues ses enfants. Il n'envoyait ni cartes d'anniversaire ni cadeaux de Noël. Mais le lendemain du jour où la mort de Tara Brecken-ridge fut annoncée dans le journal, il décrocha le téléphone et appela Mobile.

« Je voulais juste savoir si elles vont bien, déclara-t-il.

— Elles sont parfaites, lui assura sa cousine. Intelligentes, belles, normales et heureuses.

— Est-ce qu'elles... se souviennent de... quelque chose ?

— Je crois qu'elles se souviennent seulement des bons moments. Tu veux leur parler ?

— Non. Je voulais juste savoir si elles allaient bien. »

9

Le *Sentinel* expliquait à ses lecteurs :

Tous les efforts de la police pour identifier le ou les agresseurs qui ont enlevé Tara Breckenridge près de chez elle avant de l'assassiner cruellement ont jusqu'ici été stériles.

La police demande à tous ceux qui auraient pu voir ou entendre quoi que ce soit d'inhabituel à proximité de la propriété de Southwynd ou du parking du cap Madrona, soit tard samedi soir, soit tôt dimanche matin, de contacter le commissariat dès que possible.

« Nous penchons pour un criminel de passage, nous a déclaré M. le Maire, quelqu'un qui ne vit pas sur l'île Seward, mais qui y est venu ce jour tragique pour y commettre au hasard cet acte de violence. Quiconque a vu une telle personne, lui a parlé, en a entendu parler, doit se faire connaître. »

« Il arrive, souligne la détective Ginger Earley, que l'information apparemment la plus insignifiante puisse nous amener à résoudre une affaire. »

Un des pratiquants les plus stricts de l'île écrivait à la rédaction :

C'est parce que nous n'avons pas réussi à donner à nos enfants de bons principes moraux chrétiens qu'ils s'écartent du droit chemin. Ils sont la proie de l'hédonisme qui envahit notre société, et nous devons tout faire pour les ramener vers Dieu.

Une femme au foyer, mère de quatre enfants, le contredisait dans la même page :

La mort de Tara Breckenridge fut un événement tragique et

horrible, mais ce n'est pas le manque de moralité qui l'a tuée, c'est un fou dangereux, et nous ne devons pas l'oublier. Nos enfants sont fondamentalement de gentils enfants.

Et un charpentier qui voyait rarement sa propre fille contre-attaquait :

Si Tara Breckenridge était restée chez elle où toute jeune fille bien devrait être, au lieu de sortir se promener au milieu de la nuit, serait-elle morte aujourd'hui ?

Magnus Coop était assis au bout d'une table rectangulaire en métal, dans la petite pièce sans fenêtre de la maison Graham que la police utilisait pour interroger les gens ou pour se réunir à plus de trois personnes. Le journal du jour était ouvert devant lui.

« Parfois, je ne sais pas ce qui est pire : les faits ou les spéculations, déclara-t-il en regardant les colonnes imprimées à travers ses lunettes cerclées de métal perchées sur le bout de son nez.

— La pénurie de faits conduit souvent à la prolifération de spéculations, fit observer le chef de la police assis en face de lui, le regard fixé sur le dossier qu'avait apporté le légiste. Il s'agit sans doute des résultats de l'autopsie que nous attendons ?

— Oui.

— Alors, qu'avons-nous ?

— Je dois vous avertir, Magnus, dit Ginger, assise entre les deux hommes du côté long de la table. En dépit de ce que vous pouvez lire dans notre très respectable journal local, Ruben ne pense pas que notre assassin soit un homme de passage.

— Non ? demanda le médecin en posant ses yeux sur le chef de la police. Pourquoi pas ?

— J'aimerais bien, répondit Ruben avec un soupir. À bien des égards, cela rendrait l'affaire beaucoup plus facile. Mais ça ne colle pas. En plus, les statistiques sont là : nettement plus de 80 pour 100 des victimes d'homicide dans ce pays sont tuées par quelqu'un qu'elles connaissent.

— C'est vrai, admit le médecin, mais cela nous laisse un petit pourcentage, non ?

— D'accord. Supposons que notre assassin soit du continent, qu'il visite l'île, qu'il passe justement près de Southwynd au milieu de la nuit quand Tara se promène, et qu'elle accepte de monter dans sa voiture et de se faire emmener au cap Madrona – où il la tue. Mon premier problème est celui-ci : pourquoi Tara serait-elle ainsi partie avec un parfait étranger ? D'après tous les renseignements que nous avons récoltés, elle n'avait rien d'une adolescente rebelle à la recherche de sensations fortes. Elle était douce et timide, et très bien élevée. Elle ne se droguait pas, elle n'avait même pas encore de petit ami. Est-ce qu'une fille comme ça serait montée dans la voiture d'un inconnu au milieu de la nuit ?

— Il pourrait l'avoir forcée, suggéra Charlie Pricker qui faisait face à Ginger.

— Avec un pistolet, oui, mais avec un couteau ? Depuis l'intérieur d'une voiture ? Dans ce quartier ? Elle aurait crié. Elle aurait couru.

— Peut-être qu'il est descendu de voiture, suggéra Charlie.

— Ou peut-être qu'ils étaient deux, ajouta Ginger.

— Ça, on l'ignore, répliqua Charlie. Rien n'indique qu'il y ait eu plus d'un criminel.

— D'accord, l'interrompit Ruben. Disons qu'il y avait une seconde personne, qu'elle a trouvé un moyen de forcer Tara à monter dans la voiture, qu'ils l'ont emmenée au cap Madrona et qu'ils l'ont tuée. Ma question est : Pourquoi ? N'oubliez pas, nous avons vu le corps : cette pauvre gamine a eu une mort des plus brutales. Ce n'était pas une lubie, mais à l'évidence un crime dû à une colère incontrôlable. Souvenez-vous maintenant que nous sommes partis de l'hypothèse qu'il s'agissait d'un étranger. Quel aurait pu être son mobile ?

— Peut-être était-il simplement en colère contre le monde entier, suggéra Charlie.

— Admettons qu'il en veuille au monde entier... Il prend alors le ferry vers une île isolée, une île où il n'y a plus personne dans les rues à 9 heures du soir, et il cherche une victime ? Bien longtemps après que la plupart d'entre nous sont au lit, il erre encore sur les routes ? Et, quand il surprend Tara en train de se promener dans le quartier le plus huppé de la ville, il sait précisément où l'emmener ?

— Est-ce tellement impossible ? demanda Ginger. Peut-être était-il déjà venu, peut-être vient-il souvent...

— D'accord, supposons, concéda Ruben. Il est un visiteur habituel, il prend Tara en voiture pour l'emmener au cap Madrona, et pour une raison quelconque il la tue. Comment est-il reparti de l'île ? Même si l'on considère que le meurtre a été commis le plus tôt dans la fourchette possible, le dernier ferry était parti depuis longtemps. Et le type devait avoir du sang partout sur lui – nous savons qu'il s'est lavé dans les toilettes du parking. Qu'a-t-il fait le reste de la nuit ? Il est allé à l'auberge ? Il a dormi dans la rue ? Même s'il est resté sur place, où est-il allé le matin ?

— C'est juste, dit Ginger en fronçant les sourcils. Il avait forcément quitté le parking du cap Madrona à 6 heures et demie, sinon Tom Hildress et son fils l'auraient vu.

— Et le premier ferry ne part pas avant 8 heures, le dimanche, ajouta Ruben. Alors, il aurait difficilement pu attendre au port sans se faire remarquer. N'oubliez pas que le parking, le ferry et toute l'île ont été mis sous surveillance avant 7 h 45 ce matin-là. Combien de tueurs, même en colère contre le monde entier, fixeraient leur choix sur une île isolée pour s'y retrouver forcément piégés, sans moyen de la quitter ?

— Je vois ce que vous voulez dire, murmura Ginger. Mais peut-être qu'il n'avait pas l'intention de la tuer, qu'il désirait seulement l'emmener quelque part pour la violer, et que tout s'est mal passé.

— Non, intervint Coop.

— Pourquoi pas ? demanda brutalement Ruben.

— Parce qu'il n'y avait aucune trace de viol ni de violences sexuelles, répliqua le médecin. Elle avait des marques sur les bras qui peuvent correspondre à une tentative de la maintenir immobile, et des lacérations sur le visage qui montrent qu'on l'a giflée ; elle avait aussi des contusions au cuir chevelu sur lesquelles je reviendrai plus tard, mais aucun signe de sperme, aucune tuméfaction ni aucun saignement anal ou vaginal.

— Quoi d'autre ?

— La cause de la mort est celle que je vous ai dite, continua Coop, le cœur lourd. Il y avait treize blessures au couteau, neuf dans l'abdomen et quatre dans la poitrine. C'est une des quatre dernières, un coup qui a pénétré directement dans le ventricule gauche, qui a fini par la tuer.

— Quel cauchemar ç'a dû être pour elle ! s'exclama Ginger en frissonnant.

— Cela n'a pas été une mort miséricordieuse, admit le médecin d'un air lugubre. Mais ce qui m'a surpris c'est que, alors que j'ai trouvé du sang sur ses mains, il n'y avait aucune blessure montrant qu'elle s'était défendue, et rien sous ses ongles. Si brutale qu'ait été l'attaque, il semble qu'elle n'a fait aucun effort pour se protéger.

— Est-ce inhabituel ? s'enquit Ginger, qui avait peu d'expérience de ce type d'homicide.

— Quand on est agressé, surtout avec un couteau, lui expliqua Coop, la réaction typique est de se défendre. Dans une telle situation, Tara aurait dû avoir des coupures et autres blessures sur les mains et les avant-bras.

— Quoi d'autre, docteur ? demanda Charlie.

— Les blessures étaient en majorité très profondes. Dans la plupart des cas, le couteau a été enfoncé jusqu'à la garde, ce qui indique que le tueur était assez fort. À mon avis, toutes les blessures ont été infligées par une seule personne utilisant un seul instrument – selon toute probabilité, un couteau à un seul tranchant, à lame incurvée d'environ quinze centimètres de long et approximativement trois centimètres sur sa plus grande largeur. En d'autres termes, un couteau de chasse tel qu'on peut en acquérir dans au moins cent magasins dans un rayon de quatre-vingts kilomètres, et qu'on doit probablement trouver dans au moins 30 pour 100 des maisons de l'île. Je sais par exemple que Jim Petrie en a acheté toute une boîte à la quincaillerie.

— Ça limite vraiment nos recherches ! marmonna Ginger.

— Eh bien, peut-être, d'une certaine façon, continua Coop, parce qu'à mon avis, étant donné l'angle et la position des blessures, notre tueur est gaucher.

— Gaucher ? répéta Charlie.

— Selon mes constatations, il la tenait par les cheveux. Il y a sur le cuir chevelu plusieurs contusions qui ressemblent à l'empreinte du poing d'une main droite. Cela confirme mon opinion qu'il la tenait par les cheveux de sa main droite et la frappait de la gauche. C'est écrit dans mon rapport.

— D'accord, dit Ginger, alors nous savons que notre tueur est fort – au moins assez pour lui infliger ces blessures, et ensuite pour la jeter dans la benne – et qu'il est probablement gaucher. Et maintenant ? » demanda-t-elle en se tournant vers Ruben.

Mais le chef de la police n'écoutait plus qu'à moitié depuis un moment : une des déclarations du médecin retenait son attention.

« Vous avez bien dit que neuf des coups sur treize ont été portées à l'abdomen ? questionna-t-il.

— Oui, répondit Coop en cillant derrière ses lunettes. Neuf à l'abdomen. »

Charlie Pricker se pencha en avant.

Ginger regarda son chef, puis le médecin.

« Est-ce que j'ai raté quelque chose ?

— Pas encore, déclara Ruben en fixant des yeux le médecin. Qu'est-ce que vous ne voulez pas nous dire, docteur ? » ajouta-t-il doucement.

Magnus Coop poussa un soupir d'une indicible tristesse. À peine quinze ans plus tôt, il avait mis cette enfant au monde, si nette, si innocente, si parfaite, et maintenant il était sur le point de la détruire, aussi sûrement que ce fou l'avait détruite avec son couteau. À partir de cet instant, si les gens ne se souvenaient que d'une chose concernant Tara, ce serait celle-ci :

« Tara Breckenridge était enceinte. »

10

Quand Ginger repensait à son enfance, une des premières choses qui lui venaient à l'esprit était les centaines de puzzles qu'elle avait faits avec son père, les longues soirées d'hiver pluvieuses où ils se réchauffaient tous les deux devant la cheminée du salon, imbriquant de petits morceaux de paysage qui augmentaient en difficulté au fil des années. Jamais cela n'avait cessé de la fasciner de voir comment ces morceaux aux formes bizarres finissaient par s'associer pour constituer une image complète.

À l'époque, elle n'avait aucun moyen de savoir qu'une distraction du soir constituait une expérience d'apprentissage aussi importante. Mais, ainsi qu'elle devait le dire plus tard, réaliser des puzzles lui avait appris comment se concentrer sur la forêt, sur un arbre à la fois. Cela lui avait aussi appris la patience. Et cette combinaison expliquait en grande partie le fait qu'elle ait si bien compris le travail d'un policier. Elle considérait chaque cas comme une sorte de puzzle, prenant les petits bouts d'indices pour les mettre à la bonne place ou dans le bon contexte afin d'obtenir, à la fin, une vérité indubitable.

« Vous aviez raison depuis le début, et j'aurais dû m'en apercevoir, dit-elle à Ruben au moment où le médecin et Charlie refermaient la porte derrière eux pour aller étudier ensemble en détail le rapport d'autopsie. On n'a pas affaire à quelqu'un de passage. Ce n'était pas un acte commis au hasard. Elle connaissait son assassin.

— Il semblerait bien.

— C'est pour cela qu'elle est montée dans la voiture avec lui. Il n'était pas un étranger. Elle n'avait aucune raison de ne pas le suivre. Et voilà notre mobile : elle était enceinte, et il pensait que ce n'était sans doute pas une très bonne idée.

— Une forme d'avortement plutôt radicale.

— Peut-être qu'elle ne lui a pas laissé le choix.

— Peut-être.

— Et bien sûr, cela explique aussi ce qu'elle faisait cette nuit-là, continua la détective. Elle n'était pas sortie prendre l'air, ni rendre visite à une amie : elle était allée *le* voir. Ils avaient rendez-vous et elle ne voulait pas que ses parents le sachent. Elle lui a probablement dit, pour le bébé. Peut-être qu'elle a refusé d'avorter, ils se sont bagarrés, et il a paniqué. Toutes ces blessures à l'abdomen... Il voulait tuer le bébé.

— Bonne analyse, admit Ruben, tant que tu ne laisses pas ce détail voiler la véritable image. Oui, il désirait à l'évidence mettre fin à sa grossesse, mais est-ce que ce que nous avons appris jusque-là nous dit que ce crime était juste un moyen d'éviter une paternité non désirée ?

— Non, en effet, décida Ginger après réflexion. Il aurait pu se dégager de cette paternité sans mettre la gamine en morceaux. Cela nous dit qu'il s'agit de quelqu'un ayant beaucoup plus à perdre que de seulement devenir père.

— Brosse-moi un portrait, l'encouragea Ruben.

— Eh bien... C'est quelqu'un de fort, d'athlétique, même, probablement gaucher, et que sa victime connaissait. Ce pourrait donc être un élève du lycée qui nourrit de grands projets d'études à l'université et envisage une carrière. Il pourrait aussi être un parent ou un ami de la famille avec une situation sociale en vue. Il pourrait être un professeur, un homme d'Église, un médecin, n'importe qui détenant une position respectée, ou exerçant une certaine autorité dans cette communauté. Il pourrait être marié. Et il est, ou se croit, très vulnérable. En tout cas, Tara lui faisait confiance.

— Qui avons-nous exclu ?

— Jusque-là, Tom et Billy Hildress, et Egon Doyle.

— Qui pouvons-nous inclure dans notre liste de suspects possibles ?

— Tout le monde – enfin, tous les gauchers. Pouvons-nous exclure Kyle Breckenridge ? Il est en partie gaucher.

— En partie ?

— Il se trouve que je le sais ambidextre. Je l'ai vu écrire de la main gauche, mais jouer au golf comme un droitier.

— Il a aussi un alibi confirmé pour l'heure du meurtre, dit Ruben, et la sympathie de toute l'île. Sans preuve directe qui nous mènerait devant sa porte, je crois que nous ferions mieux de le retirer de notre liste pour l'instant. »

Albert Hoch s'était montré inflexible à ce sujet. Une heure à peine après la fin de sa visite à Southwynd, Ruben avait reçu son coup de fil.

« Cet homme a plus fait pour l'île Seward que n'importe qui d'autre depuis cent ans, avait crié le maire dans l'oreille du policier. Il est anéanti par la mort de sa fille. Alors, à moins que vous puissiez lui accrocher l'arme du crime au cou, et au cou de personne d'autre, ne vous avisez pas de traîner son nom respectable dans la boue. »

« Revenons à notre portrait, continua Ruben. Si nous supposons que

63

tout ce que tu as dit jusque-là est exact, quelle était la plus grande peur de notre futur père ? »

Comme auparavant, Ginger prit un moment pour réfléchir.

« De voir les projecteurs braqués sur lui. Pas seulement à cause de la colère de la famille Breckenridge, même si ce n'était pas négligeable. Mais Tara n'avait que quinze ans... ce qui signifie que, même si elle était consentante, il aurait été accusé de viol. Il aurait été condamné. Il serait allé en prison. Ç'aurait été la fin de tout pour lui.

— Alors, que pouvons-nous ajouter d'autre à ce portrait ?

— Il est majeur.

— Et tu n'as rien trouvé concernant un petit ami ?

— Rien. J'ai parlé aux gosses que Tara voyait. Ils affirment qu'elle ne fréquentait personne.

— Ses parents aussi.

— Croyez-vous qu'ils la savaient enceinte ?

— Je dirais que la mère l'ignorait, mais le père est plus difficile à déchiffrer. Peut-être l'a-t-il soupçonné, et a-t-il cherché à protéger sa fille ; il a pu se dire que, si l'autopsie ne révélait rien, cela ne nous regardait pas.

— Cela ne nous regardait pas ? se récria Ginger. C'est la base de toute l'affaire, ce qui établit que nous recherchons quelqu'un d'ici, de l'île Seward. Attention, bonnes gens, il est peut-être votre voisin !

— Ou votre compagnon de lit, murmura Ruben.

— Personne ne va aimer ça, vous savez, déclara Ginger avec un soupir. Mais d'une certaine façon, ce pourrait être une bonne chose. La plupart des gens du coin sont corrects. Simplement, ils ont l'habitude de tirer de loin pour éviter d'attaquer de près et de se salir. Maintenant, ils vont apprendre qu'il ne s'agit pas d'une personne de passage, que le tueur est un des leurs, toujours présent, et jusqu'à plus ample informé capable de tuer à nouveau. Aucune mère de l'île ne va dénoncer son fils, et la plupart des femmes auraient bien du mal à dénoncer leur mari, mais savoir que l'assassin est là peut pousser quelqu'un d'autre à le dénoncer. »

Ruben sourit. Quelle que soit l'opinion personnelle de Ginger sur un problème, il pouvait toujours compter sur elle pour une analyse claire et précise du lieu et de ses habitants, qu'elle avait connus presque toute sa vie.

« J'ai été bien malin de t'engager, hein ? » songea-t-il à haute voix.

Curieusement, Ginger rougit, alors que ses yeux noisette pétillaient.

« Pour un flic de votre calibre, vous avez mis longtemps à le comprendre », rétorqua-t-elle.

Le jour des funérailles de Tara, il pleuvait. Une pluie que le père Paul, le vieux pasteur de l'église épiscopalienne de Seward, n'hésita pas à attribuer aux larmes de Dieu ayant à accueillir en Son sein une si jeune âme.

Des centaines de gens s'étaient déplacés ; tous cherchaient l'occasion de dire un dernier au revoir. Le lycée avait donné congé pour l'après-midi afin que les élèves qui le souhaitaient puissent assister aux funérailles. Les boutiques avaient fermé deux heures afin que les employés puissent rendre un dernier hommage à la jeune fille. Les femmes au foyer avaient fait leurs courses tôt ce matin-là et ceux qui travaillaient sur le continent étaient revenus par le ferry de la mi-journée.

Il y avait aussi beaucoup de monde de Seattle et d'Olympia, des continentaux qui avaient éprouvé le besoin de se montrer. Les Seward avaient été des pionniers dans cette région, et les intérêts de la famille s'étendaient par-delà le détroit de Puget.

La grande église de pierre qui couronnait l'extrémité nord-est du Village Green était de loin la plus vaste et la plus prestigieuse de l'île. La construction originale datait de l'époque de Nathaniel Seward et sa tribu. Ce jour-là, ses bancs d'acajou sculpté étaient tous occupés, la foule encombrant les ailes et une armada de parapluies couvrant le parvis herbu.

La cérémonie fut triste et belle. Le chœur chanta les cantiques qui, au dire de Mary Breckenridge, étaient les préférés de Tara. Une douzaine de personnes au moins prirent la parole, chacune relatant de petites histoires drôles, heureuses, touchantes, à propos de la jeune fille qui avait fait partie de leur vie pour un temps si bref.

« Elle était peut-être plus belle, plus riche, mieux dotée que nous tous de tous les avantages dont nous ne pouvions même pas rêver, dit Melissa Senn, mais elle était trop gentille pour qu'on lui en veuille. On l'aimait. »

« Elle n'était pas seulement ma filleule, sanglota Albert Hoch, elle était une de Ses préférées sur Terre. Et il ne fait aucun doute dans mon esprit qu'elle est maintenant Sa préférée à Son côté, au ciel. »

« J'ai administré à Tara sa première claque sur les fesses et son premier vaccin, se souvint Magnus Coop. Chaque fois qu'elle venait à mon cabinet, elle gagnait une sucette pour avoir été si sage. Je me suis assis sur son lit quand elle avait la rougeole et les oreillons. Je lui ai mis le bras dans le plâtre quand elle se l'est cassé, j'ai bandé sa cheville quand elle se l'est foulée. Je l'ai regardée grandir, et la merveilleuse petite fille est devenue une adorable adolescente. J'ai encore au mur de mon cabinet les marques qui indiquent sa croissance, telle qu'on la mesurait chaque année. Comme beaucoup d'entre vous, elle avait écrit son nom sous la colonne. Tant que je vivrai, ce mur ne sera jamais repeint. »

La présidente de la fête des Moissons annonça que, par respect pour Tara, les festivités seraient annulées cette année-là. Personne ne protesta.

Ruben et Ginger se tenaient au fond de l'église.

« Vous souvenez-vous des vieilles histoires de détectives, chuchota Ginger, où l'inspecteur va aux funérailles pour voir celui qui n'est pas vraiment à sa place ?

— Tu veux dire celui qui ne peut s'empêcher d'avoir l'air coupable ? murmura-t-il.

— Oui, celui-là.

— Tu crois vraiment qu'il est là ? » demanda Ruben avec un sourire.

Ginger scruta la foule : la famille, les amis, tout le personnel de la banque, divers élus, des représentants des nombreux organismes charitables de Mary, les partenaires de Kyle au golf, les membres du Rotary, des Elks et de la société de chasse, la foule des élèves et des professeurs.

« Oh, il est bien là, murmura-t-elle. Il ne pouvait pas prendre le risque de ne pas venir. »

Jerry Frankel quitta l'église en compagnie d'une demi-douzaine d'autres enseignants du lycée, plutôt ému par la sympathie exprimée pour la jeune fille morte.

« Il est assez extraordinaire qu'une personne si jeune ait pu toucher tant de vies, murmura-t-il.

— Je sais que tu es assez nouveau, ici, mais ne sois pas naïf, répliqua un collègue d'un ton cynique. Toutes ces démonstrations ne sont pas provoquées par Tara. Il s'agit juste d'être vu.

— Les Breckenridge sont-ils si importants ? demanda Jerry.

— Disons, répondit un autre collègue, que je ne voudrais pas les prendre à rebrousse-poil. Le vieux Seward, le grand-père de Tara, a fait renvoyer un prof il y a quelques années parce qu'il avait qualifié le commodore de pirate.

— Mais c'était un pirate ! s'exclama Jerry en riant. Un des meilleurs ! »

Les autres enseignants regardèrent autour d'eux d'un air inquiet.

« Tu ferais mieux de baisser le ton et de garder tes opinions pour toi, dit l'un d'eux. Kyle Breckenridge n'est pas non plus le genre de type avec qui on peut s'amuser. »

Mary Breckenridge passait dans le grand couloir du premier étage, à Southwynd, collée au mur, comme pour disparaître. C'étaient les religieuses qui lui avaient appris à marcher de cette façon. Sa mère était catholique, et elle avait insisté pour envoyer sa fille dans une école conventuelle à Seattle. Mary était toujours si calme et obéissante qu'elle avait peut-être espéré la voir prendre le voile.

Mary n'en fit rien. Elle était calme, et obéissante aussi, à n'en pas douter, mais elle avait ses idées sur le genre de vie qu'elle voulait mener, et celles-ci étaient très éloignées d'une existence solitaire coupée de choses comme le mariage et les enfants.

« C'est une gentille fille, déclarèrent les religieuses, mais elle n'est pas faite pour le couvent. »

Comme une fleur, Mary avait l'air d'une jeune fille fraîche et délicate qui se serait soudain fanée avec l'âge. Elle avait rencontré Kyle Breckenridge à vingt ans, quand elle était en deuxième année d'université. De dix ans plus âgé qu'elle, il était venu travailler dans la banque du père de Mary. Au bout d'un mois, le banquier déclara :

« Ce jeune homme a une bien bonne tête sur les épaules. S'il reste dans la banque, il pourrait être une excellente recrue pour nous, je crois.

— Et il a de si bonnes manières ! ajouta la mère. À l'évidence, il est issu d'une bonne famille où on a pris le temps de l'élever convenablement. »

En fait, Kyle Breckenridge était le neuvième des douze enfants qu'avaient eus un modeste mineur du Minnesota et son épouse. C'était surtout l'État qui l'avait élevé jusqu'à ses dix-huit ans ; après quoi il transforma une bourse pour ses qualités d'athlète en un diplôme avec mention de l'université du Minnesota, puis en un troisième cycle en finances de l'université de Chicago, et jamais il ne se retourna sur sa vie passée.

Il apprit seul comment parler et se conduire en regardant les films de Cary Grant, en les étudiant même ; il s'inventa un passé tragique pour expliquer son absence de famille, et il fit sa demande en mariage à la fille du président de la banque un an après leur première rencontre.

Mary était folle de joie. Elle l'avait espéré, rêvé, imaginé, bien sûr, mais en dépit de sa richesse et de sa position sociale, elle n'avait jamais vraiment cru qu'un homme aussi charmant, aussi beau, aussi excitant que Kyle Breckenridge tomberait amoureux d'elle. En conséquence, elle ne tarda pas à tomber follement, profondément, complètement et irrévocablement amoureuse de lui.

Elle abandonna ses études, se maria, lui donna deux filles ; il reprit la banque après que les parents de son épouse se furent noyés lors d'un tragique accident de navigation, et toute la famille habita dans la gracieuse demeure dont l'arrière-arrière-arrière-arrière-grand-père avait commencé la construction. Lentement, si lentement que Mary ne se rendit même pas compte de ce qui se passait, elle fit siens les besoins, les rêves, la vie même de Kyle, au point de cesser presque d'exister.

Tous ceux qui les connaissaient applaudissaient à leur engagement dévoué pour la communauté, appréciaient leur soutien charitable, admiraient leur famille harmonieuse et les enviaient pour leur style de vie. Mais Mary savait que leur vision n'était qu'une extension de leurs désirs. Comme devant une maison aux volets clos, personne ne voyait vraiment ce qui se passait à l'intérieur. Jamais on ne sut le calvaire que vécut Mary jour après jour dès qu'elle fut contrainte d'accepter le fait que Kyle l'avait épousée non par amour, mais pour la banque et les biens qui étaient indissociables d'elle.

Et jamais cela n'avait été plus évident que maintenant, alors qu'elle avait tant besoin de lui, alors que son monde si soigneusement construit était sur le point d'exploser en un million de morceaux irréparables, et qu'il était ailleurs.

Au bout du hall, elle arriva à la porte de la chambre de Tara – le cocon rose et jaune qui avait hébergé tant de promesses, et si brièvement la merveilleuse petite fille qui avait toujours été la fierté de sa mère. Tout était perdu à présent. Sa fille était partie quelque part où Mary était incapable de la rejoindre, de la prendre dans ses bras, d'essuyer ses larmes. Et comme si ce n'était pas suffisant, son précieux souvenir ne tarderait pas à être à jamais terni. Quand le numéro du lendemain du *Sentinel* arriverait sur les tables, au petit déjeuner, tous ceux qui avaient applaudi, admiré, apprécié et envié les Breckenridge, tous ceux qui avaient sangloté devant le cercueil qu'on faisait descendre dans le sol froid et mouillé, tous sauraient que l'image de douce innocence qu'ils avaient toujours associée à Tara n'était qu'une façade.

Une façade, songea amèrement Mary, comme pouvait l'être un mariage. Elle se laissa tomber sur le lit à baldaquin rose et jaune, entoura son corps de ses bras comme pour l'empêcher de se déliter, et pleura.

En dépit des protestations conjointes d'Albert Hoch et de Kyle Breckenridge, la nouvelle de la grossesse de Tara se retrouva en effet à la une du journal le lendemain des funérailles.

« Révéler cette information au public pourrait gravement gêner l'enquête, dit le maire à la rédactrice en chef.

— Foutaises, et vous le savez ! répliqua Gail Brown, en agitant sa queue de cheval, indignée. En fait, cela pourrait bien aider à trouver ce salaud.

— Ne vous opposez pas à moi, madame Brown, avertit le président de la banque, ou je mets votre journal sur la paille. Je résilierai votre prêt, et si cela ne suffit pas je ferai pression sur vos annonceurs jusqu'à ce qu'ils vous fuient.

— Allez-y, rétorqua Gail sans la moindre émotion. Je vais imprimer ce que vous venez de me dire en présence d'un témoin, et je laisserai non seulement l'île Seward, mais tout le comté de Puget décider si les gens ont le droit de connaître la vérité.

— Mais publier cette histoire vous rendra tellement impopulaire ! plaida le maire. Et cela détruira la réputation d'une jeune fille innocente.

— Je ne cherche pas à être populaire, mais à faire mon métier de journaliste. Et je ne fabrique pas les nouvelles, je me contente de les rapporter. De plus, ce que vous savez aujourd'hui, Albert, le monde entier le saura demain de toute façon ; alors, quelle différence cela fait-il que je l'imprime ?

— J'espère au moins que vous aurez la décence d'attendre la fin des funérailles », conclut Kyle.

Comme promis, l'éditorial du *Sentinel* commençait ainsi :

En conséquence d'une stupéfiante nouvelle preuve confirmée par le bureau du médecin légiste, les autorités locales pensent maintenant que l'assassin de Tara Breckenridge n'était pas de passage, comme on l'a cru tout d'abord, mais qu'il réside sur l'île Seward et qu'il connaissait certainement sa victime.

« Enfin, elle a au moins attendu que la pauvre gamine soit enterrée, fit remarquer Charlie Pricker en jetant le journal à la poubelle.

— Ce sera un grand réconfort pour sa famille », répliqua Ginger en soupirant.

La nouvelle éclipsa les funérailles, le meurtre lui-même, dans les conversations à la quincaillerie du port de la Mouette, à la boulangerie de Commodore Street, à la bibliothèque de l'île Seward et au café du Bord de l'Eau, où des groupes de gens échangeaient des chuchotements nerveux qui s'interrompaient brutalement si Kyle, Mary ou la jeune Tori Breckenridge passaient par là.

Et les lettres continuaient d'affluer au journal, comme celle de cette bibliothécaire qui crut devoir écrire :

C'est une double tragédie. Désormais, les Breckenridge sont frappés par deux meurtres au lieu d'un seul.

Et l'épouse d'un pasteur baptiste qui cita son époux (avec son autorisation) :

Le prix du péché est la mort. Tara Breckenridge a péché, et elle a été punie pour son péché. Que Dieu ait pitié de son âme.

Ou un biologiste en colère qui affirma :

Si les parents ne peuvent instruire convenablement leurs enfants sur les questions sexuelles, si l'Église ne veut même pas admettre que le sexe à l'adolescence est un fait indubitable, il serait peut-être temps que les lycées distribuent des préservatifs.

Tout le monde, semblait-il, avait une opinion, à propos du meurtre, à propos des adolescentes enceintes, à propos de l'impossibilité de tenir les jeunes. Mais alors que les jours se transformaient en semaines, personne ne fournit la moindre information à même d'aider la police dans son enquête. Le *Sentinel* réitéra son appel :

Plus que jamais, les autorités locales ont besoin de votre aide pour identifier l'assassin de Tara Breckenridge. Si vous avez vu Tara le soir de sa mort, ou si vous étiez près du parc du cap Madrona entre minuit et 2 heures du matin ce dimanche funeste, le maire Albert Hoch vous demande instamment de vous faire connaître.

« Si nous voulons que nos enfants soient de nouveau en sécurité sur l'île Seward, dit-il, nous avons besoin de votre soutien. Nous ne pouvons laisser ce meurtrier échapper à la justice. »

L'affaire Breckenridge datait de près de trois semaines et elle ne progressait pas. Les gens commençaient à montrer leur impatience et leur angoisse, qui s'exprimaient toujours dans le journal.

« Je n'ai jamais rien vu de tel, admit Hoch devant Ruben en brandissant comme preuve le dernier numéro. Les gens ont peur. Les parents enferment leurs gosses la nuit. Eux-mêmes restent chez eux. Les restaurants ont fait 60 pour 100 de chiffre d'affaires en moins le soir, la semaine dernière. Le cinéma aussi déclare que le nombre de spectateurs a diminué de moitié. Personne auparavant n'avait l'idée de fermer les portes à clé, sur cette île. Aujourd'hui, Jim Petrie, à la quincaillerie, dit qu'il est en rupture de stock pour les verrous. On ne sait plus à qui faire confiance. Les gens soupçonnent soudain des voisins qu'ils ont connus toute leur vie. Tout le monde marche sur des œufs.

— C'est parfaitement compréhensible, lui répondit le chef de la police. Un meurtre de sang-froid, c'est tout nouveau dans cette communauté, et les gens ignorent comment réagir.

— Et, bien sûr, tout le monde essaie de découvrir qui sera la prochaine victime.

— La prochaine victime ? Pourquoi pensent-ils qu'il y aura un autre meurtre ?

— Parce que ce maniaque vit ici, où il peut frapper à n'importe quel moment, affirma Hoch. Les maniaques ne s'arrêtent pas à un meurtre !

— Considérant la nature du crime, nous pensons que le tueur était enragé, répondit Ruben, mais pas nécessairement qu'il avait l'esprit dérangé. On ne saura s'il risque de tuer une seconde fois que lorsqu'on saura pourquoi il a tué la première fois.

— Vous ne croyez pas qu'il va recommencer ? » s'étonna le maire, les yeux jaillissant presque de sa tête chauve.

Ruben s'adossa à son fauteuil pour détendre son dos et regarda longuement le mur afin de décider s'il devait ou non dévoiler à Albert Hoch le fond de sa pensée.

« Ce n'est qu'une opinion personnelle, fondée sur mon expérience passée, dit-il enfin, conscient que dans l'heure ses paroles seraient rapportées en long et en large dans toute l'île comme un fait officiel, mais j'ai tendance à considérer qu'il s'agit ici d'une attaque délibérée contre une personne unique et pour une raison précise. Rien de ce que nous avons découvert jusque-là ne nous conduit à penser que notre assassin tuera de nouveau. Bien sûr, je peux avoir tort, mais toutes les circonstances de cette affaire semblent indiquer qu'il s'agit d'un incident isolé. »

11

Il ne voyait que les yeux de Tara. À la lueur de la lune, ils semblaient brûler d'une vie propre, comme s'ils n'avaient aucun lien avec le reste de son corps, comme s'il n'y avait rien d'autre d'elle. Il avait beau se tourner et se retourner toute la nuit, il ne pouvait leur échapper, ni échapper à l'horrible accusation qu'ils lui jetaient.

Il se couvrit le visage de ses mains pour ne plus voir, mais même alors il y avait encore les yeux. Toujours les yeux. Il tenta de se cacher, gémissant, se recroquevillant, parce qu'il savait ce qui allait venir. Il se couvrit les oreilles, espérant ne pas entendre. Mais même alors le cri abominable déchira la nuit et le dénonça au monde.

Il se réveilla en sursaut, essoufflé, en nage, affolé. Il n'y avait ni lune ni cri. La pièce était sombre et silencieuse. On ne l'avait pas découvert. Ce n'était qu'un cauchemar.

Pendant un moment, sa gorge resta si serrée qu'il crut ne plus pouvoir respirer, la douleur dans sa poitrine resta si intense qu'il se demanda s'il n'avait pas une sorte de crise cardiaque. Quelle erreur inexcusable ce serait de mourir à cet instant, dans ce lit, à cause d'un cauchemar, alors qu'il avait encore tant de vie à vivre !

Il se força à prendre plusieurs inspirations profondes, remplissant ses poumons à les faire éclater, puis laissant l'air sortir aussi lentement qu'il le pouvait. Il savait que cela détendrait sa gorge et soulagerait la douleur dans sa poitrine.

Quand il fut relativement calme, il releva ses oreillers contre le dosseret du lit, et s'y adossa pour reconstruire tout le scénario, du début à la fin, s'assurant qu'à chaque étape il avait fait la seule chose possible. Ce qu'elle avait exigé l'aurait détruit, aurait ruiné sa vie entière. Il serait même probablement allé en prison. Mais jamais elle n'avait fait le moindre effort pour voir les choses de son point de vue à lui. Toutes les fois qu'il avait tenté de lui parler, elle avait refusé d'écouter. Il ne pouvait croire à quel point elle s'était montrée têtue. Finalement, elle ne lui avait pas laissé le choix.

Le plus stupide, c'est qu'ils auraient pu trouver une solution. Il aurait suffi qu'elle accepte ce qu'il lui proposait. Il avait été on ne peut plus clair. Elle avait donc provoqué ce qui lui était arrivé, en réalité, par son sentiment de honte ou de culpabilité ; elle lui avait forcé la main comme si elle détenait le moindre pouvoir. Elle avait joué avec sa propre vie, et perdu. Ce qui signifiait qu'elle était seule responsable des conséquences.

Avec un soupir de satisfaction, il ferma les yeux et attendit que le sommeil revienne, s'étant convaincu qu'elle avait compris, à la fin du moins, ce qu'elle avait fait – ce qu'elle l'avait contraint à faire. C'était pour cette raison qu'elle n'avait pas lutté.

« Pendant les semaines qui viennent, nous allons étudier la Seconde Guerre mondiale, de près et personnellement, comme on dit, annonça Jerry Frankel à sa classe de seconde le lundi suivant la fête de Halloween, soit trois semaines après la mort de Tara Breckenridge. Certains d'entre vous le savent déjà, ce fut une guerre qui, sans même parler des pertes en vies humaines et de la défaite du fascisme, eut un énorme impact socio-économique sur ce pays, et nous allons nous attacher tout spécialement à cet impact. Mais, comme entrée en matière, puis-je savoir si certains d'entre vous ont eu des membres de leur famille directement concernés par cette guerre ? »

Trois mains se levèrent.

« Mon grand-père a combattu, dit Lucy Neiland. Il a perdu un bras le jour du débarquement en France. »

Beaucoup d'élèves hochèrent la tête. Ils connaissaient Lars Neiland et sa boutique d'accastillage dans la baie sud ; il pouvait faire des nœuds plus vite avec sa pince en acier que n'importe qui d'autre avec ses deux mains.

« J'ai eu un grand-oncle qui a servi dans la marine, dit Jack Tannauer, mais je ne l'ai jamais rencontré. Les Japs ont coulé son bateau dans le Pacifique bien avant ma naissance.

— Tu veux dire les Japonais, n'est-ce pas ? demanda Jerry en fixant des yeux le jeune homme durant un moment.

— Ouais, si vous préférez, répliqua Jack en haussant les épaules.

— Toute la famille de ma grand-mère est morte pendant la guerre, dit Daniel Cohen. Ses parents, ses frères et ses sœurs, toutes ses tantes, ses oncles et ses cousins aussi. Ils ont été gazés à Auschwitz. Elle seule a survécu. »

Il y eut un gros rire au fond de la salle.

« Hank, tu as quelque chose à nous faire partager ? questionna Jerry.

« — Tous ces trucs sur les chambres à gaz et le reste, c'est que des conneries, affirma Hank Kriedler.

— Que veux-tu dire par des "conneries" ? rétorqua le professeur. Veux-tu dire que Daniel vient d'inventer cette histoire sur la famille de sa grand-mère ?

— Eh bien, il croit peut-être que c'est vrai, répondit Hank avec un haussement d'épaules indifférent. Parce que c'est ce qu'ils lui ont dit. C'est ce qu'ils ont dit à tout le monde.

— "Ils" ? De qui parles-tu ?

— Des Juifs, bien sûr, déclara Hank Kriedler. C'est que de la propagande racontée par les Juifs partout pour salir le nom d'Hitler, parce qu'ils n'aimaient pas la façon dont il remettait l'Allemagne sur ses pieds. »

Jerry regarda longuement le jeune homme de seize ans avant de reprendre la parole.

« Mon père a un tatouage au bras où on peut lire M4362. Il le couvre toujours avec des manches longues pour que personne ne le voie parce qu'il en a honte. On le lui a fait le jour où il est arrivé à Majdanek – qui, nous le verrons, fut un des plus célèbres camps de la mort de Hitler –, le jour même où il a vu ses parents emmenés comme du bétail aux douches, dont ils ne sont jamais ressortis. Il a honte parce qu'il n'a rien pu faire pour les sauver. Il avait douze ans. Est-ce cela que tu appelles de la propagande, Hank ? Crois-tu que mon père a lui aussi tout inventé ?

— Les Juifs détruisaient l'Allemagne, affirma le jeune homme. Ils contrôlaient tout l'argent. Ils étranglaient l'économie. Chacun sait qu'ils sont à l'origine de la Grande Dépression, parce qu'elle les a rendus encore plus riches et encore plus puissants. Alors, ils ont entraîné la France et l'Angleterre dans une guerre contre l'Allemagne. Hitler a eu bien raison de s'en débarrasser pour défendre son pays. Mais il n'y a pas eu de camps de la mort comme tout le monde croit : c'étaient juste des camps de détention, comme on en a eu ici pour les Japs – euh, les Japonais. Toute cette histoire de meurtres de masse, c'est des conneries.

— Alors, d'après toi, qu'est-il arrivé aux six millions de Juifs, ainsi qu'au million de dissidents politiques et autres indésirables, comme les appelait le Troisième Reich, qui ont disparu pendant la guerre ?

— Je l'ai dit, c'est de la propagande. La plupart d'entre eux n'ont probablement jamais existé.

— Tu sembles assez bien renseigné sur ce sujet particulier, fit observer le professeur. Puis-je savoir d'où tu tires tes informations ?

— De livres, dit Hank en haussant de nouveau les épaules. Mon père a de vrais livres d'histoire, et mon frère et moi on les a lus, des livres qui racontent la vraie histoire, pas les mensonges qu'on essaie de nous faire avaler en classe. »

Jerry Frankel regarda les vingt-trois élèves, un groupe tout à fait ordinaire.

« Y en a-t-il d'autres parmi vous qui pensent comme Hank ? demanda-t-il. Qui sont persuadés que les manuels vous servent des mensonges ? »

Hank lança un regard furieux à ses camarades de classe, surtout ceux qui faisaient partie de son cercle immédiat. Jack Tannauer haussa les épaules et leva la main. Au bout d'un moment, Kristen Andersen fit de même. D'autres eurent l'air de vouloir le faire aussi, mais se ravisèrent.

« Trois d'entre vous, au moins », murmura Jerry en sentant ses cheveux se hérisser sur sa nuque.

Il prit une décision rapide.

« Hank, je vais te dire ce qu'on va faire. Tu vas apporter les livres de ton père. Nous les lirons ensemble, ici, en classe, où nous les comparerons aux autres documents qui, depuis cinquante ans maintenant, ont été utilisés dans presque toutes les institutions pédagogiques du pays. Et nous tenterons de distinguer les faits de la fiction en la matière, pour voir si nous pouvons arriver à la vérité. »

Il y eut des murmures dans la salle et tout le monde regarda Hank Kriedler. Il était grand pour son âge, beau garçon et un des rares élèves de seconde à conduire sa propre voiture. On le considérait en général comme un des meneurs de la classe – et il venait d'être défié.

« Il faudra que je demande à mon père, marmonna l'adolescent en rougissant jusqu'à la racine de ses cheveux platine. Les livres sont à lui. Je sais pas s'il me laissera les apporter en classe.

— Pourquoi pas ? demanda Jerry Frankel avec une grande douceur. Nous sommes en terrain neutre. Ici, notre objectif primordial est d'apprendre. Tu nous as présenté une vision de l'histoire très contradictoire avec ce qui est tenu pour vrai de nos jours, une vision de l'histoire qu'à ton avis nous devrions tous avoir, n'est-ce pas ? Je t'offre simplement l'occasion d'arriver à ton but, en fondant tes certitudes sur une documentation qui pourra résister à l'examen de tes pairs. »

Dans un sous-sol éclairé par une bougie unique, sept hommes discutèrent tard dans la nuit. Ce n'était pas une réunion habituelle de quelque organisation constituée, pas même une rencontre amicale, car peu de ces hommes évoluaient dans les mêmes cercles sociaux. C'était plutôt une convocation d'urgence de citoyens qui partageaient les mêmes idées et qui, quand l'occasion se présentait, se retrouvaient afin de discuter d'un problème particulier.

Les voix étaient trop basses pour qu'on distingue les paroles, l'ombre trop profonde pour qu'on distingue les visages. On ne voyait clairement, à la flamme hésitante, qu'un drapeau rouge, sur le mur du fond, avec un svastika en son centre.

13

Ce que Ginger aimait le moins dans une enquête, c'était revoir des gens qu'elle avait déjà interrogés et les pousser dans leurs retranchements – des gens tout à fait innocents, qui voulaient seulement qu'on les laisse mener leur vie tranquilles – afin de convaincre un d'entre eux de dénoncer un frère, un ami, un voisin.

Durant les semaines qui suivirent les funérailles, elle retourna voir le groupe des élèves qui étaient les plus proches de Tara Breckenridge. Un d'entre eux avait-il remarqué que Tara montrait un intérêt particulier pour un autre élève, un professeur, un adulte – n'importe qui, n'importe quand – qui pourrait donner à la police une piste à suivre ? La réponse fut non.

Quelqu'un avait-il vu un élève, un professeur, un adulte quelconque – n'importe qui, n'importe quand – montrer un intérêt particulier pour Tara ? À nouveau, la réponse fut non.

« Tara était ma meilleure amie, dit Melissa Senn, et je sais qu'elle était très protégée. Elle n'avait même pas le droit de sortir avec un garçon. Je crois que ses parents la trouvaient trop jeune et trop naïve pour certaines choses : ils avaient peur qu'elle tombe enceinte ou je ne sais quoi. »

La jeune fille brune s'arrêta brusquement et rougit quand elle se rendit compte de ce qu'elle venait de dire.

« Je crois..., continua-t-elle, qu'ils avaient raison, n'est-ce pas ? »

Bill Graham fit observer :

« Tara était en quelque sorte "chasse gardée", même si elle n'en était pas forcément consciente. C'était juste comme ça qu'on la considérait. Vous savez : on peut regarder, mais on ne touche pas. Elle se joignait parfois à notre groupe, on s'amusait ensemble, mais ça n'allait pas plus loin.

— Et ça vous dérangeait ?

— Mon père est fossoyeur, détective Earley. Il prépare les corps et creuse les tombes. J'aurai de la chance si je peux aller à l'université. Le père de Hank Kriedler vend des voitures. Le père de Jack Tannauer vend les billets et nettoie les toilettes du cinéma. On n'est pas précisément le genre de types qu'on accueillerait à bras ouverts à Southwynd, si vous voyez ce que je veux dire. Pour Tara, les Breckenridge visaient à mon avis un peu plus haut qu'un garçon de l'île Seward. »

Ginger passa aux garçons des plus grandes classes. Combien d'entre eux avaient connu Tara ? Étaient-ils jamais sortis avec elle ? L'avaient-ils jamais vue dans une situation qui leur aurait semblé inhabituelle ? Elle se retrouva de nouveau face à un mur vide.

Puis elle les interrogea séparément. Où étaient-ils la nuit où Tara était morte ? Quelqu'un pouvait-il corroborer leur alibi ? Seraient-ils prêts, si on le leur demandait, à passer à la maison Graham pour un test au détecteur de mensonges ?

Ensuite, la détective revint au secrétariat et demanda à consulter le dossier scolaire de la victime. En troisième, Tara n'avait que d'excellents résultats, mais à la fin de l'année ses notes avaient doucement commencé à baisser vers une honnête moyenne, sans plus. Elle avait pris trois cours de rattrapage pendant l'été, où ses notes étaient remontées à leur niveau précédent.

Finalement, Ginger retourna voir les professeurs. Maintenant qu'ils avaient eu le temps de réfléchir, est-ce qu'un d'entre eux se souvenait de quoi que ce soit susceptible de faciliter l'enquête ? Y avait-il quoi que ce soit chez Tara qui avait changé au cours des dernières semaines de sa vie ?

« Il est évident qu'elle n'avait pas les notes qu'elle aurait dû avoir, reconnut son professeur de sciences. Selon moi, elle était beaucoup plus brillante que la qualité de son travail ne l'indiquait. »

« L'algèbre n'était pas son fort, expliqua le professeur de mathématiques, mais je sais qu'elle faisait des efforts. J'ai vérifié. Elle a eu la note maximum à son dernier contrôle. »

« Elle était bonne en grammaire et en rédaction, mais elle n'avait vraiment pas la tête à son travail scolaire, admit tristement son professeur d'anglais. J'aurais dû être plus attentive. Il est certain que, si j'avais eu la moindre idée de ce qui se passait, j'aurais tenté de faire quelque chose. Mais je me disais que c'était juste l'entrée dans une nouvelle année scolaire qui la perturbait et que, comme bien d'autres gosses, elle allait trouver son rythme. »

« Je lui ai donné la meilleure note pour son cours d'été, dit Jerry Frankel, le professeur d'histoire. Et je ne lui ai pas fait de cadeau. Elle a beaucoup travaillé. Mais ça n'a plus été la même chose avec le début de l'année scolaire. Il arrivait fréquemment qu'elle rende ses devoirs en retard, ou qu'elle ne les rende pas du tout, et j'ai remarqué qu'elle avait du mal à se concentrer en cours. »

Ginger alla au collège, dans le bâtiment voisin, et demanda à voir Tori Breckenridge. Elles se rendirent ensemble à la bibliothèque et s'assirent à une table tout au fond de la pièce.

« Je ne sais rien, déclara la fillette de douze ans. Ma mère dit toujours que Tara et moi étions proches, mais ce n'était pas le cas. Pas vraiment. On s'entendait bien. Je veux dire... elle n'était pas méchante avec moi, ni rien. Mais jamais elle... ne se confiait à moi, vous comprenez, jamais elle ne me parlait de ce qui se passait dans sa vie, ni de ses problèmes, ni de rien.

— Vois-tu quelqu'un à qui elle aurait pu en parler ? demanda Ginger.

— Peut-être... au père Paul, répondit Tori avec un petit haussement d'épaules. Tara était très engagée dans les activités de l'église. »

Les portes massives de l'église épiscopalienne de Seward étaient ouvertes au vent d'automne. Ginger trouva le vieux pasteur à genoux devant l'autel, frissonnant dans son habit trop léger.

« Il fait froid, père Paul, dit-elle gentiment. Est-ce que nous pourrions prendre le thé ? »

Le prêtre se remit péniblement sur ses pieds et l'entraîna dans la sacristie. Il avait plus de quatre-vingts ans et il officiait dans cette église depuis près de cinquante années. Son assistant, un homme gauche d'environ quarante ans, apporta le thé.

« Tara était une vraie croyante, déclara le père Paul sans toucher à son thé. Elle aidait à l'enseignement des plus jeunes au catéchisme, vous savez. Jamais elle ne ratait la messe, et elle communiait toujours. Cela semblait lui faire du bien, et ranimer son âme.

— Jusqu'à l'époque de sa mort ? s'enquit Ginger.

— Non, reconnut le pasteur. À un moment, je crois que c'était début septembre, elle n'est pas venue à l'église deux semaines de suite. J'ai supposé qu'elle était malade. Elle est revenue ensuite, mais elle n'a plus communié, et elle n'a plus voulu enseigner aux enfants.

— Lui avez-vous demandé pourquoi ?

– J'en avais l'intention, répondit le vieil homme en soupirant.

— Cela ne vous a pas étonné ?

— Bien sûr que cela m'a étonné.

— Elle n'est pas allée vers vous ?

— Non.

— Y avait-il quelqu'un d'autre ici, un de vos assistants, peut-être, à qui elle aurait pu se confier ?

— Le père Timothy est mon seul assistant pour le moment. Malheureusement, Tara n'est pas allée vers lui non plus. Elle n'allait vers personne. C'est l'échec que j'emporterai dans ma tombe, avoua le vieux pasteur dont les yeux s'emplirent de larmes. C'était une merveilleuse enfant. Aussi pure et nette que les anges au ciel, et Dieu nous l'avait offerte comme don d'amour. Quoi qu'il lui soit arrivé ici sur Terre, cela a sûrement été l'œuvre du diable. »

Le dernier rendez-vous de la journée amena Ginger au centre médical pour y voir Magnus Coop.

« Vous étiez son médecin, insista-t-elle auprès du docteur bourru. Vous ne saviez vraiment pas qu'elle était enceinte ?

— Non, affirma-t-il avec un soupir en secouant sa tête blanche. J'aurais bien voulu le savoir. Je lui ai fait passer une visite de routine pour la rentrée scolaire, début août. Je n'ai rien remarqué d'anormal, et elle ne s'est plainte de rien. Bien sûr, je n'ai pas pensé à vérifier une éventuelle grossesse. Elle n'est pas revenue me consulter ensuite.

— A-t-elle vu quelqu'un d'autre ?

— Pas dans cette clinique. Bien sûr, elle a pu aller consulter à Seattle.

— Toute seule ?

— Probablement pas, admit Coop.

— Mais elle devait savoir qu'elle était enceinte, insista Ginger, sinon, rien de tout cela ne colle. Pensez-vous qu'elle aurait pu faire seule un test de grossesse chez elle ?

— Ce serait logique.

— Elle n'a parlé ni à ses parents ni à sa sœur, elle n'a parlé ni à ses amies ni au pasteur, elle ne vous a pas parlé, résuma tristement Ginger. Elle devait souffrir d'une terrible solitude. »

Ruben était à son bureau de la maison Graham pour prendre le déjeuner que Stacey tenait à préparer à son intention chaque matin. On était mardi, ce qui voulait dire qu'il avait un sandwich au pain de mie avec de la viande recouverte de sauce aux oignons, aux tomates et aux poivrons, juste comme il l'aimait. Mais il mangeait mécaniquement, sans apprécier.

Tara Breckenridge était morte depuis trois semaines, et Ruben tentait toujours de trouver, dans les rares fragments d'indices que Charlie Pricker avait relevés près du parking du cap Madrona, quelque chose qui pourrait le conduire sur la piste du tueur.

Il avait mis tous ses subordonnés sur l'affaire, et tout ce qu'ils avaient à montrer était un bout de tapis taché de sang, quelques cheveux et fibres qui n'appartenaient pas à la victime, et pouvaient ou non appartenir à la personne qu'ils recherchaient, l'empreinte partielle d'un doigt sur la croix autour du cou de Tara Breckenridge qui ne concordait apparemment avec celles de personne parmi ses amis proches, une centaine d'autres empreintes digitales qu'il faudrait des mois pour identifier – à condition qu'elles soient identifiables – et la certitude irritante qu'*il* était toujours là, quelque part, observant chacun de leurs mouvements, se moquant d'eux.

Ginger avait parlé à deux cents personnes au moins. En plus des amis de la victime, de ses condisciples, de ses professeurs, elle était revenue interroger les membres de la famille, les voisins, les gens de la ville, leur posant à tous les mêmes questions : Étaient-ils absolument certains de ne pas avoir vu Tara ce soir-là ? de ne pas lui avoir parlé ? de ne pas lui connaître de petit ami ? de ne l'avoir aperçue avec personne ? de ne l'avoir entendue parler de personne ?

Tous étaient catégoriques. Ils ne l'avaient pas vue, ils ne lui avaient pas parlé, il n'y avait personne, il n'y avait rien. De plus, aucun d'entre eux n'arrivait vraiment à croire qu'un des leurs ait pu commettre un crime aussi abject. Quelques-uns s'étaient présentés d'eux-mêmes au poste de police pour un test au détecteur de mensonges. Tous avaient été exclus de la liste des suspects potentiels.

Et pourtant, Ruben en était convaincu, il devait forcément y avoir quelqu'un qui savait quelque chose, même s'il ne s'en rendait pas compte. Il y avait toujours quelque chose. Ruben soupira et reprit le rapport pour la vingtième fois. Empreintes digitales, fibres, cheveux, sang. Tout était là. Il fallait simplement trouver par où commencer.

« Toc toc », dit Helen Ballinger.

L'employée de police rondouillette, affable et entre deux âges s'encadrait dans la porte ouverte du bureau de Ruben. Elle secoua la tête en le regardant, le dossier dans une main et le sandwich dans l'autre.

« Vous allez vous faire mal à l'estomac, l'avertit-elle.

— Probablement.

— Faites donc une pause. Il y a un jeune homme qui voudrait vous parler. »

Ruben reposa le rapport, dissimula son sandwich et se redressa contre le dossier de son fauteuil.

« D'accord, dit-il, faites-le entrer. »

Le garçon qui apparut avait dans les dix-sept ans, les cheveux châtains, les yeux bleus et de l'acné.

« Je m'appelle Owen Petrie, déclara-t-il d'une voix un peu cassée en dansant d'un pied sur l'autre.

— Inutile d'être si nerveux, mon garçon, lui répondit Ruben avec un sourire rassurant. On n'est pas très collet monté par ici. Assieds-toi, mets-toi à l'aise et dis-moi pourquoi tu as désiré me voir. »

L'adolescent hésita quelques secondes, comme s'il débattait la sagesse de cette suggestion, puis il se laissa glisser sur une chaise et avala sa salive.

« Eh bien, voilà, je pourrais bien savoir quelque chose, à propos du meurtre... », dit-il en regardant ses Air Jordans.

Ruben ne broncha pas, son visage resta impassible, mais ses yeux se mirent soudain à étudier le jeune homme avec grand soin.

« Si tu veux parler du meurtre de Tara Breckenridge, tu pourrais beaucoup nous aider, affirma-t-il du même ton détendu.

— Oui... voilà... Je ne croyais pas que c'était important, mais, bon, j'en ai parlé à mon père, et il a dit que, juste au cas où ce serait important, je devais venir vous en parler.

— Ton père est Jim Petrie, de la quincaillerie ?

— Oui, dit le jeune homme en levant les yeux sur Ruben. Vous le connaissez ?

— Bien sûr. Il est au conseil municipal, ce qui fait de lui un de mes patrons.

— Oui... Enfin, vous voyez... j'étais là-bas, cette nuit-là – au parking du cap Madrona. La nuit où Tara a été tuée, je veux dire. C'est un lieu assez désert le soir, et parfois on y va, avec les copains, pour... euh... sortir avec des filles. Alors, vous voyez, je ne suis pas vraiment censé y aller, et c'est pour ça que je n'ai rien dit avant, mais ensuite j'ai réfléchi, parce que si ce que j'avais vu était important, et si j'étais le seul à l'avoir vu, et tout ça... Enfin, j'ai décidé que, peut-être, je devais risquer d'être puni pour un mois en en parlant à mon père.

— Qu'as-tu vu, Owen ? demanda prudemment Ruben.

— Eh bien, je n'ai pas vu Tara, ni rien de ce genre, sinon j'aurais parlé tout de suite, vous comprenez. Mais j'ai vu une voiture entrer dans le parking. Il était environ 11 heures, c'est-à-dire bien avant l'heure présumée du meurtre, évidemment, et c'est pour ça aussi que je n'y ai pas attaché beaucoup d'importance. Mais je suis presque sûr que la voiture était toujours là quand on est repartis, et c'était vers 11 heures et demie. Alors, je ne sais pas, ça pourrait peut-être signifier quelque chose.

— As-tu vu quelqu'un dans la voiture ?

— Non, pas vraiment. Enfin, je veux dire qu'elle ne s'est pas arrêtée près de nous, ni rien. Elle est allée à l'autre bout du parking, près de la benne à ordures, et il n'y a aucun éclairage. C'est d'ailleurs un peu pour ça qu'on y va, ajouta le gamin en rougissant, parce que c'est sombre et tranquille et tout ça. »

Ruben hocha la tête. Sa jeunesse était loin derrière lui, mais il se souvenait encore d'une colline tranquille surplombant Los Angeles où il avait emmené une ou deux filles.

« Peux-tu dire combien il y avait de personnes dans la voiture ?

— Eh bien, il y en avait forcément une... Il pouvait y en avoir deux, je pense. Je n'en sais rien. À vrai dire, je ne faisais pas très attention. »

Le chef de la police tenta de ne pas sourire.

« Crois-tu, demanda-t-il avec un sursaut d'espoir, que la jeune personne qui était avec toi ait pu voir quelque chose ?

— Non, elle n'a rien vu, répondit Owen en rougissant de plus belle.

Elle ne regardait pas par la fenêtre à ce moment-là, si vous voyez ce que je veux dire.

— Oui, je crois, murmura Ruben. Connaissais-tu Tara Breckenridge, Owen ?

— Pas vraiment, répondit l'élève de terminale en regardant le chef de la police droit dans les yeux. Enfin... Bien sûr, je la connaissais. Nos familles se connaissent ; on va à la même église, et parfois aux mêmes fêtes, et on appartient au même club de loisirs. Mais elle n'était qu'une gosse. Un coup à se retrouver en tôle, comme dit mon père. Je ne lui ai jamais fait d'avances, si c'est ce que vous demandez, et personne dans mon groupe n'aurait osé le faire non plus. Bon sang ! Son père aurait tué le premier qui aurait essayé.

— Revenons à la voiture. Tu n'as évidemment pas vu le numéro minéralogique...

— Non, je ne l'ai pas vu. Je ne pouvais pas savoir que ce serait important. J'ai pensé que c'était un autre type avec une fille.

— Alors, demanda Ruben sans nourrir d'espoirs trop fous, peux-tu au moins me décrire cette voiture ?

— Oui, bien sûr. Je ne serais pas venu vous voir, autrement. C'était un break Ford Taurus, à moins que ça n'ait été un Mercury Sable – ils se ressemblent beaucoup, vous savez. Ma mère conduit un Taurus. C'est pour ça que je le reconnais. Sauf que le sien est blanc, et que celui-là était foncé. Pas noir, je ne crois pas, mais vert foncé, peut-être, ou bordeaux, ou marron. »

« Trois semaines, et enfin notre première piste solide ! dit Ginger quand elle apprit la nouvelle.

— Notre première piste *possible*, corrigea Ruben. Qui mène peut-être à un parfait innocent, juste un autre jeune don Juan venu pour une folle nuit.

— En tout cas, il ne doit pas y avoir tellement de breaks Taurus ou Sable sur l'île, alors on devrait réussir à le trouver.

— Commençons par Kriedler, sur la route du Centre, suggéra le chef de la police. En tant que concessionnaire Ford sur l'île, il peut sans doute nous donner une liste de clients. Ensuite, on mettra tous les uniformes disponibles dans les rues. »

Même s'il retenait Ginger pour qu'elle ne s'excite pas trop sur cette piste, une piste restait une piste. Au bout de trois semaines à ne soulever que de la poussière, c'était au moins quelque chose de concret sur quoi enquêter. Ruben ressentit une poussée d'adrénaline familière. Les vieilles habitudes...

14

Neuf mois après son emménagement, Matthew Frankel avait décidé que vivre sur l'île Seward n'était pas si horrible, après tout. Il s'était fait un ami, Billy Hildress, qui vivait à quelques rues de chez lui, et cela avait beaucoup aidé à cicatriser son chagrin d'avoir dû quitter Scarsdale, ses grands-parents, ses copains d'enfance, et la seule maison qu'il avait jamais connue.

En CM1 à l'école élémentaire de Madrona, les garçons étaient inséparables. Leur institutrice les appelait ses deux petits pois de la même cosse. Ils s'asseyaient l'un à côté de l'autre, faisaient équipe pour les projets scolaires, s'aidaient pour leurs devoirs. Ils déjeunaient ensemble, passaient les récréations ensemble, rentraient à pied chez eux ensemble, et jouaient ensemble après l'école. Il était donc parfaitement normal que Matthew invite Billy à son anniversaire de neuf ans.

Il faisait un temps clair, ensoleillé et inhabituellement chaud pour ce deuxième samedi de novembre, parfait pour une balade sur le pont supérieur du ferry vers Seattle. Le premier arrêt des Frankel et de leur invité fut le musée de l'Aviation, à Boeing Field, où les garçons prirent place dans une capsule spatiale, virent l'énorme Blackbird et montèrent à bord d'un vieux B-52 où ils firent semblant d'être pilote et bombardier. Puis on alla au Chuck E. Cheese pour y déjeuner et jouer. Maintenant, ils étaient de retour chez Matthew, et ils s'amusaient dans la cour avec le chiot qu'il avait eu en cadeau, un retriever doré.

« Je l'ai appelé Chase, parce qu'il me pourchasse tout le temps, expliqua Matthew à son ami.

— Les chiots, c'est mignon, dit Billy en s'écroulant sur l'herbe, où le retriever entreprit de lui lécher le visage. Notre chien est trop vieux pour jouer avec moi. Où est-ce qu'il dort ?

— Il dormira dans ma chambre dès qu'il sera propre. C'est moi qui le nourris, qui le promène, et je le conduirai aux cours de dressage quand il sera assez grand.

— Peut-être que moi aussi j'aurai un chiot pour mon anniversaire, rêva Billy, et alors ils pourront jouer ensemble. »

Du coin de l'œil, Matthew vit un rideau bouger à une fenêtre du premier étage de la maison d'à côté. Justin Keller les regardait. Un garçon sérieux et solitaire, ce Justin. Il avait deux ans de plus que Matthew, et en neuf mois il n'avait pas adressé plus d'une douzaine de mots à son nouveau voisin.

« C'est mon anniversaire et j'ai eu un chiot, lui cria Matthew. Si tu veux, tu peux venir jouer avec lui. »

Justin disparut, ses lunettes rondes reflétant brièvement la lueur du soleil couchant tandis qu'il se détournait. Puis une main rattrapa le rideau qui voletait et ferma la fenêtre sans un mot.

« Il est bizarre, remarqua Billy.

— Faut croire.

— J'ai plus bizarre encore, ajouta Billy. Il y a une voiture de police qui arrive. »

Matthew leva les yeux. En effet, une Blazer noire avec le blason de la police de Seward sur la portière s'arrêtait dans l'allée. Un homme et une femme en descendirent.

« C'est le chef Martinez, murmura Billy, et elle, c'est la détective Earley. C'est elle qui est venue nous interroger, mon père et moi, quand on a trouvé le corps dans la benne. Je me demande ce qu'ils font ici.

— J'en sais rien. »

De ses yeux noirs si semblables à ceux de son père, Matthew suivit les officiers de police jusqu'à la porte de sa maison.

La police avait identifié trois breaks Ford Taurus et un Mercury Sable enregistrés sur l'île qui correspondaient à la description d'Owen Petrie. Ginger et Ruben passaient le jour anniversaire de Matthew Frankel à interroger les propriétaires de ces véhicules.

Le premier Taurus de la liste, apprirent-ils très rapidement, était en réparation le week-end du meurtre.

« Cette foutue voiture passe plus de temps dans le garage de Kriedler que dans le mien, grogna le propriétaire. Je ne sais pas comment ma femme a réussi à me convaincre de l'acheter. »

Il montra à Ruben la facture des réparations et lui indiqua le nom du mécanicien.

Le deuxième Taurus était à Yakima le week-end du meurtre.

« C'était le soixante-quinzième anniversaire de ma belle-mère, expliqua son propriétaire. On est partis tôt le vendredi après-midi et on a attrapé le dernier ferry pour rentrer le dimanche soir. Toute la famille de ma femme était là, même les affreux cousins d'Albuquerque sont venus. On était cinquante-deux. »

Il donna à Ginger une liste des participants et le numéro de téléphone de sa belle-mère.

Le Mercury Sable appartenait au Dr Frederic Winthur, un père divorcé de quarante-deux ans, qui était le dentiste de la famille Breckenridge.

« Où j'étais la nuit du meurtre de Tara ? demanda le dentiste. Ici, à la maison, avec mes deux fils. Le tribunal m'a accordé un week-end de garde sur deux.

— Quel âge ont vos fils, docteur ? demanda Ruben.

— Huit et dix ans.

— Vous rappelez-vous ce que vous avez fait ce soir-là ?

— Voyons un peu... Nous sommes probablement allés manger une pizza – c'est ce qu'on fait en général le samedi soir. Et puis, je suppose qu'on est rentrés pour regarder des films sur la chaîne de science-fiction. C'est aussi ce qu'on fait en général.

— Et, si vous vous en souvenez, à quelle heure approximativement vos enfants sont-ils allés se coucher ?

— Probablement vers 11 heures. Cela dit, j'apprécierais que vous ne le criiez pas sur les toits : ma femme pique une crise chaque fois que je les couche après 9 heures.

— Et vous ?

— Oh, je ne m'en souviens pas vraiment, mais j'ai dû me coucher une demi-heure après. Je regarde les dernières nouvelles, en général.

— Quelqu'un aurait-il pu utiliser votre véhicule cette nuit-là ? questionna Ginger. Un parent, un ami ou un voisin vous l'a-t-il emprunté ?

— Non. Je ne prête ma voiture à personne, et je ne me rappelle pas que quiconque m'ait jamais demandé de la lui prêter.

— Cela vous ennuierait-il que la détective Earley et moi allions jeter un coup d'œil à votre voiture ? s'enquit Ruben.

— Pourquoi ? Croyez-vous que je vous mens ?

— Pas du tout, dit avec calme le chef de la police. Simplement, nous avons appris qu'un break correspondant à la description du vôtre a été vu au cap Madrona juste avant l'heure présumée du meurtre. Nous aimerions pouvoir exclure la possibilité même que ce soit le vôtre.

— Tant que je peux rester pour m'assurer que vous n'y faites pas de drôles de trucs, vous pouvez regarder tout ce que vous voulez.

— Merci, murmura Ruben.

— Au fait, interrogea Ginger tandis que le dentiste les conduisait au garage. Quand avez-vous vu Tara pour la dernière fois ?

— Attendez un peu..., répondit Winthur en fronçant les sourcils. Je crois que son dernier contrôle remonte au mois de juillet. Ou peut-être juin. Je pense que j'ai vu les deux gamines le même jour, mais il faudra que je consulte mon agenda pour en être certain. »

Il fallut à Ginger moins de dix minutes pour déterminer que, à première vue du moins, la voiture n'avait rien de particulier – pas de taches de sang, pas de mèches de cheveux blonds, aucune arme visible.

« Une dernière chose, docteur, demanda Ruben avant de partir. Êtes-vous gaucher ou droitier ?

— Je suis droitier, dit le dentiste en relevant la manche de son pull pour montrer un bras gauche déformé. Et c'est une bonne chose, parce que, si j'ai une assez bonne dextérité de la main gauche, je n'ai plus aucune force dans le bras depuis l'âge de douze ans.

— Je suis désolée, murmura Ginger.

— Oh, j'ai joué au dur et j'ai été imprudent avec un pistolet. Ce foutu truc s'est déchargé et m'a presque arraché le bras. Jamais mes fils n'approcheront d'une arme. C'est la seule chose sur laquelle mon ex et moi étions d'accord. »

Le dernier Taurus sur la liste de Ginger était enregistré sous le nom d'une certaine Deborah Frankel, vice-présidente d'une importante société de placement de Seattle. En pénétrant dans l'allée, Ginger vit deux petits garçons qui jouaient avec un chiot dans la cour. Tandis qu'elle se dirigeait vers la maison avec Ruben, elle sentit plusieurs paires d'yeux dans son dos.

« Bonjour, déclara Ruben à la femme aux cheveux bruns qui lui ouvrit la porte. Je suis le commissaire Martinez, et voici la détective Earley, de la police de l'île Seward. Pourrions-nous vous parler un instant ? C'est à propos de l'affaire Breckenridge.

— Pardon ? » fit Deborah Frankel, étonnée.

Les officiers de police n'avaient pas pour habitude d'arriver chez les gens un paisible samedi après-midi pour parler de meurtre.

« La jeune fille qu'on a trouvée dans la benne à ordures le mois dernier, expliqua Ginger.

— Oui, je sais de quelle affaire il s'agit, précisa Deborah. Mais je n'ai aucune information à ce sujet.

— C'est à propos d'un break Taurus bordeaux, lui dit Ruben. Vous en conduisez un, n'est-ce pas ?

— Non, pas du tout. C'est mon mari qui le conduit, mais vous lui avez déjà parlé. »

Ruben regarda Ginger.

« Au lycée, ajouta Deborah. Il était un des professeurs de la jeune fille morte.

« — Oui, bien sûr, dit Ginger. J'ai parlé à plusieurs professeurs de Tara pour connaître ses notes et son attitude générale. Mais il s'agit à présent d'autre chose. »

La double porte du garage était ouverte, et Ruben vit le Taurus bordeaux garé à l'intérieur.

« Peut-être pourrions-nous parler à votre mari, s'il est là ?

— Oui, bien sûr, murmura Deborah. Entrez. »

Elle conduisit les deux officiers de police dans la bibliothèque où Jerry était assis à son bureau, en train de noter une pile de copies.

« Ces gosses ! s'exclama-t-il en gloussant. Ils croient que Dunkerque est une ville de l'Iowa et que Churchill était président des États-Unis. Rebonjour, détective Earley, ajouta-t-il en souriant aux nouveaux arrivants. Qu'est-ce qui vous occupe, ce week-end ?

— Nous suivons une piste qu'on nous a donnée pour l'affaire Breckenridge, expliqua Ginger. Il s'agit d'un break Taurus qu'on aurait vu entrer sur le parking du cap Madrona vers 11 heures, la nuit du meurtre. Nous demandons à tous les propriétaires d'un tel véhicule sur l'île s'ils y sont allés et, dans ce cas, s'ils ont vu quelque chose qui pourrait nous aider, n'importe quoi.

— Eh bien, je conduis en effet un break Taurus, mais je ne l'ai pas sorti cette nuit-là.

— Est-ce quelqu'un d'autre aurait pu avoir accès à la voiture ? s'enquit Ginger.

— Seulement moi, répondit Deborah, mais je ne l'ai pas conduite non plus cette nuit-là.

— Quelqu'un aurait-il pu vous emprunter la voiture ? demanda Ruben en les regardant tour à tour. Un de vos fils ou filles, peut-être ? »

Le professeur et son épouse secouèrent la tête.

« Nous n'avons qu'un enfant, dit Deborah. Et il a neuf ans. Neuf ans aujourd'hui, en fait.

— Nous sommes désolés d'interrompre une fête aussi joyeuse, déclara Ruben avec sincérité. Malheureusement, les enquêtes criminelles font toujours irruption dans la vie des gens au moment le moins approprié. En résumé, vous êtes certains que votre voiture est restée au garage toute la nuit ?

— Si je me souviens bien, dit Jerry en regardant par-delà l'épaule du commissaire, j'ai travaillé dans mon atelier ce soir-là, pour réparer le cerf-volant de mon fils. Mon atelier est au fond du garage, alors je crois que j'aurais remarqué l'absence de la voiture. J'ai dû y rester de 22 heures à minuit, environ.

— Je me suis couchée vers 11 heures, annonça Deborah sans que Ruben le lui ait demandé.

— Nous y sommes allés dans l'après-midi, cependant, déclara Jerry. Au cap Madrona, je veux dire. Nous avons pris les bicyclettes et nous sommes allés nous promener sur les sentiers. Mais nous étions de retour à 16 heures dernier délai. »

Deborah confirma par un hochement de tête.

« Eh bien, c'était un coup à tenter, conclut Ruben tandis que Ginger et lui se préparaient à partir.

— Je pensais que l'enseignement était un dur métier, remarqua Jerry avec un sourire enfantin, mais le vôtre me paraît plus dur encore. Je ne vous envie pas.

— Je me demandais..., dit Ruben comme si cette idée venait de lui traverser la tête, est-ce que cela vous ennuierait de nous laisser jeter un coup d'œil à votre voiture ?

— Un coup d'œil ?

— Ma foi, oui. Vous assurez que vous ne l'avez pas sortie cette nuit-là et que personne ne l'a empruntée, alors nous aimerions pouvoir l'exclure de notre enquête. Parfois, nous parvenons à résoudre un crime en procédant par élimination jusqu'à ce qu'il ne nous reste plus qu'une possibilité. »

Jerry regarda Ruben droit dans les yeux.

« Je croyais que vous étiez venu ici pour parler à un témoin, commissaire Martinez. Ne chercheriez-vous pas plutôt un suspect ?

— C'est un peu ça, admit Ruben d'un petit air coupable. Parfois... On ne sait jamais.

— Alors, je vous en prie, allez voir la voiture. Mon épouse peut vous conduire au garage. Il faut que je finisse de noter ces copies. »

Comme pour le Sable de Fred Winthur, une inspection superficielle du Taurus des Frankel ne révéla rien qui indiquât la présence du véhicule sur le lieu du crime ou pût l'impliquer en aucune façon dans l'affaire.

« Qu'en penses-tu ? demanda Ruben à Ginger tandis qu'ils remontaient dans la Blazer. Pourrait-il être un témoin réticent ?

— Je n'en sais rien, répondit Ginger avec précaution. D'après tout ce que j'ai entendu sur lui, c'est un type bien. Il a une excellente réputation au lycée, et ses élèves ont dit qu'il était bouleversé quand il a appris le meurtre. À mon avis, s'il s'était approché du parking cette nuit-là, il nous l'aurait dit.

— À moins qu'il n'ait eu une bonne raison pour ne pas diriger les projecteurs sur lui en la circonstance, suggéra Ruben.

— Vous voulez dire qu'il pourrait tromper sa femme et qu'il n'aurait pas d'autre endroit où aller que le cap Madrona, où il serait témoin du meurtre et déciderait, afin de préserver le secret d'une relation adultère, de ne rien en dire ? s'enquit Ginger avec beaucoup de scepticisme dans la voix.

— Est-ce possible ?

— Tout est possible, mais j'aurais du mal à l'avaler. Pour commencer, vous avez vu sa femme ? Elle est canon. Pourquoi chercherait-il ailleurs ? Mais admettons qu'il le fasse. Le cap Madrona, c'est pour les gamins, pas pour les adultes. Même s'il l'avait ignoré, à la minute où il y serait arrivé, en voyant une autre voiture garée là, il serait parti.

— Peut-être n'a-t-il pas vu l'autre voiture...

— Dans une aussi petite ville, un type qui fait quelque chose qu'il veut garder absolument secret regarde autour de lui, il regarde même très attentivement.

— Tu as sans doute raison, admit Ruben en faisant démarrer le moteur. D'accord, alors s'il n'est pas un témoin, pourrait-il être un suspect ? Il conduit bien un Taurus bordeaux, et il est gaucher.

— En effet, dit Ginger, car elle aussi avait remarqué que Jerry notait ses copies de la main gauche. Bien sûr, ce pourrait n'être qu'une coïncidence.

— Peut-être, insista le chef de la police, mais je n'aime pas les coïncidences. Alors, pour jouer la sécurité, voyons un peu ce qu'il est possible de trouver sur lui.

— D'accord, concéda Ginger. Laissez-moi à la maison Graham et je m'y mets sur-le-champ. »

Ruben regarda sa montre. Il était plus de 5 heures.

« Un samedi soir ? protesta-t-il. Allons, ne me dis pas que tu n'as rien de mieux à faire qu'enquêter sur un meurtre ?

— Pas vraiment, avoua Ginger en haussant les épaules. Ce n'est qu'une soirée de la semaine comme les autres, en ce qui me concerne. Si vous voulez le savoir, ma vie sociale n'est pas très active pour le moment. Mais ça m'est égal. J'adore mon travail.

— Si tu n'as réellement aucun projet, dit Ruben sans réfléchir, on pourrait dîner ensemble. Ma fille est sortie ce soir, et on peut sans doute qualifier aussi ma vie sociale de pas très active.

— Vous voulez dire un dîner de travail ? demanda Ginger. Pour parler de l'affaire ? »

Ruben hésita. Que faisait-il ? Était-il fou ?

« Non, s'entendit-il répondre. Je veux dire un dîner normal, dans un joli restaurant, avec une nappe et du vin. Et on pourra parler de tout ce qu'on voudra. »

15

Ce deuxième samedi de novembre, Ginger Earley et Ruben Martinez se connaissaient depuis exactement vingt et un mois et cinq jours, et ils n'avaient jamais rien partagé en dehors de leur travail.

L'invitation avait à peine jailli de sa bouche que Ruben ne put croire qu'il l'avait formulée. Il lui avait vraiment proposé ce qui revenait, c'était clair, à un rendez-vous galant ? Jamais il n'était sorti avec une femme policier, sous ses ordres qui plus est, et, à bien y réfléchir, il n'était sorti que très rarement, ces treize dernières années... Mais, même si ses mots le surprirent, il se rendit compte que l'idée devait lui trotter dans la tête depuis un certain temps.

La spontanéité, l'enthousiasme de Ginger pour son travail ne s'étaient pas encore taris. Elle lui rappelait le jeune policier qu'il était, avant la balle. Il aimait être en sa compagnie, et il devait admettre qu'elle n'était pas vilaine à regarder non plus. Avec ses cheveux roux et ses taches de rousseur, on n'avait pas de mal à discerner la femme séduisante, derrière la façade de garçon manqué qu'elle cultivait. Il lui paraissait impossible qu'il n'y ait pas des hordes d'amoureux transis se marchant les uns sur les autres pour l'atteindre, et il ressentit un étrange plaisir en entendant que ce n'était pas le cas.

Bien sûr, il savait qu'il ne devait pas se laisser emporter. Elle était beaucoup trop jeune pour l'homme usé qu'il était. Les dix-huit ans qui les séparaient représentaient bien plus qu'une addition de mois et de minutes : c'était une vie de déceptions et de désillusions. Mais il ne pouvait s'empêcher de vouloir savoir ce que ça lui ferait d'être assis à une table en face d'elle pour une soirée, loin du chaos du bureau et des pressions de leur travail. Juste une fois, se dit-il – une fois suffirait. Il retint sa respiration et attendit sa réponse.

La surprise de Ginger fut totale. En vingt et un mois et cinq jours, Ruben n'avait jamais montré pour elle qu'un intérêt professionnel. Mieux encore, il avait toujours fait très attention à ne pas se comporter avec elle autrement qu'avec les hommes du poste, à ne pas même sembler remarquer qu'il y avait une différence entre eux. Bien qu'elle fût la seule femme du poste, elle s'était toujours considérée comme un des gars.

Pourtant, voilà qu'après tout ce temps il l'invitait à dîner un samedi soir comme si c'était la chose la plus naturelle du monde. Ce qui troublait le plus Ginger, c'était qu'elle avait consacré une bonne partie de ces vingt et un mois et cinq jours à fantasmer sur une proposition éventuelle.

Durant les longues soirées tranquilles passées seule dans le joli petit appartement qu'elle avait loué peu après son retour sur l'île Seward, quand elle lisait un livre, écoutait de la musique, regardait une émission de télévision, son esprit s'évadait souvent vers lui, et elle se demandait ce qu'il faisait à cet instant, elle essayait d'imaginer la vie qu'il menait loin du bureau, le genre de femme qu'il préférait... comment il serait au lit.

Après son père, il était sans nul doute l'homme qu'elle admirait le plus dans son entourage. Ses connaissances, son intuition, sa patience révélaient un homme sensible, attentif, sincèrement soucieux des gens, dévoué à son travail. Depuis le maire et les membres du conseil municipal jusqu'au plus petit vandale, en passant par ses subordonnés au poste, Ruben traitait toujours tout le monde avec respect.

Jamais Ginger ne pensait à leur différence d'âge. Il n'y avait toujours pas de gris dans l'épaisse chevelure noire de Ruben, pas de rides autour de ses yeux bruns intelligents, pas de mollesse dans sa mâchoire carrée, pas de rondeur révélatrice autour de sa taille. Tout en lui témoignait de sa vitalité et de son endurance.

Il était à peine plus grand qu'elle, mais il se conservait en excellente condition, en dépit du corset qu'il portait sous sa chemise, elle le savait, et son corps était resté mince et ferme. Ginger connaissait l'histoire de la balle, bien sûr, comme tout le monde au poste – c'était même devenu un des grands classiques des conversations. Mais, pour elle, cela ne faisait qu'ajouter à son attrait.

« Un dîner me plairait beaucoup », s'entendit-elle répondre.

Ginger vivait à deux pâtés de maisons de Seward Street, au rez-de-chaussée d'une maison de trois étages qui avait été conçue pour ressembler plus à une belle villa qu'à un immeuble d'appartement. Elle disposait d'une jolie chambre avec salle de bains, d'une cuisine moderne avec une alcôve tout juste assez grande pour sa table ronde en chêne et ses quatre chaises, ainsi que d'un salon dont elle utilisait souvent la cheminée et dont la baie vitrée ouvrait sur un jardin situé à l'arrière de la maison.

Elle avait choisi l'appartement en partie pour son emplacement, à un jet de pierre de son travail, mais surtout pour le délicieux petit jardin où s'épanouissaient rhododendrons, daphnés de rocaille, andromèdes du Japon et ceanothus, entourés d'une haute haie de photinias, que les anciens locataires avaient plantés avec amour et confiés à ses soins. Ginger n'était pas particulièrement douée pour l'horticulture, mais elle adorait voir les fleurs, et elle faisait de sincères efforts pour les conserver toutes en bonne santé. Elle réussissait beaucoup mieux avec les animaux, et son chat actuel, un énorme rouquin nommé Twink, montait la garde contre les limaces, pucerons et autres parasites qui menaçaient de mort la floraison du jardin.

Ruben n'eut pas de mal à trouver l'endroit, et il attendit dix minutes dans sa voiture que sa montre indique précisément 19 heures. Trente secondes plus tard, il sonnait à la porte, aussi nerveux et gêné qu'un gamin de seize ans à son premier rendez-vous.

Une des qualités maternelles que Ginger avait conservées au fil des années était la promptitude, aussi était-elle prête, vêtue d'une simple robe noire et courte à col dégagé. Ruben ne se souvenait pas de l'avoir jamais vue en jupe – elle portait toujours un pantalon pour le travail –, mais il ne lui fallut pas longtemps pour remarquer qu'elle avait de très jolies jambes. Elle avait laissé ses cheveux de feu, d'ordinaire tressés en une longue natte dans le dos, boucler librement sur ses épaules.

« Tu es splendide, murmura Ruben en se demandant ce qu'elle avait fait du garçon manqué qu'il avait invité à dîner.

— Vous n'êtes pas trop mal non plus », répondit-elle avec un sourire.

Son costume bleu nuit était peut-être légèrement luisant par endroits et sa chemise blanche un peu usée au col, mais il était bien rasé et Ginger ne se rappelait pas l'avoir vu plus beau.

À cause du meurtre, beaucoup d'insulaires préféraient encore rester chez eux le soir, Ruben n'avait donc eu aucun mal à obtenir une réservation de dernière minute à La Mouette, le restaurant en renom qui couronnait l'extrémité nord du port – offrant à ses convives les meilleurs fruits de mer de toute la côte nord-ouest du Pacifique et, par une série de baies vitrées, un panorama sans égal du détroit de Puget. L'endroit rappelait plus un club privé très fermé qu'un établissement public de restauration. Les lumières tamisées et les épais tapis annonçaient un service aussi impeccable que les mets étaient raffinés.

Ruben n'était venu qu'une fois à La Mouette avant ce soir-là, lors du rendez-vous précédant son embauche par le maire et les membres du conseil municipal. Pour Ginger, la dernière fois avait été le dîner célébrant son vingt et unième anniversaire.

Le maître d'hôtel les conduisit directement à une table près d'une fenêtre, dans la plus petite mais aussi la plus élégante des trois salles.

« Mon Dieu ! La meilleure table de la maison, chuchota Ginger. Je ne savais pas que j'allais dîner avec une célébrité.

— Moi non plus », répondit Ruben sur le même ton de confidence.

Ils ne purent ignorer les coups d'œil stupéfaits et les murmures étonnés que provoqua leur arrivée dans le petit contingent de ceux qui s'étaient risqués dehors, et ils s'amusèrent des regards en coin qui les suivirent jusqu'à leur table.

« Que croyez-vous qu'ils pensent ? demanda Ginger avec une lueur canaille dans l'œil.

— Ils pensent que j'ai beaucoup de chance de sortir avec une aussi jolie jeune dame, bien sûr, répondit Ruben.

— Je suis ravie que vous ayez choisi ce restaurant. Peut-être que cela leur donnera d'autres sujets de ragots que nos maigres progrès dans l'af-faire Breckenridge. »

Ils commandèrent des salades César en entrée, puis de l'espadon grillé pour lui et du crabe pour elle, et une bonne bouteille de chardonnay. Tout en mangeant, ils parlèrent du fait de vivre sur une petite île, de son point de vue à lui, insulaire récent, et de celui de l'insulaire de toujours.

« Combien de temps cela prend-il pour ne plus se sentir étranger ? s'enquit-il.

— Je ne le sais pas encore. Probablement trois ou quatre générations. »

Ils parlèrent de ce qu'ils faisaient en dehors du travail, de leurs week-ends et de leurs vacances.

« J'adore les randonnées, dit Ginger. J'ai arpenté les monts Olympiques depuis que j'ai dix ans.

— Je n'ai jamais dépassé la chaîne des Ouragans, s'excusa presque Ruben, mais un jour j'aimerais atteindre le glacier. »

Ils parlèrent de leur style de vie.

« J'adore l'eau, déclara Ginger. Je pourrais vivre sur un bateau si je trouvais le moyen d'en acheter un.

— Il m'est arrivé de rêver de vivre sur une plage déserte, approuva Ruben, dans une cabane avec un chien pour seule compagnie. Quand je serai à la retraite – et que Stacey sera partie vivre sa vie d'adulte, bien sûr. »

Ils parlèrent de leurs hobbies et de leurs activités préférées, et furent surpris d'avoir placé tous les deux l'observation des oiseaux presque au sommet de leurs listes respectives.

« Ce n'est pas tant les oiseaux..., commença-t-elle.

— ... que la tranquillité », termina-t-il.

Il applaudit à ses efforts contre la cruauté envers les animaux. Elle fut ravie d'apprendre qu'il détestait la chasse sous toutes ses formes.

« Je ne devrais probablement pas dire cela, confia-t-il, mais je me crois davantage capable de tuer un homme qu'un animal sans défense. »

Ils parlèrent de musique, de films et de livres. Il leur était aussi facile de se confier que s'ils s'étaient connus toute leur vie, et il ne leur fallut pas longtemps pour découvrir qu'ils avaient beaucoup en commun.

Trop vite, beaucoup trop vite, le dîner fut terminé, la dernière bouchée du gâteau au fromage onctueux qu'ils avaient partagé avalée, la dernière goutte de café bue. Il la reconduisit jusqu'à la porte de son appartement.

« Merci, dit-elle, un peu gênée d'être plantée là sur son paillasson. J'ai passé une excellente soirée.

— Oui, moi aussi. »

Elle n'avait pas envie que la soirée s'achève. Elle aurait voulu l'inviter à entrer pour une dernière tasse de café, un digestif, pour continuer la conversation, pour n'importe quoi, parce qu'elle se sentait légère, insouciante, heureuse, plus heureuse qu'elle ne l'avait été depuis des années, et elle voulait que cela dure juste un peu plus longtemps, environ le reste de sa vie.

« Alors, on se revoit lundi, dit-elle.

— Dès l'aube », promit-il.

Il y eut un petit silence, et il se détourna pour partir. L'instant était perdu. Elle ne pouvait lui courir après, il la prendrait pour une folle. Elle resta sur le seuil de l'appartement et le suivit du regard jusqu'à ce qu'il disparaisse. Puis elle entra et ferma la porte d'une main décidée.

Il était son patron, et elle savait que s'engager dans une histoire personnelle avec lui aurait été fou. Cela n'aurait fait qu'introduire la confusion dans le poste ; pis encore, cela aurait risqué de bouleverser leurs relations de travail, et même de lui coûter ce boulot qu'elle adorait. Peut-être était-ce à cause du vin qu'elle se sentait aussi bien, décida-t-elle, et non à cause de lui. Peut-être était-ce le dîner et le restaurant qui l'avaient troublée, et le fait que c'était sa première sortie depuis plus d'un an.

Elle retira ses chaussures d'un coup de pied et gagna sa chambre pour se déshabiller. Ils avaient bavardé comme de vieux amis, parce que, d'une certaine façon, ils étaient de vieux amis. Ils travaillaient côte à côte depuis presque deux ans, et ce genre de proximité créait forcément des liens. Cela n'avait rien de surprenant ; elle se considérait comme l'amie d'au moins la moitié des hommes du poste.

Quant aux choses qu'ils avaient en commun, eh bien, ce n'étaient pas des choses si inhabituelles, en fait. Les randonnées, le bateau – sur la côte nord-ouest du Pacifique, presque tout le monde aimait ça. Et, de même, les oiseaux, la musique classique, les films de David Lean ou les romans de Tony Hillerman étaient appréciés par bon nombre de personnes.

Elle se lava le visage, se brossa les dents et se coucha, décidée à faire davantage d'efforts pour sortir et rencontrer d'autres hommes. Le chat sauta sur le lit et s'étira à côté d'elle.

« Je ne sais pas ce que je ferais sans toi, Twink, déclara-t-elle en le grattant derrière les oreilles. Mais je crains bien que pour ce qui est de partager mon lit tu ne fasses pas le poids, si tu vois ce que je veux dire ? »

95

Le chat se blottit contre elle et se mit à ronronner.

Ginger soupira. Elle adorait son travail, mais, à la vérité, il y avait dans sa vie un vide qu'il ne parvenait pas à combler. Il devait certainement exister quelqu'un, quelque part, qui lui était destiné, quelqu'un qui comprendrait son investissement par rapport à sa carrière, qui applaudirait à ses réussites et ne tenterait pas de l'écarter de sa profession. Il devait y avoir un lieu où rencontrer cette personne.

Elle pensa à ses amies de lycée, presque toutes mariées et mères de famille. Elle pensa aux garçons avec qui elle avait grandi. Ils étaient soit mariés, soit partis. L'île était avant tout un lieu familial, pas un paradis pour célibataires. Ses chances d'y rencontrer M. Parfait étaient presque nulles, et elle redoutait l'idée de se rendre à Seattle pour traîner dans les bars.

Peut-être devrait-elle envisager de suivre des cours du soir, ou de retourner à temps partiel à l'université, ou de devenir membre du Sierra Club. Oui, c'était ce qu'elle devait faire : étendre son horizon, regarder ailleurs, se retrouver quelque part où les choses seraient moins compliquées.

Ruben lui était particulièrement cher, cela ne faisait aucun doute. Mais à quoi cela aurait-il rimé de s'engager dans une aventure qui avait tout contre elle dès le départ ?

Ruben rentra avant Stacey. Il se servit un petit whisky à l'eau et s'assit au salon en se demandant pourquoi il avait mis fin à la soirée à 11 heures.

Les tables autour d'eux au restaurant s'étaient vidées tandis que Ginger et lui faisaient durer chaque plat, parlant et riant, absolument pas pressés qu'arrive la suite. Pourtant, ils n'avaient plus rien à manger bien avant que la conversation se soit tarie. Ruben sourit à son verre. Il avait le sentiment que, même avec tout le temps du monde, jamais leur conversation ne se serait tarie.

Il y avait eu un instant fugitif, à sa porte, où il avait cru qu'elle allait l'inviter à entrer, et il se demanda comment il aurait dû répondre. Mais cet instant était passé, et elle ne lui avait pas donné le choix. Il en avait été tout à la fois déçu et soulagé.

Maintenir les choses à un niveau amical au restaurant, avec tout ce monde autour d'eux, avait été assez facile, mais cela n'aurait pas été aussi simple s'ils s'étaient retrouvés seuls dans son appartement. Il était plus sage de ne pas aller au-delà de la conversation agréable, de ne pas s'impliquer davantage. De plus, ni l'un ni l'autre n'avait besoin au travail de complications qui pourraient gêner leur efficacité ou donner inutilement matière à commérages.

Ce n'était pas une grande révélation de se dire que les relations personnelles et professionnelles réussissent rarement à se combiner, et se terminent d'habitude par des souffrances pour l'une ou l'autre des personnes concernées, ou les deux. Il avait voulu passer une soirée avec elle, et il l'avait fait. Le dîner était terminé.

Ruben avala la fin de son verre et poussa un grand soupir avant de se relever. Car il essayait toujours d'être honnête envers lui-même, et il savait, en dépit de ce qu'il avait pu penser plus tôt, qu'une seule soirée avec elle ne serait pas suffisante.

16

Le rêve la réveilla – un rêve troublant, mais pas vraiment un cauchemar. Deborah Frankel ouvrit les yeux d'un coup, s'attendant à voir la fille. Mais il n'y avait que la clarté de la lune entrant par la fenêtre, et l'ombre des formes massives de son mobilier de chambre en bois de rose. Qui était cette fille ? se demanda Deborah. D'où venait-elle ? Et que faisait-elle au milieu d'un rêve où Jerry tombait d'une falaise ?

Deborah n'avait pas d'elle une image distincte, et cette image devenait plus vague encore maintenant qu'elle était réveillée ; mais elle l'avait vue, cette étrange spectatrice qui regardait avec calme et attendait – quoi ? – tandis qu'elle-même tentait frénétiquement de sauver son mari en criant :

« Aidez-moi ! Aidez-moi ! »

Et la jeune fille ne répondait pas, ne bougeait pas, ne cillait même pas.

Deborah regarda le réveil. Les chiffres d'un vert fantomatique annonçaient 3 h 18. Elle regarda à côté d'elle dans le lit. Jerry dormait à poings fermés, tranquille, pelotonné contre son oreiller comme un gamin serre un ours en peluche sur son cœur.

Elle soupira. C'était un trait majeur de son caractère qu'elle n'avait pas remarqué au début de leur mariage : son innocence, son côté enfantin désarmant... le fait qu'il était si dépendant. Mais c'était douze ans plus tôt. Elle voyait les choses bien différemment à présent.

Douze ans plus tôt, elle était en troisième année de la très élitiste université de Bryn Mawr, et elle hésitait encore sur son avenir. Lui avait déjà sa maîtrise en main, et il enseignait l'histoire dans un lycée de Philadelphie. Ils s'étaient rencontrés, devinez où ? à la synagogue, le jour de Rosh Hashanah. Il était là avec son père ; elle était venue avec sa compagne de chambre. Le fait d'être juive ne comptait pas beaucoup dans la vie de Deborah, mais c'était une partie de son héritage, et elle savait que cela faisait plaisir à ses parents, chez eux, à Scarsdale, dans l'État de New

York, quand elle accomplissait au moins l'effort d'observer les grandes fêtes.

Ils s'étaient immédiatement repérés, chacun d'un côté des bancs, et ils s'observaient quand ils pensaient que l'autre ne regardait pas. Après le service religieux, ils avaient trouvé un moyen de se rencontrer.

« Est-ce que nous ne nous sommes pas déjà vus ici ? avait-il demandé.

— C'est la première fois que je viens », avait-elle répondu.

Version plus grande et beaucoup plus séduisante de son père, il avait les mêmes yeux sensibles et expressifs. Rétrospectivement, elle se dit que c'était de ses yeux qu'elle était tombée amoureuse en premier, ses yeux qui avaient plongé si profondément dans les siens qu'elle s'était sentie engloutie le soir où il lui avait demandé de l'épouser, ses yeux qui avaient dansé à la naissance de leur fils, ses yeux qui avaient pleuré à la mort de leur fille... ses yeux qui semblaient glisser par-delà l'épaule de Ruben Martinez quand Jerry avait dit qu'il travaillait dans son atelier, la nuit où Tara Breckenridge avait été tuée.

Deborah connaissait ce regard. Elle était certaine que Jerry voulait qu'on l'associe à de la concentration, mais parfois elle se demandait si cela ne cachait pas un moyen de s'évader. Elle se souvint du matin après le meurtre, du pouce bandé, du sweat-shirt plein de sang. Elle n'en avait rien pensé, alors. Pour une raison qu'elle ne s'expliquait pas, elle y repensa, et un frisson glacé parcourut son corps ; elle se demanda si son mari lui avait dit la vérité.

Même au bout de douze ans, elle n'en était pas tout à fait sûre. À une époque, la communication passait bien entre eux, à ce qu'elle croyait du moins, quand elle était jeune et encore impressionnable. Mais, avec le temps, elle s'était aperçue qu'il avait élevé une barrière, comme une armure protectrice ne lui autorisant l'accès qu'aux parties de lui qu'il acceptait de lui révéler. Durant leurs premières années de vie commune, elle avait tout essayé pour renverser cette barrière, mais au bout d'un moment ses efforts lui avaient semblé disproportionnés par rapport aux résultats, et elle avait abandonné.

La vie, elle ne pouvait s'empêcher de le penser, était comme un gros trou noir – un inconnu sombre et effrayant dans lequel on plongeait sans idée claire de ce qui vous attendait –, un peu comme la mare boueuse derrière chez elle, quand elle était enfant, et contre laquelle sa mère la mettait en garde. On prenait à certains moments des décisions qui semblaient raisonnables et fondées sur une information solide, et on apprenait quelque temps plus tard qu'on avait été imprudent. On pensait savoir ce qu'on voulait, et on découvrait ensuite que ce n'était peut-être pas le cas. On se croyait assez sage, assez informé, assez mûr pour opérer les bons choix, et on se rendait compte qu'on avait tort. Et alors, sans bien comprendre comment on en était arrivé là, on se retrouvait quelque part où on n'avait pas vraiment envie d'être, sans issue viable.

Elle se souvint du nombre de fois où ses aînés s'étaient gargarisés avec éloquence des joies particulières du mariage et de la maternité, et elle se demanda pourquoi personne n'avait pensé à la mettre en garde contre les erreurs qu'on peut commettre. Non qu'elle fût prête à reconnaître que son mariage était une erreur, mais il y avait des choses qu'elle aurait aimé savoir avant, des choses pour lesquelles elle aurait pu être mieux préparée, des choses qu'elle aurait été capable de régler de manière un peu différente.

Avec un petit bâillement, Deborah tapota son oreiller et se glissa sous les couvertures. Elle pouvait se rendormir, maintenant, le côté analytique de son cerveau – son cerveau de travail, comme elle disait – avait pris le relais. Il avait déjà commencé le processus d'évaluation de la situation, de réflexion sur les choix, de détermination des résultats.

Le rêve était parti. La jeune fille aussi.

17

Le *Seward Sentinel* publia un éditorial de Gail Brown :

Tara Breckenridge est morte depuis près d'un mois, et pourtant la police n'est pas plus près d'appréhender le responsable du meurtre que le jour où celui-ci a été perpétré. Comment cela est-il possible ? Avec toutes les techniques modernes dont dispose la police, pourquoi cette affaire n'est-elle pas encore résolue ?

Le commissaire Ruben Martinez est arrivé sur l'île Seward il y a trois ans sur la foi d'un dossier remarquable, et il a formé une équipe de premier ordre. Je connais la plupart de ces gens ; ce sont des professionnels dévoués, et pourtant, jusqu'ici, ils n'ont pas été à la hauteur de la tâche. Comment se fait-il qu'ils n'aient pas réussi à résoudre le crime le plus atroce que cette communauté ait jamais connu ?

Si nous qui vivons ici sommes coupables, si une personne parmi nous sait quelque chose qui serait susceptible de donner aux autorités une piste menant au meurtrier de Tara, mais que cette personne ne se soit pas présentée, alors, honte à nous ! Car même la plus compétente des forces de police ne peut travailler dans le vide.

Notre île idyllique a été gravement secouée et elle est maintenant douloureusement mise à l'épreuve. Ce ne sera plus jamais la même chose de vivre ici. Je vois la peur et la méfiance partout. Amis et voisins, qui avaient délibérément choisi cet endroit pour s'éloigner des dangers de la vie dans une grande ville et en protéger leur famille, ferment maintenant leur porte à clé et regardent par-dessus leur épaule. La mort de Tara, la manière dont elle est morte, nous a tous touchés. C'est une plaie ouverte qui ne guérira – qui ne pourra guérir – tant que le responsable ne sera pas traduit en justice.

Que nous l'ayons bien connue ou non, nous voulons que Tara

repose en paix. Nous voulons que la famille Breckenridge puisse faire son deuil. Nous voulons avoir la possibilité de reprendre une vie normale. Elle mérite, ils méritent, nous méritons de voir cette affaire résolue. Si l'enquête est entravée par une personne qui, détenant des informations pertinentes, aurait délibérément choisi de ne pas les livrer aux autorités compétentes, alors honte, honte, honte à nous tous.

« Elle vise toute l'île, cette fois, fit remarquer Charlie Pricker en reposant le journal sur le bureau de Ruben.

— C'est une erreur, déclara Ginger.

— Pourquoi ? demanda Ruben qui avait convoqué une fois de plus ses collègues dans son minuscule bureau.

— Parce qu'elle est d'ici. Elle devrait savoir que ça ne fera que lui aliéner tout le monde et rendre notre travail plus dur encore.

— Ça ne changera pas grand-chose, remarqua Charlie en soupirant.

— Les habitants de l'île sont fondamentalement des gens bien, répliqua Ginger en secouant la tête, mais ils sont de ceux qui vont à l'église chaque dimanche, écoutent le sermon, prient pieusement – et rentrent chez eux satisfaits d'avoir accompli leur devoir envers Dieu. Si vous leur mettez le nez dedans, ils se retournent contre vous. Mais si vous les laissez tranquilles, tôt ou tard, ils finissent par faire ce qu'ils doivent.

— Oui, mais tard à quel point ? » ironisa Charlie.

Leur enquête concernant le mystérieux break Taurus vu sur le parking du cap Madrona la nuit du meurtre n'avait rien donné, et les recherches entreprises par Ginger sur la vie du professeur d'histoire n'avaient fourni aucune information infirmant la bonne opinion qu'ils avaient de lui au départ.

« Il n'a rien à se reprocher, affirma-t-elle. Nous n'avons rien découvert qui indique le contraire.

— Retour à la case départ, grogna Charlie.

— C'est irritant, dit Ruben. Le type qu'on cherche est là, juste sous notre nez, et on passe à côté de lui, sur cette île isolée, avec une population de douze mille personnes. Cela nous donne un groupe de suspects potentiels d'environ trois mille cinq cents hommes entre dix-huit et, disons, soixante-dix ans, dont une fraction seulement est gauchère. À l'évidence, Tara était en relation avec un d'entre eux, ce n'est pas arrivé par hasard. Alors, pourquoi avons-nous tant de mal à le trouver ?

— Peut-être parce que nous ne regardons pas dans la bonne direction, déclara lentement Ginger.

— Que veux-tu dire ?

— Eh bien, au lieu d'enquêter sur Tara, peut-être devrions-nous enquêter sur les hommes.

102

— Tu veux enquêter sur trois mille cinq cents hommes ? s'inquiéta Ruben.

— Soit on attend assis là que quelque chose se passe, soit on s'arrange pour provoquer nous-mêmes les événements.

— Et comment t'y prendrais-tu, exactement ? demanda Ruben.

— C'est le sang qui va résoudre cette affaire, répondit Ginger après un moment de réflexion. Alors, je n'irais pas par quatre chemins : je commencerais par un groupe d'hommes facilement identifiables, par exemple les élèves de terminale du lycée, et je leur dirais exactement ce qu'on veut faire. Ensuite, je demanderais à chacun d'eux de nous donner volontairement un échantillon de son sang pour qu'on fasse un test de paternité. Si le gosse est innocent, c'est le meilleur moyen de l'écarter de la liste. S'il refuse, au moins on aura rétréci le champ d'investigation. Ensuite, parmi ceux qui refusent, on peut éliminer les droitiers et se concentrer sur les autres. Si on ne trouve pas celui qu'on cherche, on étend la sélection et on recommence le processus jusqu'à ce qu'on le prenne.

— Ces tests coûtent une fortune, lui rappela Charlie, et l'analyse demande des mois.

— On en éliminera probablement un grand nombre sur la simple base du groupe sanguin, répondit Ginger. Et souvenez-vous que nous nous intéressons aux gauchers seulement, ce qui réduit beaucoup le nombre des suspects. Alors, on n'enverra que les échantillons fournis par les gauchers ayant une chance de correspondre à celui que nous cherchons.

— Comment repérer qui est gaucher et qui ne l'est pas ? demanda Charlie.

— On pourrait laisser Magnus s'en charger. Pendant la prise de sang, par exemple ; il trouverait un truc, comme demander de quel bras ils se servent le moins, pour y pratiquer le prélèvement. L'infirmier pourrait le noter.

— As-tu pensé que nous avons peut-être affaire à quelqu'un qui n'est pas strictement gaucher, mais ambidextre ?

— C'est possible, admit Ginger. Mais je crois que le nombre d'hommes ambidextres sur cette île est assez réduit pour qu'on ne s'en préoccupe pas. Et on peut les traiter comme les gauchers... Allons au plus évident. Si plus tard on doit élargir l'échantillon, on le fera. Et si on ne dit pas qu'on cherche un gaucher, on ne dit rien. »

C'était presque la seule information qu'ils avaient réussi à cacher à Albert Hoch, et donc à toute l'île.

« Est-ce qu'on a la loi de notre côté pour ça ? demanda Ruben. Je ne voudrais pas empiéter sur les libertés individuelles.

— Je crois que oui, affirma Ginger, tant que la participation à la procédure reste strictement volontaire.

— C'est tellement évident que ça pourrait marcher », constata Charlie.

Ruben dut l'admettre. Il regarda la jolie rousse qu'il côtoyait depuis presque deux ans, et qu'il commençait juste à connaître. Si son équipe arrivait à résoudre cette affaire, il était certain que ce serait grâce à elle. Elle combinait, pour le travail de policier, un instinct qui ne pouvait être enseigné et une connaissance approfondie de la communauté dans laquelle elle travaillait. C'était ainsi qu'il avait opéré dans les *barrios*, en se fondant dans le décor. Ce n'était pas comme ici, où il n'était pas à sa place. Ici, c'était elle qui se fondait dans le décor, et il en était venu à beaucoup se reposer sur cette réalité.

Ils avaient dîné ensemble le samedi soir, et on était mercredi après-midi. Il ne s'était guère passé un instant depuis sans qu'il pense à elle, sans qu'il revoie leur soirée, du début à la fin – chaque mot, chaque geste, chaque sourire. C'était comme revenir d'un long exil dans l'Arctique et découvrir que le monde est un lieu chaud et merveilleux ; savoir, après tant d'années, que c'est bon d'être en vie.

Il était maintenant libéré de l'accident de la route qui avait tué son épouse – un pick-up qui avait glissé sur une flaque d'huile était venu s'écraser en pirouettant contre sa vieille Chevrolet, du côté du passager. Tout était arrivé trop vite. Il n'avait pas eu le temps de réagir, de faire un écart, d'éviter la collision. Tout le monde le lui avait dit. Mais cela n'avait empêché Ruben ni de se sentir coupable, ni d'avoir mal, ni d'être seul. Il avait aimé sa femme autant qu'il en était capable. Après coup, il commença à se demander s'il l'avait assez aimée. Cela ne fit qu'aggraver les choses.

C'est Stacey qui lui avait sauvé la vie. Elle n'avait que deux ans, à l'époque de l'accident, et elle se retrouvait sans mère. Elle avait besoin de lui. Il ne pouvait pas lui refuser son aide. Il s'était efforcé d'enfermer en lui tout ce qui n'était pas en relation directe avec sa fille ou son travail, et il y avait assez bien réussi.

Jusqu'à samedi soir.

À l'intérieur de lui, des dizaines de portes s'ouvraient soudain, l'exposant aux espoirs, aux incertitudes, aux joies, aux peurs d'une relation avec un autre être humain. Parce que, bien sûr, relation il y avait. Même s'il voulait le nier, s'il tentait de le faire, c'était le cas, il le savait bien.

Et rien n'allait dans cette relation – leur différence d'âge, leurs positions respectives sur le plan professionnel, leur passé. Il en était bien conscient. Mais c'était sans importance, parce qu'il sentait clairement que jamais rien n'avait été plus juste, rien ne serait jamais plus juste.

Il en avait parlé avec Stacey au petit déjeuner le dimanche. Ils avaient peu de secrets l'un pour l'autre.

« On dirait que c'est le coup de foudre ! s'était écriée sa fille qui, à de nombreuses occasions, avait rencontré la jolie rousse si peu conventionnelle au poste de police et l'avait appréciée. Alors, tu voudrais la revoir ?

— Cela ne sert à rien, avait répondu son père avec un peu plus de franchise qu'il ne l'aurait souhaité. C'est une petite île. Ça pourrait saboter notre relation de travail. Sans parler des ragots qui pourraient nous causer des problèmes. Et je ne parle même pas de notre différence d'âge. Elle est plus proche de toi que de moi. Non, cela ne sert à rien.

— Ce n'est pas ce que je t'ai demandé », fit observer Stacey.

Il la trouvait parfois un peu trop maligne pour son âge. La réponse évidente était oui, mais il n'arrivait pas à le dire. Il avait peur d'avoir pris Ginger au dépourvu, de ne pas lui avoir laissé d'autre choix qu'accepter son invitation, puisqu'elle lui avait dit être libre ce soir-là. Il ne voulait pas qu'elle sorte avec lui juste parce qu'il était son patron et qu'elle ne savait pas comment refuser, et il n'était pas certain de pouvoir déceler la différence. Il avait déjà subi suffisamment de rejets dans sa vie ; il n'était pas particulièrement désireux de s'y exposer une fois de plus.

« Et si je voulais la revoir ? rétorqua-t-il. Peut-être qu'*elle* ne veut pas me voir. Et je ne veux assurément pas qu'elle se sente obligée d'être polie. »

Stacey rejeta en arrière ses cheveux blonds soyeux qui ressemblaient tant à ceux de sa mère.

« Invite-la à dîner à la maison, suggéra-t-elle. Si elle accepte ce genre de proposition, tu auras la certitude qu'elle n'est pas seulement polie. Et, comme ça, je pourrai bien l'observer et on saura à quoi s'en tenir.

— Tu crois vraiment ?

— Qu'est-ce qui peut arriver de pire ? demanda Stacey d'un air malin. Qu'elle dise non... ou qu'elle dise oui ? »

Depuis cette conversation, le chef de la police sans peur et sans reproche tentait de rassembler assez de courage pour parler.

Le dimanche suivant le dîner à La Mouette était frais et venteux ; des nuages d'acier annonçaient la pluie.

Ginger passa la plus grande partie de la journée à l'abri dans son appartement où, tout en rangeant ses placards, elle écouta un concert Beethoven retransmis du Lincoln Center à New York – n'importe quoi pour rester active, occuper son corps et son esprit, éviter de penser à Ruben.

À la claire lumière du jour, elle décida que ce n'était pas juste. Attendre vingt-huit ans, finalement trouver celui qui pourrait bien être l'homme de votre vie – et qu'il soit votre patron très en vue dans une petite ville où le moindre ragot est susceptible de vous détruire tous deux. Tout était contre le fait qu'ils soient ensemble – et tout plaidait pour. Ils pensaient de la même manière, ils partageaient quasiment les mêmes centres d'intérêt, leurs sens de l'humour semblaient s'accorder. Elle ne doutait pas un instant que leurs corps s'harmoniseraient parfaitement aussi.

En dépit des résolutions prises la veille de sortir davantage pour rencontrer d'autres hommes, elle commença à réfléchir à la possibilité de trouver un boulot dans un autre poste de police, dans un autre comté, ce qui leur permettrait de se voir. Quoique l'idée de quitter l'île lui déplût fortement, si cela lui permettait d'avoir une relation avec Ruben, cela pouvait en valoir la peine.

À 15 h 30, le concert Beethoven terminé, Ginger abandonna ses placards, se changea et partit pour la région des fermes du côté ouest de l'île, où elle avait été élevée, où ses parents vivaient toujours. C'était un rituel hebdomadaire auquel elle dérogeait rarement, parce qu'il ramenait à Seward ses trois frères et leurs familles.

Le dîner du dimanche chez les Earley était en général une cérémonie bruyante, avec ses nièces et neveux incontrôlables, tandis que son père, son plus jeune frère et elle affrontaient tous les autres dans une partie de foot. Mais ce fut un groupe des plus mornes qui accueillit Ginger ce jour-là : les enfants observaient un étrange silence, ses frères étaient perplexes, son père distrait et sa mère agitée.

« Eleanor Jewel m'a pratiquement sauté dessus comme un chat à l'instant où on est arrivés à l'église, déclara Verna Earley, femme à la forte poitrine et aux cheveux blonds décolorés, à l'instant où sa fille passa la porte. Elle mourait d'envie de me le dire.

— Te dire quoi ? demanda Ginger.

— Que tu es allée à La Mouette, bien sûr... À La Mouette, avec ce commissaire Martinez en personne !

— Et alors ?

— Alors, de quoi crois-tu que ça ait l'air ? Aller dîner, comme ça, avec ton patron !

— On a travaillé tard sur une affaire, et on a tout d'un coup eu envie d'un bon dîner. Si j'avais supposé qu'on penserait à mal, je ne l'aurais pas fait. »

Verna chercha du regard son mari pour qu'il la soutienne.

« À mon avis, ta mère s'inquiète plus de la façon dont les gens ont perçu les choses que de leur signification, déclara Jack Earley avec un soupir malheureux.

— Ce n'est pas vrai, insista Verna. Je m'inquiète tout autant de leur signification. Ce n'est déjà pas drôle que tu doives travailler pour lui, mais qu'on vous voie ensemble pendant votre temps libre, que vous jetiez votre association à la tête de nos amis, de nos voisins, de tous ceux avec qui tu as grandi ! Ce n'est pas une chose à faire. »

Ginger regarda son père et sa mère à tour de rôle.

« Est-ce que j'ai raté quelque chose ?

— Il nous a fallu des années pour faire partie de cette communauté, jeune dame, expliqua sa mère. Tu étais trop petite pour t'en souvenir, mais ça ne s'est pas fait comme ça. Ton père et moi y avons beaucoup travaillé. Nous avons dû nous rendre dans une église particulière, adhérer aux clubs qu'il fallait, cultiver l'amitié des gens bien. Tu le sais parfaitement, les habitants originaires de l'île forment un groupe très fermé, et venir comme ton père et moi de l'autre bout de l'État nous a imposé de gros efforts pour nous faire accepter. Il a fallu un temps très long, mais nous sommes enfin chez nous, maintenant, et ces gens sont importants pour nous, l'opinion qu'ils ont de nous compte beaucoup.

— Je dois être idiote, dit Ginger, parce que je ne comprends toujours pas. »

Sa mère poussa un soupir exaspéré.

« On t'a vue plaisanter et rire, et même partager les plats avec lui, comme si vous sortiez ensemble, pour l'amour de Dieu ! On t'a vue dans le restaurant le plus cher de la ville, en robe habillée, avec... – eh bien, je ne devrais pas avoir à le dire, et j'en suis désolée, mais il ne semble pas y avoir d'autre moyen de préciser les choses – ... avec un Mexicain. »

Le mot visait Ginger comme une flèche, et il frappa avec la précision d'un archer expert, lui coupant presque le souffle. Pendant un instant, elle fut stupéfaite au point de ne pouvoir parler.

« Je n'aurais jamais cru que c'était mal d'être amie avec un Mexicain, déclara-t-elle enfin. Jamais tu ne m'as dit que c'était mal.

— Il n'y en avait aucun, par ici, rétorqua sa mère. On n'avait aucune raison de t'en parler !

— Et tu crois que toute l'île a ce genre d'idées ?

— Bien sûr, je ne peux parler pour toute l'île, concéda Verna, mais je suis certaine de parler au nom de ceux qui fréquentent notre cercle social. Il y a des gens qui sont à leur place, et d'autres qui n'y sont pas, et on ne mélange pas les deux.

— Désolée, dit lentement Ginger. Je ne le savais pas. »

Il y avait toujours eu des remarques, des commentaires, en passant, sur une chose ou l'autre, mais jamais rien d'aussi flagrant, et Ginger avait toujours pu considérer que c'était du bavardage sans conséquence. Elle regarda sa mère comme si elle n'était pas certaine de l'avoir déjà vue auparavant.

« Enfin, conclut Verna, ce qui est fait est fait, et maintenant que tu comprends, on n'en reparlera plus. »

Un soupir collectif parcourut toute la famille. Sa mère gagna la cuisine pour s'occuper de son rôti. Les enfants se pourchassèrent comme d'habitude dans le jardin. Une partie de foot occupa la pelouse sur le devant de la maison. On avait réglé un problème épineux et la vie normale pouvait reprendre. Personne ne remarqua que Ginger jouait avec un manque d'enthousiasme inhabituel, ni qu'elle ne prononça presque aucun mot durant le dîner, ni qu'elle promena sa nourriture dans son assiette plus qu'elle ne la mangea.

Ce n'est qu'une fois en lieu sûr dans son appartement que sa colère éclata, avec une telle violence qu'elle lança son sac contre la bibliothèque du coin de son entrée, faisant tomber plusieurs volumes et cassant un angelot en porcelaine que feu sa grand-mère lui avait offert pour son seizième anniversaire.

Pour la première fois, elle réalisait à quel point elle s'était éloignée de cette famille solidaire qu'elle chérissait. Plus encore que les expériences de la vie qui l'avaient fait sortir de l'atmosphère close de l'île Seward pour affronter la dure réalité du travail dans la police, c'était sa manière de considérer les choses qui les séparait. Leurs valeurs n'étaient plus les siennes, leur monde n'était plus le sien.

Elle essaya de se revoir à dix ou douze ans, perchée sur un tabouret dans la grande cuisine accueillante tandis que sa mère faisait cuire des biscuits ; ou assise tout contre son père et absorbée par un puzzle. Lui avaient-ils vraiment appris que certaines personnes étaient moins acceptables que d'autres, et l'avait-elle oublié ? Ou bien, comme presque tous les enfants, les avait-elle laissés penser et agir à sa place jusqu'à ce qu'elle soit assez grande pour se débarrasser de leur influence, et penser et agir par elle-même ?

Sans qu'elle le veuille, un souvenir s'insinua dans l'esprit de Ginger, celui d'une fille d'origine japonaise qu'elle aimait bien au collège, et que sa mère, sans raison particulière, avait écartée d'elle. Et elle se souvint d'un garçon juif au lycée qui avait été un des rares à vouloir l'inviter à sortir. Verna avait clairement refusé qu'elle le fréquente. Alors il était là, ce courant sous-jacent – jamais vraiment visible, jamais trop hostile, mais imbibant le tissu social de l'île ! Il n'y avait jamais rien sur quoi poser précisément le doigt, juste quelque chose qu'apparemment on devait comprendre sans explications.

Ginger comprenait très bien. Elle s'agenouilla par terre pour ramasser les morceaux de l'ange en porcelaine. Elle n'avait plus aucun doute ni aucune crainte concernant une relation au sein du poste. Elle n'avait plus aucune envie de chercher un emploi dans un autre district. Elle allait rester ici, chez elle, sur l'île Seward, et elle vivrait sa vie – parce que c'était exactement de cela qu'il s'agissait, de sa vie – quels que soient les obstacles, quelles que soient les conséquences.

Là, à genoux, elle pria plus fort que jamais pour que Ruben Martinez lui demande à nouveau de sortir avec lui.

Il le fit. Quatre jours plus tard.

« Je crois que j'aurais dû dire quelque chose beaucoup plus tôt, commença-t-il prudemment le jeudi matin quand ils se retrouvèrent pour une fois seuls dans son bureau. Mais je voulais vraiment te remercier d'avoir dîné avec moi l'autre soir. Ta compagnie est très agréable, et j'ai passé une soirée formidable.

— Moi aussi, dit Ginger. En fait, je ne me souviens plus quand auparavant j'ai bien pu m'amuser autant.

— Vraiment ? s'exclama-t-il tandis que son visage s'éclairait. Parce que je craignais de ne pas t'avoir laissé vraiment le choix.

— Bien sûr que si ! J'aurais pu dire non.

— Alors... Je me demandais... euh... si peut-être... nous pourrions recommencer un jour ?

— J'adorerais ça ! répondit Ginger, tout en sentant son cœur sauter un battement.

— C'est formidable, dit Ruben avec un grand sourire. Formidable... J'imagine que tu n'es pas libre dimanche ?

— Il se trouve que si, répondit Ginger sans l'ombre d'une hésitation.

— Stacey voudrait que je t'invite à dîner à la maison pour pouvoir t'observer, mais si tu préfères on peut aller dîner ailleurs.

— Oh, là là ! Il y a bien longtemps que personne n'a désiré m'observer, répliqua Ginger en riant. Je serais ravie de dîner chez vous. »

Ruben enfonça ses mains dans ses poches de pantalon de crainte qu'elles ne fassent quelque chose de stupide, comme applaudir.

« 6 heures, c'est bon ? demanda-t-il.

— Parfait. Je crois que je sais aller chez vous.

— Oh non. Je viendrai te prendre. »

Il avait beau sortir du *barrio*, on lui avait enseigné les bonnes manières.

« D'accord, dit Ginger. Je m'en fais une joie.

— Moi aussi. »

Ils se sourirent. Les parents de Ginger devraient se passer d'elle, dimanche. Elle commença à réfléchir à la façon précise dont elle allait les prévenir.

« Ils sont à nouveau dans l'impasse, dit Albert Hoch à Kyle Breckenridge. La voiture vue au parking n'a rien donné. Ils se retrouvent à la case départ. »

Le président de la banque hocha sa tête aux cheveux blond argenté.

« Déjà un mois, et toujours rien. Ce n'est pas bon, Albert. Cela donne la très dangereuse impression que notre police est au mieux faible, au pire incompétente. Les gens commencent à se demander comment il peut être aussi difficile de prendre un salaud de meurtrier sur une île où ne vivent que douze mille personnes.

— Je sais, Kyle, je sais. Mais ils ont un nouveau plan. Ils veulent utiliser les tests d'ADN pour le découvrir. Ils vont commencer par les élèves de terminale du lycée, leur demander un échantillon de sang et voir s'il y en a un de compatible avec l'enfant à naître de Tara. S'ils ne trouvent rien, ils étendront le cercle à d'autres garçons qui la connaissaient. Ils pourraient bien l'avoir comme ça.

— C'est terrible que les gens de cette communauté soient soumis à une telle chose ! Tu te rends compte jusqu'où on va aller ? Interroger nos

109

amis et voisins de toujours, empiéter sur leur vie privée, les dépouiller de toute dignité !

— Ils n'ont pas d'autre moyen de poursuivre leur enquête. Tu veux qu'ils arrêtent le meurtrier de Tara, oui ou non ? Ils ne peuvent pas dénicher un suspect possible sur un simple claquement de doigts !

— Non, admit Kyle Breckenridge avec un soupir. Ils ne le peuvent pas. »

Ginger commença ses appels téléphoniques le jeudi après-midi. Le vendredi, elle avait contacté les soixante-douze garçons de terminale au lycée Seward. Quarante-six d'entre eux avaient accepté le test, onze avaient promis de la rappeler et quinze avaient froidement refusé.

« Beaucoup de parents n'aiment pas cette idée, expliqua-t-elle à Ruben, mais la plupart pigent : s'ils refusent le test, leurs fils peuvent paraître coupables. »

Elle s'organisa avec Magnus Coop pour que les prélèvements soient faits à la clinique le samedi. Le Dr Coop et Charlie Pricker seraient là, ainsi que les trois techniciens de laboratoire de la clinique, qui recevraient en outre pour instruction de déterminer si les sujets étaient gauchers ou non. Une fois les échantillons étiquetés, Charlie les apporterait en personne au laboratoire de la police criminelle de Seattle. Avec un peu de chance, ils auraient les résultats deux mois après.

18

Ruben était debout, douché et habillé, à 7 h 45 le dimanche matin, mais Stacey l'avait devancé. La gamine de quinze ans s'était habillée elle aussi, mais en plus elle avait préparé le petit déjeuner.

« J'ai pensé que tu voudrais aller à la messe, ce matin », déclara-t-elle en déposant devant lui une assiette d'œufs brouillés avec une saucisse.

Elle lui servit son café puis s'assit tranquillement, les mains croisées sur les genoux. Il était très rare que Ruben aille à l'église. En dehors des fêtes, il tentait toujours d'y échapper ; et même à l'occasion des fêtes, il s'y rendait davantage pour Stacey que pour lui. Pourtant, il y avait des choses qui ne pouvaient être ignorées, qu'il fallait commémorer.

« Oui », dit-il en pensant que personne ne faisait le café épais, noir et délicieux aussi bien que sa fille.

Quand il avait invité Ginger à dîner, avec l'approbation enthousiaste de Stacey, il n'avait pas réfléchi à la date. Mais c'était le treizième anniversaire de l'accident qui avait emporté son épouse, et chaque année, depuis, sa fille et lui avaient célébré l'événement en se rendant ensemble à la messe.

« J'aurai tout le temps de faire le ménage à notre retour, lui assura Stacey. Et le dîner aussi. »

Ruben hocha tristement la tête en songeant combien il était facile pour la jeune fille de glisser du passé au présent. Ce rituel célébré en commun était surtout celui de son père, puisqu'elle n'avait aucun réel souvenir de sa mère.

L'église catholique Saint-Aloysius était une coquette bâtisse à deux pâtés de maisons du Village Green. Construite en bois peint en blanc avec un toit de bardeaux, elle s'animait d'une série de superbes vitraux. Trois fois détruite par un incendie, elle avait chaque fois été restaurée un peu plus massive, un peu plus grandiose qu'auparavant. Les 3 pour 100 de la population de l'île qui fréquentaient cette église se montraient particulièrement généreux.

La majorité des bancs étaient déjà occupés lorsque Ruben et Stacey arrivèrent. Comme de coutume, ils s'assirent discrètement au fond. Stacey s'agenouilla aussitôt et se mit à prier. Ruben resta assis. Depuis la mort de son épouse, il n'avait jamais pu recouvrer la foi. Au fil des années, Dieu et lui avaient développé l'un envers l'autre une relation plus ou moins laxiste qui ne semblait pas fonctionner trop mal. En tout cas, du point de vue de Ruben.

La messe fut traditionnelle, et le sermon une version plutôt fade de la doctrine. Le prêtre, un homme assez agréable, n'avait rien d'un orateur. Ruben regarda avec indifférence Stacey communier ; mais si cet acte apportait à sa fille le réconfort que lui n'y trouvait plus, il en était heureux. Puis ils allèrent ensemble allumer un cierge en souvenir de leur mère et épouse.

C'est après la fin du service religieux, quand la congrégation sortait lentement de l'église, que Stacey et Ruben entendirent des bribes d'une conversation devant eux :

« ... commissaire nous a honorés d'une de ses rares apparitions, aujourd'hui, disait John O'Connor.

— L'affaire Breckenridge doit l'occuper, répondit Kevin Mahar.

— Je pencherais plutôt pour l'affaire d'une détective aux cheveux roux ! suggéra O'Connor en riant.

— Vous vous rendez compte ? s'exclama Lucy Mahar. Je n'arrive pas à comprendre ce qui a pu passer par la tête de cette fille.

— Qu'elle a vingt-huit ans et qu'elle est toujours célibataire, ma chère, répondit Doris O'Connor.

— À voir les résultats qu'il a obtenus pour l'affaire Breckenridge, on aurait tout aussi bien fait d'engager un chihuahua », dit John O'Connor.

À ce stade, Stacey glissa son bras sous celui de son père et déclara d'une voix claire :

« Viens, papa, si on se dépêche, je mettrai ta gamelle sur la table avant que tu aies le temps de japper. »

Les O'Connor s'éloignèrent sans un mot. Kevin Mahar eut le courage de sembler gêné.

« Désolé, Ruben, marmonna-t-il, on ne savait pas que tu étais derrière nous.

— Cela ne devrait pas vous faire changer d'opinion, répondit Ruben avec dignité. Une des merveilleuses choses dans ce pays est la liberté dont nous jouissons pour émettre une opinion sans crainte des conséquences.

— Rebut de l'Amérique blanche ! lança Stacey avec mépris en montant dans la voiture.

— Non, corrigea Ruben en soupirant. Juste des gens ordinaires qui n'ont pas l'habitude d'avoir peur du noir. »

La tarte aux pommes refroidissait, le rôti de bœuf cuisait, la petite maison était rutilante, et la table mise pour trois quand Ruben partit chercher Ginger. Stacey avait choisi pour Ruben un pull rouge qu'il portait sur une chemise blanche, puis, d'autorité, elle lui avait massé les mains avec une crème émolliente.

« Juste au cas où tu lui prendrais le bras, tu comprends, dit-elle avec une lueur espiègle dans ses yeux bruns. Tu ne voudrais quand même pas qu'elle pense que tu fais la lessive ! »

Ginger était prête lorsqu'il sonna à la porte. Elle portait un pantalon et un pull de laine douce d'un bleu lumineux qui faisait merveilleusement bien ressortir la couleur cuivrée de ses cheveux, rassemblés en queue de cheval sur la nuque par un ruban du même bleu.

« Rouge, blanc et bleu, lança-t-elle en le saluant, nous formons un couple très patriotique ! »

Ruben Martinez était un homme sans détour qui aimait affronter les problèmes de face. Ce n'était pas dans sa nature de biaiser.

« Écoute, déclara-t-il, avant qu'on parte, je crois devoir te prévenir que... eh bien, certaines personnes cancanent. À notre sujet, je veux dire. En règle générale, je ne prête guère attention à ce genre de choses, mais j'ai entendu certaines remarques à l'église, ce matin, et je voulais que tu saches que... eh bien, je comprendrais si tu préférais renoncer au dîner.

— Des remarques ? Quelle sorte de remarques ?

— À propos du fait qu'on nous a vus ensemble, j'en ai bien peur.

— Il y a des années que je ne vais plus à l'église, lui dit Ginger. Maintenant, je sais pourquoi.

— C'est une petite ville.

— Oui, et certaines personnes ont un petit esprit.

— Pourtant, c'est ici que tu as vécu presque toute ta vie, lui rappela-t-il. Je ne veux pas te causer d'embarras. Alors, la décision t'appartient.

— Dans ce cas, répliqua Ginger, j'espère que vous êtes un bon cuisinier, parce que je meurs de faim. »

Il y avait dans la maison des Martinez quelque chose de chaleureux et de confortable, rappelant une vieille robe de chambre qui s'enroule presque d'elle-même autour de vous. Ginger le ressentit à l'instant où elle passa la porte. Bien que le lieu fût petit et les meubles indéniablement utilisés depuis trop longtemps, chaque recoin de la maison semblait confortable et témoignait de l'attention qu'on lui portait. Si Ginger avait hésité le moins du monde à venir chez Ruben pour leur second rendez-vous, ce sentiment disparut à l'instant où Stacey s'avança avec un grand sourire pour la serrer dans ses bras.

« J'espère que vous aimez le rosbif, dit la jeune fille, parce que c'est la seule chose sur laquelle papa et moi sommes tombés d'accord. »

Le rôti était délicieux, cuit juste comme Ginger l'aimait, c'est-à-dire encore rouge au milieu ; les carottes avaient été parfumées avec un soupçon de cannelle, la salade était simple mais abondante, et le riz en sauce aux haricots, bien qu'inattendu, constituait un accompagnement parfait.

« Papa voulait un repas complètement ethnique, confia Stacey en passant un plat de tortillas chaudes et beurrées, mais je l'ai convaincu que c'était trop et trop tôt : ça risquait de vous faire fuir.

— Je ne fuis pas si facilement », répondit Ginger en riant.

Le dîner dura au-delà de 9 heures. Personne ne semblait pressé. Le vin, bien que bon marché, était agréable, le café superbe. Ils parlèrent plus qu'ils ne mangèrent, et pourtant ils mangèrent tout. Plusieurs fois, ils rirent si fort qu'ils en pleuraient presque. Ginger ne se souvenait pas s'être sentie aussi détendue, aussi bienvenue, aussi totalement satisfaite. Il était plus de 11 heures quand Ruben la reconduisit à son appartement. Cinq heures avaient filé en un clin d'œil.

« J'ai passé une soirée formidable ! dit-elle à sa porte, souhaitant que la soirée ne fasse que commencer et qu'elle ait encore cinq heures à vivre avec lui.

— Moi aussi. »

Il espérait que cette fois elle l'inviterait à prendre un digestif, une autre tasse de café, ou même un verre d'eau, d'ailleurs, parce qu'il ne voulait pas la quitter si vite.

« Je ne sais pas comment le temps a passé », dit-elle.

Elle avait envie de lui ouvrir sa porte, mais elle craignait qu'il ne refuse. S'il ne refusait pas, elle avait peur de ce qu'ils en attendraient l'un et l'autre, et elle trouvait qu'il était trop tôt pour se poser ce genre de problème.

« Vraiment, continua-t-elle, cela me fascine de voir que nous ne sommes jamais à court de sujets de conversation.

— Je suis heureux que tu sois venue. On se voit demain ?

— Dès l'aube ! »

Ils restèrent là un instant sans très bien savoir que faire. Puis il se pencha et lui déposa un petit baiser sur la joue.

« Dors bien », murmura-t-il avant de disparaître rapidement dans l'allée obscure, à travers les ombres.

Ginger rentra, de nouveau seule, mais pas vraiment. Elle avait toujours son baiser sur la joue. Elle toucha de ses doigts l'endroit. Le baiser était doux et chaud, et sa chaleur se diffusa dans son corps comme si Ruben faisait partie d'elle.

Elle serra ses bras autour d'elle pour le retenir autant qu'elle put. Quand la sensation commença à faiblir, elle gagna sa chambre et retira ses vêtements. Puis elle se fit couler un bain chaud, ce qui était rare, et y resta longtemps pour tenter de retrouver la sensation qu'il lui avait procurée.

Pendant près de deux ans, elle lui avait parlé, l'avait écouté, avait travaillé à son côté, avait appris de lui, et jamais elle n'avait vraiment pensé qu'il pouvait être plus pour elle que le chef de son poste de police. Et maintenant, en une simple petite semaine, tout avait changé.

La vilaine maison en parpaings au bout de Commodore Street devenait soudain le plus bel endroit du monde. L'idée même d'aller y travailler la fit sourire ; l'idée même de l'y voir chaque jour la combla de joie. Elle ne se demandait plus comment cela se terminerait. Ils n'en étaient qu'au début – et, au début, il était toujours facile de croire que cela durerait à jamais.

Elle tenta de se souvenir du jeune homme de Pomeroy, celui qui travaillait dans l'outillage agricole. Mais son visage était devenu flou avec le temps, et elle avait du mal à retrouver des sensations qui n'existaient plus. Son cœur brisé d'alors lui parut absurde, maintenant qu'elle le sentait à nouveau intact et plein, au bord de ce qui pourrait être le véritable bonheur.

Minuit avait sonné depuis longtemps quand elle se glissa dans son lit et éteignit la lumière. Elle devait être au bureau tôt le matin, mais elle ne prit pas la peine de mettre son réveil. Elle avait trop de choses auxquelles penser, auxquelles rêver tant qu'elle était encore éveillée, pour songer à l'issue de la nuit. Dormir était la dernière chose dont elle avait envie.

19

Ginger passa presque tout son lundi à étudier la liste des élèves de terminale qui ne s'étaient pas présentés à la clinique pour donner un échantillon de leur sang. Au total, dix-huit noms.

« Crois-tu vraiment qu'il est parmi eux ? demanda Charlie Pricker en regardant par-dessus son épaule.

— Qui sait, soupira Ginger. Mais c'est un début. »

Depuis la promotion de Charlie, un an plus tôt, les détectives partageaient une pièce à peine assez grande pour deux bureaux poussés contre les murs opposés, deux fichiers métalliques et une troisième chaise. Ils travaillaient l'un sur l'autre, comme ils le disaient souvent, et ils avaient pris l'habitude de s'emprunter leurs tasses de café, de prendre les messages téléphoniques, de signer le courrier l'un de l'autre, et de discuter de tout.

« Tu es au poste depuis quatre ans de plus qu'elle ! se plaignit la femme de Charlie, Jane. Pourquoi n'est-ce pas toi le premier détective ?

— Elle est détective depuis plus longtemps que moi, expliqua patiemment Charlie.

— Mais tu as été policier pendant treize ans, insista Jane, et tu as six ans de plus qu'elle. Ça devrait compter, tout de même ! »

Son mari lui fit son plus beau sourire, parce qu'il aimait sa femme presque autant que son travail.

« Ça compte, plaisanta-t-il. Il arrive qu'elle m'apporte mon café.

— Et maintenant qu'elle fricote avec le chef, déclara Jane en reniflant, j'imagine que jamais tu n'auras la moindre chance de montrer à quel point tu es bon.

— Je montre combien je suis bon chaque jour de la semaine, en faisant mon travail du mieux que je peux, répliqua Charlie en perdant peu à peu son sourire. Et je n'apprécie pas particulièrement que ma femme colporte des rumeurs sur les gens avec lesquels je travaille. Ça ne fait que rendre mon boulot plus difficile. »

Jamais Charlie n'avait manifesté à Ginger un quelconque ressentiment parce qu'elle avait la préséance. Ils s'occupaient de secteurs différents lors des enquêtes, conféraient officiellement sur les questions qui les concernaient tous deux, plaisantaient ensemble le reste du temps et s'entendaient bien. Il la considérait comme la petite sœur qu'il n'avait jamais eue. Elle le considérait comme un grand frère de plus.

« J'aime bien Ruben, dit-il tout à coup à Ginger. Je le connais depuis plus longtemps que toi. C'est un type bien, mais je le crois assez vulnérable, ici. Je t'aime bien aussi. Tu es plus solide ; je te crois moins vulnérable. Ce qui veut dire que c'est à toi d'être prudente. »

Il s'effondra sur sa chaise, laissa tomber ses lunettes devant ses yeux et se plongea dans un rapport. Ginger se retourna d'un bloc.

« Est-ce ton opinion que tu me livres, ou un ragot de plus de cette foutue île ?

— Je n'écoute pas les ragots. Je ne me fie qu'à ce que je vois.

— Nous sommes sortis ensemble deux fois ! Pourquoi les gens en font-ils une affaire d'État ?

— Deux fois ? Bon sang, moi qui croyais que c'était une seulement ! Tu parles d'un détective ! »

Elle rit. Elle ne pouvait être en colère contre lui.

« Merci, dit-elle. Je sais que tu veux bien faire.

— Alors, est-ce que tu vas me donner la liste de ces noms ? Un des profs d'anglais du lycée est un copain. Peut-être pourrais-je savoir combien de nos réfractaires sont gauchers. »

Le *Sentinel* reçut une lettre de Grant Kriedler :

C'est un scandale ! Voilà qu'on nous demande maintenant de renoncer à nos libertés constitutionnelles les plus fondamentales dans une tentative flagrante d'impliquer nos fils dans l'affaire Breckenridge. Si la police a des raisons valables de soupçonner que l'un d'eux a commis un meurtre, qu'elle montre ses preuves et obtienne un mandat en bonne et due forme. Dans le cas contraire, qu'elle reste hors de nos foyers et de nos vies. Mon fils de dix-huit ans a refusé de prendre part à cette mascarade, et je le soutiens.

Et une autre d'un élève de terminale qui s'était rendu à la clinique :

Il m'a semblé qu'on était condamné si on venait, et condamné si on ne venait pas. Mais si donner un peu de mon sang peut aider à trouver le meurtrier de Tara, alors je ne vois pas quel mal ça fait.

« Trois des gamins qui ne se sont pas présentés sont gauchers, dit Charlie à Ginger le mercredi.

— Merci, répondit-elle en consultant la feuille de papier posée sur son bureau et les petits astérisques placés devant trois des noms. Ça nous donne un point de départ. »

Stacey Martinez passa un bol de soupe aux céréales à son père.

« Tout le monde ne parle que de ça, affirma-t-elle. C'est le grand sujet de conversation. Évidemment, ce n'est pas tous les jours que presque tous les garçons de terminale doivent donner du sang pour prouver qu'ils sont innocents d'un crime.

— J'aurais bien voulu qu'il y ait un autre moyen d'avancer, répondit Ruben en prenant une cuillerée de soupe.

— Tu penses vraiment que la personne recherchée est en classe chaque jour comme si rien n'était arrivé ?

— Je n'en sais rien. Et toi ?

— Je ne peux pas l'imaginer, déclara Stacey en beurrant une tortilla. Tu as dit que le tueur avait agi sous l'effet de la colère et des circonstances, mais je n'arrive pas à croire qu'un de ces garçons aurait pu tuer Tara de cette manière, et ensuite reprendre sa vie comme s'il n'était au courant de rien. Je veux dire... Je les vois tous les jours. Ils ne sont pas compliqués, ils ne sont pas fous, ils ne sont ni froids ni calculateurs. La plupart sont des gars normaux qui font ce que font les gars normaux. Cette histoire de sang... ça met tout le monde sur les nerfs.

— Que veux-tu dire ?

— Eh bien, il commence à y avoir deux clans, les pour et les contre. Tout le monde prend parti, et pas seulement en parole, physiquement aussi. Le principal a dû arrêter deux bagarres aujourd'hui. »

Ruben regarda sa fille d'un air songeur.

« As-tu remarqué quelqu'un qui n'a pas pris parti, qui n'a manifesté son avis ni en paroles ni en actes ? demanda-t-il. Quelqu'un qui est resté spectateur ? »

Stacey secoua d'abord la tête, puis se figea. Un visage passa devant ses yeux. Elle fronça les sourcils, parce que ce visage n'avait aucun lien avec la question que son père venait de poser. Il était apparu soudain dans son esprit.

« Danny Leo, dit-elle en mettant un nom sur le visage.

— Danny Leo ? Il a l'air de rester neutre ?

— Non, c'est pas ça. Tu te rappelles, juste après le meurtre, tu m'as demandé si j'avais déjà vu Tara avec quelqu'un ? Eh bien, il y a quelque chose dont je ne me suis pas souvenue à l'époque, mais qui me revient maintenant. Un jour, après les cours, j'ai vu Tara avec Danny Leo. »

« Descends dîner, Danny ! cria Rose Leo du pied de l'escalier. Ton père attend. Dépêche-toi ! »

Un beau jeune homme de dix-huit ans dévala l'escalier et prit place à la table. Il avait des cheveux bruns bouclés bien coupés et des yeux verts très clairs qui faisaient battre le cœur des filles quand il les posait sur elles.

« Tu es enfermé dans ta chambre depuis des jours, mon gars, dit Peter Leo. Qu'est-ce qui se passe ? Quelque chose te tracasse ?

— Non, papa, répondit Danny. J'essaie de construire une maquette du *Bounty*. C'est un projet particulier et M. Frankel dit qu'il pourrait entrer en compétition pour le prix d'histoire de l'État si la reconstitution est assez fidèle. Alors, je ferme ma porte parce que je ne veux pas que les filles entrent et gâchent tout. »

Les deux sœurs, assises en face de leur frère à la table, reniflèrent.

« Je voulais juste reprendre mon vernis à ongles Nuit ardente, protesta celle de treize ans.

— Et moi, mon ruban bleu pour les cheveux, chantonna celle de dix ans.

— J'en ai besoin pour mon projet, leur expliqua Danny. Je vous ai dit que je vous les remplacerais.

— Veille à le faire, mon gars, déclara Peter. Et inutile de continuer à fermer ta porte à clé, dorénavant. Je suis certain, maintenant que les filles comprennent de quoi il s'agit, qu'elles ne toucheront pas à ton projet. »

Les gamines se regardèrent, puis regardèrent leur père et hochèrent la tête avec une moue. Quand Peter Leo parlait, la famille écoutait et obéissait. Le seul problème, c'était qu'il prenait presque toujours le parti de Danny. Non que Danny ne le méritât pas la plupart du temps, devaient admettre ses sœurs. Élève de terminale, il excellait aussi bien en athlétisme qu'en hockey sur glace, rédigeait la page des sports dans le journal du lycée, était président du conseil des élèves et, grâce à ses résultats régulièrement excellents dans toutes les matières scolaires, était en passe d'obtenir une bourse pour l'université de Harvard. De plus, sa chambre était toujours immaculée. C'était seulement que... ç'aurait été bien si, de temps en temps, on avait pu voir les choses de leur point de vue à elles. Pour être plus précis : il était difficile de grandir près de Superboy.

« Il y a autre chose, dit Stacey à son père. Bon, je ne suis pas censée le savoir, mais je t'ai entendu en toucher un mot à Ginger l'autre soir... Danny Leo est gaucher.

« — Tu en es sûre ?

— Oui. Je travaille avec lui pour le journal du lycée. Je l'ai vu écrire très souvent. »

« La façon dont les choses se passent est vraiment drôle, déclara Ginger le lendemain matin. On entre dans une épaisse forêt, et soudain on distingue chaque arbre. »

Le nom de Danny Leo se trouvait sur la courte liste des gauchers qui ne s'étaient pas présentés au laboratoire pour le test de paternité.

« On peut certainement justifier notre demande d'un entretien avec ce garçon, admit Ruben, mais je doute qu'on ait assez d'éléments pour un mandat. On peut lui demander de venir, mais non l'y contraindre. Comment veux-tu t'y prendre ?

— Je connais sa famille, répondit Ginger. Je vais d'abord aller les voir chez eux, rien de formel ; après, on avisera. »

« Je ne sais pas quoi faire ! s'exclama Rose Leo en agitant les mains, toute perdue. Peter n'est pas encore rentré de son travail. »

Ginger se tenait sur le seuil de la maison des Leo. Il était 6 heures moins le quart. Elle avait attendu dans sa voiture presque une heure avant de voir Danny descendre du dernier bus scolaire, prendre Lindstrom Avenue, tourner dans Dover Street, puis traverser la pelouse devant la modeste maison en bois peinte en gris avec les tours de fenêtre bruns.

Entre le matin, où elle avait parlé à Ruben, et le moment où elle avait pris sa voiture pour gagner Dover Street, la jeune détective avait rassemblé autant d'informations qu'elle pouvait concernant l'adolescent. Son dossier médical indiquait qu'il mesurait un mètre soixante-dix-sept et pesait dans les soixante-dix-huit kilos. Pour sa génération, ce n'était pas une stature exceptionnelle, mais en le regardant franchir la porte de sa maison, Ginger songea que presque tout son poids devait être en muscles.

Elle connaissait aussi ses notes, grâce auxquelles il obtiendrait une bourse ; elle savait de plus que sa mère travaillait à temps partiel comme aide médicale et que son père était dans l'équipe de jour de l'usine Boeing, à Everett.

« À quelle heure rentre Peter, en général, Rose ? demanda-t-elle.

— Il quitte à 4 heures et demie. S'il ne rate pas le ferry de 5 heures, il est généralement ici à 6 heures.

— Cela ne m'ennuie pas d'attendre, dit doucement Ginger. C'est plutôt important.

— Important ? Pourquoi ? Danny n'a rien à voir avec le meurtre de cette jeune fille. C'est un bon garçon. Si c'est à cause de l'analyse de sang de samedi, vous ne pouvez en vouloir à Danny : c'est son père qui ne l'a pas laissé y aller.

— Je vous en prie, Rose, je ne serais pas là si ce n'était pas important, mais je suis certaine que vous n'avez aucune raison de vous inquiéter. Il faut juste que je pose quelques questions à Danny.

— Je vais vous parler, détective Earley, lança le jeune homme depuis le pied de l'escalier. Je n'ai aucune raison d'attendre que papa rentre. Demandez-moi ce que vous voulez, détective, je n'ai rien à cacher.

— Non, Danny, intervint Rose, anxieuse. Tu dois attendre ton père.

— Ça va, maman. Vraiment. Il n'y a aucun problème.

— Je ne veux pas aller contre la volonté de ta mère, Danny, affirma Ginger. Il vaudrait mieux attendre ton père.

— Venez au salon, suggéra le jeune homme. Là, on pourra parler. Si vous me demandez quelque chose à quoi je pense ne pas devoir répondre, alors on attendra mon père.

— Je vais aller surveiller le dîner », dit Rose Leo d'un ton piteux, après les avoir longuement regardés tous les deux.

Le salon était meublé d'antiquités américaines et il ne semblait pas être souvent utilisé. Ginger et Danny s'assirent sur deux canapés qui se faisaient face, encadrant une table basse en érable.

« Je ne sais pas ce que je peux vous dire, commença le jeune homme. Je suis désolé de ne pas avoir fait l'analyse de sang. Je serais bien venu, mais mon père a dit que c'était une question de principe.

— Pourquoi ne pas mettre cette question de côté pour le moment ? proposa Ginger. Ce qui m'intéresse, c'est d'en savoir plus sur tes relations avec Tara Breckenridge.

— Je n'ai jamais eu de relations avec Tara, s'étonna Danny. Je la connaissais. Nous n'étions pas vraiment des amis, mais nous étions... en bons termes.

— Comment êtes-vous devenus "en bons termes" ?

— Je la voyais parfois au club de loisirs. Ces deux derniers étés, j'y ai travaillé comme serveur au restaurant, et elle y venait parfois.

— Et ?

— Quand elle était à une de mes tables, elle me disait bonjour. Si elle était seule, on bavardait un peu.

— Tu as plusieurs années de plus que Tara, fit observer la détective. De quoi parliez-vous donc ?

— Je n'en sais rien. Rien d'important.

— Danny, pourquoi ne m'as-tu pas dit que tu connaissais Tara, la première fois que je t'ai parlé ?

— Tout le monde connaissait Tara ; je n'ai pas cru que ma manière de la connaître était différente de celle des autres.

— Pourtant, cela peut être très important. Et pourquoi est-ce que tu ne m'en parles pas maintenant ?

— J'ai fait une promesse, répondit le jeune homme, hésitant. J'ai promis de ne rien dire.

— Tu as promis à Tara de ne parler à personne de votre amitié ? »

Il hocha la tête.

« Eh bien, Tara est morte, et je ne vois pas pourquoi tu ne pourrais pas rompre cette promesse. Pas toi ?

— C'étaient ses parents, vous comprenez, expliqua Danny avec un soupir. Ils étaient très stricts avec elle. Ils ne la laissaient fréquenter aucun garçon, ni même traîner un peu après les cours. Elle ne venait pas aux fêtes quand son père savait qu'il y aurait des garçons. Ça lui aurait même posé des problèmes si ses parents avaient appris que nous nous parlions au restaurant. Mais on le faisait quand même. Elle semblait avoir vraiment besoin de parler à quelqu'un. Comme je vous l'ai dit, on était en bons termes, mais c'est tout. On s'est peut-être rencontrés une ou deux fois en privé, quand on pensait que personne ne pouvait nous voir. Elle a dit que ses parents feraient toute une histoire s'ils étaient au courant, alors j'ai promis de ne rien dire. Mais on n'a jamais rien fait de plus que parler. C'était une gentille fille. Très timide, mais gentille.

— Es-tu certain que vous n'avez rien fait d'autre que parler, Danny ? demanda doucement Ginger. Ou bien êtes-vous allés un peu plus loin ? L'as-tu rencontrée dans des lieux si privés que vous pouviez y faire ce que vous vouliez ? Est-ce pour ça que tu n'as rien dit ? Est-ce pour ça que tu as refusé de donner un échantillon de sang ? Parce que tu savais quels seraient les résultats ?

— Non ! s'exclama Danny. Je vous jure qu'on n'a jamais rien fait d'autre que parler. Bon, si vous voulez vraiment savoir ce qui se passait, je vais vous le dire : je l'aidais dans son travail.

— Pardon ?

— Oui. Elle avait des problèmes en classe. Au cours du deuxième trimestre de sa troisième, ses notes ont commencé à baisser, je ne sais pas pourquoi. Ses parents n'étaient pas contents. Ils l'ont même envoyée aux cours d'été. Elle en a été très contrariée. Alors, elle m'a demandé si je pouvais l'aider. Je crois qu'elle était très gênée. Elle a dit qu'elle ne voulait pas avoir à recommencer l'été prochain. Je me souviens qu'elle a dit un truc comme... elle voulait que son père soit fier d'elle, pas qu'il ait honte d'elle.

— Les fois où Tara et toi vous êtes retrouvés, parle-m'en...

— On se rencontrait après les cours. Pour garder le secret, on quittait le lycée séparément, puis on se rejoignait.

— Où ?

— Il y a un endroit, au port, qui est assez discret. On y est allés deux fois.

— Ailleurs ?

— Une fois, on est allés à la plage.

— As-tu jamais rejoint Tara au cap Madrona ?

— Non. Jamais. La plupart du temps, on revenait au lycée, et on se cachait derrière les gradins du stade.

— Et la nuit ? As-tu jamais rencontré Tara la nuit ?

— Une fois, admit le jeune homme en se tortillant d'un air gêné sur son siège, quand on est allés à la plage. C'était un samedi soir, et elle avait un contrôle d'algèbre le lundi. Elle m'a dit que sa sœur se couchait à 9 heures et que ses parents seraient à un gala de charité à Seattle. Ils ne devaient pas rentrer avant minuit. Alors, je l'ai prise devant sa maison vers 10 heures. On est allés à la plage et on s'est assis à une des tables de pique-nique pour étudier ses cours à la lumière d'une lampe torche. Elle a eu la note maximum, annonça le jeune homme en souriant. C'était... une semaine avant... vous savez, ajouta-t-il en redevenant grave, avant sa mort.

— Était-ce un accord financier entre vous, Danny ? Est-ce que Tara te payait, pour ces cours ?

— Non, elle ne me payait pas. Ce n'était pas comme ça. Je l'aidais, tout simplement. En ami.

— Par bonté de cœur ?

— Eh bien... peut-être que j'avais ce qu'on pourrait appeler un motif ultérieur, avoua-t-il, très gêné. J'avais l'intention de demander une recommandation à son père pour l'université. Il est un personnage assez important, par ici, comme vous le savez, et je me disais que l'avoir de mon côté ne pourrait pas me nuire. Je pensais qu'en aidant Tara je faisais un échange honnête. Elle m'avait assuré que, quand ses notes seraient meilleures, elle lui dirait que je l'avais aidée.

— Quelle voiture conduis-tu ?

— Je n'ai pas de voiture à moi. Je conduis celle de ma mère quand elle ne l'utilise pas. Mais ce n'est pas un Taurus, détective Earley, si c'est ce que vous voulez savoir. C'est une Honda. »

Ginger le regarda longuement.

« Écoute, Danny. Tu me dis sans doute la vérité. Mais j'ai un vrai problème : le cadavre d'une jeune fille enceinte, très probablement tuée par la personne qui l'a mise dans cet état. Tu as reconnu que tu étais un ami de Tara, et que tu l'as rencontrée en secret un certain nombre de fois, dont au moins une le soir. Je n'ai que ta parole pour croire que tu te contentais de l'aider dans son travail.

— Mais c'était le cas !

— Alors, le meilleur moyen de le prouver serait de nous donner un échantillon de ton sang. Pour le moment, je ne peux pas t'y contraindre, mais étant donné ce que tu viens de me raconter, je suis presque certaine de pouvoir obtenir un ordre du juge en ce sens. Je n'ai pas du tout envie d'en arriver là. Je préférerais que ce soit un acte volontaire de ta part.

123

Fais-moi confiance, si tu n'as rien à voir avec la mort de Tara, aucun test sanguin au monde ne prouvera le contraire.

— Je vous ai déjà dit que c'était mon père qui ne...

— Plus un mot Danny ! rugit Peter Leo depuis la porte du salon. Sortez d'ici, Ginger. Sortez de chez moi sur-le-champ !

— Non, papa, c'est bon, protesta Danny. Vraiment, je voudrais...

— Je t'ai dit de te taire ! répliqua son père avant de se tourner vers Ginger. Vous n'avez aucun droit de vous trouver chez moi, pour interroger mon fils derrière mon dos, sans ma permission. Dix-huit ans ou pas, il vit toujours sous mon toit, et j'affirme qu'il s'agit là d'une violation évidente de ses droits civiques. Sortez !

— Je regrette que vous voyiez les choses ainsi, Peter, dit Ginger en se levant. Danny, je suis désolée, mais une personne innocente a été victime d'un meurtre, et je veux trouver celui qui a fait ça. »

20

« On doit avoir assez d'éléments pour obtenir un mandat, déclara Ginger à Ruben le vendredi. Danny Leo connaissait Tara. Depuis le mois de septembre, ils se retrouvaient environ trois fois par semaine. Il a même admis l'avoir vue un samedi soir. Et son père semble plus poussé par le désir de protéger son fils que par la volonté de défendre un principe.

— Tu n'as pas cru le gamin ?

— Ce n'est pas ça. Je pense qu'il a été honnête dans ce qu'il m'a raconté ; en revanche, il est bien possible qu'il m'ait dit seulement ce qu'il voulait que je sache. »

Ruben étira son dos et réfléchit un moment.

« L'autopsie indiquait que Tara était enceinte de dix semaines. Cela nous ramène début août, un mois avant le début de l'année scolaire. Danny prétend qu'il n'a commencé à l'aider qu'en septembre. Mais, en admettant qu'il la connaissait suffisamment par son boulot d'été au club de loisirs, est-ce que cela suffit pour établir une relation avec le meurtre ?

— Je n'en sais rien. Quand elle s'est mise en quête de quelqu'un pour l'aider, je ne crois pas qu'elle l'ait choisi dans la foule des terminales simplement parce qu'il avait de bonnes notes. Et ce n'était pas un arrangement financier : il a dit qu'elle ne le payait pas, pas avec de l'argent, en tout cas, pour ses services. De plus, si ce qu'ils faisaient était si innocent, pourquoi sortaient-ils séparément du lycée pour que ça reste secret ? Juste parce que les parents de Tara ne l'autorisaient pas à voir des garçons ? À mon avis, Kyle Breckenridge aurait été ravi que sa fille soit ainsi aidée par un des meilleurs élèves de l'île, et ravi d'accueillir Danny chez lui.

— C'est possible, dit Ruben en se grattant l'oreille.

— Une autre chose me fait réfléchir : Danny attend une bourse pour Harvard. Même si ça n'a pas encore été confirmé, le principal assure que c'est gagné. Ce n'est pas vraiment le genre de choses à quoi un gamin comme lui pourrait se permettre de renoncer pour une aventure d'un été.

— D'accord, admit Ruben. Présente tes arguments au juge Jacobs. On verra s'il trouve que ça suffit. »

« Mais qu'est-ce que vous faites, Ruben ? rugit Albert Hoch le lundi à la première heure. Vous demandez un mandat pour analyser le sang de Danny Leo ? Je croyais que cette histoire d'ADN ne se ferait que sur la base du volontariat.

— Son père ne le laisse pas venir volontairement, répondit le chef de la police, et nous pensons avoir une cause probable.

— Quelle cause ? Oui, bon, il a vu la fille au club de loisirs, il lui a donné quelques cours, il l'a aidée un soir pour un contrôle de maths – quelle cause probable voyez-vous là ? Ce sont des foutaises. Danny Leo est un de nos plus remarquables jeunes gens, un élève exemplaire, un athlète de haut niveau, et qui s'est fait élire délégué des élèves au lycée. Tout le reste n'est que foutaises.

— Dans ce cas, le juge Jacobs rejettera notre demande.

— Ruben, je dois vous le dire : je n'ai jamais tellement aimé votre projet tiré par les cheveux d'analyse de sang. Mais je vous l'aurais formellement interdit si j'avais su que ça risquait de vous conduire à quelqu'un comme Danny.

— Et que croyiez-vous qu'on faisait ? Qu'on s'amusait ?

— Franchement, vous n'avanciez pas, alors j'ai pensé que vous essayiez juste de montrer que vous vous activiez pour résoudre l'affaire, vous savez, pour que les gens ne s'énervent pas.

— C'est donc l'opinion que vous avez de cette enquête ? Il faut avant tout que les gens ne s'énervent pas ? Nous sommes en présence d'un meurtre, pour l'amour de Dieu ! Le meurtre de votre propre filleule ! Je veux trouver celui qui l'a tuée – qui que ce soit. Pas vous ?

— Si, bien sûr ! Mais, vous ne pensez quand même pas que c'est Danny Leo ?

— Pour être franc, je n'en sais rien, répondit Ruben en soupirant. Mais, pour le moment, je ne peux l'écarter.

— C'est abominable, marmonna Hoch. C'est tout à fait abominable. Toute cette affaire déchire l'île. Je ne sais pas quoi faire. »

Une mère écrivit au *Sentinel* :

Mon fils a donné son sang dans l'intérêt de la vérité. Il n'avait rien à voir avec la mort de Tara Breckenridge, il ne la connaissait que de vue ; mais il voulait que le meurtrier soit pris, et il était prêt à faire ce qu'il fallait : aider les autorités à résoudre un crime qui hante notre communauté depuis plus d'un mois maintenant. Si Danny Leo ne l'a pas tuée, de quoi son père a-t-il peur ?

Et un anonyme.

Où cela mènera-t-il ? Nos forces de l'ordre, sous prétexte de protéger les citoyens, ont-elles le droit d'envahir nos maisons, de terroriser nos enfants et de nous menacer de poursuites si nous refusons de renoncer à une seule de nos libertés ? Notre gouvernement a-t-il finalement, et fatalement, tourné le dos à la Constitution ?

La mère d'une jeune fille qui sortait parfois avec Danny suggérait :

Si le chef de la police pense vraiment qu'un jeune homme aussi correct que Danny Leo peut avoir un lien quelconque avec le meurtre de Tara Breckenridge, il serait peut-être temps d'engager quelqu'un d'autre à sa place.

Quant au père d'un élève de terminale assuré, grâce à ses résultats en mathématiques, d'intégrer l'université Stanford, il demandait :

Pourquoi tout le monde est-il si prévenant avec Danny Leo ? Pourquoi ne pourrait-il pas avoir tué cette jeune fille ? Mon fils ne l'a pas tuée, il ne la connaissait même pas, mais cela n'a pas empêché les autorités de lui prélever du sang. En quel honneur Danny Leo en serait-il exempté ?

Un des professeurs du lycée écrivit à la rédaction :

Cette chasse aux sorcières est allée trop loin. Nos classes sont devenues des champs de bataille où s'affrontent les jeunes. Je sais combien il est important d'arrêter le meurtrier de Tara Breckenridge, mais cela doit-il forcément détruire notre île ?

Malcolm Purdy mesurait bien plus d'un mètre quatre-vingts, pesait au moins cent vingt kilos, se rasait la tête comme un militaire, ne revêtait presque que des tenues de camouflage qu'il commandait à un surplus de l'armée à Seattle. Quand il passa Johansen Street dans sa Jeep Cherokee le vendredi suivant la fête de Thanksgiving et se gara devant la maison Curtis, les piétons se figèrent sur place. Cela faisait plus de deux ans qu'on ne l'avait pas vu en ville.

Il descendit de sa Jeep et entra à grands pas dans la maison pour se planter devant le guichet de l'accueil.

127

« Je veux passer une annonce dans le journal, déclara-t-il à Iris Tanaka qui ouvrait de grands yeux.

— Bien sûr, monsieur, répondit-elle en cherchant un formulaire.

— J'offre cent mille dollars à quiconque donnera une information conduisant à l'arrestation et à l'inculpation du boucher qui a assassiné la fille Breckenridge.

— Je vous demande pardon ? bredouilla Iris.

— Vous m'avez bien entendu. J'en ai marre de toute cette merde. Mettez cette annonce dans le journal, dans un grand cadre noir et sur une page importante, pour que les gens ne puissent pas la rater, et continuez à la passer jusqu'à ce que je vous dise d'arrêter. Je vais vous payer un mois d'avance.

— Ne croyez-vous pas que vous devriez... euh... en parler d'abord à la police, monsieur ?

— Je me fous de la police. Dites-moi juste combien je vous dois. »

Iris fit le calcul et regarda l'homme tirer les billets de son portefeuille.

« Vous connaissiez bien Tara ? osa-t-elle demander.

— Jamais vue de ma vie, grogna Purdy en secouant la tête.

— Alors, dit la pauvre secrétaire complètement perdue, pourquoi faites-vous ça ?

— J'ai mes raisons. Ça ne vous regarde pas. »

Iris se précipita dans le bureau de la rédactrice en chef à la seconde où Purdy eut empoché son reçu et quitté le bâtiment.

« Est-ce qu'on peut faire ça ? s'enquit-elle.

— Il a payé pour, répondit Gail Brown. Il peut passer une annonce dans le journal, comme n'importe qui d'autre. Même si on n'aime pas son message. La presse est libre. Mon Dieu ! mon Dieu ! ajouta-t-elle en regardant par la fenêtre la Cherokee qui s'éloignait ! Ça va créer une belle agitation ! »

Cela créa un véritable tumulte.

« Mais pour qui ce type se prend-il ? » rugit le maire Hoch, secrètement agacé de ne pas avoir eu cette idée lui-même – sur une plus petite échelle, bien sûr.

« Je ne veux pas que les circonstances tragiques qui entourent la mort de ma fille tournent au cirque », protesta Kyle Breckenridge.

« Il y a une chose que j'aimerais savoir : où a-t-il soudain trouvé tout cet argent ? demanda Jim Petrie, membre du conseil municipal. Comment peut-on être sûr qu'il l'a vraiment, et qu'il ne fait pas tout ça pour s'amuser ? »

« Il se passe de drôles de choses chez lui, c'est sûr, affirma un membre de la chambre de commerce, et il serait grand temps de trouver quoi. »

Le moulin à ragots se remit à tourner. Les gens s'inventèrent toutes sortes de prétextes pour passer devant chez Purdy ; certains eurent même le courage de sortir de leur véhicule et de s'avancer jusqu'au portail – sans pourtant aller jusqu'à le toucher, bien sûr. Mais il ne faisait que quatre mètres de large, et la propriété s'étendait sur des hectares le long d'un sentier, par-delà une colline. Alors, on n'y voyait pas grand-chose.

« Nous exigeons une enquête immédiate, vint déclarer au chef de la police une délégation d'insulaires respectables. Nous voulons savoir précisément ce que ce type a fait durant toutes ces années. On a toujours su qu'il se passait de drôles de choses, là-bas. Maintenant, on en est sûrs. C'est trop secret pour être honnête.

— Détenez-vous la moindre preuve que cet homme a fait quelque chose de mal ? leur demanda Ruben. Une preuve concrète ?

— Eh bien, non, durent-ils admettre.

— Quand ce sera le cas, je vous en prie, revenez me voir, conclut Ruben sur un ton aussi poli que ferme. Je vous assure qu'alors nous interviendrons. »

« Tous les rats du pays vont sortir des égouts, ce coup-ci, prédit Charlie Pricker. Ils vont nous prendre le temps qu'on n'a déjà pas, et l'énergie qu'on ne peut se permettre de gaspiller.

— Mets Dirksen au filtrage des appels, ordonna Ruben à Ginger avec un soupir d'impuissance. Mais en commençant par t'excuser de le faire. »

L'agent Glen Dirksen, vingt-deux ans, neuf mois d'ancienneté dans les forces de police de l'île Seward, était arrivé le premier sur le parking du cap Madrona, ce deuxième dimanche d'octobre. Dès l'instant où il était monté sur la benne pour regarder à l'intérieur, il n'avait pu effacer de sa mémoire l'image du corps mutilé de Tara Breckenridge. Il avait deux sœurs encore adolescentes chez lui, à Blaine, aussi avait-il supplié qu'on l'utilise pour l'enquête, acceptant avec joie les tâches dont personne d'autre ne voulait.

Un ingénieur spécialiste de l'environnement écrivit, dégoûté, à la rédaction du *Sentinel* :

Comme si le travail de la police n'était pas déjà assez difficile ! Comment pourra-t-elle trier dans la montagne d'ordures que ne vont pas manquer de déverser tous les fous ayant un problème d'argent ?

Un insulaire, psychologue de métier, se sentit obligé d'expliquer :

Si quelqu'un sur Seward détient une information importante concernant le meurtre de Tara Breckenridge et ne l'a pas encore divulguée aux autorités compétentes, il est peu vraisemblable qu'il ou elle soit convaincu de le faire par une offre d'argent. Je prédis donc une course folle à qui inventera la fiction la plus plausible.

Le pasteur autoproclamé d'une organisation intégriste s'adressa à ses ouailles par l'intermédiaire du journal :

Cette offre est peut-être exactement ce dont Ruben Martinez a besoin pour faire rebondir son enquête. Vous savez que, en ce qui nous concerne, nous avons grandement besoin de fonds pour paver notre parking. Il est possible que Dieu nous montre la voie : si un d'entre vous détient une information qui pourrait aider à résoudre ce crime, c'est le moment de la révéler.

« J'en ai la nausée, déclara Glen Dirksen le mercredi suivant. Plus de soixante appels, déjà, de presque tous les rochers de l'île, avec des théories allant de la mafia sud-américaine aux extraterrestres de Pégase 51. Je commence à croire que certains de ces gens vendraient leur propre mère pour toucher l'argent.

— On ne t'avait pas promis une partie de plaisir, répondit Ginger en soupirant.

— J'ai eu un type de je ne sais quel groupe religieux, qui m'a dit qu'il avait vu, le jour du meurtre, son voisin, dégoulinant de sang et un couteau à la main. Lorsque je lui ai demandé pourquoi il avait mis si longtemps à nous contacter, il m'a répondu qu'avant l'offre de la récompense il n'avait aucune raison de détruire ses bonnes relations avec ses voisins.

— C'est le genre d'épreuve qui forge un caractère, dit Ruben au jeune officier. Mais continue, et vérifie quand même l'alibi du voisin.

— Au fait, demanda Charlie, est-ce qu'on s'est renseigné sur Malcolm Purdy ?

— Oh oui ! » dit Ginger.

Elle s'était rendue chez Purdy. Elle avait sonné à l'interphone qu'il avait fait installer près du portail électrifié, et attendu ce qui lui avait semblé des heures jusqu'à ce que l'homme réponde.

« Qu'est-ce que vous voulez ? avait demandé l'ex-marine.

— Monsieur Purdy, j'aimerais vous parler de cette récompense que vous proposez, déclara Ginger après s'être présentée.

— Qu'est-ce qu'il y a à dire dessus ? À mon avis, elle parle d'elle-même.

— Eh bien, il reste quelques questions...

— Des questions ? grésilla la voix dans l'interphone. La dernière fois que j'ai regardé, on était encore dans un pays libre. Vous êtes pas venue m'annoncer que le gouvernement a voté une loi disant le contraire, hein ?

« — Devons-nous vraiment avoir cette conversation à travers l'interphone, monsieur ? »

Il y eut un long silence, puis le portail s'ouvrit lentement.

Ginger, en montant l'étroit sentier, constata que les artisans qui avaient été admis sur la propriété ces dix dernières années avaient raison : Purdy n'avait rien fait des terres. Son grand-oncle avait été fermier, mais les champs qui produisaient jadis presque tout le blé de l'île ne portaient plus que de mauvaises herbes.

Purdy l'attendait sur le seuil de sa maison, indiquant ainsi clairement qu'il n'avait pas l'intention de l'inviter à entrer. Cela n'ennuya pas Ginger – la baraque avait de toute façon l'air d'être sur le point de s'écrouler. Elle vit la cabane qu'il avait construite à l'arrière : elle semblait solide. Le chien borgne était couché sous le porche, trop vieux et trop gavé pour se soucier des visiteurs.

« Alors, qu'est-ce que vous croyez avoir le droit de savoir ? » demanda Purdy.

Ginger le toisa, très sûre d'elle.

« Pour commencer, dit-elle, votre intention était-elle d'aider notre enquête ou de la freiner ?

— De l'aider, bien sûr ! s'exclama-t-il en suffoquant. Il est évident que quelqu'un sur ce caillou sait quelque chose concernant le meurtre de cette pauvre fille. Jusqu'à présent, faire appel à son sens moral ne vous a pas conduit très loin, hein ? Alors, qu'est-ce qu'il y a de mal à lui offrir une petite incitation pour qu'il fasse son devoir ?

— Et que se passera-t-il si votre plan fonctionne ?

— Vous aurez attrapé un meurtrier, et je serai plus pauvre de cent mille dollars.

— Vous vivez sur cette île depuis dix ans, monsieur Purdy, et jamais vous n'avez montré la moindre envie de vous intéresser aux affaires locales auparavant. Pourquoi maintenant ?

— Eh bien, répondit-il en la fixant de ses yeux d'un bleu brillant, si vous enquêtez à présent sur moi et sur ma vie, détective, on pourrait se mettre à l'aise. »

Il lui ouvrit la porte et la tint pour qu'elle entre. Si la petite maison avait l'air en piteux état de l'extérieur, à l'intérieur elle était immaculée, avec des coussins multicolores, des tapis, un parquet bien ciré, des tableaux aux murs, et une superbe cuisine. C'était, se dit Ginger, comme quitter les étendues du Kansas et se retrouver au pays d'Oz. Une cafetière ronronnait d'un côté du poêle, et une marmite dégageant une merveilleuse odeur mijotait de l'autre. Un feu de bois crépitait dans la cheminée. Dans un coin de la pièce, un chevalet était recouvert d'un drap.

« Vous peignez, monsieur Purdy ? s'enquit Ginger sans parvenir à cacher sa surprise.

— Ça m'arrive. »

131

Elle regarda les tableaux au mur, et comprit qu'ils étaient tous de lui : une douzaine de paysages marins inspirés par plusieurs panoramas de l'île et exécutés d'une main ferme, et le portrait envoûtant de deux petites filles.

« C'est tout à fait charmant, affirma-t-elle.

— Je l'ai fait de mémoire, grogna-t-il. Elles sont bien plus vieilles maintenant.

— Vos filles ?

— Ma vie personnelle ne vous concerne pas. Tout ce que vous voulez savoir, c'est si j'ai offert cette récompense pour écarter de moi le moindre soupçon.

— Est-ce le cas ? demanda Ginger sans pouvoir retenir un petit sourire.

— Non. Je n'ai rien à voir avec ce meurtre, et personne ne pourra jamais prouver le contraire.

— Alors, pourquoi ?

— J'ai mes raisons. Elles ne regardent que moi. Tout ce que vous avez besoin de savoir, c'est que l'argent, j'en fais mon affaire. »

« Malcolm Purdy ne chasse pas, résuma Ginger de retour au poste. Il est végétarien. Il a des armes à feu, pas de couteaux, et il prétend ne les utiliser que pour s'exercer au tir. Il assure qu'il était chez lui la nuit du meurtre.

— C'est confirmé ? demanda Charlie.

— Par la femme qui travaille pour lui, dit Ginger tout en sachant que ce n'était pas vraiment suffisant.

— Une idée sur la raison qui lui fait faire ça ? questionna Ruben.

— Plus à partir de ce qu'il n'a pas dit que de ce qu'il a dit : je pense que cela peut avoir un lien avec ses deux filles.

— Eh bien, déclara Ruben, jusqu'à preuve du contraire, on doit le croire sur parole.

— Pour l'argent aussi, renchérit Ginger. Il prétend qu'il l'a, mais il ne veut pas dire où, et je ne trouve aucune trace d'un compte en banque à son nom dans cet État. Il a une carte Visa, dont il règle les débits chaque mois par virement. Il paie toutes ses factures soit par virement, soit en liquide.

— D'accord, dit Ruben en regardant Ginger d'un air pensif. Admettons que tout aille bien de son côté, comment la population locale va-t-elle réagir, d'après toi ?

— De manière classique, affirma Ginger. Quand on va au fond des choses, les gens ne sont que des gens. Ceux de Seward ne sont pas différents des autres. La philosophie de beaucoup d'entre eux, c'est vivre et laisser vivre ; c'est d'ailleurs une des raisons pour lesquelles ils sont

132

venus s'installer ici. Ils ne veulent pas s'impliquer dans la vie des autres, à moins qu'on ne leur fournisse une bonne raison de le faire. Et Malcolm Purdy vient de leur en donner cent mille, de bonnes raisons. Rien ne vaut l'appât du gain pour mettre la conscience de certains en action.

— Vous voulez dire qu'il peut vraiment sortir quelque chose de ces appels ? demanda Dirksen.

— C'est ça le problème, avec ces gens, répondit Ginger. On ne sait jamais. »

Dans le sous-sol, la réunion se termina tôt. Il n'y avait qu'un seul point à l'ordre du jour, et il n'entraîna pas grande discussion. Il était à peine 10 heures quand les ombres ressortirent une à une dans la nuit.

21

En général, Stacey Martinez parcourait à pied les cinq rues qui séparaient le lycée de chez elle. Ses plus proches amis prenaient des bus vers diverses parties de l'île, et les rares qui habitaient le quartier aimaient s'arrêter au Pizzazz, la galerie marchande où se trouvait une pizzeria, pour faire quelques parties de jeux électroniques, partager des friandises et un coca, et surtout relâcher la pression. Ce jeudi, pourtant, Kristen Andersen rattrapa Stacey au bout de quelques mètres.

« Ça t'ennuie, que je rentre avec toi ?

— Bien sûr que non. »

Stacey dissimula sa surprise. Kristen était assez gentille. Elles étaient voisines en cours d'histoire et elles avaient travaillé ensemble sur un projet de biologie. Il arrivait que la blonde aux yeux verts lui passe des échantillons gratuits de maquillage venant de la pharmacie que tenait son père. Mais elle fréquentait la bande de Hank Kriedler, et elle n'avait jamais fait d'efforts pour se montrer particulièrement amicale.

« Je... euh... je voulais te parler, déclara-t-elle. Il y a une chose qui me travaille, tu vois, et je ne sais pas bien ce que je dois faire. Je veux dire... C'est peut-être rien du tout, juste mon imagination, mais ça me trotte dans la tête, alors j'ai pensé que peut-être... comme tu es la fille du chef de la police... tu pourrais me dire ce que je dois faire.

— Je serai contente de t'aider, si je peux, répondit Stacey.

— C'est qu'il s'agit d'une chose que j'ai vue il y a un bon moment. Tu sais... quelque chose qui est en rapport avec Tara.

— Si tu as des informations concernant Tara, l'interrompit vivement Stacey, c'est à mon père que tu devrais parler, pas à moi.

— Mais, justement... J'ignore si ça a quoi que ce soit à voir avec... le meurtre. C'est pour ça que je voulais t'en parler d'abord. Je pourrai toujours aller voir ton père après, si tu dis qu'il le faut.

— D'accord, acquiesça Stacey.

134

— Écoute, je ne veux causer d'ennuis à personne... Ce que j'ai vu...
Ça met en cause quelqu'un. En plus de Tara, je veux dire. D'après ce que
je sais, il en a déjà parlé à ton père... Enfin, il l'a probablement fait, et
toute cette histoire est sans doute parfaitement innocente de toute façon,
alors je ne devrais pas me tracasser, hein ?

— Si tu essaies de me demander si quelqu'un en particulier est venu
parler de Tara à mon père, je n'en ai aucune idée. Mais si tu sais quelque
chose qui pourrait aider à résoudre l'affaire, alors, à mon avis, tu n'as pas
à t'inquiéter de causer des ennuis à qui que ce soit.

— D'accord, soupira Kristen. Bon, comme tu le sais sûrement, Tara
et moi étions ensemble en gymnastique, commença-t-elle soudain avec
un débit précipité. Un après-midi, c'était le mercredi avant... avant sa
mort, je suis restée à la fin du cours parce que c'était mon tour de ranger
les matelas et les agrès. Je pensais que tout le monde était parti depuis
longtemps, mais quand je suis sortie du gymnase, une demi-heure plus
tard environ, je me suis aperçue que Tara était toujours là. Elle était dans
le couloir à l'arrière, et elle pleurait. J'ai voulu m'approcher d'elle, pour
voir ce qui n'allait pas, mais je me suis aperçue qu'elle n'était pas seule.
Il y avait quelqu'un avec elle. Je l'ai vu la prendre dans ses bras, et la
serrer contre lui, tu sais, très près et tout, et je ne voulais pas les interrompre, mais je n'avais pas le choix : il fallait que je passe près d'eux
pour quitter le bâtiment. Il l'a lâchée dès qu'il m'a vue. J'étais très gênée
et j'ai filé aussi vite que j'ai pu. »

Stacey trouva que Kristen avait l'air très gênée à cet instant précis. Elle
était toute rouge, et elle bafouillait presque dans sa hâte de dire tous ces
mots, les yeux rivés à ses pieds.

« Tu dis que tu as vu Tara avec quelqu'un ? reprit la fille du chef de
la police pour relancer son interlocutrice.

— Eh bien, oui. La détective Earley nous a interrogés sur ça – si on
avait jamais aperçu Tara avec quelqu'un... Mais, à l'époque, je ne voyais
pas les choses comme ça. Je pensais qu'elle voulait dire quelqu'un
comme... un petit ami. Et puis, je me suis mise à penser à eux deux,
comme ça... Je ne sais pas, peut-être que c'était rien. Tu crois que je
devrais en parler ?

— J'ignore s'il est important ou non que quelqu'un ait serré Tara dans
ses bras dans un couloir du lycée. Cela dépend probablement des circonstances, et de qui il s'agissait. »

Kristen détacha les yeux de ses pieds et regarda autour d'elle comme
si elle craignait que quelqu'un ne l'entende.

« C'est ça, le problème, murmura-t-elle. C'est pour ça que je ne suis
pas certaine de ce que je dois faire. Tu comprends, la police semble
penser que le tueur est un type de terminale, mais la personne avec qui
j'ai vu Tara... eh bien... c'était au lycée, mais ce n'était pas un élève.
C'était un professeur. M. Frankel. »

DEUXIÈME PARTIE

Le suspect

Rien n'est plus dangereux qu'une idée,
quand c'est la seule que nous ayons.

ALAIN

1

Jerry Frankel était le fils unique de parents qui, au début de leur mariage, se connaissaient peu, et moins encore à la fin. Il avait grandi dans une maison qui ne riait jamais. Sa mère, Emma, était née au camp de concentration de Buchenwald d'une petite juive de treize ans qui n'avait pas survécu à l'accouchement. Son père était un officier allemand que les Alliés exécutèrent. Elle se retrouva à Philadelphie après la guerre, adoptée par les Kaufman qui, ayant quitté l'Allemagne juste avant l'arrivée de Hitler, firent de leur mieux pour oublier qu'elle avait été engendrée par un nazi.

Mais Emma ne l'oublia jamais. Elle en éprouva de la honte chaque jour de sa vie. Elle avait hérité des merveilleux cheveux noirs de sa mère, mais aussi des yeux pâles de son père, et ce contraste spectaculaire, dès sa petite enfance, avait suscité l'admiration de tous. Mais, au fond d'elle-même, elle se sentait laide.

Elle ne fut pas très bonne élève. Après la fin de ses études secondaires, à dix-sept ans, elle épousa le premier homme qui lui avait montré quelque intérêt. De plus, il possédait sa propre affaire, gagnait bien sa vie et ignorait que le père d'Emma était un nazi. Les Kaufman ne soulevèrent pas d'objection. Ils s'étaient parfaitement bien conduits avec Emma, mais ils furent soulagés de la voir partir.

Aaron Frankel avait treize ans de plus qu'Emma. À ses yeux, elle était la créature la plus délicieuse qu'il ait jamais vue. De surcroît, elle avait, comme lui, survécu à l'Holocauste – épisode que la plupart des Américains, dans les années qui suivirent la Seconde Guerre mondiale, semblaient désireux d'oublier. Il pensait qu'Emma, contrairement à une fille qui n'aurait pas connu la guerre, comprendrait ses cauchemars, et il s'estima incroyablement chanceux quand elle accepta de l'épouser.

Après la guerre, Aaron était arrivé de Majdanek pour rejoindre son unique parent encore en vie, un lointain cousin qui vivait à York, en

Pennsylvanie. Ce cousin était un homme bon, mais il avait une femme et cinq enfants, ce qui ne lui permettait guère de nourrir une bouche supplémentaire. Il avait donc envoyé le jeune homme chez un oncle de sa femme, un célibataire endurci propriétaire d'une petite usine d'instruments chirurgicaux près de Philadelphie.

Aaron n'avait guère été en classe, mais il avait l'esprit bien fait. L'oncle, la soixantaine passée, fut ravi de cette occasion d'enseigner à un jeune tout ce qu'il savait. À sa grande surprise, Aaron y prit goût. Il travaillait dur et vivait petitement, économisant chaque sou qu'il pouvait pour le jour où l'oncle le laisserait lui racheter l'usine. Lorsqu'il rencontra Emma, non seulement l'entreprise était à lui, mais elle était aussi une des plus prospères et des plus réputées du pays pour la fabrication des instruments chirurgicaux de précision. À trente ans, assuré d'une certaine sécurité financière, Aaron décida qu'il était raisonnable de se marier.

Mais Emma ne savait rien du rôle d'une épouse, et souhaitait n'en rien savoir. Elle n'avait jamais appris à cuisiner, ne s'intéressait pas à la décoration d'intérieur, et subissait en silence et avec dégoût les attentions nocturnes de son mari.

Aaron lui pardonnait. Elle était si jeune et si belle qu'il éprouvait de la joie rien qu'à la regarder. Il décida de se montrer patient jusqu'à ce qu'elle apprenne. Le fait qu'elle refusât de parler de tout ce qui touchait à l'Holocauste ne fut qu'une déception passagère. Après tout, se dit-il, elle n'était qu'un bébé, comment avait-il pu espérer qu'elle ait des souvenirs ? Il fut plus durablement déçu qu'elle ne s'intéresse pas à son travail, qu'elle bâille, même, les rares fois où il tentait de lui en parler ; il aurait tant aimé partager son enthousiasme avec elle ! Mais il décida que sa beauté compensait largement le manque d'intérêt dont elle faisait preuve. Pendant dix ans, il lui pardonna tout.

Quant à Emma, dès qu'elle comprit que le mariage n'était pas le conte de fées que promettaient les films et les magazines, elle éprouva une profonde déception. L'antidote à son mécontentement fut de dépenser de l'argent, beaucoup d'argent, plus que ce qu'Aaron pouvait se permettre. C'était comme une drogue : plus elle dépensait, plus elle se sentait heureuse. Et dès que s'estompait l'euphorie d'une expédition dans les magasins, elle partait pour une autre. Elle achetait de tout : plusieurs services de porcelaine et de cristaux, beaucoup plus de meubles que même leur jolie maison de Cheltenham ne pouvait en contenir, des bijoux de prix qu'elle portait une fois avant de les oublier dans un tiroir, des vêtements qui mettaient sa jolie silhouette en valeur et débordaient des placards, sans même qu'elle en ait retiré l'étiquette.

Lorsqu'elle se découvrit enceinte, Emma pleura toute une semaine.

« Je ne veux pas de bébé, gémissait-elle. Je vais devenir grosse ! Et qu'est-ce que je pourrais faire d'un bébé ?

— Tu verras, la rassurait Aaron que la nouvelle emplissait de joie, un bébé fera toute la différence. Nous formerons enfin une véritable famille et tu adoreras être mère. Toutes les femmes aiment ça. »

Emma détesta être mère. Elle était incapable de s'occuper de Jerry, oubliait même de le nourrir, sans parler de le changer. Il arrivait qu'elle le laisse des heures d'affilée sans surveillance à l'occasion de nouvelles folles journées dans les magasins.

Aaron finit par engager une nurse. Pour la payer, il dut rendre presque tous les vêtements, meubles et bijoux qu'Emma avait achetés sur un coup de tête, et passer un accord avec les boutiques qu'elle fréquentait régulièrement pour qu'on le prévienne de tout achat ultérieur. Il espérait qu'elle avait suffisamment sacrifié à son envie de dépenser et que la possession de ses achats était sans importance. Il avait raison. Jamais Emma ne regretta ce qu'il avait restitué aux boutiques.

Ce premier antidote n'ayant plus d'effet, Emma se tourna vers la vodka. L'alcool limpide et presque sans goût se retrouva dès le matin dans son jus d'orange, comme dans son thé de l'après-midi ou son café du soir – et dans tous ses verres entre-temps.

« C'est l'eau de maman, disait-elle à son fils quand il voulait boire dans son verre. Va t'en prendre pour toi. »

Lorsqu'elle se plaignit de mal dormir, Aaron trouva un médecin qui lui prescrivit des somnifères. Après cela, elle dormit beaucoup ; souvent, elle ne se réveillait pas avant midi et se retirait avant 20 heures. Comme Aaron ne savait plus que faire pour elle, il ne fit plus rien. Quel que fût le problème, il se persuadait qu'il était seulement temporaire et finirait par disparaître.

Mais ce ne fut pas le cas. Emma s'enfonça de plus en plus dans la dépression. Elle cessa de faire les courses, de prendre soin d'elle, et presque de manger. Elle finit par ne plus déambuler que dans la maison, hagarde, vodka à la main, sans même souvent prendre la peine de s'habiller.

La guerre du Vietnam la captivait. Elle pouvait passer des heures devant la télévision dans l'attente des reportages sur le carnage.

« C'est fascinant de voir comment une guerre peut entrer dans votre salon et pourtant ne pas vous toucher, s'émerveillait-elle. On peut voir tout ce qui se passe sans être blessé. »

Elle était furieuse contre ceux qui manifestaient leur opposition à la guerre.

« Qu'est-ce qu'ils veulent ? grommelait-elle. Arrêter la guerre ? Et qu'est-ce que je ferais toute la journée ? »

On ne peut pas vraiment dire qu'Aaron ne voyait rien. C'était plutôt qu'il ne pouvait effacer sa première image d'elle et voir ce qu'elle était devenue.

Elle ne s'intéressait pas du tout à son fils, ne remarquait même pas à quel point il était beau, intelligent, équilibré. De lui, elle ne regarda jamais que les yeux, et elle poussa un soupir de soulagement quand elle fut certaine qu'il avait hérité des yeux d'Aaron, grands et innocents, de la couleur de la mélasse chaude, et non des siens, pâles et froids.

Puis, le 4 mai 1970, le jour où la Garde nationale abattit quatre étudiants contestataires à l'université d'État de Kent, Emma Kaufman Frankel, vingt-sept ans, avala une demi-boîte de somnifères avec un grand verre de vodka et mourut.

C'est Jerry qui la trouva en rentrant de l'école. Elle était dans son lit, profondément endormie, avec sur le visage une expression que l'enfant ne lui avait encore jamais vue : elle avait l'air heureux.

Aaron fut bouleversé. Il refusa de croire qu'elle ait fait cela volontairement. Il mit l'accident sur le compte de la vodka, et prétendit qu'elle ne pouvait savoir ce qu'elle faisait.

Cela n'avait pas d'importance pour Jerry. Sa mère était morte, voilà tout. Il tenta de penser à ce que cela signifiait pour lui. Il pensa à ses amis, à la manière dont leur mère les serrait dans ses bras et s'inquiétait pour eux, dont elle leur préparait le goûter et servait de chauffeur pour les matches de base-ball. En fait, il ne se souvenait pas que sa mère ait jamais rien fait pour lui. Il décida que sa mort n'introduirait pas dans sa vie de différence notable.

Sa nurse, la dernière d'une longue succession de femmes que son père avait engagées pour s'occuper de lui, le vêtit de noir et lui dit qu'il devait pleurer Emma.

« Pourquoi ? demanda le petit garçon de huit ans d'un air pensif. Elle n'est plus triste. »

Aaron Frankel se tourna vers son fils pour combler le vide en lui. Ils devinrent aussi proches que peuvent l'être un homme abasourdi par le sort et un enfant abandonné. Aaron avait fait tant d'efforts pour recréer un semblant de famille qui compenserait celle qu'il avait perdue à Majdanek qu'il ne pouvait comprendre pourquoi il avait échoué aussi lamentablement.

Les autres femmes ne l'intéressaient pas particulièrement. À son idée, il avait déjà eu la meilleure et ne se contenterait pas de moins bien. Beaucoup tentèrent de le faire changer d'avis. Ce veuf aisé ne constituait-il pas un bon parti ? Il fut invité à boire et à manger par des parents dans tout Philadelphie et sa région. Il accepta leurs repas et but leur alcool, mais il ne courtisa aucune de leurs filles.

Et Jerry grandit, beau et fort. Il excellait au football, au club de débats, en cours. Il ne tarda pas à découvrir qu'il aimait sincèrement l'école, l'étude, le *processus* de l'apprentissage. Il admirait beaucoup ses professeurs, et les échanges intellectuels en classe l'emplissaient de bonheur. La bibliothèque municipale, avec son air d'autorité tranquille et son odeur de renfermé, lui devint aussi familière et réconfortante que la couverture douillette qu'il n'avait pas quittée pendant sa petite enfance. Souvent, il passait des heures après les cours à errer entre les étagères, sortant un livre, un album, sans rien chercher de particulier, juste pour se sentir enveloppé par les murs de cette institution savante. Bien des soirs, il ne regagnait la maison que quelques minutes avant son père.

En apparence, il était le fils gai et obéissant qu'Aaron attendait de lui. Mais c'était comme regarder dans un miroir et voir le reflet de quelqu'un d'autre, parce qu'il se savait en réalité très différent. Il préférait l'ombre au soleil, le calme au mouvement, la solitude au groupe.

Enfant, quand il était invité à des fêtes, il adorait jouer à cache-cache, mais il refusait toujours d'être celui qui cherche ; il voulait être un de ceux qui restent cachés pendant des heures. Il arrivait même que, sans le prétexte d'une fête ou d'un jeu, il se cache sans qu'on puisse le retrouver. Il entendait sa nurse l'appeler, et il demeurait silencieux. Seule la voix de son père, le traquant dans un coin du grenier où il était recroquevillé sous les colombages, le poussait à contrecœur hors de sa cachette et lui faisait descendre l'échelle.

Jerry prenait toujours grand soin de dissimuler les accès de cafard qui s'emparaient de lui sans raison, parce qu'il ne comprenait pas ce qu'ils signifiaient, et qu'il ne voulait pas que son père les découvre et s'inquiète de le voir finir comme sa mère. Ou bien était-ce lui-même qui avait peur de finir comme Emma ?

Il avait un large cercle de relations, mais peu de véritables amis, car il renâclait à laisser les gens devenir très intimes. Il sortit avec un nombre respectable de filles, dépassant même avec plusieurs le stade des baisers et des faibles protestations, mais, tôt ou tard, toutes attendaient de lui un engagement qu'il se sentait incapable d'assumer.

Les moments qu'il préférait étaient ceux où son père et lui étaient ensemble dans leur bibliothèque pour lire, écouter de la musique et bavarder. C'est avec Jerry que finalement Aaron put parler de Majdanek. Auditeur attentif, le jeune homme l'écouta des heures raconter tout ce dont il se souvenait concernant cette période qui faisait honte à l'humanité.

« Il y a une raison pour que certains d'entre nous aient réussi à survivre, disait-il avec ce léger accent anglais qu'il avait conservé. Et je crois que ce n'est pas simplement pour témoigner de ce qui est arrivé à cette époque et en ce lieu, mais pour s'assurer que cela ne se reproduira jamais, à aucune autre époque ou dans aucun autre lieu. Parce que c'est seulement si nous étudions notre passé et en tirons des enseignements que nous pouvons éviter de le répéter.

— Comment ? demandait l'enfant.

— Chaque génération, répondait Aaron après un temps de réflexion, doit apprendre que le génocide n'est pas seulement l'affaire de l'Allemagne il y a trente ans. Il y en a eu d'autres avant, et il peut y en avoir d'autres dans l'avenir, n'importe quand, n'importe où – en Europe, en Asie, en Afrique. On a connu ça ici, avec les Indiens d'Amérique, non ? »

L'enfant hochait la tête.

« Alors, cela peut se reproduire, prédisait son père. Contre les Juifs, les Noirs, les Hispaniques, contre tout groupe identifiable qu'une population apathique est prête à laisser maltraiter. On n'a besoin pour cela que de la réunion de quelques personnes à la recherche d'un bouc émissaire pour expliquer leur propre sentiment d'insécurité, leur propre incompétence, leur propre manque d'estime d'eux-mêmes. Alors, tous les éléments nécessaires à la création d'un autre Hitler sont réunis.

— Crois-tu vraiment qu'une telle chose pourrait arriver maintenant, papa ? demandait Jerry. Maintenant, le monde est beaucoup plus petit et les gens beaucoup plus instruits...

— Ce n'est pas l'intelligentsia qui a amené Hitler et ses sbires au pouvoir, répondait Aaron en secouant la tête. Elle a été anéantie avec les Juifs et tous les autres, dont Hitler considérait qu'ils étaient des adversaires politiques "de race inférieure". C'est la populace qui a suivi le grand Führer, les sectaires, les démunis, les envieux, qui ont vu là un moyen de prendre ce qu'ils n'auraient jamais pu créer d'eux-mêmes. Écoute bien, mon garçon : si on laisse la qualité de l'instruction publique se détériorer, si l'économie va mal, si le chômage augmente, si les gens perdent confiance dans leur gouvernement – cela peut se reproduire n'importe où. »

C'étaient ces paroles de son père qui avaient décidé de l'avenir de Jerry. Quel meilleur moyen d'être sûr que les enfants du pays apprendront les périls du passé, décida-t-il, que de les leur enseigner ?

Il sortit premier de son lycée, refusa poliment une bourse pour l'université de Princeton parce que son père pouvait payer ses études, et obtint ses diplômes de l'université de Pennsylvanie.

Jerry adorait enseigner. Il aimait toujours passer des heures dans les salles de cours et dans les bibliothèques, ces lieux où il se sentait en sécurité, protégé ; mais maintenant, en plus, son sujet d'étude le fascinait. Plus il apprenait l'histoire, plus il en venait à y voir une tapisserie géante, sans fin, où les fils s'entremêlaient en motifs compliqués qui se répétaient régulièrement.

Il trouvait, par exemple, tant de fils socio-économiques et politiques similaires dans la chute de la plupart des grands empires du monde, de l'empire grec à l'empire russe, en passant par Rome ou Byzance ! C'était un ensemble de conditions semblables qui avait ouvert la porte à Hitler dans l'Allemagne à peine sortie de la Première Guerre mondiale. Tout avait commencé avec les troubles sociaux engendrés par l'humiliation qu'avait subie ce pays au traité de Versailles ; avait suivi un grave déclin économique aboutissant à la Grande Dépression, et la dégradation morale qui en était découlée avait conduit directement à la désintégration du respect de la loi et à une abdication totale de la responsabilité des individus – au « gangstérisme », comme disait son père.

Jerry avait découvert que, dans bien des cas, la vie était aussi prévisible que les mathématiques ; même si l'époque et les circonstances changeaient, fondamentalement, les gens ne changeaient pas. Et il tentait de transmettre à ses classes son idée du cycle de l'histoire.

Il aimait la lumière de la connaissance qu'il voyait s'allumer dans la tête de ses élèves quand ils comprenaient enfin une chose dont l'explication lui avait demandé beaucoup de soin et de patience. Cela lui procurait un réel plaisir de se trouver devant une classe où une vingtaine d'yeux le fixaient, où une vingtaine d'esprits attendaient sa révélation suivante. Ils étaient comme des écrans d'ordinateurs vides sur lesquels il pouvait imprimer des images durables. Il était grisant, ce sentiment de pouvoir que lui donnait l'enseignement, la mesure quotidienne de sa propre valeur.

Jerry commençait juste sa deuxième année dans un lycée de Philadelphie lorsqu'il rencontra Deborah Stein. Elle était encore à l'université de Bryn Mawr, et elle posa sur lui des yeux presque aussi admiratifs que ceux de ses élèves. Elle provoquait en lui la même excitation que ses classes. Et elle avait les cheveux noirs et les yeux clairs, comme Emma.

« Tout le monde dit que tu ressembles à ma mère ! lui déclara-t-il un jour en plaisantant à demi, quand il sut que, cette fois, il ne pourrait se désengager de leur relation. Si je t'épouse, on dira que c'est à cause d'un complexe d'Œdipe.

— Peut-être, répliqua-t-elle avec une étincelle dans l'œil et en rejetant ses cheveux d'un coup de tête, mais si tu ne m'épouses pas, on dira que tu es fou. »

Deux mois plus tard, ils étaient mariés.

Deborah Frankel, une fois son premier cycle universitaire achevé, passa un diplôme de gestion à la Wharton School de l'université de Pennsylvanie. Chaque soir, en dînant dans son petit appartement, le jeune couple se racontait tout de sa journée, et les instants les plus insignifiants prenaient des proportions énormes. Puis, en faisant la vaisselle, ils rêvaient de l'avenir merveilleux qu'ils allaient partager, de la maison qu'ils auraient un jour, des enfants qu'ils élèveraient ensemble, des voyages passionnants qu'ils entreprendraient vers des destinations exotiques, sur les pas des héros de l'histoire que Jerry aimait tant. Enfin, la dernière assiette essuyée, ils retiraient la nappe de la table, et sortaient leurs livres et leurs cahiers.

Jerry était immensément fier de Deborah, de son intelligence, de son ambition, de ses succès. Bien que, en toute honnêteté, il n'y fût pas pour grand-chose, il se prenait pour une sorte de Pygmalion avec sa Galatée, et il adorait quand elle venait lui demander de l'aide pour son travail.

« Je ne sais pas pourquoi je n'arrive pas à comprendre ça, disait-elle.

— Laisse-moi voir si je peux trouver un moyen de le rendre plus clair », répondait-il.

Elle lui demanda son aide presque chaque soir jusqu'au milieu de sa première année à Wharton, où finalement elle le dépassa dans sa spécialité. Deux ou trois fois par semaine, à partir de ce moment, elle rentrait une heure plus tard que d'habitude le soir, parce qu'elle s'était arrêtée chez un ou une camarade pour travailler.

Ensuite, ils mangeaient rapidement en résumant l'un pour l'autre leurs journées respectives, et se jetaient dans leurs études, qui n'avaient plus aucun lien entre elles.

« Tu as besoin d'aide ? demandait Jerry, presque invisible derrière ses piles de copies.

— Non, merci, je crois que je peux y arriver », répondait-elle.

Il cessa bientôt de lui poser la question. Il était heureux qu'elle réussisse, mais ressentait une impression de perte, comme un père qui a élevé son enfant et le voit voler de ses propres ailes – un mélange de douleur et de fierté.

C'est au cours de la seconde année de Deborah à Wharton que naquit Matthew. Elle ne reprit pas ses cours avant Noël, s'adaptant à la maternité tout en gardant le contact avec ses études. Après, elle acheta un sac pour porter le bébé sur la hanche et l'emmena en cours.

Jerry n'aurait jamais cru possible d'aimer quelqu'un autant qu'il aima son fils. La profondeur de son émotion le stupéfia. Il adorait sa femme, mais il y avait une différence marquée entre ce qu'il éprouvait pour elle et ce qu'il ressentait pour Matthew, cet être tout neuf qui était une partie de lui et entièrement dépendant de lui, qu'il pouvait nourrir, modeler et instruire dès le départ.

Dans le couloir de l'hôpital, le nez écrasé contre la vitre qui le séparait de la nursery, Jerry avait hâte de montrer le bébé à son grand-père. Il était très important pour lui de rendre à Aaron la famille qu'il avait perdue à Majdanek ; cette fois, c'était une famille qui ne l'abandonnerait pas.

« Je veux retourner à New York, annonça Deborah quand elle eut son diplôme en main et que Matthew avait sept mois. Mes parents y vivent, toute ma famille est là-bas. Je viens d'être contactée par une très grande entreprise de Wall Street, et j'aimerais accepter leur offre. Je sais que tu as toujours vécu en Pennsylvanie et que tu es très proche d'Aaron, mais je suis proche de ma famille, moi aussi, et j'ai été loin d'elle ces six dernières années. Je veux rentrer chez moi. »

Vivre à New York était la dernière chose que souhaitait Jerry, mais il ne put trouver aucune objection qu'elle ne jugeât pas égoïste. Alors, à contrecœur, il rédigea un curriculum vitae et, un mois plus tard, reçut une proposition pour enseigner dans un lycée privé de Scarsdale, la ville du comté de Westchester où vivaient les parents de Deborah.

Aaron leur fournit un premier versement pour une petite maison à un quart d'heure du lycée. Deborah prenait chaque jour le train pour la ville. Sa mère s'occupait de Matthew pendant les heures de travail de Jerry. Deborah rentrait le plus vite possible chaque soir et préparait le dîner du bébé, à qui elle donnait son bain et qu'elle mettait au lit.

L'année suivante, après une grossesse pénible, Deborah donna naissance à une petite fille qui avait une malformation du cerveau. Ils la prénommèrent Emily. Elle ne survécut que vingt-six heures. Le jeune couple fut effondré. Ils n'arrivèrent pas à s'arracher aux bras l'un de l'autre pendant l'épreuve des funérailles et la longue semaine des condoléances. Puis, surprenant tout le monde, et surtout Jerry, Deborah prit deux des semaines prévues pour son congé de maternité et partit dans les Caraïbes. Elle en revint bronzée et reposée, et se jeta derechef dans le travail avec une détermination presque maniaque. Elle ne se dépêchait plus de revenir le soir pour retrouver son fils et son mari, et parfois, si elle terminait très tard, elle ne rentrait pas du tout.

Jerry se dit qu'il comprenait. Elle avait traversé une expérience dévastatrice sur le plan émotionnel et, il en était conscient, le travail lui fournissait un dérivatif qui pouvait temporairement l'aider à évacuer un trop-plein d'émotion.

Huit mois plus tard, le jour où son entreprise lui proposa une promotion importante, elle annonça à Jerry qu'elle ne désirait pas d'autre enfant.

« Les médecins ne peuvent garantir que la même chose ne se reproduira pas, dit-elle, et j'ai trop peur pour courir le risque. Je ne pourrais pas supporter de perdre un autre bébé de cette façon. Mais nous avons Matthew, notre merveilleux petit garçon. Je ne peux m'empêcher de penser que nous avons vraiment beaucoup de chance. Quoi qu'il en soit, je viens d'avoir une promotion, et j'aimerais me concentrer un temps sur ma carrière. »

Se concentrer sur sa carrière signifiait, Jerry le saisit bien vite, qu'elle rentrerait désormais tard presque tous les soirs et travaillerait même parfois le week-end. Il dissimula sa déception. Même s'il était prêt à admettre qu'elle était intelligente et pleine de talent, et donc qu'elle avait le droit de s'imposer dans le monde des affaires, elle lui manquait. Il regrettait la jeune femme qui le regardait naguère avec admiration et croyait qu'il avait réponse à tout. Jerry n'avait presque rien en commun avec la nouvelle Deborah. Les soirs de plus en plus rares où elle revenait avant le dîner, elle l'accablait de paroles sur des sujets auxquels il n'entendait pas grand-chose, et elle ne l'écoutait qu'à peine quand il tentait ensuite de lui faire partager des instants de sa propre vie.

Plus elle dépensait d'énergie dans son travail, moins elle en avait pour son mari. Ils ne parlaient plus guère que d'argent et de Matthew. Au fil des mois, ils cessèrent d'évoquer l'avenir enthousiasmant qu'ils avaient prévu et se concentrèrent sur le présent.

Jamais Jerry ne remit en question son engagement auprès de sa femme.

Matthew et elle étaient le centre autour duquel tournait sa vie. Pourtant, de plus en plus, il lui semblait qu'il n'était plus le centre de sa vie à elle, qu'il était devenu un satellite de ses besoins et désirs. Il essaya de lui en parler, parce qu'il voulait désespérément réparer ce qui s'était cassé. Mais il semblait que soit il était incapable de trouver les mots justes, soit elle n'écoutait pas vraiment. Au bout d'un moment, il cessa d'essayer.

Ils continuèrent ainsi, dérivant dans des directions différentes, jusqu'à ce que cela leur devienne familier. Avec la familiarité s'installa un curieux sentiment de confort, et avec le confort disparut le besoin de comprendre.

Pourtant, quelque chose troublait Jerry, quelque chose qu'il était incapable d'exprimer – ni sans doute même d'admettre, tant c'était profondément enraciné dans son passé –, quelque chose qu'il pouvait juste sentir. Jerry Frankel souffrait de solitude.

2

« Puis-je vous parler, monsieur Frankel ? » demanda Ginger.

On était vendredi, et bien que la dernière cloche eût sonné depuis long-temps au lycée, elle avait trouvé le professeur dans sa classe.

« Bien sûr, entrez, répondit Jerry. Je finissais juste la paperasserie. »

Il portait un blazer bleu avec une chemise à rayures et un pantalon gris, et ressemblait davantage à un étudiant qu'à un professeur.

Ginger examina la pièce. Une vingtaine de tables à pieds métalliques étaient alignées devant une estrade sur laquelle se trouvait le gros bureau en bois du professeur, marqué par le temps et le lieu. Derrière étaient suspendus deux épais rouleaux de cartes. Sans même les regarder, elle savait quelles cartes étaient roulées dans chacun ; elle savait aussi que des tableaux noirs tapissaient trois côtés de la salle et que des fenêtres éclairaient le quatrième.

La détective fit un rapide calcul. Si elle s'installait sur une des chaises d'élèves, elle se mettrait en position d'infériorité. Si elle restait debout alors qu'il était assis, elle le placerait en position défensive. Si elle s'accoudait à son bureau, son attitude pourrait sembler trop familière. Si elle demeurait à la porte, cela indiquerait qu'elle se sentait intimidée. Elle choisit la première table du rang du milieu, juste devant Frankel.

« C'était ma place quand j'étudiais ici, expliqua-t-elle, et elle me paraît encore familière.

— J'ai passé presque toute ma vie dans des classes, lui dit Jerry avec un sourire. Mais il y a deux ans, je suis allé à la quinzième réunion de ma promotion du lycée, et en entrant dans ce bâtiment que je connaissais mieux que ma propre maison, je n'ai pas compris pourquoi je m'y sentais soudain si perdu, si déplacé. »

Mentalement, Ginger feuilleta le dossier qu'elle avait réuni sur le professeur d'histoire, depuis le lundi matin, après que Ruben et elle étaient allés voir le Taurus, jusqu'à la veille au soir, après que Stacey lui eut

149

amené Kristen Andersen. Frankel avait trente-cinq ans, et cette quinzième réunion s'était tenue deux ans plus tôt. Il avait étudié au lycée à Cheltenham, une riche banlieue de Philadelphie, et avait été premier de sa promotion. Il avait eu son diplôme de l'université de Pennsylvanie *summa cum laude*, et un *master* d'enseignement de l'histoire avec mention. Mais bien sûr, elle n'avait aucune raison de lui révéler qu'elle savait tout cela.

Pour autant qu'elle pouvait en juger, en tant que professeur, il était irréprochable. Il avait enseigné dans un lycée public de Philadelphie pendant cinq ans avant de prendre un poste à l'Académie Holman, un lycée privé de haute renommée de Scarsdale, dans l'État de New York. Le proviseur du lycée de Philadelphie avait été désolé de son départ. Celui de Scarsdale disait qu'il avait accepté sa démission avec le plus profond regret.

Frankel était arrivé sur l'île de Seward à la fin de janvier dernier, après que l'entreprise de son épouse l'eut transférée dans ses bureaux de Seattle. Il était intéressant de noter que les deux changements d'emploi du professeur avaient été apparemment motivés par la carrière de son épouse, mais pas particulièrement significatif.

De l'avis du proviseur du lycée Seward, Jordan Huxley, après un semestre de printemps, une session d'été et un trimestre d'automne, Frankel était un professeur exemplaire, populaire tant auprès de ses collègues que de ses élèves, et l'île avait de la chance de l'avoir. L'interrogatoire succinct d'un certain nombre de ces collègues et de ces élèves avait confirmé l'évaluation de Huxley.

Ginger n'avait trouvé aucune trace de l'enseignant dans les fichiers de la police – pas d'arrestation, pas de condamnation, aucun ennui d'aucune sorte avec la justice, pas même une contravention pour stationnement interdit n'était apparue dans les deux États où Jerry Frankel avait vécu et travaillé. En fait, il n'y avait pas la moindre information qui laissât penser qu'il pût être autre chose que ce qu'il semblait être : un professeur dévoué, un mari aimant, et un père attentif et fier.

Pourtant, quand Kristen Andersen s'était présentée à la maison Graham pour répéter l'histoire qu'elle venait de raconter à Stacey, Ginger avait été forcée de la prendre en compte.

« Il est possible que j'aie tort à son sujet, confia-t-elle à Ruben.

— C'est possible.

— Bien sûr, à ce stade, nous n'avons qu'un récit de seconde main d'un incident pouvant avoir une explication parfaitement correcte.

— Et un faisceau de curieuses petites coïncidences.

— C'est vrai. Alors, si j'allais lui parler à nouveau – en tête à tête, amicalement, sur son terrain, pour voir ce qui arrivera ? »

Le chef de la police sourit parce que c'était exactement ce qu'il aurait dit et fait en de telles circonstances.

« Nous enquêtons toujours sur le meurtre de la petite Breckenridge, déclara Ginger à Jerry Frankel, assis derrière son bureau sur l'estrade, ce qui le forçait à baisser les yeux vers elle.

— Cela ne m'étonne pas.

— Et chaque fois que nous obtenons une information qui pourrait être utile à cette enquête, nous devons bien sûr la vérifier.

— Bien sûr.

— Dans une telle affaire, nous recevons les informations les plus variées, vous savez, dit la jeune femme, qui tentait d'étudier les réactions du professeur sans en avoir l'air, tout en ayant la nette impression que c'était lui qui l'observait. Les gens croient toujours détenir quelque chose qui résoudra l'affaire à coup sûr. Presque tout ce qu'on nous raconte ne conduit nulle part, mais nous devons l'exploiter pour donner au moins l'impression que nous faisons notre travail.

— Et quel renseignement avez-vous obtenu qui vous conduise à ma porte ? demanda Jerry d'un ton léger.

— Une élève de ce lycée a signalé vous avoir vu seul avec Tara trois jours avant sa mort.

— Je ne sais pas bien à quoi vous faites allusion, déclara le professeur en fronçant légèrement les sourcils, si bien que je ne peux ni confirmer ni nier ce qu'on vous a raconté. Peut-être pourriez-vous me donner davantage d'informations, ou me dire qui a vu quoi et quand, pour me rafraîchir la mémoire ?

— Une de vos élèves, répéta Ginger qui ne voulait pas donner le nom de Kristen Andersen, prétend vous avoir vu avec Tara dans le couloir derrière le gymnase aux alentours de 17 h 30, le mercredi précédant sa mort.

— C'est possible. Je ne me souviens pas de cette fois précise, mais je ne peux pas affirmer que je n'aie pas vu Tara dans ce couloir ce jour-là.

— Elle était semble-t-il en larmes, indiqua Ginger, et vous l'avez prise dans vos bras. »

Les yeux du professeur s'élargirent un peu.

« Ah, ce jour-là ! murmura-t-il en se levant pour descendre de l'estrade et venir s'asseoir près de la détective. Je me souviens, maintenant. J'avais emprunté le couloir qui longe le gymnase pour gagner le bureau et je l'ai vue. Elle pleurait, en effet. Et sans doute l'ai-je prise dans mes bras pour la consoler.

— Vous a-t-elle dit pourquoi elle pleurait ?

— Non, répondit Jerry dont le regard glissa par-dessus l'épaule de Ginger comme s'il tentait de se rappeler. Elle a juste dit quelque chose à propos de sa vie, qui était fichue. Je dois avouer que je n'ai pas pris cela très au sérieux. À cet âge, les enfants, surtout les filles, sont facilement émotifs et pensent souvent que leur vie est fichue.

— Quand elle a été assassinée, pourquoi ne nous en avez-vous pas parlé ? Savoir qu'elle était préoccupée au point de pleurer peu avant sa mort pourrait être important.

— Je suis désolé. Je crois que cela ne m'est pas venu à l'idée. Pour être tout à fait honnête, j'avais oublié cet épisode avant que vous l'évoquiez.

— Vous me pardonnerez de vous poser cette question, monsieur Frankel, mais cet épisode dans le couloir était-il la première et unique fois où Tara et vous vous êtes trouvés seuls ensemble ?

— Non, pas du tout, détective Earley, déclara Jerry en la regardant droit dans les yeux. Nous avons été seuls à plusieurs reprises. Il arrivait que Tara passe me voir après les cours pour que je l'aide. Comme je l'ai déjà signalé, ses notes n'étaient pas aussi bonnes qu'elles auraient dû l'être. Je lui avais dit qu'elle pouvait venir me voir quand elle le désirait.

— Tara était-elle la seule élève qui avait besoin d'aide ?

— Non, elle n'était pas la seule, répondit Jerry en réprimant un sourire. En ce moment, j'ai environ une douzaine d'élèves qui me rendent visite assez régulièrement.

— Auriez-vous la gentillesse de me donner leurs noms ?

— Bien sûr. »

Il se leva pour retourner à son bureau chercher un carnet, nota les noms sur une feuille qu'il détacha et tendit à Ginger.

« Merci, dit-elle en se levant pour prendre le papier. Vous comprenez, je l'espère, que recherchant un meurtrier nous ne pouvons laisser sans explication même le plus insignifiant des incidents impliquant la victime.

— Je le comprends fort bien. C'est ma faute : je ne m'en suis pas souvenu. J'aurais dû vous en parler aussitôt.

— Dans mon travail, j'ai appris à toujours tout étudier, lança soudain Ginger. D'abord, quelqu'un prétend avoir vu un Taurus sombre sur le parking à l'heure du meurtre – et nous découvrons que vous conduisez ce genre de break. Et maintenant, on vous a vu dans une situation potentiellement compromettante avec la jeune fille assassinée, peu avant sa mort. »

Ginger se retint d'énumérer les autres coïncidences, comme le fait que Jerry était gaucher.

« Et, tout naturellement, cela vous amène à conclure que je suis un monstre assassin d'enfants ? demanda-t-il sans réprimer cette fois un petit sourire.

— Ce monde est parfois pourri. Mais, pour que les choses soient claires : en dehors de votre engagement en tant que professeur, aviez-vous une relation particulière avec Tara Breckenridge ? »

Il lui sembla qu'il hésitait un instant, sans être certaine que son imagination ne lui jouait pas des tours.

« Non, pas du tout, répondit Jerry Frankel.

— Et si je vous demandais de venir, tout à fait volontairement, comprenez-moi bien, pour un test au détecteur de mensonges, et peut-être aussi pour nous donner un échantillon de sang afin que nous l'analysions, y verriez-vous une objection ? »

Cette fois, il hésita ostensiblement.

« Probablement pas, dit-il. Mais je voudrais d'abord pouvoir y réfléchir.

— C'est naturel. »

« Soit ce type n'a rien à voir avec l'affaire, soit il est le meilleur menteur que j'aie jamais rencontré, déclara Ginger une heure plus tard en s'effondrant sur une chaise dans le bureau de Ruben.

— Et tu ne parviens pas à te décider entre les deux ?

— J'ai vraiment insisté. Je lui ai presque affirmé qu'on le considérait comme un suspect ! S'il y était, s'il avait vu et savait quelque chose, je crois qu'il l'aurait lâché. Mais je l'ai observé comme un oiseau de proie. Il n'a même pas cillé. Il n'a rien dit qui ne soit parfaitement normal, il n'a pas fait un geste suspect ; chaque mot, chaque mouvement portait en lui la note juste de sincérité.

— Et c'est ce qui te fait penser qu'il pourrait mentir ?

— Ça a l'air idiot, hein ?

— Dois-je conclure de cette conversation, demanda Ruben en haussant les épaules, que tu n'es pas prête à le disculper ?

— Pas encore, reconnut Ginger après un temps de réflexion.

— Considères-tu qu'il est un témoin essentiel ?

— Probablement pas.

— Qu'il est suspect ?

— Je n'en suis pas sûre.

— Ton instinct te souffle-t-il qu'il pourrait être un meurtrier ?

— Avec suffisamment de motivation, répliqua Ginger en rejetant ses cheveux roux d'un coup de tête, je crois que n'importe qui pourrait tuer.

— Correspond-il au portrait établi ?

— Sans aucun doute, répondit Ginger en se remémorant les caractéristiques du tueur. Il est conforme sur tous les plans : assez fort physiquement, sans alibi, propriétaire de la bonne voiture, gaucher et familier de la victime. Mais, sauf pour la voiture, Danny Leo correspond aussi au portrait. Et probablement deux cents autres que nous ne connaissons pas.

— Alors, qu'est-ce qu'on a ?

— Une plaie qui gratte. J'ai le drôle de sentiment qu'il nous cache quelque chose.

153

— D'accord. À supposer que tu aies raison, comment veux-tu t'y prendre ?

— Et bien, pour le moment, la balle est dans son camp. Je l'ai invité à passer un test.

— Je présume qu'il a décliné ton invitation ?

— Pas vraiment. Il a juste reporté sa décision.

— Futé.

— Que va-t-il faire, d'après toi ?

— Appeler un avocat.

— Je le pense aussi.

— Alors, imagine qu'il parle à son avocat, puis refuse ton invitation ?

— Il faut faire un pas à la fois, affirma Ginger en se reculant contre le dossier de sa chaise et en croisant ses mains sur sa tête. Je ne veux pas le harceler. Mais s'il nous cache quelque chose qui a trait à l'affaire, je trouverai ce que c'est. »

Elle portait un pantalon bleu marine et une chemise bleue ; ses cheveux roux étaient tressés dans son dos. Comme elle s'était peu maquillée, on voyait bien ses taches de rousseur. S'il n'y avait eu le pistolet à sa ceinture, elle aurait davantage eu l'air d'une adolescente perturbée que d'un officier de police en pleine enquête. Ruben sourit intérieurement.

Cela faisait presque trois semaines qu'elle était venue dîner chez lui. Les trois plus longues semaines dont il eût gardé le souvenir. À l'évidence, elle se montrait prudente ; et lui ne voulait pas la brusquer, risquer de l'effrayer en lui demandant trop souvent de sortir, ou donner aux curieux de l'île plus de grain à moudre qu'ils n'en avaient déjà. Mais elle lui manquait. Il regrettait de ne pas pouvoir la regarder, bavarder avec elle, rire avec elle.

Ils n'avaient pas beaucoup d'occasions de se retrouver seuls, et le poste de police n'était sûrement pas le lieu où entretenir une relation personnelle. Les gens ne cessaient d'entrer et de sortir. Cela faisait même plus d'une semaine qu'ils n'avaient pas eu l'occasion de se parler en tête à tête. Ruben savait qu'il pouvait lui téléphoner, le soir, après le travail, mais il préférait l'approche directe, où il était possible de voir, et pas seulement d'entendre, sa réaction, puis de juger si elle était vraiment intéressée par une sortie en sa compagnie ou si elle se montrait seulement polie.

« Et le fils Leo ? questionna Ruben.

— J'ignore si ça aboutira quelque part, mais il reste en haut de ma liste. »

En haut d'une liste très, très courte, songea-t-elle. Ruben hocha lentement la tête.

« Les gens parlent déjà de chasse aux sorcières, dit-il. D'abord on fait faire cette analyse de sang, puis on s'en prend à un des meilleurs élèves de l'île, et maintenant on travaille un des enseignants les plus populaires.

Quoi que tu fasses, assure-toi que tu appliques le règlement à la lettre et que tu es couverte à chaque étape.

— Promis. »

Ginger sourit intérieurement. Elle se demandait pourquoi elle ne s'était jamais rendu compte à quel point il était prudent. Cela faisait presque trois semaines qu'elle avait dîné chez lui, et la soirée avait été si agréable qu'elle ne comprenait pas pourquoi il ne l'avait pas réinvitée. Elle ne pouvait rien déduire de son comportement au travail, mais ça, elle le savait d'avance. Sans qu'ils aient eu à en parler, il était clair pour eux deux que leur vie personnelle devait être séparée du bureau. Mais c'était l'enfer d'attendre ainsi qu'il parle, et elle finissait par se demander si elle avait fait quelque chose qui lui aurait déplu.

Leur conversation semblait terminée, si bien que Ginger se leva et gagna la porte. Mais elle se retourna, incapable de retenir les mots dans sa bouche.

« Au fait, dit-elle, j'ai acheté deux steaks énormes, et l'un d'eux porte ton nom, si tu es libre demain soir.

— Je suis libre, affirma Ruben dont le visage s'éclaira. En fait, je... j'allais justement te proposer quelque chose dans le genre.

— Parfait, 7 heures ?

— Impeccable. »

Enfant, elle s'était souvent aventurée sur une branche peu sûre. Elle se rappelait sa crainte de la découvrir plus fragile qu'elle ne l'aurait cru, puis sa joie quand elle était finalement sûre de ne pas la voir casser sous elle. C'était ce qu'elle ressentait à cet instant.

Steak, salade, pommes au four, un dessert et une bonne bouteille de vin, se dit-elle rapidement. Elle s'arrêterait au supermarché en rentrant ce soir. Comme ça, elle aurait toute la journée de demain pour faire le ménage.

« Alors, à demain, lança-t-elle.

— Sans faute. »

Ni l'un ni l'autre ne fit remarquer que, pour la première fois, ils seraient juste tous les deux, seuls.

3

Danny Leo prit le dernier bus pour rentrer du lycée, ce vendredi. Il lui semblait que plus approchait la fin de l'année, plus il était engagé dans des activités. Ce jour-là, c'était une réunion du comité de danse qui l'avait retenu.

Chaque fois que sa mère se plaignait de ses horaires, ou que son père lui reprochait de faire son ménage en retard, Danny leur rappelait que son dossier scolaire ne portait pas que sur ses bonnes notes, et que l'université Harvard recherchait en priorité des étudiants bien intégrés, montrant un véritable sens de l'engagement dans leur communauté. Cela suffisait pour qu'ils n'insistent pas pendant un moment. Peter Leo était né à l'ombre de Harvard, et pendant toute sa jeunesse il s'était promis que, s'il avait un fils, celui-ci serait admis là où lui-même n'avait été ni assez intelligent ni assez riche pour aller.

« La détective Earley est revenue au lycée, cet après-midi, annonça Danny à son père.

— Elle te harcèle de nouveau ?

— Non, elle n'est pas venue me voir. Elle a parlé à un des professeurs de Tara.

— Qu'est-ce que ça a de bizarre ?

— Rien, sauf qu'elle a déjà discuté avec tous les professeurs il y a des semaines, juste après le meurtre. Et aujourd'hui, elle est venue spécialement, après les cours, pour voir un d'entre eux. Je l'ai vue entrer dans sa classe.

— Ah ah, c'est tout à fait différent ! murmura Peter, dont le visage s'éclaira lentement d'un sourire. Espérons que ça aidera à ce qu'elle t'oublie.

— Mais je te l'ai dit, papa, insista Danny. Je suis tout à fait prêt à donner du sang. Je pourrais me disculper immédiatement si tu me laissais le faire.

156

« — Tu ne comprends pas, mon garçon. Dans ce pays, tu n'as pas besoin de te disculper. Tu es totalement innocent jusqu'à ce qu'on réussisse à prouver le contraire. »

« Je... je ne serai pas à la maison demain soir, dit Ruben à Stacey tandis qu'ils prenaient leur repas. Je dîne avec Ginger.

— Encore ? Si vite ! répondit l'adolescente en souriant.

— Qu'est-ce que tu veux dire, si vite ? protesta Ruben. Ça fait trois semaines !

— Oh, papa ! s'exclama Stacey en éclatant cette fois de rire, tu as plus l'air d'un gosse que d'un parent.

— Fiche-moi la paix, rétorqua son père. Je ne suis pas habitué à être "le père qui annonce à sa fille qu'il a un rendez-vous galant".

— Je ne suis pas habituée, moi non plus, à être "la fille à qui..." », lui rappela Stacey.

Soudain, Ruben fronça les sourcils parce qu'une idée venait de lui traverser l'esprit pour la première fois.

« Eh ! Est-ce que ça te pose un problème ? Je veux dire, le fait que je sorte avec Ginger ? »

En fait, Stacey s'était interrogée sur sa réaction si son père se mettait à fréquenter sérieusement une femme. Elle savait qu'il avait connu des femmes au fil des années, mais il ne les avait jamais vues plus d'une ou deux fois, et jamais il ne les avait amenées à la maison. Quand elle était petite et qu'une mère lui manquait cruellement, elle avait souhaité qu'il se remarie. Mais, en grandissant, elle s'était rendu compte que le mariage ne signifiait pas prendre soin des enfants ni fonder un foyer chaleureux et confortable ; il signifiait une relation très spéciale entre deux personnes, et n'intervenait qu'à son heure, pas quand on le souhaitait.

« Aucun problème, affirma-t-elle. J'aime bien Ginger, j'aime bien te voir avec Ginger.

— C'est très adulte, fit observer son père. Quand as-tu grandi ?

— Oh, il y a une minute environ. Alors, dis-moi, est-ce que vous allez faire la fête à Seattle, demain soir ? »

Même si elle ne voulait en rien décourager la relation entre son père et Ginger, elle n'était que trop consciente des commérages qui avaient commencé quelques semaines plus tôt avec les remarques fielleuses à l'église et qui continuaient depuis avec un bombardement continu de vannes lancées par certains de ses camarades de classe.

« En fait, répondit Ruben d'un air dégagé, nous allons rester sur l'île. Ginger, euh... m'a invité chez elle. »

La jeune fille de quinze ans digéra l'information pendant un instant.

« Dans ce cas, déclara-t-elle, n'oublie pas d'emporter un préservatif. »

Si Ruben n'avait pas eu la peau aussi mate, la rougeur qui envahit soudain son visage et son cou eût été beaucoup plus visible. Il était gêné parce que ce n'était pas exactement le genre de conversation qu'il trouvait correct entre lui et son adolescente de fille, mais surtout parce qu'il avait déjà eu la même idée.

« Fiche-moi la paix », réussit-il à articuler de nouveau.

« J'ai entendu d'étranges rumeurs au marché », lança Libby Hildress au dîner.

L'épouse de l'homme qui avait découvert le corps de Tara Breckenridge était de bien des manières à l'opposé de son époux. Physiquement, elle était petite et ronde, avec de doux cheveux blonds qui encadraient un joli visage aux clairs yeux bleus.

« Quelles rumeurs ? demanda Tom en arrêtant une cuillerée de velouté de tomate à mi-chemin de sa bouche.

— Quelqu'un m'a dit que la police s'intéresse à Jerry Frankel.

— Pourquoi ?

— Ils pensent peut-être qu'il a un lien avec l'affaire Breckenridge.

— Tu plaisantes !

— C'est ce qu'on dit, répéta Libby avec un haussement d'épaules.

— Et qui serait assez bête pour penser ça ? s'insurgea Billy. Je connais M. Frankel. C'est le père de Matthew, un type bien. Il peut pas être un tueur.

— Et pourquoi pas ? répliqua son frère, Bud. C'est pas parce que tu es allé dans sa maison que tu sais tout sur lui ou sur ce qu'il pourrait faire. Et puis, les flics doivent bien mettre le meurtre sur le dos de quelqu'un, alors pourquoi pas un prof ? »

Bud, treize ans et encore en cinquième, n'aimait pas particulièrement l'école.

« Papa, la police ne ferait pas ça, quand même ? questionna Billy, très inquiet. Matthew est mon meilleur ami.

— Je ne crois pas que la police accusera quelqu'un sans bonne raison, lui assura Tom.

— On ne sait même pas si c'est vrai, dit Libby. C'est juste une rumeur. J'ai bien sûr appelé Deborah à son bureau dès que je suis rentrée. »

Les Frankel et les Hildress ne se fréquentaient pas vraiment, mais grâce à l'amitié entre Matthew et Billy ils s'étaient échangé leurs numéros de téléphone pour les cas d'urgence.

« Elle a vaguement parlé de la police qui cherchait à faire des recoupements.

— Ah, tu vois ? déclara Tom en beurrant un bout de pain. La semaine dernière, si tu t'en souviens, on faisait toute une histoire à propos de Danny Leo. Maintenant, c'est le tour de Jerry. La semaine prochaine, ce sera probablement quelqu'un d'autre. »

« Je ne comprends pas, déclara Deborah Frankel. La police t'a déjà interrogé plusieurs fois au sujet de ce meurtre. Pourquoi est-ce qu'ils reviennent encore à la charge ?

— Je n'en sais pas plus que toi, répondit Jerry en haussant les épaules.

— Oh, voyons ! Ils doivent bien avoir une raison ! »

Elle était furieuse. Elle n'arrivait pas à croire qu'il lui avait tu la visite de Ginger, qu'elle avait dû l'apprendre par la mère d'un ami de son fils.

« Une femme que je connais à peine m'appelle à mon bureau, au milieu d'une réunion très importante. Elle veut savoir pourquoi la police enquête sur mon mari en relation avec l'affaire Breckenridge, et moi je ne vois pas quoi lui répondre !

— Je ne pensais pas que c'était important.

— Eh bien, pourtant, ce doit l'être, pour que la ville entière en parle ! »

Jerry comprit qu'elle ne lâcherait pas prise, qu'elle allait en faire toute une histoire.

« Un après-midi, après les cours, peu avant sa mort, je crois, j'ai trouvé Tara en larmes dans un couloir, raconta-t-il avec un soupir, et j'ai dû lui entourer les épaules de mon bras pour la consoler... Pour tout te dire, je ne me rappelle pas l'avoir fait, mais apparemment si, parce que quelqu'un nous a vus, a interprété la situation de manière totalement erronée, et c'est venu aux oreilles de la police. »

Deborah sentit un frisson glacé dans son dos.

« Tu avais enlacé la fille assassinée ?

— Il n'y a rien à en dire », affirma froidement Jerry.

Scott Cohen était considéré par ses pairs comme un des meilleurs avocats d'assises de l'État de Washington, sinon du pays tout entier. Il ne faisait pas de grands effets de manches, il n'avait pas non plus la gouaille de certains avocats populaires ; mais, à sa manière tranquille et sans prétention, il pouvait démolir une accusation avec la précision d'un tireur d'élite.

Plus petit et plus fort que la moyenne, Scott avait de fins cheveux bouclés châtain clair qui, à la quarantaine, ne formaient plus sur sa tête qu'une sorte de couronne, comme une auréole. Cela lui avait valu, de la part de ses collègues, le sobriquet de Chérubin. Mais c'étaient surtout ses yeux que la plupart des gens remarquaient : très grands, à la lourde paupière supérieure, d'un bleu turquoise comme la mer, et pleins d'un mélange d'intelligence et de compassion qui rendait courage au plus désespéré des accusés.

Scott, son épouse Rachel et leur fils Daniel vivaient sur l'île Seward depuis cinq ans, depuis que Scott avait été invité à rejoindre le cabinet

Morgan, Kaperstein et Cole. Ils avaient acheté une ferme datant de 1909 qui avait séduit Rachel parce qu'elle comportait une délicieuse petite pièce d'eau et un verger très bien entretenu. Scott l'avait choisie pour tous les travaux de rénovation qu'il pourrait y accomplir pendant son temps libre.

« Tu es certain que ça ne t'ennuie pas de devoir prendre le bateau chaque matin ? lui avait demandé Rachel tandis qu'ils déménageaient de leur maison sur la colline Reine-Anne, située à dix minutes de son bureau.

— En fait, je crois que je vais aimer ça, lui avait-il répondu, ça me donnera le temps de faire le vide dans ma tête. »

Les habitués du ferry de 7 heures allant de Seward à Seattle s'accoutumèrent donc à voir chaque matin le Chérubin, l'air curieusement malicieux dans son costume trois pièces, en train de boire un café, assis dans le salon tout en regardant le paysage. Jamais il ne consultait un dossier ni ne rédigeait de notes. Il attendait d'arriver à son cabinet et de s'installer derrière son bureau avec sa troisième tasse de café pour commencer sa journée de travail.

Scott avait établi une règle absolue : il travaillait du dimanche au vendredi, jamais le samedi, car on lui avait appris à respecter le sabbat. Il n'y avait pas de synagogue sur Seward à l'arrivée des Cohen, à peine une présence juive. Mais au bout de deux ans d'allers-retours à Seattle pour les services religieux, Scott contribua à réunir plusieurs familles juives de l'île. Il réussit à convaincre le rabbin de son ancienne synagogue de confier à son assistant la petite congrégation, et les unitariens acceptèrent de leur laisser leur église le vendredi soir, le samedi matin et les jours de grandes fêtes en échange d'une somme raisonnable. Il y avait moins de trente familles juives sur l'île, à l'époque, pas assez pour entretenir un lieu à elles, et c'était donc dans l'église unitarienne de la vallée des Cèdres que Daniel avait célébré sa *bar mitzvah*.

« Dieu vit dans bien des maisons, avait affirmé le rabbin, et il se réjouit avec nous où que nous soyons. »

Scott n'était pas bigot, mais tous ceux qui le connaissaient savaient qu'il prenait au sérieux les traditions de sa religion. En conséquence, quand Jerry Frankel vint frapper à la porte des Cohen au milieu d'un tranquille samedi après-midi, l'avocat pensa que son ami lui rendait une petite visite amicale.

« Comment ça va ? » demanda-t-il avec amabilité.

Les Cohen et les Frankel s'étaient rencontrés en mars, environ deux mois après que Jerry et Deborah eurent emménagé sur l'île, le jour où ils avaient décidé d'aller célébrer la Pâque avec leurs coreligionnaires. Ils avaient découvert qu'ils vivaient seulement à trois pâtés de maisons les uns des autres, et les deux couples n'avaient pas tardé à devenir amis.

« Est-ce que je peux te parler une minute ? demanda le professeur.

— Bien sûr, déclara Scott. Entre.

— Non... Est-ce qu'on pourrait parler en se promenant un peu ?

— S'il s'agit de travail, dit l'avocat, ça ne peut pas attendre demain ?

— Désolé, j'ai oublié, répondit Jerry en rougissant. Bien sûr. Ce n'est pas important à ce point. Je reviendrai. »

Il se détourna, mais Scott avait déjà décelé dans les yeux du professeur quelque chose qu'il connaissait trop bien pour mal l'interpréter : la panique.

« Pourquoi n'irait-on pas se promener vers le lac ? proposa-t-il. Rachel parle de construire un petit pont à une de ses extrémités, et je voulais justement te demander ton opinion là-dessus. »

Les deux hommes descendirent la pelouse derrière la ferme, Jerry marchant les épaules voûtées, les mains au fond des poches de son pantalon kaki. Scott soupira intérieurement.

« Je risque de me retrouver dans une situation inextricable, confia le professeur dès qu'ils furent assez loin de la maison pour qu'on ne les entende pas. Et je ne sais pas quoi faire.

— Ça n'est sûrement pas aussi grave...

— La police croit que j'ai quelque chose à voir avec l'affaire Breckenridge, lança Jerry en regardant son ami dans les yeux.

— Et c'est vrai ? demanda l'avocat, complètement pris au dépourvu.

— Bien sûr que non, répondit Jerry dont les yeux s'étaient fixés sur l'auréole du Chérubin.

— Alors, ne t'en fais pas, répliqua l'avocat en haussant les épaules.

— Mais ils veulent que je passe au détecteur de mensonges et me faire une analyse de sang. Si ça se sait, quel que soit le résultat des tests, je perds toute crédibilité en tant que professeur dans cette communauté. »

Scott prit ce qu'il aimait appeler un moment judicieux pour évaluer la situation.

« Tu peux toujours refuser, finit-il par dire.

— Est-ce que ça ne semblera pas pire encore ?

— À ma connaissance, ils ont demandé à beaucoup de gens de donner du sang et de passer au détecteur, et on n'en a pas entendu parler.

— Cette fois, c'est différent. C'étaient presque tous des élèves ou des gens d'ici. Je suis professeur. Je travaille avec des enfants. Ma réussite dépend de leur confiance et de leur respect. Le plus petit soupçon de scandale me détruira. »

Scott Cohen s'était toujours enorgueilli de savoir d'instinct évaluer les gens et les situations, vite et bien.

« Jusque-là, je t'ai parlé en ami, dit-il. Veux-tu que je te représente en tant qu'avocat ?

— Oui, répondit le professeur avec un soupir.

— D'accord. Voilà comment ça marche. Ils ne peuvent pas te forcer à subir ce test. C'est strictement volontaire. Si tu refuses de leur donner de ton sang, le seul moyen de t'y contraindre est d'obtenir un ordre du juge. Et pour ça, il faut que leurs soupçons soient fondés. S'ils avaient le moindre fondement à leurs soupçons, ils ne te demanderaient pas de te porter volontaire. Alors, nous pouvons en conclure qu'ils vont à la pêche. Maintenant, si, comme tu le dis, tu n'as rien à voir avec l'affaire et rien à cacher, ils ne prendront pas de poisson, et ils passeront à un autre coin du lac.

— Et ça ne fera pas mauvais effet si je refuse ? Je n'aurai pas l'air coupable ?

— Tu as parfaitement le droit de refuser. Cela relève du cinquième amendement. Mais tu es professeur d'histoire, je n'ai pas à te le dire.

— Bien sûr, tu as raison. J'avais oublié.

— Dans ce cas, je pense que la crise est passée », dit l'avocat en souriant.

Mais Jerry ne sourit pas en retour.

« S'ils me recontactent et tentent de faire pression sur moi, est-ce que je peux t'appeler ?

— Tu es mon client, à présent. Tu peux m'appeler quand tu veux, du dimanche au vendredi. »

4

Dès 5 heures de l'après-midi, ce samedi, l'appartement de Ginger avait l'air d'un décor pour une publicité télévisée vantant les mérites des produits de nettoyage. Les fenêtres étincelaient, le parquet reluisait, le tapis donnait envie de plonger dedans et la table de la salle à manger ressemblait à un miroir.

Tout ce qui n'avait pas sa place avait disparu au fond du placard de la chambre. Quand Ginger eut passé la cuisine à l'Ajax, on aurait dit que personne n'y avait jamais rien fait cuire. Puis elle astiqua la salle de bains, retira ses sous-vêtements de la douche, et sortit une serviette propre et un savon tout neuf pour son invité. Au dernier moment, elle changea aussi les draps de son grand lit.

Il lui restait deux heures pour faire à dîner et se préparer. Elle se dirigea vers la cuisine, lava une salade en un tournemain, mélangea de la crème fraîche à de la ciboulette pour les pommes de terre et éplucha une botte d'asperges à mettre dans le micro-ondes. Elle enfournerait les pommes de terre à 6 heures ; elles étaient grosses et son livre de cuisine disait qu'il leur faudrait une heure et demie pour cuire. Puisque Ruben aimait sa viande saignante, comme elle, les steaks iraient sur le gril à la dernière minute. Le dessert était tout prêt : de la mousse au chocolat en pot. D'accord, ce ne serait pas un repas raffiné, mais elle travaillait, elle ne pouvait faire la cuisine toute la journée, et elle pensait que Ruben était capable de le comprendre.

À 5 heures et demie, elle fila sous la douche, puis se sécha les cheveux à temps pour aller mettre les pommes de terre en route avant de retourner se maquiller dans la salle de bains. À 6 heures et quart, elle était dans son placard. À 6 h 50, elle avait essayé et rejeté presque toute sa garde-robe et s'apprêtait à hurler.

« Tu cherches quelque chose de simple, se dit-elle dans la psyché au coin de sa chambre. Quelque chose d'attirant, mais de pas trop suggestif.

Quelque chose dans quoi on a l'air à l'aise, mais pas nécessairement disponible. Quelque chose de doux, très doux. »

De son perchoir sur le lit, Twink, le chat orange, émit un faible miaulement.

« Bien sûr ! » s'exclama Ginger.

Elle courut dans le placard et fouilla dans le tiroir du bas de la commode, d'où elle finit par extraire un col roulé gris angora trop grand, cadeau d'anniversaire de ses parents quelques années plus tôt.

« Parfait, lança-t-elle avec un sourire malicieux. Essaie un peu d'empêcher tes mains de caresser ça, monsieur le Chef de la police ! »

Elle venait de boutonner un pantalon en laine noir et de glisser ses pieds dans des ballerines en cuir noir, elle attachait ses boucles d'oreilles en argent quand on sonna à la porte. Il était 7 heures passées de trente secondes.

« J'espère que je ne suis pas en retard, dit Ruben.

— Tu es parfaitement à l'heure. »

Lui aussi portait un pull à col roulé, beige et épais, en lambswool probablement, sur un pantalon brun impeccable. Il semblait si à l'aise qu'elle se demanda s'il avait mis autant de temps qu'elle à choisir sa tenue.

Il tenait un bouquet de fleurs qu'il lui tendit timidement.

« Je crains de ne plus être très habitué à cela, admit-il. Je ne savais pas très bien quoi apporter.

— Tu n'avais rien à apporter ! Mais ces fleurs sont très belles, aussi je suis heureuse qu'elles soient là. »

Ginger passa dans sa petite cuisine pour y chercher un vase. Elle avait attendu cette soirée toute la journée, mais maintenant que Ruben était arrivé elle se sentait soudain nerveuse.

« Un verre ? demanda-t-elle pour dissimuler son agitation.

— Avec plaisir.

— Du scotch, ça va ? »

Ginger ne buvait pas d'alcool. Elle avait acheté du scotch parce que c'était ce qu'il avait bu chez lui.

« C'est parfait », lui dit-il.

Elle lui prépara son verre comme elle se souvenait de l'avoir vu le préparer, avec de la glace et un peu d'eau.

« Comment as-tu su ? s'enquit-il.

— Je suis détective, au cas où tu l'aurais oublié », répondit-elle avec une étincelle malicieuse dans ses yeux noisette.

Elle se versa un peu de scotch sur de la glace et remplit le verre d'eau, puis ils passèrent au salon. Le feu couvait dans la cheminée, menaçant de s'éteindre.

« Je peux ? demanda Ruben.

— Je t'en prie. »

Il inspecta la pile de bois près du foyer et elle le regarda choisir bûches et petit bois. Le pull beige plissait sur son dos, et elle se demanda s'il portait son corset. Il installa le tout, se levant pour prendre les bûches, puis s'accroupissant pour les mettre en place. Son pantalon brun serrait son corps, puis s'en écartait. Ginger avala son scotch en deux longues gorgées et retourna à la cuisine s'en resservir. Cette fois, elle doubla la quantité d'alcool et mit deux fois moins d'eau.

Au début, quand elle l'avait invité à cette soirée, c'était juste parce qu'elle désirait le revoir. Elle se serait sentie gênée de l'inviter dans un restaurant, même à notre époque, et comme il l'avait déjà invitée chez lui, il lui avait semblé tout à fait normal de lui proposer de venir chez elle. C'était seulement après qu'il eut accepté l'invitation qu'elle avait commencé à penser où cela risquait de les mener. Non que ce fût inévitable, bien sûr ; pas même probable. Mais c'était une possibilité, et elle en avait même rêvé en nettoyant l'appartement. Mais maintenant qu'il était là, elle n'était plus certaine de ce qu'elle voulait.

Ruben ranima le feu. Il y passa beaucoup plus de temps que nécessaire, parce que cela lui donnait quelque chose à faire. Il avait attendu avec impatience cette soirée seul avec Ginger, mais à présent qu'il était là, il se demandait s'il n'aurait pas dû suggérer de sortir plutôt dîner.

« Voilà, ça devrait aller », déclara-t-il alors que les flammes commençaient à lécher les bûches.

Il se leva et saisit son verre sur le manteau de la cheminée. Ginger s'était installée à une extrémité d'un canapé gris-bleu. Il prit place en face d'elle dans un fauteuil à rayures bleues et vertes.

« J'ai bien peur de ne pas m'y connaître très bien en feux, dit Ginger. Je sais les faire démarrer, mais pas les entretenir.

— Ce n'est pas si compliqué. Il suffit de laisser de l'espace entre les bûches pour que l'air circule. C'est l'air qui entretient la combustion du bois.

— Je m'en souviendrai.

— Bien sûr, il faut aussi choisir son bois...

— Je ne l'oublierai pas non plus.

— ... et des cheminées différentes réagissent différemment. Il y en a qui ne tirent pas aussi bien que d'autres, et je suppose que d'autres tirent trop, mais la tienne semble parfaite.

— C'est bon à savoir », murmura-t-elle.

Puis le silence tomba, parce que Ruben avait épuisé sa science concernant les feux dans les cheminées et ne voyait pas où aller à partir de là. Il but une longue gorgée de scotch.

« C'était une belle journée, dit-il finalement pour que le silence ne se prolonge pas.

— Oui. D'une douceur inhabituelle pour décembre.

— J'ai fait mon jardin en bras de chemise.

— Je suis sortie sans manteau.

— Le climat d'ici me surprend toujours. On croit qu'il fait très froid, étant donné la latitude, mais ce n'est pas vrai.

— C'est un de nos secrets les mieux gardés. »

Twink s'assit contre la porte-fenêtre, sa queue frappant le tapis comme pour montrer que la conversation l'ennuyait et qu'il attendait avec impatience un changement de sujet.

« Je n'ai toujours pas visité la région comme je l'aimerais, dit Ruben en désespoir de cause. Je sais que je devrais voir bien des lieux, comme les îles San Juan, la Skagit Valley, Leavenworth. Stacey et moi parlons souvent d'aller en pique-nique au mont Rainier, et une randonnée au mont Sainte-Hélène doit être passionnante. Mais, jusqu'à présent, on n'en a pas eu le temps.

— Oui, il y a des lieux merveilleux dans la région. »

Tourisme, météo ? Ginger n'arrivait pas à croire qu'ils étaient assis là en train de parler comme deux personnes qui ne se seraient jamais rencontrées auparavant. Ils n'avaient pas parlé du temps lors de leurs deux premiers rendez-vous. Ils s'étaient sentis à l'aise. Ginger avait trouvé si facile de bavarder avec lui... Leur conversation de ce soir n'en était que plus comique. Sauf que Ginger n'avait pas envie de rire, plutôt de pleurer. La soirée ne s'engageait pas du tout comme elle l'avait prévu. Elle avala la fin de son verre.

« J'aime la façon dont tu as décoré cette pièce, affirma Ruben, qui saisissait la moindre idée pour éviter de faire quelque chose de stupide – comme s'enfuir. Tu as choisi des couleurs qui s'harmonisent très bien.

— Je suis un peu limitée, admit-elle. Je ne peux pas vivre dans beaucoup de couleurs : des cheveux roux, ça réduit les possibilités.

— Le rouge et le jaune sont mon héritage, mais j'aime le bleu et le vert. C'est plus doux. Ça te va bien. »

Elle sentit la chaleur du scotch circuler dans son corps.

« J'ai toujours rêvé de m'habiller en rouge vif, avoua-t-elle avec un petit rire soudain, et de rouler des hanches rue Commodore. Ma mère me disait que seules les mauvaises femmes portaient du rouge vif, mais je pense que je ne la croyais pas vraiment.

— Alors, c'est de là que vient le garçon manqué ! s'exclama Ruben d'un air ravi. Il cache ton côté sauvage.

— Évidemment, renchérit-elle avec un grand sourire, et j'y suis si bien arrivée que j'ai fini par adhérer à cette image.

— Ne manque surtout pas de me prévenir quand ton véritable moi voudra reprendre le dessus. Je serais presque prêt à renoncer à mon salaire pour voir l'honorable Albert Hoch victime d'une crise cardiaque à l'angle de Commodore et Seward. »

Ginger éclata de rire.

La glace était rompue. Ils s'en aperçurent immédiatement. Ils se recalèrent dans leurs sièges avec un soupir silencieux de soulagement. Même Twink le remarqua. Il s'approcha et s'étira devant le feu.

« Jamais je n'avais bu deux scotches d'affilée avant aujourd'hui, avoua Ginger en gloussant.

— Je ne peux te dire à quel point je suis heureux que tu l'aies fait ! »

Pendant qu'elle faisait griller les steaks, il tourna la salade. Pendant qu'elle sortait les asperges, il sauva les pommes de terre. Pendant qu'elle dressait la table, il alluma les bougies. Pendant qu'elle mettait de la musique, il servit le vin. Finalement, ils s'assirent en face l'un de l'autre, les plats entre eux.

« Je commençais à croire que j'avais commis une terrible erreur en t'invitant ici, dit Ginger en prenant une bouchée de pommes de terre à la crème.

— Je ne sais pas pourquoi, mais je n'ai pas souvenir d'avoir jamais été aussi nerveux, admit Ruben en coupant sa viande.

— On aurait dit un couple d'adolescents...

— Lors d'un premier rendez-vous arrangé...

— ... plutôt que des amis...

— ... heureux de passer la soirée ensemble. »

Ils se sourirent par-delà les flammes des bougies.

« Aux mets délicieux et à la compagnie plus délicieuse encore ! lança Ruben en levant son verre de vin.

— À la persévérance », murmura Ginger en levant le sien.

Après le dîner, Ruben insista pour l'aider à faire la vaisselle.

« Pas question ! protesta Ginger.

— Mais si, je ne veux pas que tu penses que Stacey m'a mal élevé.

— Elle a une telle chance de t'avoir pour père ! laissa tomber Ginger.

— Non, corrigea Ruben en secouant la tête avec un petit sourire. C'est moi qui ai de la chance. »

Quand la cuisine fut rangée, Ginger prit une bouteille de Kahlua dans un placard et en servit deux verres. Puis ils retournèrent dans le salon. Une symphonie de Tchaïkovski commençait sur la chaîne. Ils s'assirent sur le canapé.

« La *Pathétique*, murmura Ruben. Une de mes préférées.

— À moi aussi. »

Ils restèrent à siroter le Kahlua et à écouter la musique. Au bout d'un moment, il se pencha, lui prit la main et entrelaça leurs doigts. Elle ne résista pas. Elle laissa la symphonie, l'alcool, le feu et la force tranquille qui s'écoulait de sa main dans la sienne l'emporter dans un monde de chaleur et d'émerveillement. Un flot de sensations l'envahit, de l'excitation mais aussi de l'angoisse, du désir et de la peur.

La dernière fois que Ginger avait couché avec un homme, c'était presque cinq ans plus tôt, une brève aventure avec un reporter de Seattle venu faire un article sur une des affaires dont elle avait la charge, et elle avait eu l'impression qu'il l'avait simplement utilisée. Elle en avait conclu que le sexe pour le sexe, ce n'était pas suffisant pour qu'elle ôte ses vêtements.

Mais cette fois, elle espérait que ce serait différent, elle voulait que ce soit différent. Ces dernières semaines, depuis qu'elle avait commencé à voir Ruben sous un *nouveau jour*, elle s'était sentie attirée par lui d'une manière qu'elle n'avait plus connue depuis le jeune homme qui s'occupait de machines agricoles. Elle n'était pas vraiment prête à mettre un nom sur ce qu'elle éprouvait, mais au moins à faire un pas de plus.

Bien sûr, elle ne savait absolument pas ce qui se passait dans la tête de Ruben. Ce n'était après tout que leur troisième rendez-vous, et les deux fois précédentes il avait semblé quelque peu réservé. Peut-être n'était-elle donc pour lui qu'une distraction passagère, quelqu'un avec qui s'amuser un moment, jusqu'à ce que la nouveauté s'estompe, quelqu'un qui l'aiderait pendant un temps à oublier sa solitude, pas quelqu'un avec qui il pourrait se permettre de s'engager sérieusement. Auquel cas, il était plus sage qu'elle attende de le laisser prendre l'initiative.

Mais cela pouvait aussi signifier qu'il était timide, gêné de faire des avances, en dépit de son long veuvage. Dans ce cas, peut-être serait-ce à elle de passer à la vitesse supérieure. En dépit de l'intuition qu'elle possédait dans son travail, dès qu'il s'agissait de relations personnelles, Ginger n'avait jamais été très douée pour lire dans le cœur des hommes.

Mais Ruben n'avait pas ce problème. Il lisait très bien dans son propre cœur. Et il savait qu'avec Ginger il avait trouvé quelqu'un de tout à fait extraordinaire. Non seulement quelqu'un de chaleureux, d'attentif, aux goûts proches des siens, mais quelqu'un dont il commençait à croire qu'il pourrait partager la vie. Cette pensée l'excitait et l'affolait à la fois. Sur bien des plans, ces treize dernières années lui avaient semblé longues et solitaires. Mais il réalisait maintenant seulement ce qu'il avait raté depuis la mort de sa femme, ce qu'il s'était refusé à cause de son chagrin et de son sentiment de culpabilité. Il se disait que sa rencontre avec Ginger signifiait peut-être que sa pénitence était terminée.

Tout cela était bon à savoir, se disait-il, mais cela ne l'aidait guère à résoudre son problème présent : que faire maintenant ? Il jeta un coup d'œil à sa montre. 10 h 10. La *Pathétique* allait se terminer. Allait-il la remercier pour ce charmant dîner et partir ? Allait-il saisir une chance qui les entraînerait jusqu'où ils le souhaiteraient ? Ruben entendit les dernières notes de la symphonie. Il était temps de décider.

Il se tourna vers Ginger à la seconde même où elle se tournait vers lui, et leurs mots s'entrechoquèrent dans l'espace qui les séparait.

« Ce dîner a été formidable.

— Je suis contente que tu sois venu ce soir. »

Ils se turent brusquement et se levèrent.

Ça ne doit pas l'intéresser, pensa-t-il.

Il ne veut pas s'impliquer, pensa-t-elle.

Pourtant, ils cherchaient tous deux que dire d'autre, n'importe quoi pour que cette soirée ne se termine pas encore, jusqu'à ce que leurs mots, énoncés au même moment, se télescopent à nouveau.

« Il est encore très tôt.

— Tu veux un autre Kahlua ?

— Oui.

— Oui. »

Et soudain, sans y avoir réfléchi, il la serra contre lui et le corps de la jeune femme sembla se fondre dans le sien. Ruben n'en revenait pas qu'elle sente si bon, qu'il soit si bon de la tenir contre lui, vibrante, vivante. Le souvenir des quelques femmes qu'il avait prises dans ses bras par pur besoin au fil des années s'évanouit devant un désir qu'il n'avait plus connu depuis la mort de son épouse.

Il s'était senti coupable, avec les autres femmes, parce qu'elles ne signifiaient rien pour lui. Mais il n'éprouva aucune culpabilité quand il tourna le visage de Ginger vers le sien et se mit à l'embrasser, sur le front, au coin des yeux, sur le pourtour de la joue jusqu'à ce qu'il arrive à la bouche. Il l'embrassait doucement, parce qu'il n'était toujours pas sûr – d'elle, de lui.

Mais lorsqu'il se rendit compte qu'elle aussi l'embrassait, il prit de l'assurance, se fit plus insistant, séparant ses lèvres avec sa langue, de plus en plus profondément, jusqu'à être étourdi et tremblant. Puis il la serra plus fort et la retint contre lui tandis que le monde tournoyait autour de lui.

« Je suis un peu rouillé, murmura-t-il dans ses cheveux. Alors, si ce n'est pas ce que tu veux, dis-le-moi maintenant, et je partirai.

— Reste. »

Elle était enveloppée de ses bras et jamais elle ne s'était sentie si complètement, si totalement elle-même. Pas même avec Machines Agricoles. C'était presque comme si, à vingt-huit ans, elle découvrait ce que cela signifiait d'être une femme. Toutes les extrémités nerveuses de son corps frissonnaient, tous ses sens étaient en éveil. Jamais elle n'avait été aussi certaine de qui elle était, de ce qu'elle voulait. Elle le prit par la main et l'entraîna vers la chambre.

Derrière eux, Twink se pelotonna sur le canapé gris-bleu à l'endroit chaud qu'ils venaient de quitter et entreprit la toilette de ses énormes pattes.

À l'instant où ils entrèrent dans la chambre, leurs mains, leurs bras, leurs lèvres, leurs jambes se cherchèrent. Entre deux baisers, il fit passer le pull de Ginger au-dessus de sa tête et elle lui retira le sien. Leurs bouches soudées, ils déboutonnèrent la ceinture de leurs pantalons, Ruben, de deux coups de pied, envoya promener ses mocassins, et Ginger ses ballerines. Ils se retrouvèrent en sous-vêtements et chaussettes, et se mirent à rire.

« Ce devait être un moment incroyablement romantique, gronda Ruben.

— Je crois qu'il faudra nous contenter d'un moment amusant », répondit-elle.

Ils retombèrent dans les bras l'un de l'autre en riant tant qu'ils perdirent l'équilibre et s'affalèrent sur le lit.

« Ce n'est pas grave, murmura Ruben, de toute façon, c'est là qu'on allait. »

Il retira son T-shirt.

« Tu ne portes pas ton corset, remarqua-t-elle.

— Il n'est pas très séduisant, confessa Ruben d'un air gêné, et je me suis dit que peut-être, tu sais, ça risquait de te dégoûter... Tu dois trouver ça bien présomptueux de ma part...

— C'est bon. Moi, j'ai changé les draps ! »

Il eut un grognement reconnaissant, et en moins d'une minute ils s'étaient débarrassés de leurs derniers vêtements et les mots étaient devenus inutiles, tant leurs corps communiquaient l'un avec l'autre.

Elle sentait les fleurs de printemps et sa peau était douce comme un pétale de rose. Sous l'apparence du garçon manqué, Ruben découvrit un corps féminin sculpté avec talent, accueillant, avide de lui. Ginger était longue et souple, à l'opposé de sa femme qui était petite et puissante ; et pourtant la vague d'émotion qui montait en lui pour venir se briser et les engloutir tous les deux lui fut familière.

Le corps de Ruben semblait étrange à Ginger contre le sien. Ses muscles compacts sur lesquels jouait sa peau rugueuse, ses mains puissantes, ses lèvres douces et chaudes, les poils qui lui couvraient la poitrine – tout en lui était étranger à la jeune femme. Et sans doute pour cette raison, la pièce, le lit même où elle dormait depuis presque deux ans lui paraissaient différents, comme si elle n'y était jamais venue. Mais quand ils jouirent finalement ensemble, unis et inséparables, elle oublia tout de cette étrangeté, de ce regard objectif. Elle oublia tout sauf l'extraordinaire douceur de sa présence, l'enthousiasme qu'elle éprouvait, la conscience que tout était parfaitement juste.

Comme dans un chant venu de l'enfance, elle eut l'impression qu'un aigle la transportait sur ses ailes, en s'élevant très haut, toujours plus haut. Le sexe n'était pas une affaire nouvelle pour Ginger, mais il ne s'agissait pas là seulement de sexe. Elle savait sans nul doute possible que ce qu'elle ressentait, jamais elle n'en avait fait l'expérience auparavant.

Lorsqu'ils se rallongèrent côte à côte, main dans la main, vidés de leur énergie, ni l'un ni l'autre ne trouva les mots pour exprimer ce qui venait de se produire, ce que cela signifiait.

« Comme il aurait été horrible de mourir sans avoir jamais su à quoi ça ressemblait, dit Ginger.

— J'aimerais croire que nous le saurons plus d'une fois.

— Tu peux y compter. »

À un moment, ils s'étaient souvenus du préservatif, mais ils ne se rappelaient plus quand. Néanmoins, ils l'avaient utilisé au bon moment, et sans que cela les interrompe.

« Dommage que nous ne soyons pas mariés, murmura Ruben. Une nuit comme celle-ci aurait dû créer la vie. »

5

Le dimanche, Ginger partit en voiture chez ses parents, peu après midi, sachant que ses frères ne seraient pas encore arrivés. De fait, ses parents étaient à peine rentrés de l'église.

« Que se passe-t-il ? demanda sa mère, qui arrivait en courant pour lui ouvrir la porte.

— Rien, lui assura Ginger, je veux juste vous parler à papa et à toi avant que les autres arrivent.

— Nous parler ? De quoi ?

— Tu veux vraiment que je te le dise tout de suite, sur le pas de la porte, devant Dieu et les voisins ? Ou bien préfères-tu m'inviter d'abord à entrer ?

— Oh, ne sois pas bête ! rétorqua Verna. Bien sûr, entre. »

Tous trois s'installèrent au salon, et son père fit quelques efforts pour allumer sa pipe tandis que sa mère se tordait les mains sur ses genoux.

« Je voulais vous dire cela moi-même, commença Ginger d'une voix neutre, avant que vous l'appreniez d'Eleanor Jewel, et que vous ne sachiez que répondre. Ruben Martinez et moi sortons ensemble. Nous nous sommes vus plusieurs fois, et nous avons décidé de prolonger cette relation.

— Tu veux dire que vous allez vous *marier* ? bafouilla Verna, horrifiée.

— Non. Je veux dire que nous allons nous fréquenter de manière régulière, aller dîner en ville, au cinéma, danser, faire tout ce que nous voudrons et voir où cela nous conduira.

— Tu veux dire que tu songes à te marier ?

— Nous ne pensons encore à rien pour l'instant. Nous souhaitons juste passer du temps ensemble.

— Mais c'est exactement où mène ce genre de choses, tu le sais.

— Si cela arrive, on s'en préoccupera en temps voulu.

— Autrement dit, quand il sera trop tard pour te faire entendre raison ! As-tu la moindre idée de ce à quoi tu t'exposes ? Les gens comme ça n'ont aucun sens moral. Ils ne peuvent que te créer des ennuis, puis te laisser tomber.

— Les gens comme quoi, maman ? Les gens honnêtes et travailleurs qui gagnent leur vie à la sueur de leur front, comme papa ? qui vouent leur existence à réparer le mal commis par les autres ? qui élèvent leurs enfants seuls après la mort de leur femme ? Est-ce que ce sont là les gens dont tu parles ?

— Dis-lui, toi ! demanda Verna en se tournant vers son mari. À l'évidence, elle ne veut pas m'écouter.

— Que veux-tu que je lui dise ? répliqua Jack Earley en soupirant. Je pense que le shérif Martinez est un homme bien, et c'est plus que je peux en dire pour beaucoup des gens que je connais, d'où qu'ils viennent. Si Ginger désire le fréquenter, je ne vois pas de quel droit nous pourrions le lui interdire.

— De quel droit ? s'écria Verna du plus profond de son âme. Après toutes ces années sacrifiées pour nous faire notre place sur cette île, tu crois qu'elle est libre de tout gâcher ?

— Il me semble, répondit Jack en tirant sur sa pipe pour avoir le temps de se remémorer les vingt-cinq dernières années de sa vie avec sa femme, que si le fait qu'elle fréquente un Mexicain doit ruiner notre réputation, c'est peut-être que tu as passé toutes ces années à séduire les mauvaises personnes. »

L'édition du week-end du *Sentinel* résumait ainsi la situation :

Vendredi, en fin d'après-midi, la détective Ginger Earley est retournée au lycée Seward pour parler à un des professeurs de Tara Breckenridge. Apparemment, cet entretien faisait suite aux déclarations d'une camarade de classe de Tara, qui aurait vu la jeune fille assassinée seule avec cet enseignant quelques jours avant sa mort. Même si les détails de la conversation entre le professeur et la détective Earley n'ont pas été divulgués, on peut penser que l'enquête sur l'affaire Breckenridge part maintenant dans une direction totalement nouvelle.

« Tu vois, ils n'ont pas donné son nom, mais tu sais aussi bien que moi de qui ils parlent, dit Libby Hildress à son mari après avoir lu l'article. C'est donc que les rumeurs étaient vraies.

— Ça ne signifie pas qu'il soit impliqué dans l'affaire, répliqua Tom avec un soupir, ça veut juste dire qu'ils lui ont parlé.

— Bien sûr, mais il n'y a pas de fumée sans feu. »

Ils prenaient le café en bavardant. Comme chaque dimanche après la messe et le déjeuner, ils se lisaient l'un à l'autre les différentes sections du journal. Les garçons, après le dessert, étaient partis jouer dehors.

« En tout cas, dit Tom, fais-moi plaisir : ne monte pas cette histoire en épingle. Matthew est l'ami de Billy, et je pense que nous devons soutenir ses parents.

— Je n'ai nulle intention de dire quoi que ce soit à qui que ce soit, promit Libby, mais retiens bien mes paroles : ça ne fait que commencer. »

« Chaque jour, à toutes les pages du journal, ils ne parlent que de l'affaire Breckenridge, grogna Deborah Frankel, et quand ils n'ont plus rien à en dire, tu crois qu'ils parleraient d'autre chose ? Non, ils inventent quelque histoire et y vont de leurs spéculations. Comme s'il n'y avait rien de plus important dans le monde.

— Ce qu'il faut que tu te mettes en tête, lui rappela gentiment Rachel Cohen, c'est qu'il n'y a rien de plus important *ici*. »

L'épouse de l'avocat, les cheveux auburn, de doux yeux marron et le visage en forme de cœur, était plus petite que Deborah d'une tête.

« C'est ça, la différence entre nous, reconnut Deborah avec un lourd soupir : tu aimes vivre au milieu de nulle part, pas moi. »

C'était le dimanche après-midi, la lessive était faite, et les deux femmes buvaient une tasse de café dans la cuisine tandis que Jerry, Scott et les deux garçons étaient partis se promener à bicyclette. Le journal était sur la table entre elles.

« J'ai détesté vivre ici, les premiers mois, admit Rachel. Je me sentais coupée de tout ce que je trouvais important. Maintenant, rien ne me ferait retourner vivre en ville.

— Mais est-ce que l'ennui ne t'envahit pas, parfois ? s'exclama Deborah, exaspérée.

— Je peux toujours prendre le ferry et passer la journée à Seattle. »

Même si les Frankel s'étaient fait un assez large cercle de relations sur l'île Seward depuis leur arrivée, Rachel y était la seule véritable amie de Deborah. Non qu'elle fût asociale, snob ou même timide : elle était seulement réservée et ne souhaitait pas devenir un sujet de commérages.

« Je crois que je ne le supporterais pas si je n'allais pas travailler chaque jour, confessa-t-elle. Je ne sais pas comment tu arrives à passer tant de temps ici. J'étoufferais.

— On s'y habitue. Au bout d'un moment, on apprécie la paix et le calme, l'air frais et les portes qu'on n'a plus à verrouiller. On découvre qu'on aime jardiner et faire le pain. Très vite, ne plus avoir à se maquiller pendant des heures est même un soulagement.

174

— Mais la plupart des gens d'ici sont si étroits d'esprit, si méchants, souvent. Ils te font de grands sourires, mais, dès que tu as le dos tourné, ils te poignardent.

— Je ne pense pas que les gens de ton quartier soient comme ça.

— Non, en effet. Certains sont gentils... Mais il y a les autres. »

À bien des égards, Rachel était aussi perspicace que son mari.

« Tu sais, déclara-t-elle en jetant le *Sentinel* par terre à côté de sa chaise, je crois que les gens sont humains, avant tout. Ils ont tous les mêmes rêves, les mêmes peurs. À mon avis, il n'y a pas tellement de différence entre les grandes villes et les villages. »

Mais Deborah avait toujours les yeux fixés sur la table, à l'endroit qu'avait occupé le journal.

« Jerry n'a rien à voir avec le meurtre de cette fille ! explosa-t-elle soudain, de désespoir. Je me moque de ce qu'on dit. Il n'aurait jamais pu ! »

« Ginger ne nous parle pas beaucoup de l'affaire, affirma Verna Earley au téléphone à Eleanor Jewel, soulagée que leur conversation du dimanche soir porte sur le meurtre et non sur le mariage. Elle est tenue au secret professionnel, après tout.

— Mais elle doit bien t'avoir dit quelque chose, insista Eleanor. Maintenant que le chef de la police et elle sont si... si intimement liés à l'affaire, elle doit savoir ce qui se passe. »

Toujours ébranlée par la conversation qu'elle avait eue plus tôt avec sa fille, Verna répliqua avec agressivité :

« Ce que ma fille fait et ce qu'elle sait ne te concernent en rien.

— Bien au contraire, répliqua Eleanor. J'ai deux petits-enfants au lycée. Si un des professeurs est impliqué dans la mort de Tara Breckenridge, est-ce que tout le monde ne devrait pas être mis au courant ?

— Je ne tirerais pas de conclusions hâtives, si j'étais toi », répondit Verna tout en s'adoucissant.

Elle ne put retenir un sourire : après avoir regardé les Earley de haut pendant tant d'années, la reine des ragots venait enfin la supplier à genoux.

« Quand ce sera le moment, ajouta-t-elle d'un ton entendu, je suis certaine qu'on te révélera tout ce que tu dois savoir.

— Tu sais quelque chose ! s'exclama aussitôt Eleanor.

— Je n'ai pas dit ça !

— C'est inutile : je l'entends dans ta voix, aussi clair que la lumière du jour. Ce professeur à qui Ginger a parlé, c'est lui, hein ? Il a tué la pauvre Tara, c'est ça ? »

Jamais Ginger n'avait prononcé la moindre parole sur l'affaire

Breckenridge, et Verna ne savait rien de plus que ce que racontait le journal. Mais elle n'allait pas l'avouer à Eleanor Jewel.

« Je suis désolée, répondit-elle d'un ton doucereux, mais je ne peux vraiment pas en dire davantage. »

6

Le lundi, Jerry Frankel téléphona :

« J'ai parlé à mon avocat, détective Earley. Il me dit que rien ne m'oblige à me soumettre à un test au détecteur de mensonges ni à vous donner un échantillon de mon sang.

— Votre avocat a tout à fait raison, répondit Ginger.

— Alors, à moins que vous ne prouviez que je suis lié à cette affaire, je vais éviter de me placer dans une situation qui risque de compromettre ma carrière.

— Si vous n'avez rien à cacher, monsieur Frankel, répliqua doucement Ginger, votre carrière n'a rien à craindre.

— Je ne suis pas naïf à ce point, détective. Ne lisez-vous pas la presse locale ? Moi, si. Une simple allusion au fait que vous enquêtez à mon sujet suffirait à me faire suspendre. Et même s'il est certain que vos tests établiraient ma complète innocence, les soupçons subsisteraient, et ma crédibilité en classe serait détruite. »

Son raisonnement était logique ; Ginger ne pouvait lui prouver le contraire. En fait, elle était furieuse contre l'article qui parlait de sa visite au lycée, et elle n'avait aucune envie de le défendre.

« Le *Sentinel* n'a pas cité votre nom, remarqua-t-elle.

— C'était superflu. Nous vivons dans une petite communauté. Il y avait encore des élèves, des professeurs, des membres du personnel au lycée, vendredi, quand vous êtes arrivée. Combien de temps faudra-t-il, d'après vous, pour que tout le monde soit au courant ? Je n'ai aucune information concernant le meurtre de Tara Breckenridge. Si j'en avais, je vous les aurais transmises il y a longtemps. Alors, s'il vous plaît, laissez-moi tranquille. »

Ginger l'entendit raccrocher, et elle resta avec le combiné muet à la main. Elle avait assuré à Ruben qu'elle ne souhaitait pas harceler le professeur, et c'était vrai. De plus, il agissait exactement comme un innocent aurait agi en pareilles circonstances, contrôlant sa colère, exposant son point de vue.

En dépit des pressions qui s'exerçaient sur la police pour qu'on trouve un suspect, en dépit de la petite voix intérieure qui lui serinait que le professeur savait peut-être quelque chose de nature à faire progresser l'enquête, elle se demandait s'il n'était pas temps de passer voir ailleurs.

Dans les colonnes du *Sentinel*, le principal adjoint du lycée Seward se plaignait :

On commence par soupçonner un de nos plus brillants élèves d'être impliqué dans le meurtre de Tara Breckenridge, et maintenant c'est un de nos professeurs, et pas n'importe quel professeur ! Un des meilleurs que nous ayons jamais eu la chance d'accueillir sur l'île. Pour je ne sais quelle raison, votre journal semble incapable de résister au besoin de mentionner les éléments d'information les plus insignifiants, comme s'ils devaient conduire à la solution de l'énigme. Peut-être devriez-vous montrer plus d'intégrité et de retenue dans vos propos avant que la carrière d'un homme de valeur soit ruinée par des rumeurs sans fondement.

La mère d'une élève de première écrivait :

Je sais à propos de quel professeur la police est censée enquêter. Nous vivons dans une trop petite communauté pour que quiconque l'ignore. Et je n'arrive pas à croire qu'on puisse sérieusement l'accuser. Ma fille est une de ses élèves. Elle a plus appris de lui en quelques mois que d'aucun autre professeur au fil des années, et ses notes le prouvent. Un tel homme inspire les jeunes, il ne les détruit pas.

Et un professeur d'anglais protestait :

Quelqu'un se rend-il compte de ce qui se produit au lycée ? C'est devenu un lieu où l'étude passe après les spéculations, où la connaissance est moins importante que les rumeurs. Si la police veut vraiment trouver ce tueur, qu'elle cherche où vivent les tueurs, pas dans les lieux où on encourage les jeunes esprits à se développer.

Quant à la mère de deux jumeaux en classe de seconde, elle demandait à la rédaction du journal :

Du *Sentinel* ou de ses lecteurs, qui est le plus fou ? Que la détective Earley ait « parlé » à un des enseignants le condamne-t-il automatiquement au lynchage ?

Un membre de la petite congrégation de Scott Cohen s'interrogeait :

Où trace-t-on la limite entre enquête justifiée et harcèlement ? et entre harcèlement et persécution ? La police a maintenant parlé quatre fois au professeur auquel vous faites allusion dans un article récent. Si celui-ci avait quoi que ce soit à se reprocher dans l'affaire Breckenridge, ne ferait-elle pas bien plus que juste lui *parler*, à l'heure qu'il est ?

Une secrétaire suggérait :

Ne devrions-nous pas attendre un procès et des preuves formelles avant de nous précipiter pour crucifier un des meilleurs professeurs que nous ayons jamais eus ?

« Je tiens de source sûre que c'est le professeur ! lança Eleanor Jewel à une amie devant un verre au Pélican, un bar bien connu près du quai du ferry. La police en est convaincue, mais elle n'a pas assez de preuves pour l'arrêter.

— Quel professeur ? demanda l'amie.

— Oh, ma chère, minauda Eleanor, je pensais que tout le monde le savait ! »

« Je n'arrive pas à croire que la police considère M. Frankel comme coupable du meurtre de Tara », déclara Melissa Senn à la pause du déjeuner, entre deux bouchées de son sandwich aux œufs durs - salade.

Comme Jerry l'avait prédit, sa conversation avec Ginger était désormais connue de tous.

« En tout cas, c'est ce que j'ai entendu dire, répliqua Hank Kriedler.

— Et où entends-tu toutes ces choses ? demanda Jeannie Gemmetta.

— Les gens parlent, répondit Hank en haussant les épaules. Tu sais comment ça se passe.

— Kristen Andersen parle, surtout, railla Jeannie. Elle a raconté son histoire idiote à tous ceux qui voulaient l'entendre, sur le jour où elle les a vus tous les deux enlacés !

— Et qu'est-ce que tu crois, qu'elle a tout inventé ? intervint Bill Graham.

— Pas forcément, admit Jeannie, mais ce qu'elle a imaginé dépasse peut-être largement la réalité. Tu connais Kristen : elle exagère toujours.

— Et est-ce que tu ne te souviens pas du lundi qui a suivi la mort de Tara ? insista Melissa. Moi si. M. Frankel ne savait absolument rien. Il a fallu qu'on le mette au courant, et il a eu l'air d'en être carrément malade.

— C'est peut-être un grand acteur, dit Jack Tannauer.

— S'il était bon à ce point, rétorqua Jeannie, il tournerait des films à Hollywood au lieu d'enseigner l'histoire sur l'île Seward.

— Je ne crois pas une seconde qu'il y avait quoi que ce soit entre eux, affirma Melissa. Pour commencer, il est marié. Ensuite, Tara était peut-être jolie, mais elle n'était pas assez intelligente pour un type comme lui. Enfin, on le voit tous les jours en classe, et il est parfaitement normal, alors qu'on sait bien que les meurtriers ne peuvent s'empêcher de se trahir... Et puis, Tara n'avait même pas commencé à sortir. J'étais sa meilleure amie. Elle me l'aurait dit.

— Pourtant, il faut se méfier de l'eau qui dort, dit Hank.

— Qu'est-ce que ça veut dire ? » demanda Jeannie.

« Je ne sais pas ce que vous en pensez, dit Jim Petrie, mais je commence à m'inquiéter sérieusement du peu de progrès dans l'enquête concernant la petite Breckenridge. »

Le conseil municipal déjeunait – réunion mensuelle informelle qui évitait habilement la présence des administrés invités aux réunions officielles et autorisait ce qu'Albert Hoch aimait appeler le « franc-parler ». Comme d'habitude, les élus occupaient la petite salle à manger de La Mouette. Ils s'en remettaient à la direction du restaurant pour faire respecter leur intimité.

« Moi aussi, Jim, répondit Maxine Coopersmith, mais pour autant que je sache, la police fait tout ce qui est humainement possible, et je ne vois pas ce qu'on peut lui demander de plus.

— Est-ce que ce n'est pas pour ça qu'on a engagé Martinez ? demanda Dale Egaard. On nous l'avait présenté comme un superflic formé dans une grande ville.

— Dans ce cas, déclara Petrie, il semble que nous avons fait une erreur.

— Qu'est-ce que vous dites ? s'étonna Ed Hingham. Vous voulez virer ce type parce qu'il n'a pas pu résoudre un meurtre en soixante minutes ?

— Ni en soixante jours ! rétorqua Petrie.

— Tu crois pouvoir faire mieux, Jim ? ironisa Henry Lewiston. Tu veux le poste ?

— Certainement pas, le rembarra Petrie. Je veux juste que l'affaire soit résolue et que le tueur soit arrêté pour qu'on puisse reprendre normalement le cours de nos vies. Mais Martinez s'éparpille dans toutes les directions, et il perd un argent et un temps précieux à suivre des pistes ridicules – qui en plus ne mènent à rien, apparemment.

« — J'admets que l'histoire Purdy était mal venue, dit Maxine, surtout quand on voit l'émoi qu'elle a causé. Ça ne pouvait conduire qu'à une impasse, de réveiller tous les grippe-sous. Mais personne n'a été capable de contrôler cet épisode, on ne peut en vouloir à Ruben.

— Je ne blâme personne, riposta Petrie. Je dis seulement que je veux des résultats. Et si on ne parvient pas à les obtenir de notre actuel chef de la police, alors peut-être devrait-on faire appel à quelqu'un d'autre.

— Il s'intéresse à un prof, maintenant, non ? demanda Ed Hingham. Peut-être qu'il en sortira quelque chose...

— À mon avis, il est trop tôt pour envisager un remplacement, intervint Albert Hoch pour la première fois. Laissons l'affaire Purdy retomber d'elle-même, gardons ce prof à l'œil et attendons la suite. On a une solution de rechange. On y recourra plus tard, si nécessaire. »

« Hé ! j'en ai une bonne pour toi, déclara Glen Dirksen en rattrapant Ginger à son retour de déjeuner. D'après un gamin de douze ans, sa grand-mère de soixante-dix ans a avoué avoir attaqué Tara Breckenridge à la hache. La vieille dame avait besoin de jeunes os frais pour sa soupe. »

Ginger leva les yeux aux ciel.

« Et je parie que tu as fait l'école de police persuadé que tu devrais jouer au gendarme et aux voleurs ! »

Ruben l'appela quand elle passa devant sa porte pour gagner son propre bureau.

« Raconte-moi un peu où on en est, demanda-t-il.

— Tout dépend du point de vue où tu te places. Soit nous sommes au milieu d'une enquête frénétique, soit nous picorons quelques miettes. Dirksen a eu un tuyau brûlant concernant une grand-mère.

— Rien de nouveau pour le prof ? dit Ruben en secouant la tête de découragement.

— Non. Et je ne suis pas certaine que nous aurons jamais quoi que ce soit. Mais Peter Leo a perdu devant le tribunal. Le juge Jacobs a refusé d'annuler la convocation de Danny. Il a une semaine pour se présenter à la clinique.

— Si l'analyse est négative et qu'on abandonne la piste du prof, on se retrouve donc au point de départ. »

Ginger n'avait pas besoin qu'on le lui rappelle.

« Tu as eu raison de leur résister, Albert, déclara Kyle Breckenridge. Je suis content qu'on ait au moins une tête froide à la mairie. Toute personne sensée sait qu'on ne change pas d'attelage au milieu d'un gué.

— C'est exactement ce que je leur ai dit, approuva le maire en se rengorgeant. Ruben suit encore des pistes. Celle du prof, par exemple, même si je ne suis pas persuadé qu'il arrivera à grand-chose de ce côté-là. Et, cela m'attriste de le dire, mais il reste Danny Leo. Sans oublier tout ce qui s'est déversé comme accusations depuis la récompense promise par Purdy. Je leur ai conseillé de prendre patience.

— Il finira forcément par se passer quelque chose, affirma Breckenridge, et sans doute avant peu. »

Jordan Huxley était proviseur du lycée Seward depuis presque seize ans. Il avait vu passer bien des enseignants, des bons et des mauvais, et il se considérait comme très chanceux de compter Jerry Frankel dans son équipe.

Il était arrivé à point nommé. Jim Duffy venait de mourir d'une crise cardiaque à cinquante-deux ans, laissant un vide de taille dans le département d'histoire au milieu du mois de janvier ; et voilà que, comme l'épouse de Frankel était mutée à Seattle, une lettre de candidature était arrivée sur le bureau de Huxley juste après les funérailles du pauvre Duffy ! Après avoir examiné rapidement mais avec attention le passé professionnel de Frankel, le proviseur avait sauté sur l'occasion de remplacer aussitôt le professeur disparu. Il avait été récompensé par l'arrivée d'un enseignant qui s'était glissé sur la chaise de Duffy sans presque faire manquer un cours aux élèves.

Huxley avait cinquante-huit ans et une taille volumineuse ; ses petits yeux bruns disparaissaient presque dans les plis de graisse, quand il souriait, et ses cheveux en broussaille étaient maintenant plus gris que châtains. Il venait d'Enumclaw, à l'est de Tacoma, et après ses études à l'université d'État de Washington, il avait passé toute sa vie professionnelle sur l'île Seward, d'abord comme professeur de mathématiques pendant douze ans, puis comme principal adjoint pendant sept ans, avant d'être nommé proviseur. Et durant tout ce temps, jamais il n'avait rencontré un professeur du calibre de Jerry Frankel.

Dès le début, les résultats du nouveau professeur avaient été exceptionnels. Il avait réussi à élever l'enthousiasme des élèves pour l'histoire à un niveau qu'on n'avait jamais connu auparavant – enthousiasme qui commençait à gagner d'autres matières.

« Comment faites-vous ? avait demandé le proviseur.

— Il n'y a pas de secret, avait répondu le professeur en haussant les épaules. J'essaie juste de montrer aux gosses que l'éducation n'est pas seulement un médicament amer que les adultes les forcent à avaler pour qu'ils décrochent un diplôme. Et que l'histoire n'est pas un vieux truc sec et mort, mais quelque chose qui vit au milieu de nous et influence tous nos actes. Quand ils ont compris qu'ils créent l'histoire eux-mêmes chaque jour, ils commencent à saisir combien il est important de tirer la leçon des succès et des échecs des autres. »

L'absentéisme au cours d'histoire tomba plus bas que jamais. Les résultats aux contrôles montèrent. Frankel avait organisé des séances de « bavardage » après les cours, où ses élèves pouvaient venir demander de l'aide pour un devoir, participer à des groupes d'étude informels ou discuter des sujets les plus variés sous l'œil attentif du professeur. Ses méthodes remportaient un tel succès que d'autres enseignants envisageaient de suivre son exemple. Malgré le peu de temps qu'il avait passé sur l'île, ses collègues considéraient déjà Frankel comme un élément novateur susceptible de porter l'établissement à un niveau d'excellence sans précédent. Et ces succès retombaient sur Jordan Huxley.

Frankel était un meneur d'hommes, ce qui, de l'avis du proviseur, écartait d'emblée toutes les rumeurs ridicules concernant le meurtre de Tara. Ce meneur d'hommes allait d'ailleurs peut-être pouvoir le tirer d'un problème très épineux.

Le fait que Frankel était juif n'avait rien de secret. Huxley s'en moquait. Il ne s'intéressait qu'à ses qualités d'enseignant, pas au salut de son âme. Mais il se retrouvait cette année avec une demande d'annulation de la pièce de Noël, une pièce qu'on jouait au lycée Seward depuis la nuit des temps. Devant lui, sur son grand bureau en acajou – sa seule extravagance en trente-cinq ans –, était posée une pétition en bonne et due forme portant plusieurs centaines de noms, y compris une majorité des résidants juifs de l'île. Pour être honnête, Huxley ne s'était pas rendu compte qu'il y en avait tant.

Ces cinq dernières années, certains avaient bien grogné contre la pièce, mais c'était la première fois qu'une protestation officielle lui parvenait. Huxley n'avait que deux possibilités : passer la pétition au conseil d'établissement et se dégager ainsi de toute responsabilité, ou bien tenter de régler seul le problème. Et il avait l'intention de prendre conseil auprès de l'homme qui se présentait justement à la porte de son bureau.

Jerry Frankel savait que la perte de sa crédibilité en tant que professeur au lycée Seward n'était plus qu'une question de temps. Il y avait eu des murmures dans les couloirs, ces deux derniers jours, des regards curieux, des silences soudains. En classe, les élèves semblaient plus l'étudier *lui* que le sujet du cours. Pendant les pauses, ses collègues venaient tout exprès l'assurer de leur soutien sans vraiment dire pourquoi il fallait le soutenir. C'était humiliant.

Et maintenant, cette convocation soudaine de Huxley : *Puis-je vous voir après les cours ?* disait la note qu'on lui avait apportée une heure plus tôt. Et ce n'était pas une question.

Après tout le reste, Jerry ne pouvait conclure qu'une chose de cette convocation : on allait lui dire que sa présence au lycée était trop perturbante.

« Ne restez pas là, entrez, entrez ! » dit Huxley à Jerry de sa voix cordiale habituelle avant d'aller fermer la porte derrière lui.

L'estomac de Jerry se serra.

« Asseyez-vous ! » ajouta le proviseur en se réinstallant derrière son bureau massif.

Le professeur d'histoire se posa sur le bord de son fauteuil et attendit, curieux de voir quelle forme prendrait sa suspension.

« Je vais droit au but, déclara Huxley. J'ai besoin de votre aide. »

Il allait donc lui demander son retrait volontaire, pensa Jerry. Peu importait ce qu'une suspension et une enquête interminable et compliquée pourraient signifier pour lui – il fallait éradiquer le cancer d'un coup, proprement. Jerry serra les dents.

« Voilà, continua Huxley, j'ai reçu cette pétition, signée par plein de gens, et je ne sais qu'en faire. »

Jerry fronça les sourcils. Il se demandait comment une pétition le concernant avait pu circuler aussi vite. Bien sûr, c'était une petite île, et le journal local s'était empressé de parler de lui, mais il n'y avait eu qu'un week-end depuis sa conversation avec Ginger Earley, et c'était la veille seulement qu'il avait refusé de se soumettre aux tests.

« Comme elle porte votre signature, reprit Huxley, j'espérais connaître vos vues précises à ce sujet. »

Jerry posa sur le proviseur un regard vide. De quoi parlait-il ? Il n'avait tout de même pas pu signer une pétition réclamant son propre renvoi !

« Cette pétition, expliqua le proviseur, celle que j'ai, là, sur mon bureau, et qui vient de tous les gens désireux que nous annulions la pièce de Noël ! »

Jerry s'affaissa contre le dossier de son fauteuil avec un soupir de soulagement.

« Je croyais que vous... que c'était... enfin, vous savez, j'ai cru que vous me convoquiez à cause des rumeurs », bredouilla-t-il.

Ce fut au tour de Huxley de s'étonner.

« Des rumeurs ? Quelles rumeurs ? Je ne parle pas de rumeurs, je parle d'une tradition de cet établissement. »

Jerry secoua la tête comme pour se remettre les idées en place.

« Excusez-moi. J'ai eu une dure journée. Bon. À propos de cette pièce ?

— Eh bien, c'est ce que je vous demande. Vous voulez que nous annulions une représentation qui a lieu depuis des décennies, et j'aimerais savoir pourquoi.

— Parce qu'un certain nombre de personnes vivant aujourd'hui sur cette île considèrent que la façon dont elle est présentée ne convient plus, dit Jerry.

— Mais c'est juste une pièce – un rappel de la Nativité, des récitations, un peu de danse, quelques chants. Une fête à laquelle les enfants participent. On y travaille depuis plus d'un mois. Quel mal cela fait-il ?

« — Tous les enfants ou juste certains d'entre eux ? répliqua Jerry. Est-ce qu'elle comporte des scènes tirées de toutes les grandes religions, ou seulement d'une seule ?

— En tout cas, elle représente l'écrasante majorité des gens de l'île, et nous vivons toujours en démocratie, que je sache ?

— Monsieur Huxley, je suis professeur d'histoire, dit lentement Jerry. Un professeur d'histoire juif. Peut-être cela me donne-t-il une vision différente des choses, mais je ne suis pas convaincu que la loi de la majorité doive être synonyme de loi d'exclusion. »

Les petits yeux bruns se plissèrent entre les plis de graisse.

« Alors, vous pensez que la minorité doit gagner ?

— Si vous posez les choses en ces termes, la minorité a déjà gagné, répondit Jerry avec un haussement d'épaules. C'est dans la Constitution. Mais, en la circonstance, est-ce qu'on ne pourrait pas faire gagner tout le monde ?

— Que voulez-vous dire ?

— Nous sommes dans un lycée, un lieu d'apprentissage, alors pourquoi ne pas utiliser la pièce pour éduquer autant que distraire ? Vous pouvez garder votre évocation de la Nativité, mais y ajouter une scène concernant Hanukkah, avec un chant juif, peut-être, ou une danse folklorique juive. Et faire la même chose pour le Ramadan.

— Le Ramadan ? »

Huxley n'avait pas la moindre idée de ce que c'était, il ne se souvenait même pas d'avoir jamais entendu ce mot, mais il n'allait pas le dire à Frankel.

« Je crois aussi que nous avons une population bouddhiste importante ici, depuis des générations. Alors, pourquoi ne pas montrer également certaines de leurs traditions ? De même pour toute autre religion pratiquée sur l'île. Cela ne nuira certainement pas à nos enfants d'apprendre qu'il existe des cultures et des coutumes différentes des leurs. Au contraire, la connaissance est toujours la première ligne de défense contre l'intolérance. »

Le visage de Jordan Huxley s'éclaira d'un large sourire.

« Voilà une idée formidable ! Je me demande pourquoi je n'y ai pas pensé tout seul. La fête n'aura lieu que dans deux semaines. Il reste du temps pour introduire quelques petits changements. J'en parle au comité dès demain matin, et on verra ce que ça donne ! dit le proviseur en se levant pour contourner le bureau, main tendue. Je suis ravi que vous ayez pris deux minutes pour venir me voir, vraiment ravi. Je savais que vous étiez celui à qui parler ! »

Jerry serra la main qu'on lui tendait et sentit presque son épaule se déboîter.

« J'ai été heureux de vous aider », murmura-t-il en passant la porte.

185

Martin Keller alla en personne ouvrir la porte.

« Que puis-je pour vous ? » demanda-t-il.

Le petit homme était vêtu d'un costume brun foncé qui convenait parfaitement à son emploi de bibliothécaire à l'hôpital de Seattle. Taillé sur mesure pour sa silhouette compacte, il était complété par une chemise blanche amidonnée et un nœud papillon cachemire assorti à une pochette émergeant de sa poche de poitrine. Ses chaussures marron brillaient comme des miroirs. Il semblait avoir à peine plus de cinquante ans, portait une fine moustache ; ses rares cheveux étaient d'une couleur indéfinissable et ses yeux, derrière ses lunettes cerclées d'or, d'un bleu délavé.

Ginger présenta sa carte.

« Je suis la détective Virginia Earley, du poste de police de l'île Seward, dit-elle en baissant les yeux vers lui. Si je n'interromps pas votre repas, j'aimerais vous poser quelques questions.

— Quelques questions ? répéta-t-il d'une voix un peu haut perchée. Et à propos de quoi ? »

Ginger regarda autour d'elle.

« À propos du voisinage.

— Je ne parle pas de mes voisins, répliqua l'homme en refermant presque sa porte.

— C'est très important, monsieur, sinon je ne serais pas venue. Il s'agit du meurtre de Tara Breckenridge. »

Martin Keller scruta le visage de la jeune femme à travers ses lunettes.

« D'accord », déclara-t-il au bout d'un moment.

Il s'écarta pour la laisser entrer et la conduisit, par-delà l'entrée – un espace haut de plafond que réussissait à écraser un papier peint sombre et sinistre –, jusque dans le salon.

Comme si elle prenait des photos, Ginger enregistra tout en une série de coups d'œil. La pièce était sans goût, décorée en bruns ternes et rouille, avec quelques autres couleurs tristes. Les vieux meubles disgracieux reposaient sur des tapis si usés qu'ils avaient presque perdu toute couleur. Même les rideaux étaient fades et lourds. Pratique fut le mot qui vint à l'esprit de Ginger. Peu de poussière dans la pièce, peu de lumière aussi. La seule note esthétique était, dans un coin, une vitrine renfermant une superbe collection de porcelaine de Meissen.

« À mon épouse, dit Keller en réponse à son regard. Ça lui vient de sa grand-mère.

— Charmant, murmura Ginger.

— Asseyez-vous, détective. »

Il lui montra deux fauteuils devant un feu qui crépitait. Un livre lu souvent et sans couverture était ouvert sur le siège qu'il choisit. Il le prit et le referma en s'asseyant, puis le laissa tomber par terre.

« Je ne crois pas savoir quoi que ce soit à propos de l'affaire Breckenridge, lança-t-il, mais je suis curieux d'entendre pourquoi vous pensez le contraire. »

Ginger s'assit en face de lui en se demandant ce qui la mettait tellement mal à l'aise. Keller semblait si inoffensif, il était si poli. Aimable, même. Mais quelque chose en lui donnait le frisson. Par son métier, Ginger était habituée à mener ce genre de conversation, et pourtant elle avait l'impression très nette que c'était lui qui contrôlait la situation – la jaugeant plus soigneusement encore qu'elle ne l'avait jaugé, l'analysant de ses yeux délavés aussi intensément qu'un scientifique étudierait un spécimen sous un microscope.

« Il est habituel que nous récoltions beaucoup d'informations au cours d'une enquête telle que celle-ci, commença-t-elle, et même si elles semblent très invraisemblables, nous sommes obligés de les vérifier toutes.

— Cela me semble prudent.

— On nous a fourni des informations qui concernent un de vos voisins, et nous tentons de déterminer si elles ont une quelconque véracité.

— Quel voisin ?

— Jerry Frankel. »

Les yeux délavés se fixèrent sur elle pendant dix bonnes secondes avant qu'il parle.

« Les Frankel vivent à côté, comme vous le savez déjà. Ils ont acheté la maison il y a environ un an. Ils tondent leur pelouse, ne font pas de fêtes bruyantes, et pour autant que je sache, ils respectent la loi. »

À cet instant, un garçon de onze ou douze ans arriva dans la pièce en glissant, peut-être pour dire quelque chose à son père.

« Justin, on ne glisse pas sur le parquet de ta mère, et on n'entre pas dans une pièce sans autorisation », dit gravement Keller.

Le jeune garçon, surpris semble-t-il par la présence d'une étrangère près du feu, cilla plusieurs fois derrière ses lunettes rondes avant de ressortir sans un mot.

« Les enfants ! soupira Keller. Je vous prie d'excuser les mauvaises manières de mon fils.

— Les connaissez-vous bien ? demanda Ginger qui voulait revenir au but de sa visite.

— Qui ?

— Les Frankel.

— Je ne les connais pas du tout. Ma femme, mon fils et moi préservons notre vie privée, détective Earley. Pour donner l'exemple, nous ne nous occupons pas des autres, et nous attendons des autres qu'ils ne s'occupent pas de nous.

— Mais il est possible, insista Ginger, que sans être indiscret vous ayez vu ou entendu quelque chose qui pourrait maintenant nous aider à inclure M. Frankel dans notre enquête, ou au contraire à l'en exclure. En particulier, le soir de la mort de Tara Breckenridge.

— Je suis désolé de vous décevoir, dit Martin Keller après un long silence contemplatif, mais je n'ai rien vu ni rien entendu. »

Un instant plus tard, Ginger ressortit. Sur le chemin d'accès des Keller, elle regarda la maison des Frankel. La lumière brillait à l'intérieur, se déversant dans le soir froid. Un enfant cria, un chien aboya. La famille était chez elle, occupée à sa vie quotidienne. La maison ressemblait à toutes les maisons de l'île Seward, agréable et accueillante.

Keller avait été sa dernière carte. Elle avait interrogé auparavant les sept voisins les plus proches du professeur et n'en avait rien appris. La nuit du meurtre, aucun d'eux ne se souvenait d'avoir rien vu ou entendu d'inhabituel. De l'avis de tous, Jerry Frankel était un type formidable, un professeur hors du commun et un atout précieux pour la communauté.

Ginger soupira. Il était près de 20 heures, elle avait faim, elle était fatiguée. Comme elle n'avait pas d'autre idée, elle monta dans sa voiture et rentra chez elle.

Par l'interstice minuscule entre les doubles rideaux du salon, Martin Keller la regarda partir.

« Tu ne crois pas vraiment que M. Frankel a tué Tara, papa ? demanda Stacey.

— Pourquoi poses-tu cette question ? répliqua Ruben.

— À cause de ce qu'a dit Kristen. Tout le lycée en parle, tu sais. On raconte que Kristen m'a parlé, et qu'après je l'ai emmenée parler à Ginger, et qu'ensuite Ginger est allée parler à M. Frankel. Et maintenant, plein de gosses racontent qu'il est le tueur.

— Les petites villes..., soupira Ruben. Pour répondre à ta question : Je n'en sais rien.

— J'aime beaucoup M. Frankel, papa, déclara gravement Stacey. Il n'est pas seulement un bon professeur. Il s'intéresse vraiment à ce qu'il nous enseigne – et à nous aussi, je crois. Il réfléchit beaucoup, et il sait plein de choses sur ce qui fait réagir les gens, il y a mille ans comme aujourd'hui. Je ne le vois pas perdant la tête. Il est plutôt le genre de personne que tu voudrais que je devienne : quelqu'un qui réfléchit à la manière de se sortir d'un problème avant d'agir. Peut-être qu'il aimait bien Tara, mais il ne l'a sûrement pas tuée.

— Qu'entends-tu par : "il aimait bien Tara" ?

— J'y ai beaucoup réfléchi, répondit l'adolescente, et il est possible qu'il l'ait traitée un peu différemment des autres. »

Cette fois, le débat s'envenima dans le sous-sol où se tenait la réunion, et des bribes de conversation s'élevèrent au-dessus des murmures habituels.

« ... jamais de meilleure occasion », déclara une voix grave.

« ... aussi subtile qu'un marteau piqueur », lança une autre avec un ricanement.

« ... un grand risque de se dévoiler », prédit une troisième, craintive.

« ... pouvons pas courir le risque d'être démasqués », mit en garde une quatrième.

« Lâches ! persifla la première.

— Ça suffit ! déclara une voix de chef, à la fois étouffée et ferme. Ce genre de dispute ne nous mènera à rien. N'oublions pas notre objectif. »

Les hommes se regardèrent. Cette réunion avait un but, ils le savaient : il fallait discuter de diverses possibilités, prendre une décision, établir un plan d'action. Tous autant qu'ils étaient défendaient le même objectif. Il y eut des soupirs et ils reprirent la discussion.

Une heure et demie plus tard, le chef se leva.

« Bon, on est tous d'accord ? »

L'un après l'autre, les hommes hochèrent la tête.

7

Gail Brown était pelotonnée sur un canapé d'osier, dans le salon de sa maison en bordure d'océan, à l'extrémité nord de l'île ; elle tripotait sans y penser sa queue de cheval, une tasse de thé oubliée en équilibre sur un coussin près d'elle.

Devant sa fenêtre, le mont Baker s'élevait comme un fantôme dans le ciel bleu limpide. Les pluies d'hiver avaient deux mois de retard, et les météorologues, qui annonçaient depuis des semaines des fronts pluvieux, lesquels ne se matérialisaient jamais, commençaient à suggérer la possibilité d'une sécheresse inhabituelle.

Il n'y a rien d'aussi beau que le Nord-Ouest au bord du Pacifique par une belle journée, mais les yeux bruns de la journaliste, derrière les verres épais de ses lunettes, ne regardaient rien.

Elle allait parfaitement bien, mais elle s'était fait porter pâle, ce matin, au beau milieu de la semaine, chose qui ne lui était jamais encore arrivée de toute sa carrière. Elle devait prendre une décision, et elle avait besoin d'oublier le bureau et l'équipe rédactionnelle pour y parvenir.

Tout au fond, Gail était une personne divisée, tiraillée entre deux directions. La partie d'elle qui aimait l'île Seward et tout ce qu'elle représentait se situait dans la moelle de ses os, et jamais elle ne pourrait l'ignorer. L'île n'était pas seulement le lieu où sa famille avait vécu près de quatre-vingts ans, où elle-même était née et avait grandi. C'était son havre de paix dans un monde de plus en plus turbulent, le seul lieu qu'elle connût où elle était acceptée de manière inconditionnelle. Jamais il n'y avait eu de doute dans son esprit : même si elle avait choisi de partir sur la côte Est pour ses études et ses premiers pas professionnels, elle avait la certitude qu'elle reviendrait. C'était d'ailleurs la raison de son départ : acquérir les qualifications qui feraient de son retour une réussite.

La petite maison où elle vivait maintenant lui avait été léguée par sa grand-mère. La vieille dame l'appelait sa « hutte aux humbles pensées » ;

c'était le refuge où elle venait chaque fois qu'elle avait besoin d'être seule pour régler un problème, le sanctuaire où elle avait voulu passer ses derniers mois.

Gail avait presque les mêmes sentiments que sa grand-mère à propos de cette maisonnette rustique perchée à l'extrémité du cap du Nord, face au panorama spectaculaire du détroit de Puget, d'où elle avait la possibilité de tout voir sans être vue. C'était à la fois une fenêtre sur le monde et le cocon de ses pensées privées.

L'attraction que l'île exerçait sur Gail lui avait coûté son mariage. Elle n'arrivait pas à comprendre comment on pouvait refuser de vivre sur un rocher isolé au milieu de nulle part, séparé de la civilisation par un bras de mer. Lui n'arrivait pas à comprendre comment on pouvait l'accepter. Il voulait le genre d'excitation que seul peut procurer un quotidien de grande ville et, apparemment, la taille de Seattle ne lui suffisait pas. Ils avaient quitté Boston en même temps : lui était parti pour Chicago, elle était rentrée chez elle. Elle l'aimait, mais elle aimait davantage encore son île.

C'était un des côtés de Gail Brown, le côté qui cherchait à protéger ce lieu et ces gens jusqu'à sa dernière goutte de sang, son dernier sursaut d'énergie, son dernier souffle.

Mais il y avait en elle un autre côté, futé et volontaire, totalement dévoué à sa profession. Elle croyait autant aux droits de la presse qu'aux Dix Commandements. Elle était convaincue que les gens avaient le droit de savoir, et le cinquième amendement constituait pour elle le seul garde-fou du pays. C'était du fait de son engagement en faveur de ce principe qu'elle désirait être reconnue et respectée par ses pairs.

Jamais Gail n'aurait pensé qu'un jour ses deux côtés entreraient en grave conflit l'un avec l'autre. Mais il s'était écoulé deux mois depuis le meurtre de Tara Breckenridge, et en dépit des immenses efforts de la rédaction pour servir de conscience à la communauté, ou – pour dire les choses de manière moins charitable – pour tirer un maximum de revenus de cette histoire, on n'avait guère progressé. Bien sûr, c'était à la fois un avantage et un inconvénient. Plus la confiance des lecteurs baissait, plus les ventes du journal montaient – paradoxe dont l'ironie n'échappait pas à Gail.

Mais aujourd'hui, une question se posait à elle : jusqu'où était-elle prête à aller ? Jusqu'où étirerait-elle ses principes ? La corde sur laquelle elle devrait avancer ne serait-elle pas trop fine ?

Bien que le *Sentinel* eût pris soin de ne pas citer son nom, Gail savait que c'était Jerry Frankel qui s'était trouvé au centre des attentions de Ginger Earley, et il était probable que, maintenant, presque tout le monde sur l'île le savait aussi. La journaliste imaginait très bien les conversations dans les travées du marché ou sous les casques de Wanda, la coiffeuse.

Elle saisit la lettre pour la centième fois et, avec un certain cynisme, elle se demanda ce que les gens diraient s'ils en avaient connaissance.

C'était une lettre tapée à la machine sur du papier blanc sans marque distinctive, et elle était arrivée sans signature et sans adresse d'expéditeur. Frappée du tampon de la poste de Seattle, elle avait été envoyée non à son bureau, mais chez elle. Dans des circonstances ordinaires, Gail aurait jeté sans hésiter une telle lettre aux ordures. Mais les circonstances n'étaient pas ordinaires, et elle avait ressenti cette petite poussée d'adrénaline lui indiquant que l'heure n'était peut-être pas à un respect trop strict de la déontologie.

La politique du journal était de ne jamais publier les lettres anonymes. En fait, Gail mettait un point d'honneur à joindre personnellement l'auteur de chaque lettre avant de la publier, afin que les opinions exprimées lui soient confirmées. Mais il y avait pourtant dans celle-ci un détail qui ne pouvait être écarté.

N'importe qui d'autre qu'elle l'aurait sans doute apportée directement à la police pour qu'elle s'en charge. Mais Gail Brown n'était pas n'importe qui. Sans même parler de ses liens avec son île, elle était la rédactrice en chef ambitieuse d'un petit quotidien devant encore faire ses preuves, facteur crucial qui pesait lourd chaque fois qu'il lui fallait prendre une décision.

D'un côté elle se plaçait, ainsi que le *Sentinel*, au plus haut niveau de l'intégrité journalistique. De l'autre, une lettre comme celle-ci, avec ce qu'elle contenait, pouvait être la clé permettant de résoudre le premier homicide de l'île, et elle était assez professionnelle – d'accord, assez égoïste – pour vouloir récolter les lauriers de l'action.

Quelle qu'en fût la raison, Gail avait été intégrée à l'équation : c'était en écho à l'offre bizarre de Malcolm Purdy que la lettre lui était parvenue. Cela lui donnait le droit absolu de l'utiliser à son avantage. La question était : Comment ?

Jamais elle n'avait rencontré Jerry Frankel. Mais elle avait longuement parlé à Jordan Huxley, ainsi qu'à une vingtaine de professeurs, d'élèves et de parents. Ils donnaient unanimement à Frankel les meilleures notes.

« C'est un remarquable enseignant », lui avait déclaré un professeur de sciences.

« Il a très nettement relevé le niveau du lycée Seward », avait avoué un autre professeur d'histoire.

« Il a un véritable don », avait affirmé un professeur d'anglais.

« Avec lui, apprendre est amusant », avait dit un élève.

« J'aime aller à ses cours, avait reconnu un autre. Toutes les dates de batailles si barbantes qu'on devait retenir, à présent, je comprends leur sens. »

« Mon fils avait toujours de mauvaises notes en histoire, avait expliqué un père. Maintenant, il a les meilleures, et il parle d'étudier l'histoire à l'université. »

À l'évidence, Jerry Frankel était un atout de taille pour l'île. Gail savait qu'un professeur capable d'inspirer ses élèves à ce point, quelle que soit la matière enseignée, était une denrée rare en cette époque de sous-instruction.

Mais il y avait la lettre. La journaliste s'adossa de nouveau aux coussins de son canapé et prit une gorgée de thé froid. Avec l'instinct d'un barracuda, elle saisissait sa valeur potentielle pour un petit journal. En fait, elle envisageait déjà toute une série d'articles qui mettraient le *Sentinel* en position de mentor face à la police. Une série qui non seulement ferait progresser l'enquête, mais aiderait aussi les autorités à capturer le meurtrier. Une série qui conférerait au petit journal la reconnaissance nationale à laquelle Gail aspirait. Peut-être, rêva-t-elle un instant, le genre de reconnaissance conduisant au prix Pulitzer.

C'était le rêve ultime de tout journaliste. Rien que d'y penser, Gail eut un frisson. En dépit des conséquences que ses actes étaient susceptibles d'infliger à la communauté tranquille qu'elle chérissait, c'était une occasion qu'elle se refusait à rater. Le raisonnement était facile. Qu'est-ce qui est le plus important ? se demanda-t-elle : protéger un enseignant respecté et utile au système éducatif, ou débarrasser l'île d'un meurtrier dangereux ? Restait en outre la possibilité que la lettre ne soit que les élucubrations d'un fou et que les vérifications ne mènent à rien.

De ce point de vue, sa décision était claire. Elle décrocha le téléphone et composa le numéro de son agent de voyage. Tandis que retentissait la sonnerie, elle regarda la lettre une dernière fois.

À l'attention de la rédactrice en chef, lut-elle. Mieux vaut tard que jamais pour la police de s'intéresser à un certain professeur d'histoire du lycée. Si quelqu'un veut vraiment résoudre l'affaire Breckenridge, il devrait parler aux responsables de l'Académie Holman, à Scarsdale, New York.

8

« J'ai reçu plus de cent appels, déclara Glen Dirksen le mercredi après-midi. Et il y en a d'autres chaque jour. J'ai enquêté sur plus d'une vingtaine d'entre eux. Toujours rien.

— Nous savions dès le départ que les chances étaient au mieux très minces, lui répondit Ruben, mais ne baisse pas les bras.

— Un type a appelé, intervint le jeune officier de police en secouant la tête, pour dire que l'argent ne l'intéressait pas, seulement la justice. Il n'a pas voulu donner son nom. Il a juste lancé : "Où c'est sale, on fait des saletés", et il a raccroché.

— On dirait un de nos cinglés, remarqua Charlie Pricker.

— Ou un écologiste », plaisanta Ginger.

« Hé ! Stacey, attends ! cria Danny Leo en la rattrapant à la sortie du lycée.

— Salut, Danny, dit la fille du chef de la police en s'arrêtant. Je sais que je suis un peu en retard pour mon article sur le basket féminin, mais je te le rendrai demain.

— C'est bon. Il ne s'agit pas de ça... Écoute... euh... Est-ce que je pourrais te parler de quelque chose ?

— Bien sûr. »

Danny avait de beaux cheveux bruns et des yeux verts qui faisaient rêver presque toutes les filles du lycée. Pour l'instant, ces yeux exceptionnels fixaient quelque chose au bout de ses Reebok. Depuis un an et demi que Stacey collaborait avec lui au journal du lycée, elle l'avait vu en colère, excité, troublé et même gêné, mais jamais incapable de dire un mot.

« Je pense que tu sais tout sur moi, finit-il par murmurer. Je veux dire : ton père a dû tout te raconter sur Tara et moi.

« — En fait, Danny, c'est moi qui lui ai tout raconté. Je vous ai vus ensemble un jour. Désolée.

— Ouais... enfin, c'est bon... J'aurais dû venir en parler de moi-même. Quoi qu'il en soit, je suis dans le pétrin jusqu'au cou, et je me demandais si tu pourrais m'aider à m'en tirer.

— Quel genre de pétrin ?

— Eh bien, tu vois, la détective Earley a obtenu un ordre du tribunal pour qu'on me fasse une analyse de sang. Mon père a tenté de le faire annuler, mais il a perdu, alors je dois me rendre à la clinique. Seulement, les résultats ne seront pas disponibles avant deux mois au moins, et en attendant ça bloque ma bourse pour Harvard. Aller à Harvard est très important pour moi, et je te jure que je n'ai rien à voir avec la mort de Tara. Alors, j'ai pensé que si je pouvais passer au détecteur de mensonges, les résultats seraient immédiatement disponibles, et tout le monde saurait que je suis innocent.

— Si tu veux passer ce test, tu n'as qu'à en parler à Ginger Earley.

— Si mon père est au courant, il me tuera. Il est tellement rigide dans ses principes qu'il ne comprend pas qu'il est en train de jouer avec ma vie. J'ai peur qu'il ne se crée bien des ennuis dans toute cette affaire. Je veux passer au détecteur de mensonges mais qu'il l'apprenne après seulement. Pourrais-tu en parler à ton père pour qu'il voie comment arranger les choses ?

— Je lui en parlerai », promit Stacey.

Un homme d'affaires de l'île écrivit au journal :

J'ai été très heureux, il y a trois ans, quand le conseil municipal a engagé Ruben Martinez. J'étais conscient qu'avant peu le reste du monde commencerait à passer le bras d'eau pour changer notre île idyllique – et pas en mieux. J'avais lu ce qu'on disait sur les vingt-cinq ans d'expérience de Ruben dans une grande ville, et il me paraissait être l'homme qu'il nous fallait pour affronter les changements à venir. Maintenant, il y a deux mois déjà que Tara Brecken-ridge a été assassinée, et je ne suis plus si sûr de la justesse de ce choix.

Une femme au foyer demanda :

Que fait notre police toute la journée ? Je vois nos agents mettre des contraventions pour stationnement interdit, attendre les infractions au code de la route, faire traverser la rue aux personnes âgées. Ce sont de nobles tâches, bien sûr, mais le chef Martinez assure que tout le monde au poste travaille sur l'affaire Breckenridge. Croit-il vraiment que le tueur va se garer trop près d'une bouche d'incendie, qu'il va faire un excès de vitesse ou qu'il s'agit d'un vieillard de quatre-vingts ans ?

« Ruben, on a un problème, déclara Albert Hoch, dont la voix emplit sans mal tout le bureau du chef de la police en dépit de la porte fermée. Deux mois se sont écoulés, et tu n'es pas plus près de résoudre ce meurtre que le jour où il a été commis. »

C'était le mercredi soir. Le chef de la police, après une conversation avec sa fille, venait d'organiser un test au détecteur de mensonges pour Danny Leo. Il s'apprêtait à rentrer chez lui quand le maire était apparu.

« Certaines choses prennent du temps, dit-il calmement.

— Du temps ? Combien de temps ? Plus le temps passe, plus la piste refroidit. Danny Leo va donner son sang. Et ce professeur ?

— Nous n'avons trouvé aucun indice permettant de l'impliquer dans l'affaire.

— Tu as quelqu'un d'autre ?

— Pas pour le moment.

— Il y a trois ans, lança Hoch après avoir soupiré, je me suis mouillé pour toi. Bien des gens du coin ne pensaient pas que tu étais l'homme de la situation, mais je leur ai dit le contraire ; je leur ai affirmé que tu avais l'expérience dont nous avions besoin. Et à présent, regarde où on en est : au premier crime, tu patauges comme un amateur ! »

Dans son bureau, un peu plus loin, Ginger serrait les dents. C'était injuste. Si le maire voulait reprocher à quelqu'un le manque de résultats, il aurait dû venir la voir, elle. Après tout, c'était elle qui était chargée de l'enquête. Si rien ne se passait, c'était sa faute à elle.

« Certaines affaires ne se résolvent pas facilement, répliqua Ruben, j'espérais que celle-ci serait rapide, mais ça n'a pas été le cas. Et à moins que tu ne veuilles suspendre l'application de tous les droits civiques et traîner tous les hommes de l'île à la clinique pour qu'ils subissent de gré ou de force une analyse sanguine et un test au détecteur de mensonges, nous sommes obligés d'attendre que quelque chose se produise qui nous mette sur la piste.

— Et combien de temps crois-tu qu'on puisse attendre ?

— Autant qu'il le faudra.

— Bon sang, Ruben ! Je ne peux pas m'en contenter.

— Si tu estimes qu'un autre est capable d'effectuer un meilleur boulot, à toi d'en décider. »

En entendant ces mots, Ginger retint sa respiration. Elle n'arrivait pas à croire qu'Albert Hoch pourrait vraiment songer à renvoyer Ruben. Pas maintenant. Pas quand ils s'étaient enfin trouvés !

« Les gens viennent cogner à ma porte, répondit le maire. Ils veulent de l'action. Ils veulent savoir pourquoi notre très estimée police est incapable de résoudre un simple crime. Qu'est-ce que je suis censé leur dire ?

— Dis-leur que l'île Seward a une police composée de professionnels dévoués, dont la priorité absolue est le bien-être de cette communauté. »

Albert Hoch était une grande gueule, mais pas un homme à faire des coups fourrés. Il soupira de nouveau.

« Le conseil municipal est mécontent. Franchement, j'ignore combien de temps je pourrai les retenir. »

« Je m'appelle Heidi Tannauer, annonça la voix au téléphone.

— Oui, madame, répondit l'officier Dirksen en réprimant un bâillement. En quoi puis-je vous être utile ?

— Je suis en première année à la Northwestern University, et je n'ai rien su de l'affaire Breckenridge avant de rentrer à la maison pour Thanksgiving. Mais maintenant, mes parents me disent que, selon vous, un professeur pourrait être impliqué dans le meurtre...

— Je suis désolé, mademoiselle, répondit Dirksen en se redressant dans son siège, mais je ne suis pas autorisé à en parler pour l'instant.

— Eh bien, j'ignore si cela a le moindre rapport avec l'affaire, continua Heidi, mais j'ai dû suivre des cours de rattrapage au lycée l'été dernier, et je me souviens très bien d'avoir souvent vu Tara avec un des professeurs après les cours.

— Vous souvenez-vous de quel professeur il s'agissait ? demanda Dirksen d'une voix aussi neutre que possible.

— Je ne me rappelle plus son nom, mais je suis certaine que c'était le nouveau professeur d'histoire. »

9

Le téléphone sonnait. Jerry Frankel passa sur son bras droit le sac de provisions qu'il portait sur son bras gauche et inséra la clé dans la serrure de la porte, à l'arrière de sa maison. Il eut juste le temps de déposer le sac sur le plan de travail de la cuisine avant de décrocher.

« Monsieur Frankel, ici la détective Earley, dit la voix à l'autre bout du fil. Je me demandais si vous pourriez venir me voir demain après vos cours. »

Jerry soupira. Les regards curieux et les murmures l'entouraient toujours. Et ils ne se limitaient plus au lycée, ils le suivaient partout où il allait. Il avait pensé, ou plutôt espéré, que la curiosité et les spéculations diminueraient avec le temps, mais cela n'avait pas été le cas. Il lui semblait même que c'était le contraire. Quelques instants plus tôt, justement, deux femmes dans la queue à la caisse du supermarché s'étaient soudain arrêtées de parler quand il était venu se placer derrière elles.

« Qu'est-ce qu'il y a encore, détective ?

— Je préférerais ne pas en parler au téléphone. Un élément nouveau est apparu, et il vaudrait mieux que vous veniez... Naturellement, si vous le souhaitez, vous pouvez vous faire accompagner de votre avocat.

— Croyez-vous vraiment que ce soit nécessaire ?

— La décision vous appartient. C'est comme vous préférez. 4 heures, cela vous convient-il ?

— 4 heures », répéta Jerry d'une voix morne.

Il raccrocha et retourna machinalement à son sac de courses. Il mit le pot de beurre de cacahuète dans le réfrigérateur et le carton de lait dans un placard avant de se rendre compte de ce qu'il faisait.

Il joignit Scott Cohen à son bureau.

« Est-ce qu'ils vont t'inculper ? demanda l'avocat.

— Je ne sais pas, répondit Jerry. Elle a dit qu'elle voulait me parler, et que tu pouvais m'accompagner.

— Bon... Tu ne sembles pas en danger imminent d'arrestation, mais elle a tenu à te signaler qu'il ne s'agira pas là d'une simple conversation amicale... Une minute, je vérifie mon emploi du temps. »

Jerry attendit que l'avocat ait consulté son agenda et parlé avec sa secrétaire. Il avait soudain mal à la tête et le cerveau en bouillie ; il n'arrivait plus à réfléchir et souhaitait que Scott le fasse pour lui.

« Je peux te retrouver là-bas à 4 heures, dit Scott en reprenant l'appareil.

— Penses-tu que ça fera mauvais effet, que je vienne avec mon avocat ?

— En la circonstance, ce doit être le dernier de tes soucis. »

Ils se regroupèrent dans la salle d'interrogatoire sans fenêtre, la détective d'un côté de la table métallique rectangulaire, le professeur et son avocat de l'autre. Il semblait que ce serait une simple conversation : il n'y avait pas de sténographe, et aucun magnétophone en vue.

« Je vous ai demandé de venir, monsieur Frankel, commença Ginger, parce que je me retrouve avec un faisceau de coïncidences m'incitant à penser que vous n'avez peut-être pas été totalement franc avec moi.

— Quelles coïncidences, détective Earley ? demanda Scott.

— Commençons par celles dont M. Frankel et moi avons déjà parlé, répondit Ginger à l'avocat. Un break Taurus de couleur sombre a été vu sur le parking du cap Madrona la nuit du meurtre et votre client conduit ce genre de voiture ; votre client n'a pas d'alibi concernant l'heure du meurtre ; il était un des professeurs de la victime, et donc elle le connaissait, de plus, on l'a vu peu avant sa mort dans ce qu'on pourrait clairement interpréter comme une situation compromettante. Ajoutez maintenant à cela qu'il a été aperçu plusieurs fois seul avec Tara après les cours, durant la session d'été. Et enfin, une information que nous n'avons pas encore divulguée : nous croyons le tueur gaucher, ce qui est le cas de votre client. Je vous l'accorde, ce ne sont là que des coïncidences, mais elles donnent à penser que votre client peut être plus impliqué dans cette affaire qu'il ne nous l'a dit.

— Mais je ne le suis pas ! » intervint Jerry.

Scott posa la main sur le bras de son ami.

« Détective Earley, mon client vous a déjà dit qu'il était chez lui la nuit du meurtre. Vous avez fouillé sa voiture et vous n'y avez rien trouvé. Je doute sincèrement qu'il soit le seul gaucher à avoir connu Tara Breckenridge. Et je pourrais probablement vous trouver bon nombre de gens qui ont été vus seuls avec la victime avant sa mort. Ainsi, Danny Leo, notre très estimé maire Albert Hoch ou le Dr Magnus Coop – qui tous, au fait, sont gauchers. Alors, puisque vous ne possédez rien qui relie

199

même de loin mon client à ce crime, je ne vois pas quel est le but de cette conversation, et je l'assimile à du harcèlement.

— Maître Cohen, ne me croyez pas naïve, répliqua Ginger. Je ne suis pas en mesure d'accuser M. Frankel de quoi que ce soit, sinon, je serais venue chez lui avec un mandat. Mais j'ai à résoudre une affaire de meurtre horrible, et mon intuition me dit que votre client y est lié, ou bien qu'il sait quelque chose susceptible de nous aider. Je n'ai nullement l'intention de l'embarrasser ni de le harceler. J'essaie juste de faire mon travail.

— Et que pensez-vous qu'il sache ?

— Je pense, dit Ginger en regardant Jerry, que vous aviez plus qu'une simple relation de professeur à élève avec Tara Breckenridge. Et que, même si vous ne l'avez pas tuée, vous détenez – consciemment ou non – quelque chose qui pourrait nous mener à son assassin. »

Jerry regarda son avocat.

« Voudriez-vous nous excuser quelques instants, détective ? demanda Scott. J'aimerais m'entretenir avec mon client.

— Certainement », répondit Ginger en se levant sans hésiter.

Elle quitta la pièce et referma la porte derrière elle.

« Comment ça se passe ? l'interrogea Ruben.

— Ils palabrent », répliqua Ginger en haussant les épaules.

Dix minutes plus tard, Scott ouvrit la porte.

« Voudriez-vous venir, s'il vous plaît, détective Earley ? Mon client souhaite faire une déclaration.

— Une déclaration officielle ? s'enquit Ginger.

— Pourquoi pas ? » répondit Scott après un regard en direction de Jerry.

En quelques minutes, on installa un magnétophone.

« J'aimerais que le chef Martinez soit présent, si cela ne vous dérange pas », déclara Ginger.

Scott hocha la tête. Ruben entra et s'assit près de Ginger, qui pressa le bouton rouge du magnétophone pour dire dans le micro :

« Déclaration volontaire de M. Jeremy Frankel en présence de son avocat, M. Scott Cohen, du chef de la police Ruben Martinez et de la détective Virginia Earley. »

Elle poussa le micro de l'autre côté de la table. Le professeur se redressa sur sa chaise et s'éclaircit la voix.

« Je dois affirmer, dès le départ, que je n'ai rien à voir avec la mort de Tara Breckenridge. Je la connaissais, et notre relation avait sans doute repoussé la frontière normale des rapports d'élève à professeur, sans jamais pourtant la franchir... J'avais remarqué quelque chose chez elle dès les premiers jours de la session d'été – une sorte de mélancolie, pourrait-on dire – qui dépassait de loin l'ennui ou la gêne d'avoir à suivre des cours de rattrapage. De surcroît, elle semblait beaucoup plus intelligente que ne l'indiquaient ses notes, et cela m'a rendu curieux. J'ai voulu découvrir quel était son problème afin de l'aider à s'en sortir, si j'en étais capable. Il est possible que je lui aie accordé plus d'attention qu'à certains autres élèves, parce que je tentais d'établir un dialogue avec elle, de construire une relation de confiance. Comme cela se produit d'ordinaire quand un professeur s'intéresse particulièrement à un élève, elle a répondu à mon attente. Ses notes se sont rapidement améliorées. J'ai pensé que c'était là un bon signe et je le lui ai dit. C'est alors qu'elle a commencé à sortir de sa coquille et à me parler. J'avais gagné sa confiance. J'ai toujours trouvé que les gosses détendus absorbent mieux les cours, et ses notes l'ont montré. Je n'y ai pas vu de mal. Si elle venait me voir après les cours, je ne la repoussais pas. Si je la rencontrais entre les cours, je me montrais amical. Si elle demandait de l'aide, je la lui apportais. Je suis enseignant, détective Earley, je dois ouvrir les esprits, c'est mon travail, et chaque élève requiert une approche différente. Je me suis montré gentil avec elle, je l'ai encouragée, et mes efforts ont payé. Elle s'est mise à travailler et a obtenu d'excellents résultats. C'est tout. »

Il s'interrompit. Ginger attendit d'être certaine qu'il n'allait pas reprendre avant de se pencher vers le micro.

« Vous avez dit que Tara et vous étiez en confiance, monsieur Frankel, et qu'elle était sortie de sa coquille. De quoi vous a-t-elle parlé ?

— Surtout de ce que c'est que grandir, répondit Jerry après un moment de réflexion. Et de sa famille. Elle a dit qu'elle aurait préféré être un garçon plutôt qu'une fille.

— A-t-elle dit pourquoi ?

— Je crois que c'était en relation avec son père. Elle avait le sentiment que jamais elle ne satisferait ses attentes. Apparemment, il souhaitait qu'elle aille dans une grande université et qu'elle fasse une belle carrière, mais cela ne l'intéressait pas vraiment. Elle pensait qu'il aurait été plus heureux d'avoir un fils.

— Vous a-t-elle dit ce qu'elle attendait de la vie ?

— Un jour, elle a parlé d'entrer dans les ordres.

— Pardon ?

— Elle a dit qu'elle voulait être religieuse, répéta Jerry. Mais elle avait peur que Dieu ne veuille pas d'elle. »

La famille Breckenridge fréquentait l'église épiscopalienne de Seward, cependant Ginger savait que Mary Breckenridge avait été élevée dans la foi catholique.

« Tara a-t-elle dit pourquoi elle pensait cela ?

— Elle a dit qu'elle n'était pas assez bonne. Que Dieu ne choisissait que les meilleurs pour Le servir.

— La fille de la famille la plus prestigieuse de l'île ne s'estimait pas assez bonne pour devenir religieuse ?

— L'estime qu'on a de soi a parfois peu de rapport avec la richesse, le statut social ou même la beauté, détective Earley. Quand je l'ai connue, Tara était une jeune fille très perturbée.

— A-t-elle jamais mentionné une relation avec quelqu'un – un jeune homme, un homme ?

— Je ne me souviens pas qu'elle l'ait fait.

— En êtes-vous certain ? Je ne doute pas que vous mesuriez l'importance de cette question.

— Je suis désolé. Jamais elle n'en a parlé. Même ce jour sur lequel vous m'avez interrogé, dans le couloir du gymnase. Je ne me souviens que de ce que je vous ai raconté. Elle a parlé en termes généraux de sa vie horrible. Je crois que ses mots exacts étaient "un désastre total". Mais les gosses disent tous des choses comme cela et je ne l'ai pas prise très au sérieux. Je le regrette, à présent. Cependant, jamais elle n'a cité qui que ce soit.

— Quant à votre propre relation avec Tara, vous affirmez ici officiellement qu'elle a été d'ordre strictement professionnel, et jamais sexuel ?

— Mais qu'allez-vous penser ! s'insurgea Jerry. C'était une enfant, pour l'amour de Dieu ! Juste une enfant. »

« Est-ce que je peux avoir la voiture samedi soir ? demanda Danny Leo.

— Pourquoi, mon garçon ? répliqua Peter.

— J'emmène une fille au cinéma.

— Comme c'est gentil, mon chéri, dit Rose. Bien sûr que tu peux prendre la voiture ! »

Même s'il était un des garçons les plus populaires de l'île, Danny sortait rarement, préférant, ainsi qu'il était courant dans son milieu, fréquenter un groupe d'amis.

« Quelle fille ? questionna Peter.

— Stacey Martinez, répondit Danny après avoir pris une profonde inspiration.

— La fille du chef de la police ! s'étonna Peter. Et pourquoi veux-tu sortir avec la fille du chef de la police ?

— On se voit pour le journal, et je l'aime bien.

— Mais tu connais des tas de gens. Pourquoi elle ?

— J'aimerais la connaître mieux, dit Danny en haussant les épaules.

— N'est-elle pas un peu jeune pour toi ?

— Elle est très mûre pour une élève de seconde.

— Elle est aussi la fille du chef de la police, lança Peter en regardant gravement son fils. Je serais très prudent, si j'étais toi.

— On va juste au cinéma, papa. »

« Je me moque de ce que tu dis, affirma Libby Hildress à son mari alors qu'ils se mettaient au lit. Quelque chose ne va pas.

— À quel propos ? s'enquit Tom, qui savait très bien de quoi il s'agissait.

— J'ai parlé à Judy Parker, ce soir, à la chorale. Elle m'a dit que Mildred MacDonald lui avait déclaré qu'elle avait vu Jerry Frankel et Scott Cohen se rendre au poste de police cet après-midi. Pourquoi a-t-il besoin d'un avocat ?

— Scott est aussi son ami, lui rappela Tom.

— Est-ce que les gens emmènent leurs amis, en général, quand ils vont parler à la police ? »

10

Si Gail Brown avait tenu compte de ses priorités au milieu du mois de décembre, aller à Scarsdale n'aurait pas même figuré sur sa liste. Et pourtant, elle était au volant d'une voiture louée à l'aéroport Kennedy de New York et elle roulait le long de l'Hutchinson, en pleine nuit, sous une pluie dense et glacée.

Elle avait appelé l'Académie Holman avant de confirmer ses réservations d'avion, et on lui avait dit que, bien que l'école fût officiellement fermée le week-end, un ou deux membres du personnel restaient en général sur place. Cela convenait très bien à Gail. Moins de gens sauraient qu'elle venait de l'autre bout du pays, mieux ce serait.

Depuis ses premières armes en tant que reporter, Gail avait toujours préféré s'insinuer dans une situation plutôt que d'y sauter à pieds joints. De cette manière, elle avait le sentiment de moins choquer les gens et d'être elle-même moins gênée. Ce type d'approche était spécialement avisé ici, où elle ne savait pas bien ce qu'elle cherchait.

La lettre anonyme avait déclenché le signal d'alarme qui lui avait fait entreprendre cette odyssée transcontinentale, mais elle ne contenait rien de précis, juste des accusations mystérieuses. Il se pouvait très bien qu'elle parte à la chasse au dahu.

Gail trouva facilement l'auberge où son agent de voyage avait fait une réservation pour elle, un drôle de petit bâtiment au pignon à colombages qui jouxtait un restaurant accueillant. Elle se fit remettre la clé de sa chambre, déballa quelques petites choses de sa valise et partit dîner. Le restaurant était plein, ce qui était toujours bon signe.

« Que désirez-vous ? » demanda la serveuse, quand elle réussit enfin à atteindre la table de Gail.

C'était une femme d'environ cinquante ans aux cheveux bruns fatigués et aux yeux ternes. Un badge disait qu'elle s'appelait Sally.

« Qu'avez-vous de bon ? s'enquit Gail.

— Le ragoût est toujours bon, répondit Sally sans enthousiasme. Les habitués préfèrent parfois le poulet. Les pâtes sont fraîches et la soupe de poisson de tout premier ordre.

— Et vous, qu'avez-vous mangé ? » répliqua Gail.

La serveuse sourit, et Gail se rendit compte qu'elle était bien plus jeune qu'en apparence. Avec un peu de maquillage, elle aurait même été assez jolie.

« J'aime bien la soupe de poisson, déclara Sally.

— Alors, c'est ce que je prendrai. »

Durant toutes les années qu'elle avait passées dans l'Est, d'abord à l'université, puis dans divers journaux, jamais Gail ne s'était rendue à Scarsdale. Mais elle savait que c'était une ville à la mode, pleine de gens riches. Elle savait aussi que la plupart de ceux qui vivaient dans ce genre de ville ne parlaient pas volontiers, préférant se protéger les uns les autres, et donc se protéger eux-mêmes. Dans les communautés de nantis, Gail en était persuadée, il y avait toujours plus de placards qu'ailleurs où enfermer des cadavres.

« Vous êtes ici pour le travail ou en vacances ? questionna Sally en lui apportant son bol de soupe et une assiette de salade avec une corbeille de pain.

— Pour le travail.

— Oh ! Et quel genre de travail ?

— Je suis journaliste.

— Vraiment ? s'étonna Sally, car la femme maigre coiffée en queue de cheval et portant d'épaisses lunettes ne correspondait pas à l'image qu'elle se faisait d'une journaliste. Un de ces reporters de grande ville qui cherchent toujours à remuer la boue dans la vie des autres ?

— Pas vraiment. Je suis rédactrice en chef, pas reporter. Et je travaille pour un très petit journal à l'autre bout du pays.

— Oh, murmura Sally, qui sembla soudain avoir perdu tout intérêt pour la conversation.

— Vous avez l'air déçue, remarqua Gail avec un sourire. Pourquoi ? Y a-t-il beaucoup de boue à remuer à Scarsdale ?

— On a notre part, je suppose, comme n'importe quelle autre ville. »

Sally s'éloigna avant que Gail puisse lui demander autre chose.

La soupe était aussi bonne qu'on le lui avait annoncé, mais Gail en mangea à peine. Elle laissa un généreux pourboire.

« Pour le conseil comme pour le service, déclara-t-elle en réglant sa note.

— Merci », dit la femme en glissant les billets dans la poche de son uniforme rose.

Gail retourna dans sa chambre et alluma le téléviseur. Elle ne pouvait rien faire, ce soir. Au matin, elle se rendrait à l'Académie Holman.

« Qu'est-ce qui se passe, avec ton père ? » demanda Billy Hildress à Matthew.

Les deux garçons jouaient à un jeu vidéo dans la chambre de Matthew. Chase, le chiot, était maintenant propre et autorisé à rester dans la maison. Il était assis près d'eux et suivait chacun de leurs mouvements.

« Qu'est-ce que tu veux dire ? répondit Matthew.

— Ben, je sais pas... Mais ma mère dit que les gens disent que ton père a quelque chose à voir avec ce corps que mon père et moi on a trouvé dans la benne à ordures.

— *Mon père ?* s'exclama Matthew, stupéfait. Et pourquoi les gens penseraient ça ?

— J'en sais rien, mais c'est ce que ma mère a entendu. Il la connaissait, la fille morte, ton père ?

— Oui. Je crois qu'elle était une de ses élèves. Mais ça veut rien dire. Il connaît plein de jeunes.

— Il faut que je te dise... Ça fiche la trouille que les gens racontent ça du père de mon meilleur ami. »

Matthew fronça les sourcils. Maintenant qu'il y pensait, sa mère était nerveuse, ces derniers jours. Il se demanda si cela avait un rapport.

« Dis, papa, pourquoi les gens pensent-ils que tu es mêlé au meurtre ? s'enquit-il au dîner.

— Matthew ! protesta sa mère. Ce n'est pas une question à poser à ton père. Il n'est pas responsable de ce que les gens pensent.

— Mais Billy m'en a parlé, et je n'ai pas su quoi lui répondre ! protesta le petit garçon, sans remarquer que sa mère n'avait pas élevé d'objection à sa question, mais seulement au fait qu'il la posait.

— Dis à Billy que la police doit enquêter sur tous ceux qui pourraient avoir un lien avec un crime, lui déclara son père. C'est son travail. Un des moyens de résoudre un crime est d'éliminer tous ceux qui n'y ont pas pris part afin de découvrir celui qui l'a commis. Il se trouve que c'est mon tour d'être éliminé.

— Je comprends ! répondit Matthew, convaincu par cette logique. Ils établissent une liste avec les noms de tout le monde, ils les rayent jusqu'à ce qu'il n'en reste plus qu'un – et c'est forcément l'assassin.

— Quelque chose comme ça », dit son père.

L'Académie Holman, en bordure de Scarsdale, au sud, était un bâtiment en briques rouges de trois étages construit jadis par un magnat de la finance dans un quartier huppé. Grâce aux indications de l'aubergiste, Gail avait facilement repéré l'endroit. Un haut mur de briques entourait le domaine, comme on le lui avait indiqué. Le portail était ouvert. Sur le parc de stationnement couvert de graviers qui flanquait l'aile de service, il n'y avait qu'un vieux pick-up Ford et une Oldsmobile bleue. Il était 10 h 10, ce samedi matin, quand Gail gara sa voiture de location près d'eux.

En descendant du véhicule, elle regarda la porte principale et se dit que ce devait être à l'origine une superbe propriété. La pluie glacée de la veille avait cédé la place à un soleil limpide qui faisait miroiter tout le paysage. Il y avait des hectares de pelouse, des ormes imposants, de gracieux érables, d'énormes rhododendrons, impressionnants même en cette saison. Des sentiers serpentaient entre les parterres de fleurs. D'un côté, en bas d'une légère pente, elle aperçut une mare avec des canards.

La porte n'était pas fermée, et Gail entra. Les murs du hall carrelé de grandes dalles noires et blanches étaient lambrissés d'acajou. Une petite plaque de cuivre confirmait qu'on était bien à l'Académie Holman, établissement d'éducation de haut niveau pour jeunes filles fondé en 1943.

Le cliquetis d'une machine à écrire parvenait d'une porte ouverte, un peu plus loin, et Gail suivit le son jusqu'à un ancien petit salon transformé en bureau.

Une femme aux cheveux gris était assise derrière une vieille Smith-Corona ; sur le bureau, devant elle, une plaque précisait qu'elle s'appelait Mme Quinlan.

« Que puis-je faire pour vous ? demanda-t-elle en levant les yeux avec un large sourire.

— Je m'appelle Gail Brown, et j'espérais obtenir quelques informations sur un professeur qui a travaillé ici.

— Tous les professeurs employés à l'Académie Holman sont remarquables, dit Mme Quinlan comme si elle récitait une leçon. Nous sommes très exigeants, nous maintenons un niveau très élevé, et nous pouvons nous offrir ce qu'il y a de mieux. Si vous souhaitez une recommandation, je suis certaine que nous parviendrons à la fournir, ajouta la secrétaire en se tournant vers un classeur. De quel professeur s'agit-il ?

— Jeremy Frankel. »

Était-ce son imagination, se demanda Gail, ou la femme sembla-t-elle hésiter un instant ? Elle ne changea ni d'expression ni de manières, mais Gail n'était pas journaliste pour rien.

Mme Quinlan ouvrit le tiroir du bas et consulta les étiquettes d'une rangée de dossiers avant d'en sortir un.

« M. Frankel a fait partie de notre personnel jusqu'en janvier de cette année, déclara-t-elle. Il enseignait l'histoire. Il est resté six ans et demi chez nous, et c'était un très bon professeur, conclut-elle en replaçant le dossier dans le tiroir, qu'elle ferma d'un geste précis et autoritaire.

— Cet endroit semble idéal pour travailler, fit observer Gail, pourriez-vous me dire pourquoi il en est parti ?

— Les professeurs vont et viennent. Si vous n'avez pas d'autre question, madame, il faut que je retourne à mon travail.

— Je ne veux pas vous ennuyer, madame Quinlan, mais je viens de très loin, de l'autre côté du pays, en fait. Il est extrêmement important pour moi de découvrir pourquoi M. Frankel a quitté l'Académie Holman.

— Je ne vois pas quoi vous dire qui vous aiderait. Tout ce que je sais, c'est qu'il a donné sa démission au milieu de l'année scolaire, et j'en ignore la raison. Pourquoi ne le lui demandez-vous pas ?

— Comprenez bien que si c'était possible, je le ferais, déclara Gail très lentement pour peser chaque mot qui allait suivre. Vous voyez, il enseigne actuellement au lycée de la ville où je vis, et il est possible qu'il soit impliqué dans une affaire susceptible de nuire à la communauté. On m'a assuré que je pourrais trouver ici ce que je cherche.

— Je suis désolée, répliqua Mme Quinlan avec ce qui pouvait passer pour une note de compassion. J'espère que la situation se résoudra à votre convenance, mais je ne peux vraiment rien vous révéler de plus. Nos archives doivent rester confidentielles, et je vous en ai déjà dit plus que je n'aurais dû.

— Quelqu'un d'autre serait-il capable de m'aider ?

— Les seules autres personnes présentes pour le moment font partie de l'équipe de nettoyage, et elles ne vous apprendraient certainement rien.

— Eh bien, je vous remercie de m'avoir consacré du temps. »

Alors qu'elle se retournait pour quitter le bureau, Gail faillit heurter un homme qui portait un bleu de travail avec le prénom « Ézéchiel » brodé sur la poche de poitrine.

« Excusez-moi, madame ! s'exclama-t-il, embarrassé. Je ne voulais pas vous couper le chemin.

— Je vous en prie, c'est ma faute, répondit Gail. J'ai cette mauvaise habitude de ne jamais regarder où je vais. »

Elle partit dans le couloir et, arrivée à la porte d'entrée, la main sur le bouton, elle se retourna. Ézéchiel la regardait.

« Je crois que je vais essayer les pâtes, ce soir, dit Gail à la serveuse du restaurant.

— Parfait ! »

Il n'était pas encore 6 heures, bien tôt pour un samedi soir, mais l'endroit était déjà plus qu'à moitié plein. Gail se dit que cet établissement témoignait de l'attachement manifesté par l'Amérique moderne à la cuisine familiale, qu'elle n'avait pourtant pas envie de préparer elle-même.

Après l'Académie Holman, Gail s'était rendue directement aux bureaux du journal local, situé dans le bâtiment de la bibliothèque publique, sur la route d'Olmstead. Elle s'était présentée et avait demandé de l'aide.

« Nous avons dans ma région un problème qui pourrait bien impliquer un enseignant ayant travaillé jusqu'en janvier à l'Académie Holman, déclara-t-elle. J'essaie de déterminer s'il y est mêlé. Pouvez-vous me donner un coup de main ?

— Que recherchez-vous précisément ? lui demanda une jolie rouquine à l'information.

— Le nom de Jerry Frankel vous dit-il quelque chose ? »

Il y eut un silence, un regard vide, puis un hochement de tête poli.

« En dehors de la remise des diplômes de fin d'année, on ne parle pas beaucoup de l'académie.

— Pourquoi ?

— Sans doute parce que c'est une institution privée et qu'on y fait de gros efforts pour que cela reste ainsi.

— Pourquoi ? Que cachent-ils ? lança Gail en plaisantant.

— Oh, ils ne doivent rien avoir à cacher, répondit l'employée. Je pense plutôt qu'ils s'imposent l'obligation de protéger leurs élèves. C'est une école très sélective, fréquentée par beaucoup de jeunes filles riches, et leurs parents, souvent très en vue, n'apprécieraient probablement pas qu'on bavarde en ville à leur sujet. Je suis ici depuis six mois, et pas une fois on n'a parlé de l'académie.

— Pensez-vous que votre rédacteur en chef pourrait détenir des informations ? questionna Gail sans désemparer.

— C'est possible, mais il n'est pas là. Un décès dans sa famille. Il ne reviendra pas avant la fin de la semaine prochaine. »

Gail remercia l'employée, et comme elle était sur place, elle entra dans la bibliothèque où elle passa l'après-midi à fouiller dans les anciens numéros de tous les journaux de la région. Elle remonta jusqu'à l'époque où Jerry Frankel était arrivé à l'Académie Holman et progressa à partir de cette date, examinant tout ce qui pourrait lui fournir un indice, suggérer un lieu où chercher, ou même, en fait, une idée de ce qu'elle cherchait. Il n'y avait rien.

Elle finit par se rendre au poste de police.

« Je m'efforce de vérifier des accusations portées contre un professeur qui s'appelle Jeremy Frankel, dit-elle au policier de garde, un petit homme aux cheveux bruns clairsemés et à la moustache triste. Sauriez-vous quoi que ce soit susceptible de m'aider ?

— Non, madame, lui répondit sans la moindre hésitation le détective Derek McNally.

— Écoutez, insista Gail en soupirant. Je ne souhaite pas remuer la boue, et je ne serais pas là si ce n'était pas important. Pour être honnête avec vous, j'espère que j'ai tort et qu'il n'y a absolument rien de vrai dans ces accusations. Mais je dois en avoir le cœur net.

— Je ne vois pas ce que je pourrais vous dire.

— Connaissiez-vous Frankel ?

— Non. Mais cela n'a rien d'étonnant. Beaucoup de professeurs d'ici ne vivent pas à Scarsdale, alors je n'ai aucune raison de les connaître.

— À ce qu'on m'a dit, Frankel, lui, vivait ici.

— Je ne le connais pourtant pas.

— Savez-vous s'il a été impliqué dans une affaire quelconque au cours de la dernière année qu'il a passée ici ? Une affaire criminelle ?

— Si je me souviens bien, j'ai parlé à quelqu'un de votre poste de police il y a quelque semaines à propos de ce type. Une détective nommée Earley, je crois.

— Ginger Earley, oui. C'est un bon policier. Elle est intelligente et très consciencieuse. Mais elle ne sait pas ce que je sais, et avant de lui révéler mes informations, je veux les vérifier. »

Le détective McNally considéra son interlocutrice, qui avait l'air déçue.

« Jamais il n'y a eu d'accusations portées contre votre M. Frankel, pas même pour avoir traversé hors des clous !

— D'accord, il n'a jamais fait l'objet d'une accusation, admit Gail, mais y a-t-il eu des rumeurs ? Une enquête sur lui ?

— Je n'ai aucune trace d'une enquête. »

Gail hocha la tête. La journée avait été longue et elle n'avait cessé d'aboutir à des impasses.

« Bien, merci de m'avoir parlé, dit-elle à McNally. Il fallait juste que je sache la vérité, quelle qu'elle soit. Je suis vraiment contente qu'il en soit ainsi, parce que c'est un excellent professeur.

— Extraordinaire », confirma le détective.

Gail sortit de l'immeuble et monta dans sa voiture. Ginger et Ruben devraient résoudre l'affaire Breckenridge sans son aide, décida-t-elle en faisant démarrer le moteur. Elle n'avait pas l'intention de perdre davantage de temps pour trouver quelque chose qui n'existait pas. La lettre n'était à l'évidence qu'une blague. Elle s'inséra dans la circulation sur la route de Fenimore et prit la direction de l'auberge. Elle avait sauté le déjeuner et elle voulait dîner tôt. Ensuite, elle verrait si elle pouvait trouver une place sur l'avion du matin afin de rentrer à Seattle.

Au poste de police, le détective Derek McNally resta dans l'embrasure de la porte et suivit des yeux la journaliste jusqu'à ce qu'elle ait disparu.

Sally apporta la salade.

« Vous avez réglé vos affaires ?

— Je crois.

— Cette Académie Holman est un bien joli endroit, vous ne trouvez pas ?

— Oui, en effet, répondit Gail en levant les yeux. Comment savez-vous que j'y suis allée ?

— Ma foi, peut-être que vous en avez parlé au petit déjeuner. »

Tout en prenant une feuille de salade, Gail tenta de se rappeler leur conversation.

« Je ne me souviens pas d'avoir mentionné où j'allais ce matin, déclarat-elle à Sally quand cette dernière revint avec les pâtes.

— Alors, c'est peut-être mon mari qui me l'a dit. C'est l'aubergiste », répliqua Sally en s'éloignant.

Les pâtes étaient bonnes. Lorsqu'elle ne fut plus capable d'en avaler, Gail paya sa note et quitta le restaurant. La pluie glaciale avait repris et l'allée glissait sous ses pieds. Elle espérait que le temps s'éclaircirait d'ici au lendemain, parce qu'elle n'avait guère envie de conduire jusqu'à l'aéroport sous la même pluie verglaçante qu'à l'allée.

Elle ne regrettait pas d'être venue. Elle pensait sincèrement ce qu'elle avait dit à Derek McNally. D'une manière ou d'une autre, sa mission était un succès, et, à la vérité, elle était plus heureuse d'avoir appris que la lettre était une blague qu'elle ne l'aurait été en découvrant que le professeur d'histoire était un monstre à deux têtes.

De retour dans sa chambre, elle appela la compagnie d'aviation et prit une réservation pour rentrer à Seattle le lendemain matin. Puis elle alluma la télévision et se détendit contre ses oreillers en regardant les nouvelles sur CNN. Jerry Frankel sortit de son esprit. Dix minutes plus tard, elle dormait.

Il était un peu plus de 9 heures de l'autre côté du pays. Un feu crépitait joyeusement dans la petite cheminée en pierre du salon de Ruben. Ruben et Ginger avaient mis par terre les coussins du canapé et s'étaient adossés contre eux pour siroter du Kahlua tandis que le vent d'hiver tourbillonnait en sifflant autour de la petite maison.

« Tout est organisé, avait dit Ruben le jeudi. Danny Leo va emmener Stacey au cinéma samedi soir.

— Où est-ce qu'on fera le test ? avait demandé Ginger.

— Chez moi. Tout peut être prêt pour 7 heures. Ça ne devrait pas prendre plus d'une heure et demie, et leur laisser le temps d'aller à la séance de 9 heures.

— J'espère que tout se passera bien. Je n'aimerais pas du tout placer Stacey dans une position délicate.

— Moi non plus... »

Stacey était venue voir Ruben sitôt après sa conversation avec Danny.

« Son père n'est pas obligé de le savoir, si ? avait-elle demandé. Pas avant que ce soit terminé ?

— Danny a dix-huit ans, avait répondu Ruben après réflexion. S'il vient volontairement, nous n'avons pas à nous occuper de savoir s'il a ou non l'autorisation de son père.

— Bon, parce que je ne crois pas qu'il ait quoi que ce soit à voir avec le meurtre de Tara.

— Tu as sans doute raison, lui avait dit Ruben, mais je dois te mettre en garde : si le test ne prouve pas qu'il est sincère, il faudra qu'on en avertisse ses parents, et il ne sera plus question d'aller au cinéma avec lui.

— Mais dans le cas contraire ? S'il passe le test avec succès ?

— Alors, ce sera à lui de décider s'il prévient son père ou non. Et tu pourras me raconter le film dimanche matin. »

Le test au détecteur de mensonges avait pris exactement une heure et dix-sept minutes. Danny avait répondu sans sourciller à toutes les questions qu'on lui avait posées sur la mort de Tara Breckenridge.

« Avez-vous eu une aventure avec Tara Breckenridge ?

— Non.

— Étiez-vous le père de son enfant à naître ?

— Non.

— Avez-vous tué Tara Breckenridge ?

— Non. »

Quand ce fut terminé, Ruben demanda :

« Quel est le verdict ?

— Il y a toujours moyen de fausser les résultats, répondit le technicien. Le test n'est jamais sûr à 100 pour 100. Mais, pour autant que je puisse le dire, ce garçon est sincère. »

Les adolescents, le technicien et la machine étaient repartis, et Ruben et Ginger étaient restés seuls.

« Cela élimine Danny de la liste », remarqua Ginger.

Dès le début, Ruben avait réprouvé toute cette mise en scène, surtout parce que le fils Leo avait entraîné Stacey dans ses plans. Il avait donc surveillé l'élève de terminale comme un rapace, à la recherche du moindre signe indiquant que quelque chose clochait. Mais le jeune homme avait semblé à l'aise pendant toute la procédure, respectant les instructions, prenant son temps pour répondre clairement.

« Il semble bien, répondit Ruben. Mais on va tout de même faire l'analyse de son sang.

— D'accord. »

Ginger sourit. Son patron ne laissait jamais un détail au hasard. Ils s'étaient installés devant le feu, une question non formulée suspendue entre eux : Et maintenant, que faire ?

« Je continuerais bien sur la piste du professeur si je pensais qu'elle en vaille la peine, dit Ginger, mais j'ai écouté et réécouté dix fois sa déclaration, et je n'y ai rien trouvé de bizarre. J'ai relu au moins une douzaine de fois les notes prises durant mes autres conversations avec lui sans y relever la moindre incohérence. Je crois qu'il nous a livré tout ce qu'il sait, et sans autre indice, je ne ferais que frapper à l'aveuglette – si tu veux bien excuser cet abominable choix de mots !

— Tu as sûrement raison, au sujet de Frankel. Nous voulons tous refermer ce dossier. Surtout moi, qui me retrouve menacé de licenciement. Mais charger quelqu'un pour garder mon emploi ne me ressemble pas. Ce type me paraît blanc comme neige. Alors, à moins qu'autre chose ne vienne l'accuser, il est aussi rayé de la liste. »

Gail se réveilla avec un sentiment d'urgence, toute raide d'avoir dormi presque assise. Sa lampe de chevet était toujours allumée, comme le téléviseur. Elle regarda sa montre, il était minuit passé : elle avait donc dormi plus de cinq heures.

Elle tourna la tête pour détendre son cou et essaya de se souvenir de ce qui l'avait réveillée. Était-ce juste un rêve ou quelque chose avait-il tenté de se frayer un chemin jusqu'à sa conscience ? Elle ne se rappelait rien. Elle ferma les yeux et s'efforça de reconstruire le rêve. Un montage des événements du jour flotta dans son esprit, hors contexte : un policier, une secrétaire d'école, une serveuse, une employée de journal, un homme de ménage en bleu de travail.

Gail s'assit, soudain sûre d'elle : elle avait raté quelque chose dans cette journée, mais quoi ? Elle revécut chaque scène : une secrétaire réticente à l'idée de parler d'un ancien professeur, un policier trop courtois qui prétendait ne rien savoir de Jerry Frankel, une serveuse bavarde au courant de ses déplacements, une employée rousse selon laquelle le journal ne parlait pas de l'académie, un homme de ménage en bleu de travail qui l'avait fixée du regard.

Gail sauta du lit et se mit à marcher en rond dans la petite pièce. Qu'avait dit McNally ? Non qu'il n'y avait pas eu d'enquête sur Jerry Frankel, seulement qu'il n'avait pas *trace* d'une enquête. Et Mme Quinlan avait dit que Frankel avait démissionné, mais même après y avoir été invitée avec insistance, elle avait refusé de préciser pourquoi, alors que le dossier aurait dû donner comme raison tout à fait anodine la mutation de son épouse.

Ses tempes commencèrent à battre. Elle avait eu la solution sous les yeux, et elle ne l'avait pas vue. Elle devait se rouiller ! Gail Brown la reporter aurait tout vu instantanément. Les mots de l'employée du journal résonnèrent dans sa tête : « C'est une institution privée... on y fait de gros efforts pour... protéger les élèves. »

Comment avait-elle pu être à ce point aveugle ? La lettre anonyme n'était pas une blague. Elle l'avait envoyée dans la bonne direction. Les réponses obtenues n'étaient que la première couche d'un important remblai. Et la raison qui lui avait fait commettre une erreur était évidente : ce n'était pas Jerry Frankel que ces gens couvraient.

Son cerveau rugissait, maintenant, tous ses rouages en marche. Ce n'était ni le professeur ni l'école. Oh, l'école se protégerait par tous les moyens, mais la plupart des habitants de la ville ne se sentiraient guère tenus de l'assister dans son effort. Sauf si une personne que la ville aurait choisi de protéger était impliquée – quelqu'un d'important, ou peut-être, songea Gail avec un frisson, la *fille* de quelqu'un d'important.

Gail rappela la compagnie aérienne – pour annuler sa réservation, cette fois. Puis elle s'assit au petit bureau et entreprit d'établir un plan de bataille.

11

La pluie glacée de la nuit se transforma en fine bruine au matin. Gail retourna à l'Académie Holman peu après 11 heures. Comme la veille, le portail était ouvert, ce qui lui permit d'entrer en voiture. Ainsi qu'elle l'avait espéré, l'Oldsmobile bleue n'était pas là, seul le pick-up était garé sur les graviers. Gail se gara à côté.

Elle ignorait où il se tenait : il pouvait être n'importe où dans la propriété. Elle sortit de sa voiture, gagna la porte de service qui donnait sur l'aire de stationnement et, soulagée de la trouver ouverte, entra.

Il lui fallut vingt minutes pour le trouver ou, pour être exact, pour qu'il la trouve. Elle errait sans but dans les couloirs, regardant dans chaque pièce, quand une voix derrière elle déclara :

« Vous ne devriez pas être là. Il n'y a pas d'école aujourd'hui. »

Elle se retourna et le vit, dans le même bleu de travail, son nom sur sa poche.

« Ézéchiel, n'est-ce pas ? demanda-t-elle avec un grand sourire. Je m'appelle Gail. Je suis venue hier parler à Mme Quinlan, vous vous rappelez ? »

Ézéchiel la regarda un moment, puis il hocha la tête.

« Je me souviens. Vous avez parlé du professeur.

— Oui, c'est cela, répondit Gail dont le cœur fit un bond. Vous vous souvenez du professeur ?

— Bien sûr ! dit l'homme avec un doux sourire d'enfant, confiant et édenté. C'était un bien bon professeur. Parfois, il me laissait entrer dans sa classe après les cours, et il me racontait toutes sortes de choses qui se sont produites bien avant même ma naissance ! J'aimais vraiment l'écouter.

— Savez-vous pourquoi il a quitté l'école, Ézéchiel ?

— Elle avait tort, affirma l'homme dont le visage s'assombrit. Elle a raconté des choses affreuses, et la police est venue.

— La police de Scarsdale ?

— Oui. Ils avaient de beaux uniformes.

— Et qu'est-il arrivé alors ?

— Le proviseur les a mis à la porte et il m'a dit que je devais oublier ça. Mais le professeur était bouleversé, et il a oublié de me laisser entrer dans sa classe ; alors, comment est-ce que j'aurais pu faire ce que me disait le proviseur et ne plus y penser ?

— Je ne sais pas, Ézéchiel. Mais, dites-moi : qu'est-il arrivé, après ?

— Le professeur est parti.

— Juste après ? Le professeur a quitté l'école juste après ça ?

— Oui. Je sais que ça s'est passé juste après les fêtes, parce que c'est là que le proviseur m'a dit que le professeur était parti et qu'il ne reviendrait jamais.

— Est-ce que vous connaissiez bien cette jeune fille ? demanda Gail en retenant son souffle.

— Il me manque, avoua l'homme d'un air rêveur. Personne ne me parle comme le faisait ce professeur.

— Ézéchiel, savez-vous qui était cette jeune fille ?

— Oui, c'était une gentille fille.

— Que lui est-il arrivé ? Savez-vous ce qui lui est arrivé ?

— Rien, je pense.

— Que voulez-vous dire, rien ? Elle va bien ? Elle est toujours là ?

— Oui, je la vois tout le temps. C'est une gentille petite. Toutes les filles sont gentilles, ici. Certaines me font des blagues... Mais je ne dois pas parler d'elle. Le proviseur me l'a interdit.

— Cela ne fait rien, Ézéchiel, vous n'êtes pas obligé de me parler d'elle. Vous m'en avez assez dit. Expliquez-moi seulement comment ressortir ! »

Il la raccompagna à la porte d'entrée, qu'il lui ouvrit.

« Vous n'êtes pas d'ici, remarqua-t-il.

— Non, je viens de l'autre bout du pays.

— Alors, comment savez-vous, pour Alice ?

— C'est son prénom ? répliqua Gail en retenant son souffle. Le prénom de la jeune fille – Alice ?

— Alice, c'est un joli prénom », dit Ézéchiel en refermant la porte.

Gail reprit la route de Fenimore pour retourner au poste de police.

« Vous m'avez menti, détective McNally, lança-t-elle. Pour commencer, vous avez affirmé n'avoir jamais rencontré Jerry Frankel, et ne pas le connaître – et pourtant, vous l'avez qualifié de professeur "extraordinaire".

— Je croyais que vous me demandiez si je le connaissais personnelle-

216

ment, répondit doucement l'officier de police. Je connaissais sa réputation.

— Vraiment ? Un professeur parmi d'autres dans un lycée prétendument plein de professeurs exceptionnels ? Comment aviez-vous eu vent de sa réputation ? Il enseignait dans une école qui prend grand soin de rester hors de vue du public. Comment votre attention a-t-elle été attirée sur lui ?

— Ça arrive.

— Vous m'avez également fait croire qu'il n'y avait pas d'enquête le concernant. Ce n'était pas vrai non plus.

— Écoutez, madame Brown, déclara McNally en soupirant, je n'avais aucune raison de répondre à la moindre question de votre part. J'essayais juste d'être poli.

— Alors, vous auriez dû me dire que vous n'aviez pas l'autorisation d'évoquer cette affaire.

— Et cela vous aurait suffi ?

— Je ne suis pas un ennemi, McNally. Je ne suis pas venue ici pour la curée, mais parce qu'il y a deux mois un meurtre a été commis dans ma ville, le premier que nous ayons jamais eu. Une gamine de quinze ans a été assassinée, et jusque-là notre police, qui est pourtant très efficace, n'a pas réussi à trouver le meurtrier. C'est alors que j'ai reçu une lettre anonyme concernant un nouveau professeur, et qui m'envoyait à l'Académie Holman. À ma place, qu'auriez-vous fait ?

— D'accord, il y a eu des accusations portées contre lui. On est allé à l'école pour enquêter. Le professeur a tout nié, et le proviseur nous a dit qu'il s'agissait d'un problème privé avant de nous mettre à la porte. Pas d'enquête. Fin de l'histoire.

— Pouvez-vous me dire quel incident vous avait été rapporté ?

— Un incident concernant un professeur et une élève.

— Et le professeur était Jerry Frankel ? »

Le policier hocha la tête à contrecœur.

« D'accord, McNally, dit gentiment Gail. Mais Jerry Frankel est parti depuis longtemps, et vous n'avez plus aucune raison de le couvrir. Alors, qui avez-vous voulu protéger ? Est-ce que par hasard elle ne se prénommerait pas Alice ? »

Le policier la regarda droit dans les yeux.

« Vous avez obtenu ce que vous vouliez, madame Brown. Cette conversation est terminée. J'ai eu grand plaisir à faire votre connaissance et j'espère que vous rentrerez bien chez vous. »

Une heure plus tard, Gail était au restaurant, réfléchissant devant un sandwich au jambon intact et une tasse de café qui refroidissait.

À l'évidence, les accusations portées contre Jerry Frankel par une de ses élèves avaient été suffisamment graves pour que la police se rende à l'académie. Et de façon aussi claire, toute la ville, probablement prête à abandonner Frankel sans se retourner, avait soutenu l'élève. Cela indiquait qu'elle était la fille de gens très influents.

La similitude de statut social entre cette Alice et Tara Breckenridge donna le frisson à Gail. Pourtant, Ézéchiel lui avait dit qu'Alice était toujours élève de l'académie ; cela signifiait donc que, quoi qu'il se soit passé entre Jerry et elle, cela n'avait pas atteint le niveau de comportement criminel extrême qu'on avait connu sur l'île Seward.

Gail réfléchit aux choix qui s'offraient à elle. Elle savait maintenant que Jerry Frankel avait été accusé de relations avec une élève, mais ignorait encore la nature de ces relations. Avait-elle néanmoins rempli sa mission ? Pouvait-elle quitter Scarsdale sans découvrir de quelle accusation il s'agissait précisément et si elle avait la moindre véracité ?

Les médias en général ne jouissaient pas d'une réputation particulière d'impartialité, mais Gail tentait d'être impartiale. Elle s'était toujours efforcée de faire écho aux deux parties d'une affaire, pour donner aux opposants un poids égal, même si c'était parfois pénible. Pouvait-elle rentrer maintenant et porter une accusation sans preuves ?

« Vous voulez du café chaud ? proposa Sally. Vous n'aimez pas le jambon ?

— Merci, dit Gail en sortant de ses pensées. Oui, un peu de café me ferait du bien... Le jambon est parfait. J'étais seulement perdue dans mes pensées.

— Vous remuez un sacré nid de vipères dans le coin, hein ? fit observer la serveuse en remplaçant le café froid par une tasse bien chaude.

— Vraiment ? Je ne m'en étais pas aperçue.

— Le prof est parti, et il vaut mieux laisser les autres tranquilles.

— Je ne vous avais pas dit que j'allais à l'académie, n'est-ce pas ?

— C'est important ?

— Je parie qu'Alice est une gosse très spéciale, déclara Gail sur un coup de tête.

— Quelle Alice ? demanda Sally d'une voix neutre.

— Celle qui a accusé ce professeur.

— Je ne suis pas au courant.

— Bien sûr. Je le supposais juste... Enfin, vous savez, ils se sont donné tant de mal pour étouffer l'affaire...

— Vous voulez dire pour essayer de l'étouffer ! répliqua Sally sans réfléchir, avec un ricanement.

— C'est ce que je pensais, répliqua Gail en souriant. Je suis née dans une petite ville, moi aussi.

— Eh bien, alors, vous devez comprendre.

— Oui. Quelqu'un d'aussi spécial qu'Alice doit être protégé à tout prix.

— Sans doute.

— Étiez-vous pour qu'on étouffe l'affaire ?

— On ne m'a pas vraiment demandé mon avis, répondit la serveuse avec un nouveau ricanement. Mais à voir comment vous avez réussi à trouver tout ça toute seule, je peux vous le dire : ces filles, à cette académie, elles sont rien de plus qu'une bande de riches salopes gâtées. Pas une aura jamais à travailler une seule journée de sa vie – vous pouvez imaginer ça ? Mais ça ne les rend pas exceptionnelles pour autant, pas de mon point de vue. En ce qui me concerne, elles méritent tous les ennuis dans lesquels elles se mettent.

— Même Alice ?

— Et pourquoi non ? Son papa a plus d'argent que Dieu lui-même, et il se croit tellement supérieur à nous autres juste parce qu'il est un médecin éminent qui soutient des bonnes causes ! Je la vois parfois ; il lui arrive de venir ici avec ses amis ; et elle a l'air de penser que les gens qui travaillent, comme moi, ne sont rien de plus que la poussière par terre. Alors, elle ne vaut sûrement pas mieux que les autres. »

Le jeu en valait la chandelle. Gail prit une gorgée de café chaud et une bouchée de sandwich, et elle adressa à Sally un sourire bienveillant. Son séjour à Scarsdale allait encore se prolonger.

« Je ne suis plus soupçonné du meurtre de Tara, annonça Danny Leo à ses parents après le déjeuner du dimanche.

— Que veux-tu dire ? demanda Peter. Est-ce qu'ils ont trouvé le meurtrier ? Je n'ai rien entendu à ce sujet. »

Il regarda sa femme, qui secoua la tête.

« Moi non plus.

— Je ne sais pas s'ils l'ont trouvé ou non, répliqua Danny. Mais ils ne s'intéressent plus à moi.

— Comment le sais-tu ?

— La détective Earley me l'a dit.

— Elle est venue te voir pour te le dire ?

— Oui.

— Et comment cela se fait-il ?

— Je pense que j'ai dû les convaincre.

— Et comment t'y es-tu pris, mon garçon ?

— Eh bien, si vous voulez le savoir, j'ai subi un test au détecteur de mensonges.

— Je vais traîner ces salauds en justice ! hurla Peter, furieux. Ils n'avaient aucun droit de venir te chercher derrière mon dos !

— Ils ne sont pas venus me chercher, corrigea Danny. C'est moi qui suis allé les trouver. Je voulais passer ce test, pour en finir avec tout ça.

— Mais je t'avais dit que c'était une question de principe !

— Tu faisais bien trop d'histoires, avec ce recours au tribunal et le reste ! Même mes amis commençaient à me regarder de travers, comme si mon propre père croyait que je pouvais être coupable.

— Tes amis ne doivent pas valoir grand-chose, s'ils sont incapables de comprendre l'importance des principes.

— Au diable tes principes, papa ! M. Huxley m'a dit tout de go qu'à cause de ce que tu faisais, j'étais sur le point de perdre ma bourse pour Harvard. C'est ça que tu voulais ? »

Pendant un instant, Peter parut sur le point de frapper son fils. L'instant d'après, il haussa les épaules et gloussa :

« Alors, tu as réussi le test, hein ?

— Je ne l'ai pas seulement réussi, répondit Danny avec un sourire, je l'ai passé haut la main. »

Il fallut à Gail quatre heures à la bibliothèque et une heure et demie à fouiller dans l'annuaire téléphonique pour trouver le Dr Stuart Easton, son épouse Denise et leur fille Alice, dix-sept ans.

Les Easton vivaient dans une vaste maison de style Tudor avec six chambres à coucher qui, disait-on, avait appartenu à un célèbre gangster des années 30. Le Dr Easton était chirurgien-chef dans un grand hôpital de la région dont toute une aile portait le nom. Chaque fois qu'on parlait de lui, on énumérait une longue liste de réussites médicales et on enchaînait par un hommage à ses nombreuses années d'exercice de la philanthropie au sein de la communauté.

Gail monta dans sa voiture de location, et à 8 h 10 ce lundi matin elle sonna chez le médecin. Une servante vint ouvrir, et la fit entrer dans un hall à l'épaisse moquette puis dans une petite pièce où l'attendait Stuart Easton. La cinquantaine, un peu plus grand que la moyenne, mince et brun, son allure évoqua pour Gail celle d'une panthère aux aguets.

« Je dois vous avouer que votre visite m'ennuie, madame Brown, dit-il dès qu'ils se furent salués. Nous sommes une famille très discrète et nous n'avons pas l'intention de laver notre linge sale en public. J'ai accepté de vous parler par égard pour Derek McNally, mais à la condition que notre conversation reste privée. Je vous mets en garde : un pas de travers, et cette rencontre prend fin.

— Docteur Easton, j'apprécie que vous me receviez si vite, et je vous prie de croire que je ne suis pas venue dans l'intention de vous embarrasser, vous ni aucun membre de votre famille. Comme le détective McNally vous l'a, je pense, expliqué, un problème se pose chez moi qui nécessite la clarification de quelques petites choses, juste pour préciser le contexte.

— Que voulez-vous savoir ? » demanda le médecin.

Il s'installa dans un fauteuil de cuir et désigna à Gail un canapé. Elle lui parla du meurtre de Tara Breckenridge et du chapelet de légères coïncidences qui semblaient relier Jerry Frankel à ce crime, puis elle lui confia, en termes généraux, le contenu de la lettre.

« Je n'ajoute d'habitude pas foi aux lettres anonymes, conclut-elle, mais en de telles circonstances j'ai eu le sentiment que je devais vérifier les dires de celle-là. J'ai seulement besoin de connaître les accusations qui avaient été portées contre le professeur, et si elles étaient réellement fondées.

— Ma fille était dans sa classe d'histoire en première, répondit Easton. Comme elle avait des difficultés, il lui avait proposé de venir après les cours pour l'aider. Il a profité de ces séances privées pour attenter à sa pudeur.

— Comment l'avez-vous appris ?

— Alice nous l'a dit. Mais apparemment pas avant plusieurs mois.

— Qu'avez-vous fait après ?

— J'ai alerté la police, bien sûr !

— Avez-vous fait examiner Alice par un médecin ?

— Madame Brown, dit-il d'une voix irritée, je *suis* médecin !

— Je vous en prie, ne vous méprenez pas, docteur Easton. Je cherche simplement une confirmation.

— Sommes-nous toujours dans le cadre d'une conversation confidentielle ?

— Naturellement.

— D'accord. Alors, oui, je l'ai fait examiner par un médecin.

— Et ?

— Elle était enceinte, bien sûr !

— A-t-on pratiqué un test génétique ? Est-ce qu'on a établi que Jerry Frankel était le père ?

— Le professeur a refusé de se soumettre à ce genre de test.

— Vous auriez pu l'y contraindre.

— Cela aurait signifié un procès et beaucoup de publicité dommageable, répondit Easton avec un soupir. Au minimum, la réputation de ma fille aurait été anéantie. Et pourquoi, en fait ? Alice est une jeune fille très fragile, très vulnérable, madame Brown. J'ai pensé qu'elle en avait assez supporté. Ma priorité a été de m'assurer qu'il n'y aurait pas de bébé. Après cela, j'ai veillé à ce que son nom ne soit pas traîné dans la boue.

— Le détective McNally m'a dit que Frankel avait nié toute relation sexuelle avec votre fille.

— Cela vous surprend-il ?

— Non. Mais sans analyse ni enquête sérieuse de la police, c'est la parole de votre fille contre la sienne. Frankel a la réputation d'un professeur très dévoué et très attentif à ses élèves. Est-il possible qu'Alice ne se soit pas montrée, disons, tout à fait franche avec vous ?

— Je n'ai pas pour habitude de mettre en doute la parole de ma fille. Si elle affirme qu'il l'a fait, c'est qu'il l'a fait.

— Vous voulez dire qu'elle vous a déclaré que Jerry Frankel était responsable, et c'est tout ?

— En gros, oui.

— Alice a-t-elle dit si elle était consentante dans cette relation entre eux deux ?

— Il importe peu qu'elle ait été consentante ou non. Elle avait seize ans, à l'époque, et elle était son élève. Il était en position d'autorité, il était son professeur. Elle le vénérait. Il a profité d'elle.

— Pourriez-vous me dire, docteur, si votre fille avait eu, enfin... une activité sexuelle avant sa prétendue aventure avec Jerry Frankel ?

— Écoutez, répondit Easton, l'air très mal à l'aise, je suis extrêmement occupé. Peut-être ne suis-je pas chez moi autant que je le devrais, ni aussi proche de ma fille que je le devrais. Mais je fais de mon mieux. Si elle avait une activité sexuelle, je l'ignorais.

— Je comprends combien tout cela est difficile pour vous ! affirma Gail, qui en réalité n'éprouvait guère de compassion pour cet homme. S'il s'agissait de ma fille, je serais aussi scandalisée que vous. Je déteste vous imposer cette épreuve et, croyez-moi, je ne le ferais pas si ce n'était pas aussi important.

— Je comprends.

— Il ne reste que quelques questions.

— Allez-y.

— Qu'est-ce qu'Alice a dit à la police, précisément ?

— Elle ne lui a rien dit du tout ! Je n'aurais pas autorisé un interrogatoire. Elle a raconté à sa mère et à moi ce qui était arrivé, et c'est *nous* qui avons parlé à la police.

— Et sur cette base, sur ce que votre fille vous avait raconté, Frankel a été... quoi ? Contraint de démissionner de son poste à l'Académie Holman ?

— Tout à fait. Je n'aurais pas laissé Alice dans l'école s'il y avait encore enseigné.

— Je vois.

— Et permettez-moi d'ajouter que, professeur dévoué ou non, bien des parents nous ont soutenus dans cette affaire.

— Vous m'avez dit qu'il n'y avait pas eu de test génétique, et le détective McNally m'a dit que l'enquête de police avait été stoppée par le proviseur de Holman. Alors, on n'a jamais pu prouver objectivement les faits, il n'y a jamais eu que les accusations d'Alice... ?

— Je ne suis pas certain d'apprécier vos sous-entendus, madame Brown.

— Docteur Easton, la vie d'un homme est en jeu. Si Jerry Frankel a abusé d'Alice et assassiné cette jeune fille sur l'île Seward, je veux qu'il paie pour ses crimes. S'il ne l'a pas fait, je ne veux pas le montrer du doigt sur de simples on-dit. Nous n'avons ici que des allégations sans preuves, dont votre fille n'a fait état que devant votre femme et vous, et que vous avez transmises à la police... Je suppose que vous n'accepterez pas que je parle à Alice ?

— C'est hors de question. »

Gail hocha la tête. Parfois on gagne, parfois on perd, songea-t-elle en se levant. Elle avait le sentiment de repartir avec plus de questions que de réponses.

« Merci de m'avoir reçue. »

Un instant plus tard, elle était assise dans sa voiture et démarrait, prête à quitter la propriété. Elle ne sut pas très bien ce qui lui fit tourner les yeux vers la maison au dernier moment, peut-être un mouvement soudain, ou juste une sensation. Une jeune fille blonde se tenait à une fenêtre de l'étage et – simple jeu de la lumière ou leurre de son imagination – il sembla à Gail qu'elle pleurait.

Il se réveilla affolé et ouvrit brusquement ses yeux trop secs. Il n'arrivait plus à respirer, son cœur résonnait dans ses oreilles, il était trempé de sueur. C'était à nouveau le cauchemar, et il revenait ces temps-ci avec une régularité impitoyable. Mais cette fois, il y avait quelque chose de nouveau : il avait l'impression qu'on lui écrasait le crâne. Jamais auparavant il n'avait eu de maux de tête, et il comprit combien c'était douloureux. Il se demanda s'il en aurait désormais souvent.

C'était la troisième fois cette semaine que son sommeil était interrompu, qu'il était projeté hors de l'oubli. Les mêmes yeux sans visage le regardaient, accusateurs ; le même cri horrible déchirait la nuit, dénonciateur. Comme une scène de film rejouant un épisode de l'histoire tel qu'il s'est réellement produit et non tel qu'on souhaiterait se le rappeler, son cauchemar fut un instant figé dans l'éternité qui ne voulait ni s'adoucir, ni se troubler, ni se transformer pour correspondre à sa volonté.

Quand il était conscient, il lui était facile de se convaincre que c'était *elle* la méchante, pas lui. Qu'il avait seulement agi en état de légitime défense, pour se protéger de la ruine, ou de pire. Il trouvait exaspérant que ce rêve continue de lui voler son repos.

Il se rendit en titubant dans la salle de bains, où il chercha le médicament contre les migraines qu'il savait être là. Il avala trois comprimés avec un verre d'eau, puis se passa la tête sous le robinet et laissa l'eau froide couler sur sa nuque brûlante.

Quand il se mit à frissonner, il se sécha et retourna entre les draps. Son réveil indiquait minuit et demi – il y avait donc un peu plus d'une heure qu'il s'était couché. Le cauchemar était venu tôt. Il s'installa sous les couvertures et entreprit de se masser les tempes de ses doigts. Au bout d'un moment, la douleur diminua dans son crâne et il se rendormit.

12

Durant tout le trajet de retour vers Seattle, la conscience de Gail fut un champ de bataille. Mais, finalement, elle alla tout droit voir Ginger avec ce qu'elle avait appris.

« Il n'y a rien que je puisse utiliser, d'un point de vue éthique, avoua-t-elle, juste un faisceau de possibilités. Mais cela peut te suffire pour avancer.

— Tu n'as pas pu voir Alice ? interrogea Ginger.

— J'ai essayé. Son père a refusé. Il a même admis que la police ne lui avait jamais parlé. Je suis retournée à l'école, mais le proviseur a refusé de me recevoir. Il a envoyé sa secrétaire me dire que sous aucun prétexte il ne me laisserait parler à Alice Easton, et que toutes les mesures qu'il avait prises pour résoudre ce problème particulier avaient été arrêtées dans l'intérêt de l'école.

— Franchement, j'aurais préféré que tu m'en parles en premier. Je serais certainement venue avec toi.

— Une journaliste reste une journaliste, je suppose », répliqua Gail en haussant les épaules.

« Le fils de pute ! s'écria Ginger dès que Gail fut partie. Il m'a roulée dans la farine.

— Il est plus malin que nous ne l'avons cru, constata Ruben.

— D'accord, mais où est passé mon instinct si aiguisé, mon intuition professionnelle ?

— Ne sois pas si dure envers toi-même. Il a apparemment roulé beaucoup de gens.

— Mais je suis un officier de police confirmé. Je suis censée percer ce genre de personnalité. Il semblait si ouvert, si sincère. Maintenant, je me rends compte qu'il était juste bien préparé. Il avait déjà fait la route.

— Pas vraiment. Alice Easton est toujours en vie.

— Une répétition en costume. »

Ginger ne savait pas ce qu'elle trouvait le pire : que Frankel soit en fait un meurtrier, ou qu'il l'ait manipulée si facilement. Elle se sentait stupide, trahie.

« Enfin, du moins, maintenant, nous savons, dit Ruben.

— Oui, et maintenant que nous savons, je crois qu'il est temps de resserrer l'étau autour de notre cher professeur. Je vais le pressurer jusqu'à ce qu'il n'ait plus de souffle en lui. »

Un flic-né, pensa Ruben.

« Des informations complémentaires nous ont été transmises, monsieur Frankel, déclara Ginger au téléphone. Je me demandais si vous voudriez avoir la gentillesse de venir en parler avec nous. Demain, peut-être, après les cours ?

— Qu'est-ce qu'il y a encore, détective Earley ? répliqua Jerry d'une voix indubitablement exaspérée.

— Nous aimerions vous parler de l'Académie Holman. »

Ginger entendit que, de surprise, il inspirait brusquement.

« Comment avez-vous entendu parler de ça ? s'enquit-il.

— Est-ce important ? »

Il y eut un silence, un soupir.

« Je viendrai », dit-il. Puis il raccrocha.

À 4 h 25 le lendemain après-midi, le professeur d'histoire entra dans la maison Graham. Il n'était pas accompagné.

« Vous devriez être assisté de votre avocat, dit Ginger pour le mettre en garde.

— Il sera là à 5 heures, lui répondit Jerry. Je suis venu plus tôt pour pouvoir vous parler. »

Elle le conduisit dans la salle d'interrogatoire, où il prit le siège qu'il avait occupé lors de sa précédente visite. Le magnétophone était déjà en place sur la table, ainsi qu'un dossier contenant la transcription de la déclaration qu'il avait faite alors, et un plateau avec un pichet d'eau et plusieurs verres.

« Vous êtes représenté par un avocat, dit Ginger en s'asseyant en face de lui, ce qui signifie que vous ne pouvez revendiquer vos droits hors de sa présence. Nous allons donc attendre qu'il arrive. C'est pour votre propre protection. »

Elle ne voulait plus jouer à cache-cache avec cet homme. Elle voulait que chaque parole qu'il prononcerait puisse être utilisée au tribunal. Jerry la regarda avec un petit sourire.

« Ai-je besoin d'être protégé, détective Earley ?

— Je n'en sais rien, monsieur Frankel, mais c'est ainsi que les choses se déroulent.

— Je n'ai pas tué cette pauvre fille.

— Je vous en prie, n'ajoutez plus un mot.

— Je ne l'ai pas tuée, et vous n'avez rien compris concernant l'Académie Holman.

— Monsieur Frankel, répondit calmement Ginger, en tant qu'officier d'instruction, je ne peux vous autoriser à continuer.

— Mais j'essaie de vous dire que je n'ai pas...

— Monsieur Frankel, s'il vous plaît ! Si vous ne vous taisez pas jusqu'à ce que votre avocat soit présent, il va falloir que je quitte la pièce.

— Ça n'a rien à voir avec l'affaire Breckenridge, affirma Jerry en secouant la tête. C'est une affaire toute différente, et je ne comprends pas pourquoi je ne peux en parler avec vous sans mon avocat.

— Je vais attendre dehors, décréta Ginger en se levant.

— Non, c'est bon, répondit Jerry avec un soupir. Inutile de partir. Je ne dirai rien de plus. Je vous le promets. Je vous en prie, restez. »

Elle se rassit et tous deux attendirent en silence, le professeur à l'évidence nerveux, agité, la détective observant avec attention chacun de ses gestes.

« On peut au moins parler du temps ? demanda Jerry au bout d'un moment. On dit que c'est un mois de décembre exceptionnellement doux.

— Je préférerais que nous ne parlions pas du tout », répliqua Ginger.

Il soupira et regarda autour de lui. Des murs gris uniformes lui renvoyèrent son regard. Au bout d'un moment, il prit un verre sur le plateau et y versa de l'eau, qu'il but. Quand le verre fut vide, il le reposa sur le plateau. Ginger le regardait.

À 5 h 3, Scott Cohen pénétra dans la pièce et s'assit près de son client.

« Bien, lança-t-il, où en sommes-nous, que faisons-nous ici ?

— Nous sommes ici pour parler de nouvelles informations concernant un incident survenu au précédent lieu de travail de votre client, répondit Ginger. M. Frankel est arrivé ici il y a une demi-heure pour que nous en discutions, mais je lui ai conseillé de n'en rien faire avant que vous soyez présent.

— Si je comprends bien, vous faites allusion à un prétendu incident qui n'a aucun lien avec l'affaire Breckenridge, n'est-ce pas ? demanda Scott.

— C'est cela.

— Alors, je ne vois pas pourquoi nous en parlerions.

— Attendez une minute, intervint Jerry. Je veux en parler. Je veux que cette histoire soit éclaircie une fois pour toutes.

— J'aimerais conférer un moment avec mon client », dit Scott.

Immédiatement, Ginger se leva et quitta la pièce.

« Jerry, déclara Scott avec inquiétude. Je ne crois pas que ce soit le moment de...

— Je m'en moque. Cette enquête bouleverse ma vie, et je veux que cela s'arrête. Je vais leur dire tout ce qu'ils désirent savoir.

— Je te le déconseille.

— Ils se font des idées fausses, insista Jerry. Cela n'a rien à voir avec l'affaire Breckenridge.

— Écoute-moi, écoute-moi très attentivement, ordonna l'avocat. Ils vont relier tout ce que tu leur diras, absolument tout, à l'affaire Breckenridge. Ils recherchent un meurtrier, et ils feront tout pour en trouver un. Ils recherchent un mobile, un type de comportement, le moindre élément qui pourrait les aider à opérer une arrestation. L'affaire de ton ancien lycée, telle que tu me l'as décrite, pourrait bien leur fournir les trois.

— Mais ils connaissent déjà l'autre version de l'histoire, répliqua Jerry en battant des paupières. Je veux juste leur donner *ma* version, pour qu'ils sachent la vérité !

— D'accord, dit Scott en soupirant, mais je ne veux pas que cela figure dans le dossier. »

Il se leva et gagna la porte. Quand Ginger revint, Ruben l'accompagnait.

« Ce ne sera qu'une conversation, déclara Scott. Pas d'enregistrement, pas de sténographie. Rien de ce qui va être dit ne doit être consigné, est-ce compris ? »

Les deux officiers de police échangèrent un coup d'œil, puis Ginger repoussa le magnétophone et s'assit.

« Expliquez-nous ce qui est arrivé à l'Académie Holman.

— Vous le savez sans nul doute déjà, elle s'appelait Alice Easton et elle était une de mes élèves dans ce lycée, commença Jerry Frankel. Elle était la fille unique d'un médecin en vue et de son épouse très mondaine, et ni l'un ni l'autre n'avait semble-t-il beaucoup de temps à lui consacrer. Elle était très malheureuse. Elle me disait qu'elle ne pouvait comprendre pourquoi ses parents avaient pris la peine d'avoir un enfant, puisque c'étaient principalement les domestiques qui l'élevaient. Lorsque je l'ai rencontrée, elle avait quatorze ans, et elle était si avide d'affection qu'elle se moquait de qui lui en prodiguait. Et j'étais... là. Alice n'était pas la première élève à tomber amoureuse de moi ; c'est courant dans ce métier. Mais elle est la seule que ses fantasmes ont entraînée trop loin.

— Fantasmes ?

— Oui. C'est cela : des fantasmes. Dès la troisième, elle a eu des problèmes en histoire, mais ce n'est qu'en première qu'elle a pris l'habitude de rester après les cours pour que je l'aide. J'ai toujours encouragé mes élèves à le faire. Nous n'apprenons pas tous au même rythme, vous savez, et parfois, quand on enseigne à un certain niveau, on risque de perdre les gosses qui sont à des niveaux différents. Alice Easton était une élève moyenne, pas particulièrement motivée. Elle a commencé à venir me voir juste après le début de l'année, une ou deux fois par semaine. Fin octobre, c'est devenu quotidien.

— Est-ce que cela ne vous a pas paru inhabituel ?

— Bien sûr. Jamais elle n'avait montré un grand intérêt pour l'histoire. Mais je ne l'ai pas repoussée. J'ai pensé qu'au moins elle était dans un lieu sûr, parce qu'il était clair pour moi qu'elle n'avait nulle part ailleurs où aller.

— Était-elle la seule élève que vous aidiez ?

— Non, mais les autres gosses arrivaient plus tôt, elle ne voulait pas se joindre à eux. Elle s'asseyait au fond de la salle et attendait qu'ils soient partis. Si certains venaient après elle, elle se mettait à l'écart et insistait pour que je m'occupe d'eux d'abord. » Jerry soupira. « Au début, on n'a discuté que d'histoire, et ses notes se sont un peu améliorées. Mais au bout d'un moment, elle a commencé à me parler d'elle, de sa vie, et il arrivait qu'elle me pose des questions sur ma vie et ma famille – questions auxquelles, entre parenthèses, je ne répondais qu'en termes très généraux. J'étais désolé pour elle. Elle ne semblait pas avoir beaucoup d'amis, et apparemment les garçons n'étaient pas très attirés par elle. Elle me semblait très seule, et je trouvais cela triste. Elle avait de l'argent, un statut social envié et des avantages dont bien des gens rêveraient, et pourtant elle était déprimée et malheureuse. Alors, je la laissais parler. Cela ne me semblait pas extraordinaire. Vous savez, il n'est pas inhabituel que des enseignants conseillent un élève sur un sujet extérieur au travail scolaire. J'étais convaincu de contrôler la situation. Une élève souffrant de solitude – un professeur attentif. J'ai cru que ce n'était que cela.

— Mais ce n'était pas que cela ?

— Un jour, fin novembre, elle est venue dans ma classe assez tard. J'allais partir. Elle a dit qu'elle avait attendu dehors exprès pour être certaine que personne d'autre ne passerait, parce qu'il nous fallait une totale intimité. Je lui ai demandé de quoi elle parlait, et elle a dit qu'elle parlait de faire l'amour, bien sûr. Elle avait décidé qu'elle était prête.

— Elle vous a fait des avances ?

— Si elle m'a fait des avances ? Elle s'est plantée au milieu de ma classe, détective Earley, et elle a retiré tous ses vêtements, là, au sein de l'académie, alors que n'importe qui pouvait entrer ! On vous prépare à plein de choses quand vous faites vos études de pédagogie, mais laissez-moi vous dire qu'on ne vous prépare pas à affronter ce genre de situation. J'étais terrorisé. J'ai tenté d'être gentil, mais je pense que je ne me suis pas montré aussi... diplomate qu'il aurait fallu. Je ne suis pas très fier de moi, mais j'ai fini par sortir de la pièce en la laissant là, toute nue. Et dès le lendemain, voilà que j'étais accusé d'attentat à la pudeur, de comportement indécent, de détournement de mineure... – tout ce que vous voudrez, par la voix de son père.

— Et rien de ce qu'elle prétendait n'était vrai ?

— Rien, affirma Jerry. Ai-je transgressé la frontière professeur-élève avec elle ? Je n'en sais rien. Il arrive que cette frontière soit un peu brouillée quand un gosse en détresse vient me trouver. Est-ce que je l'ai réconfortée, encouragée, est-ce que j'ai tenté de lui redonner confiance en elle ? Oui, je l'admets. Mais jamais je n'ai fait aucune des autres choses dont on m'a accusé.

— Alors, votre façon d'aider Alice Easton en tant que professeur d'histoire a selon vous été interprétée de travers par votre élève ?

— Tout à fait.

— Et c'était pur fantasme de sa part que de penser avoir une liaison avec vous ?

— Oui.

— Et, d'après vous, elle s'est vengée en vous accusant d'être le père de son enfant à naître parce que vous l'avez repoussée, ce jour-là, dans votre classe ?

— Oui. Mon avocat m'assure que j'ai tort de vous raconter tout cela, que vous tenterez de l'utiliser pour monter un dossier contre moi dans l'affaire Breckenridge. Alors, je veux vous dire que j'avais l'intention de rester à l'Académie Holman et de contrer ces accusations, car je sais que j'aurais gagné. Mais quand il a été clair que mon efficacité en tant qu'éducateur avait été compromise, c'est devenu inutile. Les gosses, en fin de compte, sont les juges les plus sévères de tous.

— Vous n'étiez pas le père de l'enfant à naître d'Alice Easton ? demanda Ginger en le regardant dans les yeux.

— Non, dit-il sans baisser le regard.

— Avez-vous refusé de vous soumettre à un test génétique ?

— Non. La police ne me l'a jamais vraiment proposé. L'officier qui m'a interrogé au lycée a mentionné en passant cette possibilité si je voulais me disculper. Je lui ai dit que les accusations n'avaient aucun fondement et qu'à moins qu'on ne puisse les étayer je ne voyais pas, en l'état des choses, pourquoi je mettrais ma carrière en péril.

— À peu près ce que vous nous avez dit, non ?

— Et pour les mêmes raisons.

— Une coïncidence intéressante, pourtant, ne pensez-vous pas ?

— Cela arrive. Il se trouve cependant que la police de Scarsdale a choisi de ne pas poursuivre l'enquête, si bien que la question du test génétique ne s'est plus posée. »

Ruben se pencha et mit ses avant-bras sur la table.

« Je suis policier depuis plus de vingt-cinq ans, monsieur Frankel, déclara-t-il. Peut-être mon travail m'a-t-il rendu cynique, mais je ne crois pas aux coïncidences. Je vois devant moi un homme qui correspond tout à fait au profil du meurtrier de Tara Breckenridge, qui admet avoir avec ses élèves un comportement que beaucoup considéreraient comme peu orthodoxe, et qui a été en relation avec deux adolescentes enceintes – une qui l'a accusé d'être le père et l'autre qui s'est fait tuer. Et cela s'ajoute à tout un faisceau de coïncidences. Je me dis qu'Alice Easton a été responsable de la perte de votre ancien travail, et que peut-être vous n'étiez pas prêt à perdre votre emploi actuel à cause de Tara Breckenridge.

— Êtes-vous en mesure d'accuser mon client de quoi que ce soit à ce stade ? demanda brusquement Scott.

— Non, admit Ruben.

— Alors, cet entretien est terminé. »

L'avocat se leva et prit son ami par le coude pour l'entraîner hors de la pièce.

« Un client très maître de lui, remarqua Ruben dès qu'ils furent sortis.

— Lequel ? demanda Ginger. Le prof ou l'avocat ?

— À toi de choisir, répliqua Ruben.

— Ce salaud l'a fait, répliqua Ginger. C'est tellement évident pour moi, maintenant, que je n'arrive pas à comprendre comment je ne l'ai pas vu plus tôt.

« Ça recommence ! » gémit Jerry en titubant jusqu'au parking où il avait laissé sa voiture.

Il avait fait le brave dans la salle d'interrogatoire, mais à présent il tremblait comme une feuille.

« Ils sont toujours à la pêche, lui affirma Scott. Ils n'ont rien de plus qu'avant. Garde ton calme.

— Tout le lycée en parle. Je m'en rends compte à la façon dont les gosses me regardent en cours. Sans leur confiance et leur respect, je leur suis inutile. Et ce n'est pas uniquement au lycée, c'est sur toute cette foutue île. Même les amis de Matthew ont commencé à lui poser des questions. Pourquoi est-ce que je me raccroche à des principes ? Peut-être devrais-je passer leur foutu test au détecteur de mensonges et les laisser analyser mon sang. Je ne vois pas comment les choses pourraient être pires.

— C'est toujours une possibilité.

— Et que tu recommandes ?

— Pour le moment, je te crois toujours en position de force, répondit l'avocat en pesant ses mots. Tu as nié toute implication dans le meurtre, et même s'ils ont des soupçons, ils n'ont pas la moindre preuve du contraire. L'affaire Alice Easton est des plus malencontreuses, elle constitue un parallèle gênant, pour le moins, mais on pourrait arguer qu'elle n'a aucun lien avec l'affaire présente. Mon conseil : ne lâche rien à moins d'y être contraint. Les vacances de fin d'année débutent vendredi. Repose-toi. Peut-être que les choses se montreront sous un meilleur jour avec la nouvelle année. »

Ginger attendit d'être certaine que le professeur et son avocat soient partis, puis elle prit avec grand soin le verre dans lequel Jerry Frankel avait bu.

« D'après ce que je sais, Scott Cohen est un avocat hors pair, remarqua Ruben en montrant le verre du menton. Je suis surpris qu'il t'ait laissé ça.

— Il n'était pas là, expliqua Ginger. Je vais dire à Charlie de l'apporter au labo. Le prof croit qu'on n'a pas de preuves et qu'il va s'en tirer comme ça. Eh bien, c'est ce qu'on va voir ! Si les empreintes sur le verre correspondent à l'empreinte partielle sur la croix de Tara Breckenridge, on le tient ! »

« C'est la seconde fois qu'on voit Jerry au poste de police, déclara Libby Hildress à son mari, le même soir. Là, je l'ai vu moi-même, vers 6 heures. Scott et lui sortaient de la maison Graham, et tous deux semblaient très secoués.

— Peut-être qu'on devrait appeler les Frankel pour voir s'ils ont besoin d'aide, suggéra Tom.

— Je n'en sais rien, dit Libby, dont les yeux bleus se troublèrent. Je commence à avoir une drôle d'impression. Avec tout ce qui se passe, ne vaudrait-il pas mieux que Billy aille jouer là-bas moins souvent ? »

« Qu'est-ce qu'ils voulaient, cette fois ? s'enquit Deborah.

— Ils voulaient tout savoir sur Alice Easton, répondit Jerry.

— Quoi ! Ils ont appris ce qui s'est passé ?

— Apparemment.

— Je croyais que l'école ne devait rien dire, que cela faisait partie de l'accord...

— Moi aussi.

— Enfin, je me demande s'il y a vraiment lieu d'être surpris : quelqu'un devait bien tomber là-dessus tôt ou tard.

— Sans doute.

— Que leur as-tu dit ?

— Que les accusations étaient fausses, bien sûr, répondit-il d'un air dégoûté.

— Est-ce qu'ils t'ont cru ?

— Je l'ignore, Deborah. Pourquoi ne vas-tu pas leur poser la question ? »

« Est-ce que c'est le prof ? demanda Albert Hoch au chef de la police

231

le lendemain matin, sa voix, comme d'habitude, résonnant dans tout le bâtiment. Ça fait deux fois que vous le convoquez. Êtes-vous sur une piste, et l'arrestation approche-t-elle ?

— Nous n'en sommes qu'aux questions et réponses, répondit Ruben. Nous avons des raisons de le croire impliqué dans l'affaire, mais sans en être certains.

— Alors, pourquoi prenez-vous des gants ? s'exclama Aigle Chauve. Pourquoi ne lui tombez-vous pas dessus ? Allez fouiller sa maison, vous trouverez peut-être quelque chose.

— Il a un avocat très malin, répondit Ruben avec un soupir, en priant pour que le maire le laisse faire son travail tranquille, et nous n'avons rien qui justifie un mandat de perquisition. Nous devons continuer à enquêter.

— Je dois vous dire qu'il vous reste peu de temps, Ruben, l'avertit Hoch. Le conseil municipal est soumis à des pressions. Et moi aussi. Il faut opérer une avancée dans cette affaire, quelque chose que je pourrais leur apporter en disant : "Voilà ce qu'on fait, voilà ce à quoi on a abouti". Le temps passe, Ruben.

— J'apprécie vos efforts pour me soutenir, dit le chef de la police. Vous comprenez, je le sais, que le travail de la police ne peut pas toujours s'effectuer rapidement, que le plus souvent il nécessite une grande patience et une stratégie habile pour résoudre des affaires aussi complexes.

— Parce que vous avez au moins une stratégie, pour ce prof ? demanda Hoch.

— Pour le moment, nous en étudions plusieurs. Il nous reste quelques évaluations à faire avant de décider laquelle sera la plus fructueuse.

— Et quand peut-on espérer des résultats visibles ?

— C'est difficile à estimer pour l'instant.

— Je ne suis pas sûr que cela satisfasse le conseil municipal, dit Hoch en secouant la tête.

— Je suis désolé. Je n'ai rien de plus à ajouter.

— Autrement dit, reprit le maire, l'air déçu, vous pensez qu'il est coupable, mais vous ne pouvez pas l'épingler. C'est ça ?

— Malheureusement, il ne nous est pas toujours possible de prouver ce que nous soupçonnons », rétorqua Ruben en haussant les épaules.

Dans son bureau, un peu plus loin, Ginger entoura de ses jambes les pieds de sa chaise pour s'empêcher de se lever et de courir défendre Ruben. Pourquoi les gens ne voyaient-ils pas qu'il faisait de son mieux – sans presque aucun indice matériel, aucune arme du crime et aucun témoin oculaire ? À quoi ce maudit conseil municipal s'attendait-il ?

Ils tenaient le prof dans leur ligne de tir, et n'avaient pas l'intention de le perdre de vue. Si seulement les empreintes digitales pouvaient correspondre, ils auraient leur première preuve, plus que suffisante pour obtenir un mandat de perquisition. Et Ginger était certaine qu'une fouille méticuleuse de la maison de Jerry Frankel révélerait tout ce dont ils avaient besoin pour l'accuser de meurtre. Ce n'était qu'une question de temps.

En fait, il n'y avait aucune garantie que l'empreinte sur la croix de Tara appartienne au meurtrier. C'était juste une possibilité. Mais s'il s'avérait que c'était l'empreinte de Jerry Frankel, la possibilité deviendrait une probabilité. Ginger pria pour que ce soit le cas. Ils avaient besoin d'une petite ouverture, d'un simple élément pour montrer au conseil municipal qu'ils étaient sur la bonne piste, et éviter à Ruben d'avoir sans cesse les élus sur le dos. Elle se demanda combien de temps il lui restait.

« Stacey ? dit une voix au téléphone.

— Oui, répondit la jeune fille.

— C'est Danny... Danny Leo.

— Oh, salut ! Je n'avais pas reconnu ta voix. Mais on ne s'est jamais parlé au téléphone auparavant.

— Je voulais juste te remercier à nouveau pour samedi dernier. J'ai vraiment apprécié ce que tu as fait. Je l'ai dit à mes parents. Au début, mon père était furieux, mais finalement je crois qu'il est content que ce soit fini.

— Tant mieux.

— Je voulais aussi te dire que j'avais passé une soirée formidable... après. Au cinéma, je veux dire. C'était très chouette.

— J'ai trouvé ça chouette aussi, avoua Stacey.

— Tu sais, avec le journal et tout ça, on se fréquente depuis plus d'un an, mais on ne se connaît pas vraiment bien...

— C'est vrai.

— Alors, je me demandais... Est-ce que tu as des projets pour le réveillon du Nouvel An ? »

Le cœur de Stacey fit un bond. Est-ce que la coqueluche du lycée allait l'inviter ?

« Non, pas encore, répondit-elle.

— Un garçon de ma classe donne une fête. Est-ce que tu voudrais m'y accompagner ? »

Sur l'île Seward, les jeunes sortaient peu en couple – plutôt en groupe, et généralement avec d'autres jeunes de la même classe. Et Stacey savait très bien que si Danny Leo arrivait à une fête avec une élève de seconde, toute l'île serait au courant dès le lendemain.

« Ça me plairait, dit-elle. Oui, j'aimerais bien y aller. »

Il était bien plus de minuit, mais Matthew Frankel ne dormait pas et, les bras croisés sous sa tête, il pensait à l'école. Derrière la fenêtre, le monde était sombre et silencieux. Le meilleur moment pour réfléchir. Chase était couché en rond par terre près de lui, la respiration régulière.

Matthew essayait de trouver comment annoncer à ses parents qu'il ne voulait plus aller à l'école, sans pour autant devoir leur expliquer pourquoi – cela aurait blessé son père, et il n'y avait personne au monde que Matthew aimait autant que son père.

Il leur aurait bien demandé de l'inscrire dans une école privée, mais il n'y en avait qu'une sur l'île, et c'était une école chrétienne. Billy lui en avait parlé. Comme sa mère disait, ç'aurait été sauter d'une poêle à frire dans le feu.

Mais peut-être n'était-il pas obligé d'aller dans une véritable école : s'il restait à la maison et étudiait avec son père le soir ? Il y avait sur l'île des parents qui enseignaient à leurs enfants, il avait entendu son père le dire. Ce serait formidable. Il demeurerait là, en sécurité, ne retournerait jamais là-bas et ne reverrait plus ces trois grands de dernière année qui l'avaient agressé dans la cour pendant la récréation.

« Tu sais que ton père est un assassin ? lui avait dit le premier.

— Qu'est-ce que ça fait d'être le fils d'un assassin ? avait demandé le deuxième.

— Le fils d'un sale juif assassin ! avait ajouté le troisième.

— Le fils d'un sale juif et d'une putain juive ? » avait repris le premier.

Ils lui avaient arraché sa veste neuve et l'avaient jetée dans une flaque de boue avant de la piétiner, puis ils l'avaient poussé lui-même dans la flaque et lui avaient maintenu le visage dans la boue jusqu'à ce qu'il étouffe et tousse.

« Eh, regardez ! s'étaient-ils réjouis en s'éloignant, le fils de youpin pleure ! »

Des larmes coulèrent à nouveau des yeux de Matthew sur son oreiller. Personne ne l'avait jamais traité de cette manière auparavant. Il se savait différent de bien des gamins de l'île, parce qu'il était juif, mais il s'était toujours appliqué à être gentil avec tout le monde. Il ne comprenait pas. Il ne connaissait même pas ces garçons de dernière année.

« J'ai glissé et je suis tombé », avait-il déclaré au surveillant de la cour qui l'avait sorti de la flaque, à l'infirmière de l'école qui l'avait nettoyé, à ses parents.

Matthew n'aimait pas mentir, mais quelque chose l'avait empêché de dire la vérité.

Vendredi était le dernier jour de classe avant les vacances de fin d'année. Cela lui donnait deux semaines pour réussir à convaincre ses parents de ne pas le renvoyer à l'école.

13

Juste après la seconde visite de Jerry Frankel à la maison Graham arriva une nouvelle fournée de lettres à la rédaction du *Sentinel*. Elles étaient radicalement différentes des précédentes, et Gail Brown ne put résister à la tentation de publier les plus représentatives, comme celle d'un jeune, parti du lycée sans diplôme :

Je serais pas surpris que c'est un prof qu'a tué cette fille. Je les est vu se croire si puissants qu'ils se prenaient pour Dieu ou je sais pas qui.

Et celle d'un propriétaire de bar :

Je me fiche que tout le monde dise qu'un professeur est génial. C'est pas parce qu'il sait enseigner qu'il a pas pu tué cette pauvre gamine.

Une mère inquiète se demandait :

Si la police envisage sérieusement la possibilité qu'un des professeurs du lycée ait tué Tara Breckenridge, est-ce qu'il ne devrait pas être suspendu de ses fonctions jusqu'à ce que l'affaire soit réglée ?

Et un électricien, père de six enfants :

C'est pas différent de ces crimes sexuels de Wenatchee où un prêtre a été pris. Sauf que cette fois la victime a pas seulement été violée, elle a été assassinée. Les professeurs sont des gens à qui on est censé faire confiance, comme les prêtres, non ?

Jerry Frankel lut les lettres et soupira.

« Mais comment cette histoire a-t-elle pu déraper ainsi ?

— Comment ont-ils été au courant pour Holman ? demanda Deborah.

— Je n'en sais rien. Ils ne me l'ont pas dit.

— Cet endroit ressemble à une passoire. Ils ne savent même pas ce que c'est que la confidentialité. Peut-être devrions-nous déménager...

— Au beau milieu d'une enquête pour meurtre ? Voilà une idée qui me donnera l'air tout à fait innocent !

— Je pensais plutôt à Matthew. Cela finira forcément par l'atteindre.

— Scott dit que tout ira bien, qu'ils n'ont aucune preuve, et que sans preuve ils ne peuvent m'accuser de rien. Il assure qu'il peut aller au tribunal pour obtenir qu'ils cessent de me harceler.

— Ça va recommencer, c'est ça ?

— Non, ça ne va pas recommencer. »

Ginger ne se faisait pas une joie d'aller parler à ses parents, mais elle avait bien l'intention de ne pas céder du terrain.

« Je refuse catégoriquement que cet homme vienne chez moi, déclara Verna Earley. Ni pour Noël ni aucun autre jour. L'idée même... Que dirais-je à tes frères ? Mon Dieu, jamais plus je ne pourrais garder la tête haute dans la bonne société.

— Alors, j'ai bien peur que tu ne me voies pas dans ta maison, moi non plus, répliqua Ginger. Et, si c'est le cas, que diras-tu à mes frères ?

— Que tu as préféré la compagnie d'autres gens, je suppose. On ne peut pas me considérer comme responsable de cette situation, quand même !

— Une minute ! intervint Jack Earley, homme juste qui, trop souvent, devait jouer au médiateur entre sa fille et sa femme. Est-ce que les fêtes ne sont pas l'époque où les gens se rassemblent et oublient leurs différences ?

— Les fêtes doivent réunir la *famille*, rétorqua Verna.

— Comme c'est chrétien de ta part, maman ! s'exclama Ginger.

— Je t'interdis de me parler sur ce ton, ma fille. Je suis aussi bonne chrétienne que bien d'autres.

— Papa, dit Ginger en se tournant vers son père, tu connais Ruben. Tu as travaillé avec lui. Est-ce qu'il est contagieux ? monstrueux ? Est-ce que sa fréquentation a terni ta réputation ?

— Une relation de travail, c'est une chose, intervint Verna avant que Jack ait pu répondre. Ton père ne choisit pas plus que toi ses compagnons de travail. Mais une relation sociale, c'est tout à fait différent. C'est un choix.

— Je ne sais pas comment j'ai pu grandir dans cette maison et ne jamais m'en rendre compte ! s'écria Ginger en secouant la tête, exaspérée.

— Tu ne t'es pas rendu compte de quoi ? demanda Verna.

— De ton sectarisme.

— Surveille tes paroles, je ne suis pas sectaire.

— Pourquoi est-ce qu'on ne se calmerait pas ? proposa Jack. Je crois que nous commençons à dire des choses que nous allons regretter.

— Je ne regrette rien, rétorqua Verna. J'ai fait de mon mieux pour lui inculquer des valeurs, mais elle les a toujours rejetées. Maintenant, il va lui falloir apprendre toute seule qu'on ne peut fréquenter que ses semblables, sinon il n'y a pas de bonheur.

— Ruben et moi nous fréquentons, dit Ginger avec un soupir. Nous nous sommes engagés l'un envers l'autre. Il fait partie de ma vie, et sans doute pour très longtemps. J'aimerais que tu te réjouisses pour moi, mais j'ai vingt-huit ans, et je n'ai pas besoin de ton autorisation. Je suis désolée que tu prennes les choses de cette façon vis-à-vis d'une personne que tu ne connais même pas, mais je suis plus désolée pour toi que pour moi. À présent, tu peux régler la situation de deux manières : tu peux me jeter dehors et dire au monde entier que je ne suis plus ta fille – cela ne sera pas un très beau témoignage de loyauté familiale, mais du moins pourras-tu marcher la tête haute dans l'air raréfié de l'élitisme racial –, ou bien tu peux prendre le temps de connaître deux personnes très exceptionnelles, et peut-être même apprendre d'elles quelques précieuses notions de ce qui est réellement important dans ce monde. À toi de choisir. »

Le regard de Verna passait de sa fille à son mari. À l'évidence, elle ne s'attendait pas à un tel ultimatum, et n'avait pas pressenti le piège. Elle tourna les talons et disparut dans la cuisine.

Jack regarda sa fille et haussa les épaules.

« Tu as sorti l'artillerie lourde pour ce qui n'était probablement rien de plus qu'une escarmouche, remarqua-t-il.

— Je sais, répondit Ginger. Mais j'espère qu'ainsi la guerre ne sera pas trop longue. »

« J'ai pour toi une invitation à double tranchant, dit Ginger à Ruben. Le dîner de Noël chez mes parents.

— Qu'est-ce que ça a de si terrible ? questionna-t-il.

— Laisse-moi te parler de ma mère », répondit Ginger avec un soupir.

« Ça risque d'être un peu dur, avoua Ruben à sa fille. Sa mère n'est pas ce qu'on pourrait appeler une femme large d'esprit en matière raciale.

— Oh, formidable ! s'exclama Stacey.

— Nous ne sommes pas obligés d'y aller, si tu n'y tiens pas, lui assurat-il. Nous pouvons partager notre dîner de Noël, comme nous l'avons toujours fait, et je serai parfaitement heureux. À toi de prendre la décision. »

La dernière chose dont Stacey Martinez avait envie était de passer la fête la plus importante de l'année avec un groupe de gens qui devraient se forcer pour être gentils avec elle. Elle en avait assez appris sur les racistes pendant ses années d'études pour que cela lui dure jusqu'au siècle suivant. Mais elle n'eut pas le cœur de dire non.

« Est-ce que toi, tu veux y aller ? demanda-t-elle.

— Ginger est très importante pour moi, admit Ruben après un temps de réflexion. Plus importante que n'importe quelle autre femme depuis ta mère. Je te mentirais si je prétendais le contraire. Cela signifie que tôt ou tard je devrai probablement affronter sa famille. Cette occasion n'est pas plus mauvaise qu'une autre. Je connais son père, Jack Earley. C'est un homme bien. Quant à sa mère, je préfère croire que son attitude correspond plus à la peur de l'inconnu qu'à une philosophie profondément ancrée en elle.

— Tu as donc envie d'y aller.

— Ne t'occupe pas de moi. Et toi ?

— D'accord.

— Tu es sûre ?

— Pourquoi pas ? Comme tu l'as dit, il faudra y passer tôt ou tard.

— Je te promets que si ça tourne mal on s'en ira.

— Papa, je t'ai dit que j'étais d'accord. En fait, ajouta Stacey avec un sourire malicieux, ça pourrait être drôle de glisser un peu de piment rouge dans la farce ! »

Une femme écrivit au *Sentinel* :

J'assiste à la pièce de Noël du lycée depuis que je suis installée sur l'île Seward. Cela m'a toujours procuré un grand réconfort, surtout en cette époque de déclin moral, de voir nos jeunes perpétuer les importantes traditions du christianisme. Mais aujourd'hui, cette fête a été gâchée pour moi par l'intrusion de rites étrangers qui n'ont pas leur place dans notre célébration des fêtes et qui ont sapé sa finalité en maculant sa pureté. Je n'y retournerai pas.

Quant à Mildred MacDonald :

D'abord, les juifs se sont opposés à la prière en classe ; ensuite, ils ne nous ont plus laissés décorer le merveilleux pin de Douglas planté au centre du village il y a cent ans dans ce but précis. Maintenant, ils ont gâché notre pièce. Cela n'a rien à voir avec eux.

238

Pourquoi est-ce qu'ils ne s'en vont pas et ne nous laissent pas tranquilles ?

Un pédiatre écrivit :

La pièce de fin d'année du lycée – qu'on ne peut plus appeler seulement une pièce de Noël – a donné un superbe exemple de la manière dont une communauté comme la nôtre peut se rassembler dans la célébration d'héritages variés. Si nos jeunes sont capables de s'unir pour une telle réussite, est-il impossible de rêver qu'un jour les aînés parviennent à en faire autant ?

Doris O'Connor reprocha :

Si le lycée voulait modifier la pièce de Noël, pourquoi est-ce qu'on n'a pas seulement changé les chants ? C'est notre fête, nous devrions avoir le droit de la célébrer comme nous le voulons – et comme nous l'avons toujours fait.

Une vieille veuve fit remarquer :

Dans la mesure où ce sont les magasins juifs qui profitent le plus du côté commercial de Noël, pourquoi s'en plaignent-ils toujours ?

« Pourquoi publions-nous toutes ces horreurs ? s'exclama Iris Tanaka. Les responsables du lycée ont enfin eu le courage de faire quelque chose de bon pour cette communauté, et certains réagissent de façon franchement raciste !

— C'est pour cela que nous les publions, lui répondit Gail, pour amener à la lumière les choses qu'on laisse généralement couver dans le noir. »

« Qu'est-ce que c'est que toutes ces ordures ? demanda Deborah Frankel. D'où est-ce que ça vient ? Est-ce que ces gens existent vraiment ?

— Quelques-uns, je pense, admit Rachel Cohen. Ils dissimulent le plus souvent leurs opinions, mais le stress des fêtes a tendance à les ramener à la surface.

— Tu veux parler de la saison universelle du "Paix sur la Terre aux hommes de bonne volonté" ? » grommela Deborah.

Il ne l'aurait jamais avoué à quiconque, et moins encore à lui-même, mais Noël était l'époque de l'année la plus dure pour Malcolm Purdy.

239

Les décorations, l'esprit de Noël, les chants, l'excitation des enfants – tout lui rappelait combien il était seul. Même la femme qui travaillait pour lui, et restait chaque fois qu'il le lui demandait, avait des obligations de famille à Noël.

Malcolm n'en avait pas. Les hommes qui venaient chez lui ne comptaient pas. Ils se fréquentaient un ou deux mois, mais ils n'étaient pas sa famille. Il leur apprenait ce qu'ils voulaient savoir ; eux le payaient grassement pour ses services, puis repartaient. Jamais il ne recevait de nouvelles d'aucun d'entre eux.

Une fois par an, Malcolm quittait l'île et se rendait dans le Montana pour retrouver d'autres types comme lui, sans illusions, désabusés, perdus. Ces quelques semaines de camaraderie le rapprochaient plus que tout de l'époque où il était soldat. Ces hommes avaient des philosophies différentes. Malcolm était d'accord avec certains d'entre eux, et pas avec d'autres ; mais la force était là, l'excitation – la conscience que quelque chose se passait dans le pays, que la situation, même lentement, commençait enfin à changer.

Quand les fêtes arrivèrent, pourtant, il était seul avec ses pensées, ses souvenirs et ses rêves brisés. La veille de Noël, il écrivit une longue lettre à ses filles, des feuilles et des feuilles couvertes de lignes serrées où il leur parlait de sa vie et les suppliait de lui pardonner. Lorsqu'il eut terminé, tard dans la soirée, il relut la lettre, puis, page après page, il la jeta au feu.

Ruben arriva chez Ginger avec une pizza. Ils la mangèrent devant la cheminée, accompagnée d'une bouteille de chianti. Twink mâchonna le dernier morceau de croûte oublié dans la boîte.

« Je veux te donner ça maintenant, pendant que nous sommes seuls, déclara Ruben en tirant de sa poche un petit paquet.

— J'espère que ce n'est pas trop extravagant, dit Ginger en regardant la minuscule boîte enrubannée.

— Terriblement ! »

Ginger rit en déchirant l'emballage. Dans la boîte, une fine chaîne en or et un pendentif en forme de cœur étaient nichés dans le velours bleu.

« Je l'adore ! s'écria-t-elle. C'est tout à fait extravagant, et c'est parfait ! Tiens, mets-le-moi, tu veux bien ? »

Elle souleva sa lourde chevelure et il referma la chaîne. Puis il se pencha et l'embrassa au creux du cou.

« Ça aussi, j'adore, murmura-t-elle. Mais faisons les choses dans les règles. »

Elle s'approcha des cadeaux qu'elle avait empilés par terre et en préleva un.

« Pour moi ? demanda-t-il avec un sourire.

— En fait, c'était pour le facteur, dit-elle en lui enfonçant un doigt entre les côtes. Mais tu m'as prise de vitesse. »

Il défit soigneusement l'emballage, préservant ruban et papier cadeau tandis qu'elle se tortillait d'impatience. Elle lui avait acheté un pull en cachemire bleu pâle avec d'élégantes torsades. Il lui avait coûté plus d'une demi-semaine de salaire, mais elle s'en moquait. Ce serait le premier cachemire que posséderait Ruben.

« Je vais le chérir, dit-il en l'enfilant et en caressant la laine si douce.

— Jamais je ne l'enlèverai, affirma-t-elle en touchant du bout des doigts le petit cœur d'or.

— Nous nous connaissons depuis deux ans, remarqua Ruben, et nous sommes sortis ensemble pour la première fois il y a moins de six semaines. Comment cela se fait-il que nous ayons l'impression d'être ensemble depuis toujours ?

— On rencontre les gens qu'on a connus dans d'autres vies, à ce qu'on dit, répondit-elle en se lovant contre lui.

— Tu y crois ?

— Je ne crois pas à grand-chose en dehors de ce que je ressens. Et, en cet instant, ajouta-t-elle en faisant lentement glisser un doigt le long de la joue de Ruben, je ressens l'envie de te retirer ce pull, et tout ce que tu portes d'autre, puis que tu fasses la même chose pour moi – à l'exception de ma chaîne, bien sûr. Elle, elle reste. »

Pas un instant ne s'était écoulé depuis le deuxième dimanche d'octobre sans que Mary Breckenridge pense à Tara. Bien des matins elle se réveillait et s'attendait à la voir, bien des soirs elle s'asseyait à table et se demandait pourquoi la jeune fille était en retard. Combien de fois fut-elle certaine d'avoir entendu sa voix dans les couloirs de Southwynd ?

Elle savait que Tara n'était plus, mais au fond d'elle-même elle ne voulait pas la laisser partir.

Noël était le jour préféré de Mary parce qu'il avait toujours signifié une réunion de famille, des rires, des jeux, des cadeaux, la joie d'être ensemble. Mais, cette année, il n'y avait ni joie ni rires. La maison n'avait pas été décorée. Il n'y avait même pas d'arbre.

La neige tomba ce Noël-là ; une fine couche blanche qui recouvrit l'île comme une douce bénédiction. Il n'y en eut pas assez pour gêner la circulation ni pour causer d'accident, juste assez pour marquer l'heureux moment d'un sceau spécial.

Mary ne vit rien. Elle passa la journée dans sa chambre, rideaux tirés, à faire semblant de lire. Ce n'était pas juste vis-à-vis de Tori, mais elle ne pouvait faire autrement. Elle se sentait malade, vide, et les larmes n'étaient jamais loin de couler.

La douleur était d'autant plus horrible qu'elle ne partait pas ; personne ne l'aurait laissée partir. C'était comme une blessure inquiétante impossible à guérir parce que trop de gens saisissaient la moindre occasion de gratter la croûte. Même quand Mary ne voulait pas penser à Tara, le journal venait la lui rappeler. Chaque numéro diffusait une autre histoire, proposait de nouveaux détails ou ressassait une ancienne théorie. Et les lettres à la rédaction ! Mary se demandait si ces gens, que pour la plupart elle ne connaissait pas, réalisaient à quel point ils étaient cruels. Pour couronner le tout, chaque fois qu'elle mobilisait son courage pour aller en ville, elle ne croisait que des gens pleins de compassion qui la regardaient avec pitié, ou tentaient de ne pas le faire, ou baissaient la voix sur son passage.

« Vous aggravez les choses », avait-elle envie de leur crier. Mais bien sûr elle ne le faisait pas ; son éducation ne lui avait pas appris à attirer l'attention sur elle.

« N'en veux pas au *Sentinel*, lui dit Kyle. Ils désirent juste se rendre utiles. Ils pensent que s'ils entretiennent la réflexion sur l'affaire, quelque chose dans ce qu'ils impriment mènera peut-être à l'assassin. Et n'en veux pas non plus aux gens. Ils essaient d'être gentils ; simplement, ils ne savent pas comment s'y prendre. »

Mary secouait lentement la tête. Sa fille n'était plus. Est-ce que le reste avait vraiment de l'importance ?

14

À 15 heures, l'après-midi de Noël, Ruben et Stacey vinrent prendre Ginger chez elle, et tous trois partirent chez les parents Earley.

De l'extérieur, la maison ancienne aux murs marron semblait confortable, avec ses encadrements de fenêtre blancs et sa vaste pelouse qui la mettait en retrait de la route, préservant son intimité. Des érables géants montaient la garde de chaque côté de l'allée et les rhododendrons semblaient bien entretenus. Sur les rebords des fenêtres, des bacs annonçaient des fleurs pour le printemps. Les Earley avaient disposé des lampes de couleur dans les buissons, et un père Noël grandeur nature conduisait ses rennes sur le toit. À travers une baie vitrée, Ruben et Stacey aperçurent un énorme pin bleu chargé de décorations. C'était exactement le genre d'endroit où devaient vivre des grands-parents, se dit Ruben, le genre d'endroit qu'il n'avait jamais connu et jamais pu offrir à sa fille.

« Espérons que la première impression sera la bonne », murmura Ginger comme si elle lisait dans ses pensées.

Ils sortirent de la Blazer, récupérèrent à l'arrière une pile de paquets aux emballages multicolores et s'approchèrent de la maison.

C'est Jack Earley qui vint leur ouvrir.

« Joyeux Noël ! dit-il en serrant Ginger dans ses bras avant de tendre la main à Ruben et de sourire à Stacey. Entrez vous protéger du froid, et laissez-moi prendre vos manteaux. J'ai allumé un bon feu dans le salon. »

L'intérieur de la maison était aussi accueillant que l'extérieur, avec de vieux meubles bien entretenus, un parquet parfaitement ciré, des tapis et des photos de famille sur presque toutes les surfaces disponibles. Le salon était une spacieuse salle rectangulaire avec une cheminée de pierre occupant presque un mur entier. De près, le pin était plus spectaculaire encore qu'à travers la fenêtre, avec des centaines de lumières qui clignotaient et une magnifique collection de décorations qui témoignaient d'une vie passée à les rassembler.

« Quel arbre merveilleux ! s'écria Stacey, dont les yeux noisette scintillaient.

— C'est la fierté et la joie de mon épouse, lui déclara Jack. Chaque année, il lui faut trois semaines pour l'installer. »

Stacey s'approcha d'un pas pour regarder une petite luge en bois si délicieusement sculptée qu'on aurait dit de la dentelle.

« Ne touche pas à ça, aboya une voix derrière elle. C'est mon grand-père qui l'a faite. Elle a plus de cent ans. »

Stacey se retourna et vit Verna dans l'embrasure de la porte.

« Jamais je n'aurais songé à la toucher, madame Earley, affirma-t-elle. Je me contentais de l'admirer.

— Hum ! dit Verna.

— Je n'ai jamais vu un si bel arbre de Noël.

— Vous ne décorez pas d'arbre, chez vous ? » demanda Verna.

Elle pouvait se montrer magnanime : ces gens ne possédaient évidemment rien de comparable.

« Pas aussi chargé d'histoire, lui répondit Stacey. Ma mère était orpheline, et les parents de mon père nous ont quittés depuis longtemps. Alors, c'est juste nous deux. J'ai quelques objets qui viennent de ma grand-mère, mais rien de tel.

— Dommage. »

Verna avait la ferme intention de mépriser les intrus – ces deux personnes qui gâchaient la fête. Mais en regardant Stacey, elle ne put retenir un élan de sympathie pour cette enfant sans mère qui n'avait pas non plus de famille sur laquelle s'appuyer. Et puis, elle n'avait presque pas l'air mexicaine, avec ses cheveux blonds soyeux et son doux visage, sa robe en velours toute simple. Seule la trahissait la couleur de sa peau.

Ruben, c'était une autre histoire. Même avec son plus beau costume bleu et ses chaussures cirées, même les bras chargés de cadeaux de Noël, on ne pouvait ignorer d'où il venait. Verna pria pour qu'aucune de ses voisines ne l'ait vu entrer, qu'aucune ne remarque son véhicule garé dans l'allée et n'aille diffuser la nouvelle dans toute la ville. Elle se demanda si Ginger avait insisté exprès pour qu'il conduise. Elle se força à sourire.

« Bonjour, chef Martinez.

— Ravi de vous rencontrer, madame Earley, répondit doucement Ruben. Je vous remercie de nous avoir invités dans votre charmante maison.

— Oui, eh bien, vous êtes les bienvenus, évidemment », répondit Verna.

Donc, il avait de bonnes manières et parlait sans accent. Mais qu'est-ce que ça faisait ? Au fond, il restait ce qu'il était.

« Cette terrible adolescente aux yeux écarquillés est ma fille, Stacey, déclara Ruben.

— Bonjour, dit poliment l'adolescente.

« — Quel joli nom », murmura Verna.

Elle se demanda si ces gens pensaient vraiment que leurs enfants seraient moins étrangers parce qu'ils leur donnaient des noms américains.

Ginger déposa les paquets sous l'arbre. Cela lui fournit quelque chose d'autre à faire qu'étrangler sa mère. Elle savait exactement ce que Verna pensait.

« Ruben, apporte donc ça ici ! » dit-elle, autant pour le sortir des griffes de sa mère que pour le décharger de son fardeau.

Il fit ce qu'elle lui demandait, en lui adressant un clin d'œil amusé quand il fut certain que personne d'autre ne pouvait le voir. Lui aussi savait ce que Verna pensait.

« Ne t'en fais pas, murmura-t-il, ça n'a pas d'importance. »

Mais alors même que ces paroles sortaient de sa bouche, il était conscient que cette fois c'était important.

« Jack dit qu'il vous faut trois semaines pour installer l'arbre, madame Earley, déclara-t-il poliment. Est-ce que vous le faites toute seule ?

— Oh, en réalité, je ne l'installe pas, c'est Jack qui s'en charge. Mais je le décore.

— Est-ce que chaque ornement occupe une place précise, ou bien les placez-vous différemment chaque année ?

— Oh, différemment, bien sûr ! dit-elle, ravie de parler de son arbre. Dès que je le range, je l'oublie, alors je ne suis pas tentée de refaire la même chose l'année suivante. C'est cela qui est amusant : chaque année, il est tout nouveau. Jamais je ne... »

Elle s'interrompit. Que faisait-elle là ? Elle conversait avec cet homme qu'elle avait décidé d'ignorer !

« Assez de bavardages, reprit-elle. J'ai un dîner à préparer. »

Depuis le hall d'entrée, Stacey avait aperçu la salle à manger, la nappe amidonnée, les bougies, la table dressée pour seize couverts.

« Ne me dites pas que vous faites tout vous-même ! s'exclama-t-elle. Pour autant de gens ?

— Bien sûr que si ! répondit Verna. Qui d'autre le ferait ?

— Je serais ravie de vous aider, proposa Stacey.

— Que peux-tu bien connaître à la cuisine ? répliqua Verna, étonnée.

— Tu peux lui faire confiance, maman, affirma Ginger en gloussant. Elle prépare les repas de Ruben depuis qu'elle a dix ans.

— Eh bien, je suppose qu'un peu d'aide ne serait pas de trop », admit Verna en se demandant si l'enfant savait confectionner des plats américains. De toute façon, il y avait un certain nombre de tâches simples mais nécessaires à accomplir. « Ginger, elle, ne me le propose jamais !

— Je suis la championne des farces », affirma Stacey.

Elle suivit Verna dans la cuisine, non sans avoir décoché un sourire entendu à son père.

« Que diriez-vous d'un verre ? demanda Jack Earley. On a sans doute le temps avant que les autres arrivent.

— Scotch, dirent Ginger et Ruben ensemble. Avec de la glace. »

Jack gagna le bar, et Ginger et Ruben se tournèrent l'un vers l'autre avec un rire nerveux.

« J'ai retenu si longtemps mon souffle que j'en ai le vertige, murmura-t-elle. J'attends toujours que se déclenche le tremblement de terre.

— J'ai le dos si raide que je ne peux plus me pencher, répondit Ruben.

— Joyeux Noël à vous deux ! souhaita Jack en revenant avec les verres.

— Joyeux Noël ! » répéta Ruben tandis qu'ils trinquaient.

Entre la fin de l'après-midi et la soirée, il y eut un moment où Verna dut admettre qu'elle avait peut-être jugé Ruben Martinez trop durement. Il ne présentait aucun des traits qu'elle avait toujours associés aux Mexicains : il n'avait pas les ongles sales, ni les cheveux gras, il parlait anglais comme un Américain, son travail ne lui permettait apparemment pas d'être paresseux, il avait un langage châtié et d'aussi bonnes manières que les autres convives. Et il n'était pas stupide ; en fait, il avait mené la conversation sur de très nombreux sujets.

Bien sûr, Verna n'avait jamais connu personnellement de Mexicain. Dans son enfance, on l'avait tenue à l'écart des travailleurs migrants qui à l'occasion venaient à Pomeroy, et elle s'était toujours fiée, pour se forger une opinion sur eux, à des récits de seconde ou de troisième main quant à leur comportement. Elle ne s'étonnait pas d'avoir quelque indulgence pour Stacey, dans la mesure où la jeune fille avait l'air très américaine, mais elle était choquée d'avoir réévalué Ruben. Jamais elle ne l'aurait admis, évidemment, mais elle pensait voir un peu de ce que Ginger avait trouvé chez lui. Il se tenait droit, regardait les gens dans les yeux et avait un sourire très engageant.

Elle fut la première surprise que son dîner de Noël ne soit pas le désastre qu'elle avait craint. Elle remarqua que ses fils faisaient au moins un effort pour être aimables, entraînant même le chef de la police dans une partie sur le vieux billard qui occupait une extrémité du salon familial, et leurs épouses semblaient accepter la présence des intrus. Les enfants, pas assez âgés pour faire la différence, étaient ravis d'avoir quelqu'un de nouveau à harceler avec leurs singeries.

Mais ce qui compta sans doute le plus dans son revirement d'opinion concernant Ruben fut le cadeau qu'il lui avait apporté. En apercevant la boîte, elle s'était attendu à quelque chose de bon marché, de vulgaire ou de totalement inapproprié. Mais en l'ouvrant, elle trouva un chemin de table en dentelle dans son cocon de papier de soie. Il était visiblement ancien, visiblement onéreux, et d'un goût exquis.

« Mais... c'est ravissant ! s'exclama-t-elle.

— Ginger nous a un peu parlé de vous, expliqua Stacey, et quand papa a vu ça chez un antiquaire, il a pensé que ça pourrait vous plaire.

— Il a eu tout à fait raison », approuva Verna, rayonnante.

De fait, ce serait parfait pour la table de sa salle à manger. Eleanor Jewel en avait un dont elle disait qu'il était dans sa famille depuis des générations, et il était loin d'être aussi fin que celui-ci.

« Un merci serait bien venu, je crois, dit Ginger.

— Je sais me tenir, ma fille, rétorqua Verna. J'ai même tenté de t'enseigner les bonnes manières. Merci, ajouta-t-elle en se tournant vers Ruben, c'est vraiment magnifique. »

Ruben sourit.

Dès les fêtes terminées, décida Verna, elle inviterait Eleanor pour le café, et la ferait passer comme par hasard par la salle à manger. Bien sûr, elle ne dirait pas à la commère d'où venait le chemin de table. Peut-être, avec le temps, rêva-t-elle un moment, pourrait-elle même oublier qui le lui avait offert et juste l'apprécier pour ce qu'il était.

À l'instant précis où elle avait cette idée se produisit une chose extraordinaire. Elle surprit le regard de Ruben, et elle comprit qu'il avait lu dans ses pensées. Mais plutôt que des reproches, elle vit de la compréhension dans son expression. Je sais ce que vous ressentez, semblaient dire ses yeux. J'en suis désolé pour vous, mais je vous comprends. Verna détourna le regard, se sentant à la fois dans son bon droit et honteuse.

« Je vais le mettre sur la table de la salle à manger, s'entendit-elle dire, et je penserai à vous chaque fois que je le regarderai. »

Ginger n'en crut pas ses oreilles, son père écarquilla les yeux, ses frères restèrent ébahis. Ruben se contenta de sourire.

« Tu l'as subjuguée, affirma Ginger sur le chemin du retour. Jamais je ne l'aurais cru si je ne l'avais pas vu de mes yeux et entendu de mes oreilles. Tu l'as absolument subjuguée.

— Vraiment ? fit semblant de s'étonner Ruben.

— Ne prends pas ton air innocent. Tu sais que c'est vrai. J'ignore comment tu t'y es pris, mais tu l'as eue !

— Aucun mystère. Il s'agissait surtout de lui donner l'occasion d'approcher l'ennemi, et de se rendre compte qu'il n'y avait rien à craindre. »

Verna avait même autorisé Ruben à la prendre dans ses bras quand Stacey, Ginger et lui étaient partis.

« Je suis heureuse que vous ayez pu venir », avait-elle déclaré, et ce n'était pas complètement faux.

« Heureuse que vous ayez pu venir ? répétait maintenant Ginger. En tout cas, s'il n'y a pas de mystère, il y a bien un miracle. »

Le téléphone sonna chez les Earley juste après 9 heures le lendemain matin.

« Dis-moi que ce n'est pas vrai, ordonna Eleanor Jewel de sa voix perçante à l'autre bout du fil. Tu ne l'as pas vraiment fait ? »

Verna serra les dents et se demanda comment, même sur cette petite île, la nouvelle avait pu voyager si vite.

« Qu'est-ce que j'ai fait ? questionna-t-elle, le cœur lourd.

— Eh bien, recevoir ce Martinez chez toi, bien sûr !

— En fait, oui, je l'ai reçu, répondit Verna. C'était une idée de Ginger, comme tu peux le penser. Apparemment, cet homme et sa fille n'ont aucune famille chez qui se rendre. Ginger travaille sous ses ordres, tu sais, et je suis certaine qu'elle a eu pitié de lui. Je ne pouvais pas lui dire d'annuler l'invitation, une fois qu'elle l'avait lancée. Ç'aurait été trop grossier.

— Mais ma chère, cela a dû être horrible pour toi !

— Bien sûr que c'était horrible, mais je suis une chrétienne. Que pouvais-je faire d'autre ?

— Tu es une martyre, voilà ce que tu es, déclara Eleanor d'une voix théâtrale. Une véritable martyre. »

« Tout est vrai, racontait Eleanor à une amie cinq minutes plus tard. Il était là pour le dîner. Verna a tenté de me faire croire que ce n'était rien de plus qu'une invitation d'employée à employeur, mais on sait ce qu'il en est, n'est-ce pas ?

— Qu'est-ce qu'elle s'imagine ? renchérit l'amie. Que nous sommes stupides ? ou aveugles ? Sa fille ne fait pas tant d'efforts pour cacher sa liaison !

— Tout au contraire, ma chère. On pourrait même dire qu'elle l'affiche. Mildred MacDonald les a vus sortir ensemble du cinéma, la semaine dernière – et ils se tenaient par la main !

— Pauvre Verna, conclut l'amie avec un soupir. Elle a trois gentils garçons, mais cette fille a toujours été sa croix. »

15

Stacey Martinez était dans sa petite chambre en train de mettre la touche finale à sa tenue : pantalon de velours noir, chemisier de soie crème et veste de brocart. À quinze ans et demi, elle s'apprêtait pour son premier vrai rendez-vous.

Ginger l'avait aidée à choisir ses vêtements. Après une heure d'hésitations furieuses devant son armoire, Stacey lui avait demandé conseil.

« J'aimerais avoir l'air douce et peut-être légèrement sophistiquée, lui avait-elle expliqué, sans forcément paraître plus âgée que je ne le suis...

— De la soie, avait immédiatement dit Ginger avec un sourire entendu. Et du velours. Tu es parfaite en velours. »

En cinq minutes, elles avaient constitué l'ensemble. Comme touche finale, Stacey se noua un ruban de velours noir autour du cou et ajouta les boucles d'oreilles en perles de sa mère. Enfin, un peu de mascara et de rouge à lèvres pâle.

« Tu es absolument fabuleuse ! » lui affirma Ginger quand elle entra dans le salon.

Ruben rayonnait de fierté.

« Je ne sais pas comment elle a réussi à devenir aussi fantastique, dit-il après que Danny fut passé la chercher et que tous deux eurent été emportés par une vague d'excitation à l'idée de la fête.

— Elle a eu un modèle formidable ! répliqua Ginger, assise près de Ruben sur le canapé, le menton sur son épaule.

— J'ai toujours pensé que, quand je cesserais d'être le centre de son univers, ce serait le pire jour de ma vie, avoua Ruben. Et maintenant, je suis si fier d'elle que j'ai envie de pleurer. »

Ginger sourit. Plus elle apprenait de choses sur cet homme, plus elle l'aimait.

« J'ai une idée, proposa-t-elle. Si nous n'attendions pas minuit pour ouvrir le champagne ? Je crois que nous avons quelque chose de bien plus important à célébrer tout de suite.

— Quoi ? L'émancipation de Stacey ?

— Non, la tienne. »

Le réveillon se déroulait chez les Petrie, une imposante maison grise de deux étages, sur le flanc est de l'île, qui couronnait une colline assez éloignée de la route et était entourée de pelouses superbement entretenues.

« Le père d'Owen possède la quincaillerie et la pépinière en ville, expliqua Danny à Stacey. Il a un jardinier à plein temps sur sa propriété et il en défalque les frais de ses impôts sous la rubrique : "Publicité et promotion" ! »

L'intérieur de la maison était aussi splendide que l'extérieur, avec de vastes pièces pleines d'un assortiment d'antiquités, authentiques ou non, qui devaient coûter une fortune. Il y avait un buffet extravagant et apparemment inépuisable en nourriture aussi bien qu'en boissons. Deux domestiques en livrée grise s'en occupaient, tandis qu'un homme – lui aussi vêtu de gris – débarrassait les invités de leurs manteaux.

Stacey n'avait jamais pénétré dans une aussi belle demeure. Jamais il ne lui était venu à l'idée que des gens sur cette île – en dehors des Breckenridge, bien sûr – pouvaient vivre ainsi et ne pas hésiter à organiser une telle fête pour une troupe d'adolescents.

« Salut, Danny ! cria Owen Petrie, un jeune homme couvert d'acné, en s'avançant vers eux, une bouteille de bière à la main. Content que tu aies pu venir. Qui est cette ravissante chose avec toi ? ajouta-t-il.

— C'est Stacey. Stacey, je te présente Owen.

— Stacey ? Stacey quoi ? demanda Owen qui n'en était visiblement pas à sa première bouteille de bière.

— Stacey Martinez, répondit-elle.

— La fille du chef de la police ? s'étonna Owen.

— La seule et unique.

— Ben ça, alors ! »

Sur ce, Owen se détourna pour accueillir d'autres invités.

« Il est toujours aussi grossier, interrogea Stacey avec un petit rire, ou bien est-ce réservé au réveillon ?

— On n'aurait peut-être pas dû venir, répondit Danny avec un soupir. Est-ce que tu préférerais aller ailleurs ?

— Oh non. Je crois que ça va être amusant. »

« Bonne année ! dit Ruben à minuit, tandis que Ginger et lui regardaient à la télévision le feu d'artifice donné depuis la Space Needle, dans le centre de Seattle. J'ai l'impression que ça va être une grande année.

— Moi aussi. »

Ils avaient fini le champagne avant le dîner, si bien que maintenant ils se portaient des toasts avec du Kahlua.

« Je suis heureux que nous ne soyons allés nulle part ce soir, déclara Ruben. C'est tellement mieux d'être seuls ici tous les deux plutôt que dehors avec plein d'étrangers cherchant une raison d'être heureux.

— Bien sûr, répliqua Ginger en gloussant, quand tu y réfléchis : quelle raison a-t-on de se réjouir ? Le monde et tous ceux qu'il porte ont un an de plus !

— Ce dont on doit se réjouir, conclut Ruben en l'attirant contre lui, c'est que toi et moi nous nous soyons trouvés. »

La fête battait son plein chez les Petrie. Minuit était passé, on mangeait encore, on remplissait encore les coupes de punch. Beaucoup des gamins déambulaient le regard vitreux et l'air stupide. La bière coulait à flots, Danny buvait du ginger-ale.

« Qu'est-ce que tu as, vieux ? plaisanta Bert Kriedler, version plus grande et plus épaisse de son jeune frère, Hank. Tu es en rodage ?

— Non, répondit Danny. Je conduis.

— Et toi, Stacey ? Tu as trouvé la tequila ?

— J'ai trouvé le punch, rétorqua-t-elle. Est-ce qu'il y a de la tequila dedans ? »

En réponse, Bert se contenta de rire et de se détourner.

« J'espère qu'il ne t'a pas blessée, déclara Danny. C'est un con.

— Son frère est dans ma classe, lui dit Stacey. Une tare familiale, sans doute. »

Peu après, alors qu'elle était montée à la recherche d'une salle de bains, elle aperçut Bert et deux autres élèves de terminale par la porte ouverte d'une chambre. Il n'était pas besoin d'être expert, ni même fille de policier, pour savoir ce qu'ils étaient en train de faire avec ces lignes de poudre blanche posées devant eux.

« Oh, merde ! entendit-elle un d'entre eux s'exclamer à son passage. À présent, Mlle Tijuana va courir dire à son papa ce qu'on fait ! »

« Je crois que tu ne t'es pas beaucoup amusée, ce soir, observa Danny sur le chemin du retour.

— Mais si, le rassura Stacey. C'était seulement... différent, voilà tout. Ce n'est pas ce à quoi je suis habituée.

— Je ne fréquente pas beaucoup ces types. Et au cas où ton père voudrait le savoir, je ne prends pas de drogue non plus.

— Je ne l'ai jamais pensé, affirma Stacey avec un sourire.

— J'ai mieux à faire de ma vie.

251

— J'en suis heureuse. »

Ils gardèrent le silence le reste de la route.

« Bien, euh... Penses-tu que tu auras envie qu'on sorte à nouveau ensemble un jour ? demanda-t-il en se garant devant chez elle.

— Bien sûr.

— On pourrait retourner au cinéma ?

— Oui, bonne idée.

— Alors, hum... que dirais-tu de samedi soir ?

— D'accord. »

Même dans l'obscurité, elle put voir le large sourire qui fendit son visage.

« Formidable ! s'écria-t-il. Tu aimes la pizza ? On pourrait aller manger une pizza avant le film ?

— J'adore la pizza.

— 6 heures ?

— D'accord. »

Danny jaillit de la voiture et en fit le tour pour ouvrir la portière de Stacey. Sur le porche de la maison, il se pencha et, pendant un instant, ses lèvres frôlèrent la joue de la jeune fille.

« Bonne nuit, murmura-t-il.

— Bonne nuit », fit-elle de même.

Stacey le regarda s'éloigner. Elle était un peu éméchée à cause du punch, mais loin d'être ivre, et pourtant elle avait l'impression que le monde entier dansait autour d'elle.

Cette fête avait vraiment été horrible. Presque tout le monde lui avait fait une remarque déplaisante ou l'avait simplement ignorée, et plusieurs filles l'avaient regardée avec une expression revêche indiquant clairement qu'elles se demandaient pourquoi le garçon le plus populaire du lycée l'avait invitée, plutôt qu'une d'entre elles. Mais Stacey ne s'y attarda pas. Le fait que Danny Leo, la coqueluche de la gent féminine, veuille la revoir contrebalançait le reste de la soirée. Elle ouvrit la porte et entra dans la maison d'un pas flottant.

16

Nous étions prêts à laisser au chef Martinez le bénéfice du doute, même si un certain nombre d'entre nous pensaient que c'était un choix curieux pour diriger la police de l'île. On nous avait affirmé qu'il avait fait ses preuves et pourrait régler tous les problèmes de respect de l'ordre que les années 90 nous apporteraient. Mais plus de deux mois se sont écoulés depuis le meurtre de la petite Brecken-ridge, et pour moi au moins il est clair qu'on nous a trompés : Ruben Martinez n'est pas l'homme de la situation. Moi, je dis qu'il est temps d'en changer.

Telles étaient les réflexions envoyées à la rédaction du *Sentinel* par un réparateur de télévision, le premier lundi de la nouvelle année. Et une mère de famille renchérissait :

D'abord, le meurtrier de Tara Breckenridge fut un maniaque non identifié, puis ce fut un élève exemplaire de terminale, ensuite un professeur d'exception ; et à présent, qui est-ce que ce sera ? J'aime-rais le savoir. Il me semble que la police a jeté ses lignes dans une mare boueuse et opaque, et qu'elle en ressort tout ce qui se laisse prendre à l'hameçon. Mes filles sont maintenant terrorisées par tous les étrangers, tous les garçons de leur âge et même tous les profes-seurs. Était-ce cela que le conseil municipal avait à l'esprit quand il a engagé un étranger pour diriger notre police ?

Un important conseiller en affaires ajoutait :

Quand un projet échoue, c'est presque toujours la direction qui est

253

en cause. Peut-être serait-il temps pour la police de l'île Seward de se doter d'une nouvelle direction.

« D'accord, dit par lassitude Albert Hoch à Jim Petrie au téléphone. Tu veux commencer à chercher un remplaçant ? Vas-y.

— Kyle t'a donc donné sa permission ? demanda Petrie d'un ton moqueur.

— Je n'ai même pas parlé à Kyle, rétorqua Hoch. Simplement, j'en ai marre de toutes ces piques. Je ne crois pas qu'un autre fera mieux que Ruben en débarquant ici, mais je suis fatigué d'en discuter. »

En fait, il était fatigué des critiques constantes, des lettres qui remettaient en question ses talents de chef, des appels téléphoniques qui faisaient outrage à son intelligence. Il était blessé que de vieilles connaissances le snobent dans la rue, gêné de découvrir qu'il était devenu la cible de blagues de mauvais goût. Même son épouse, Phoebe, était vexée de se voir exclue de certains cercles de la bonne société.

« Tu ne peux pas dire qu'on ne t'avait pas prévenu, déclara Petrie.

— En effet », reconnut Hoch avec un soupir.

Avant d'être maire de l'île, Albert Hoch faisait une brillante carrière dans les assurances. Seul un grave accident cardiaque à l'âge de quarante-huit ans avait pu le convaincre de renoncer à son agence pour assumer les responsabilités de la direction de Seward.

Hoch n'avait pour lui que le fait d'être accepté et même aimé. On avait confiance en lui. C'était grâce à cela qu'il était devenu millionnaire et qu'on l'avait élu trois fois à la tête de l'île. Quand des problèmes se posaient, ses principes passaient toujours après sa réputation, et sa réputation était bien trop importante à ses yeux pour qu'il la mette en péril.

Après sa crise cardiaque, ses médecins lui avaient conseillé d'éviter le stress ; aussi ne voulait-il pas se placer dans une position impopulaire, donc facteur de stress, une position où il se trouverait seul contre l'ensemble du conseil municipal. De plus, à y réfléchir, il ne devait rien à Ruben.

« C'est hors de ma compétence, maintenant », dit-il au chef de la police moins d'une heure plus tard. Il s'était arrêté au bureau de Kyle Breckenridge, à la banque, avant de se rendre à la maison Graham. « Le conseil municipal a décidé de chercher quelqu'un pour vous remplacer.

— C'est leur droit », répondit Ruben avec dignité. De toute sa vie, jamais il n'avait été renvoyé.

« Personne ne veut d'une rupture brutale, comprenez-le bien, ajouta Hoch, se souvenant des deux ans qui restaient à courir au contrat du chef de la police. On arrangera les choses. On vous donnera le temps de trouver un autre poste, de bonnes lettres de référence, tout ce qui pourra vous être utile.

— Je n'étais pas inquiet à ce sujet, répondit Ruben, et comme le processus de recrutement prendra sans doute du temps, sachez que je suis prêt à poursuivre mon travail jusqu'à ce que vous ayez découvert la personne qui vous conviendra.

— J'espérais que vous diriez cela. Je l'apprécie beaucoup, et je suis certain que le conseil municipal fera de même. »

Cette affaire déplaisante réglée, le maire se retira en hâte.

Il était plus de 6 heures. Ruben était rentré chez lui, Charlie parti chez le médecin, et l'équipe de jour avait été remplacée par celle du soir. Ginger aurait pu quitter le bureau depuis plus d'une heure, et pourtant elle était toujours là pour tenter de résorber le retard accumulé dans la paperasse. Mais la colère ne facilitait pas sa tâche.

À son avis, Albert Hoch n'était rien de plus qu'un minable lâche, et le conseil municipal un ramassis de limaces visqueuses. Rendre Ruben responsable du fait que l'assassin de Tara Breckenridge n'avait pas encore été pris, c'était un peu comme reprocher au Monsieur Météo de la télévision de n'avoir pas prévu un tremblement de terre.

Ginger était plus déçue que quiconque dans cette affaire, plus encore maintenant qu'elle était certaine de connaître le meurtrier. Devoir rester impassible tandis qu'on renvoyait Ruben parce qu'il n'y avait pas assez de preuves pour arrêter Jerry Frankel était plus qu'elle ne pouvait en supporter.

Avec la colère montait la culpabilité. Ce qui arrivait était sa faute. C'était à elle qu'on avait confié la direction de l'enquête, elle qui avait interrogé le professeur et évalué les informations. Si le conseil municipal avait un problème, c'était avec elle, pas avec Ruben.

Des larmes lui brûlèrent les yeux. Si Ruben partait, qu'allait-elle faire ? Leur relation évoluait bien, mais elle demeurait fragile ; elle ne pouvait décider d'un seul coup de tout laisser tomber pour le suivre. Et s'il se retrouvait dans une ville à l'autre bout du pays, qu'adviendrait-il d'eux ? Avec des horaires de travail incompatibles et le coût des transports, une liaison à distance était généralement condamnée, surtout si elle n'avait pas eu le temps de se consolider. Juste au moment où sa vie commençait à prendre une bonne tournure, la politique venait lui barrer la route. Elle refoula ses larmes.

Merde ! pensa-t-elle. Le professeur était aussi coupable que le péché, et le fait qu'elle ne puisse pas le prouver allait non seulement coûter son travail à Ruben, mais aussi lui coûter à elle son avenir, son bonheur. Ginger ne parvint pas à retenir ses larmes plus longtemps. Elles inondèrent ses joues.

« Toc, toc, toc, fit Helen Ballinger en passant la tête dans l'embrasure de la porte. Ça vient d'arriver pour Charlie. »

Déjà vêtue de son manteau, prête à partir, elle tendait une enveloppe.

« Je la prends, déclara Ginger sans se retourner.

— À demain », dit Helen.

Elle laissa tomber l'enveloppe sur le bureau et s'éclipsa.

Ginger écarquilla les yeux à travers ses larmes. L'enveloppe portait le tampon du laboratoire de la police criminelle de Seattle. Son cœur s'emballa soudain. Elle savait ce que c'était : le rapport sur les empreintes digitales de Jerry Frankel.

Les deux policiers prenaient souvent le courrier l'un de l'autre, mais jamais ils ne l'ouvraient. Ginger tâta l'enveloppe. Manque de discrétion ou non, franchissement des frontières ou non, elle était sûre que Charlie comprendrait. Les mains tremblantes, elle décacheta l'enveloppe, déchirant presque le rapport dans sa hâte de le voir. Elle le lut une fois, une deuxième fois, et une troisième. Longtemps après que les mots se furent imprimés dans son cerveau, elle resta là, le regard fixé sur la feuille de papier.

TROISIÈME PARTIE

La victime

« Que celui de vous qui est sans péché
jette la première pierre... »

Jean, 8, 7

1

Malcolm Purdy survécut aux vacances comme il y parvenait habituellement : il se soûla le matin de Noël, demeura ivre jusqu'au Nouvel An, et oublia tout ce qui avait pu se passer entre les deux.

La femme qui travaillait pour lui vint de temps à autre vérifier qu'il allait bien. Une fois, elle resta toute la nuit pour lui faire ingurgiter un peu de nourriture solide, nettoyer ses saletés et le soutenir quand il s'effondrait. Il parlait beaucoup de gens qu'elle ne connaissait pas et de lieux où elle ne s'était jamais rendue, et aussi de l'état pitoyable du pays ; mais presque tout ce qu'il disait était inintelligible.

Lorsqu'il n'eut plus rien à boire, il dessoûla, prit un bain, se rasa et se brossa les dents. Il attendait deux hommes peu après le 1er janvier, et il valait mieux qu'ils ne le voient pas baragouinant et puant comme un bébé.

Les hommes arrivèrent en fin d'après-midi le mardi, et on leur montra leur logement. La femme défit leurs bagages et leur prépara un repas chaud. Après quoi, ils s'assirent avec Purdy pour boire de la bière, bavarder et rire. Il était convenu que ce jour-là ils se détendaient pour mieux se préparer aux tâches du lendemain. Vers 10 heures, ils allèrent se coucher, les visiteurs titubant jusqu'à la cabane, leur hôte s'effondrant sur le canapé devant le feu presque éteint.

Purdy était un homme heureux. Il savait très peu de chose sur les deux arrivants ; il n'en saurait pas beaucoup plus à leur départ. Quelle importance ? Il n'était plus seul.

« Oh, Verna Earley, ton chemin de table est tout simplement magnifique ! s'exclama Eleanor Jewel en traversant la salle à manger. Je ne l'avais encore jamais remarqué. S'agit-il d'un cadeau de Noël ?

259

— Ce vieux truc ? répondit Verna. Il appartenait à mon arrière-grand-mère. Je l'avais dans une armoire depuis des années. »

Eleanor était arrivée le mercredi matin, invitée à prendre le café. Elle n'en pouvait plus de curiosité et elle eut du mal à tenir sa langue jusqu'à ce que Verna, après l'avoir fait passer sans en avoir l'air devant toutes ses belles choses, s'installe en sa compagnie à la table de la cuisine avec leurs tasses de café et leurs tranches de gâteau.

« Alors, raconte-moi tout ! lança-t-elle dès qu'elle se fut assise, son triple menton tout tremblant.

— À quel propos ?

— À propos du professeur, bien sûr ! Est-ce qu'on va l'arrêter ? »

On n'avait rien dit de nouveau sur l'affaire Breckenridge depuis avant Noël, et les ragots s'étiolaient faute de nouvelles rumeurs.

« Oh ! s'écria Verna, soulagée que la conversation ne porte pas sur Ruben Martinez. Eh bien, je pense qu'ils l'arrêteront quand ils auront assez de preuves.

— Et alors, ils l'arrêteront ? Tu veux dire qu'il l'a fait, vraiment ? »

Comme auparavant, Verna n'avait pas plus d'informations qu'Eleanor sur l'enquête. En fait, quand le sujet avait été abordé au cours du dîner de Noël, Ruben comme Ginger s'étaient refusés à tout commentaire. Mais c'était pour Verna une occasion d'être enviée, et elle n'allait pas la laisser échapper.

« Évidemment qu'il l'a fait, affirma-t-elle imprudemment. Et je suis certaine que Ginger obtiendra avant peu ce dont elle a besoin pour mettre la corde au cou de cet homme horrible. »

Lorsque les vacances se terminèrent, Matthew Frankel avait eu le temps de réévaluer l'incident dans la cour et de décider que l'école n'était pas un endroit aussi terrible, finalement. Il se dit du moins qu'il n'était pas juste de juger tout le monde d'après les actes d'un petit nombre.

C'était son grand-père qui l'avait aidé à aboutir à cette conclusion, pendant les quelques jours de vacances que les Frankel avaient passés chez Aaron, en Pennsylvanie.

« Tu deviens un bien beau jeune homme, lui déclara la version plus âgée de son père. Dis-moi, comment ça marche, à l'école ? »

Ils étaient seuls tous les deux pour l'après-midi, et Aaron avait emmené l'enfant au cimetière, sur la tombe d'Emma.

« Ça va, grand-père, affirma Matthew en écartant d'un coup de pied un gravier égaré sur la pierre tombale.

— Tu as de bonnes notes ?

— Ça, oui !

— Tu t'es fait des amis ?

— Bien sûr... Enfin, un ami. Il s'appelle Billy. »

Aaron avait baissé les yeux vers l'enfant, et remarqué sur son visage une expression qui lui avait violemment rappelé Emma.

« Qu'est-ce qui ne va pas, mon garçon ? » demanda-t-il gentiment.

Matthew hésita un instant. Il ne connaissait pas son grand-père si bien que ça, mais il le soupçonnait de ressembler beaucoup à Jerry.

« Des grands m'ont dit des choses à l'école un jour, répondit-il d'une voix hésitante. Des choses pas très gentilles... sur le fait que je suis juif. »

Il décida de ne pas mentionner le reste, ce qu'ils avaient dit de son père, qui serait un meurtrier.

Aaron se raidit. Il s'était posé des questions, et s'était même inquiété quand Jerry avait soudain déplacé sa famille à l'autre bout du pays. Ces dernières années, il avait lu et entendu dire des choses très inquiétantes sur le nord-ouest du pays : sur des milices antigouvernementales, de petites enclaves néo-nazies, des skinheads et la montée des crimes liés à la haine raciale.

« Ce genre d'enfants doit inspirer de la pitié, déclara-t-il à son petit-fils, tandis qu'un frisson parcourait son dos au souvenir des jeunes du Troisième Reich défilant au pas de l'oie. Si tu leur montres que tu n'as pas peur, il est probable qu'ils ne te causeront plus d'ennuis.

— Mais pourquoi font-ils ça ? Je ne leur ai jamais rien fait. Je ne les connaissais même pas.

— Il y a dans ce monde, expliqua Aaron avec un soupir, des gens qui ne se sentent pas très bien dans leur peau. Certains ne sont pas très intelligents, ou pas très riches, ou pas très beaux ; beaucoup ont juste eu de mauvais parents. Quelle que soit la raison, ils sont malheureux, et les gens malheureux pensent parfois qu'ils se sentiront mieux s'ils rendent quelqu'un d'autre malheureux. De plus, ils n'ont souvent qu'un vocabulaire très limité.

— Mais est-ce qu'ils se sentent vraiment mieux quand ils rendent quelqu'un d'autre malheureux ?

— Pas très longtemps. On peut assez facilement se cacher par rapport au monde, si on le veut, mais il est bien plus dur de se cacher par rapport à soi-même. Même les gens qui haïssent les autres pour ne pas avoir à se haïr eux-mêmes doivent un jour se regarder dans leur miroir.

— Grand-père, tu ne diras rien à papa et maman, d'accord ? Ce n'est pas très grave, et je ne veux pas qu'ils se fassent du souci.

— Ce sera notre secret, affirma Aaron. Mais si cela se reproduit, je veux que tu me promettes d'en parler à tes parents. Parce qu'ils t'aiment et que c'est leur tâche de te protéger.

— D'accord », dit Matthew après mûre réflexion.

Cela se reproduisit quatre jours après la rentrée de janvier. Les grands isolèrent Matthew derrière le gymnase.

« Eh, mais c'est encore le petit juif ! » s'exclamèrent-ils en l'encerclant.

Matthew fit front.

« Vous êtes plus grands que moi, et vous êtes trois, leur dit-il. Je ne peux sans doute pas vous empêcher de me mettre dans la boue. Alors, si me faire mal vous aide à vous sentir heureux, allez-y ! Parce qu'une fois la boue lavée j'aimerai encore la personne que je verrai dans le miroir. »

Les trois garçons se consultèrent un instant, puis reportèrent leur attention sur Matthew.

« Le fils de youpin veut qu'on lui mette la tête dans la boue, dit l'un d'eux.

— Ouais, je l'ai entendu nous le demander, dit un second.

— Alors, qu'est-ce qu'on attend ? » demanda le troisième.

Tous trois rirent et s'avancèrent vers lui. Matthew ne se défendit pas. Il se laissa jeter par terre, et mettre le visage dans la boue. Il ferma les yeux, retint sa respiration et ne pleura pas. Au bout d'un moment, ils le lâchèrent.

« Fils de pute juive ! crièrent-ils.

— Fils de salaud d'assassin juif ! »

Matthew ne laissa pas leurs insultes l'atteindre davantage. Il se redressa autant qu'il le put.

« On ne vous a jamais dit que vous avez un vocabulaire très limité ? » leur répliqua-t-il avant de sourire, ses dents paraissant très blanches dans son visage couvert de boue.

Les trois brutes se regardèrent, visiblement perplexes. Aucune d'elles n'arrêta Matthew lorsqu'il tourna les talons et s'éloigna.

Cette fois, il dit ce qui était arrivé à l'infirmière de l'école qui l'aida à se nettoyer. Et il le dit à ses parents.

« Est-ce que tu vas bien ? s'inquiéta Deborah.

— Pourquoi ne nous as-tu rien raconté la première fois ? s'enquit Jerry.

— Ils ne m'avaient pas fait mal, répondit Matthew, seulement peur. Cette fois, je n'ai même pas eu peur, mais c'est grand-père qui m'a fait promettre de vous en parler. Ils m'ont poussé dans la boue et insulté, c'est tout. Je crois qu'ils me font ça pour se donner de la valeur. »

Jerry faillit sourire, parce que c'était exactement une phrase de ce genre qu'aurait prononcée Aaron.

« Allez, jeune homme, dans la baignoire », dit sa mère en le serrant si fort dans ses bras qu'il pouvait à peine respirer.

Jerry s'assit à la table de la cuisine et serra ses mains ensemble jusqu'à ce que leurs jointures deviennent blanches. En règle générale, il n'était pas coléreux, mais il sentait à cet instant une immense fureur l'envahir. Que la police le harcèle, c'était une chose, mais c'en était une tout autre qu'une bande de brutes s'en prenne à son fils. C'était frapper sous la ceinture. De surcroît, cela trahissait quelque chose de réellement malveillant dans cette communauté si sereine et pimpante, quelque chose de beaucoup plus profond qu'une lettre immature envoyée à la rédaction du journal de temps en temps. Jamais il n'avait été personnellement en butte à l'animosité religieuse, et, en dépit des admonestations d'Aaron, il avait fini par se convaincre qu'il pourrait aussi en protéger son fils. Mais maintenant, il était confronté à cette situation, et il devait décider comment y faire face.

« Il joue à la bataille navale comme si rien n'était arrivé, annonça Deborah dix minutes plus tard.

— Mais c'est arrivé, dit Jerry.

— Il n'est qu'un enfant. Il ne comprend pas vraiment.

— Peut-être, mais nous, nous comprenons.

— Allons, conservons à cette affaire des proportions raisonnables ! Si on en fait toute une histoire, cela risque d'aggraver les choses pour Matthew.

— On ne peut pas l'ignorer.

— Je n'ai pas dit que nous devons l'ignorer, mais que nous devons laisser l'école s'en charger. C'est là que cela s'est produit, et donc qu'une action adéquate doit être entreprise. Tu connais la directrice. Tu peux lui parler et lui dire ce que nous pensons. Elle prendra ses responsabilités. »

Deborah, appartenant à la quatrième génération de sa famille née en Amérique, n'avait eu aucun parent victime de la Shoah et ne connaissait de l'Allemagne, de la Gestapo, des Chemises brunes et des Jeunesses hitlériennes que la vision atténuée qu'en donnaient les cours au lycée.

« Que des gosses traitent Matthew de "fils d'un salaud d'assassin juif" te paraît être juste un problème concernant l'école ? rétorqua Jerry. D'après toi, nous devrions laisser les enseignants s'en occuper et nous en désintéresser ?

— Pour le moment, oui. Au cas où tu ne l'aurais pas remarqué, il y a des gens pleins de préjugés sur cette île. Et qu'ont-ils donc d'autre à faire dans le coin que de donner libre cours à leurs peurs et à leur ignorance ? Mais si ce que dit Rachel est vrai, ils ne sont qu'une poignée, et je crois que nous jouerions leur jeu si nous nous abaissions à leur niveau. »

Ce que Deborah souhaitait par-dessous tout, c'était de ne pas connaître une nouvelle situation trouble dans leur nouveau lieu de résidence. Mais Jerry n'était pas convaincu.

« Trois brutes s'attaquent à ton fils, et tu sembles penser que ce n'est rien.

— Je n'ai pas dit que ce n'était rien. Je suis même du genre à livrer bataille quand je peux. Cela me fait mal que des gamins de dix ans aient insulté Matthew, mais cela ne nous garantit pas le soutien de la garde nationale. Je trouve qu'il a affronté la situation avec panache, et tout seul, et je serais très surprise qu'ils l'ennuient de nouveau.

— Cela ne se limite pas à ces gosses, et tu le sais. Comment auraient-ils su que dire s'ils ne l'avaient pas entendu chez eux ?

— C'est probablement vrai. Mais que veux-tu donc faire – aller menacer leurs parents de ton fusil ?

— Bien sûr que non, simplement cela risque de ne pas être un phénomène aussi éphémère que tu le crois. Il y a deux mois, un de mes élèves m'a expliqué que ses parents lui enseignaient l'histoire d'un point de vue révisionniste.

— Non ! Et qu'as-tu fait ?

— Je lui ai dit d'apporter ses ouvrages de référence, et qu'on les étudierait en parallèle avec les textes habituels pour que la classe décide quelle est la vérité.

— Et alors ?

— Il n'a pas apporté les livres et n'en a plus jamais parlé. On a enterré l'affaire et continué avec les ouvrages scolaires.

— Alors, tu vois ? Tu ne t'es pas jeté sur lui, vous n'avez pas roulé dans la poussière en vous battant ! Une petite humiliation devant ses camarades a suffi.

— Cette approche a sans doute réussi dans ce cas particulier, mais là c'est différent. Au cas où tu l'aurais oublié, ils m'ont traité d'assassin, devant mon propre fils.

— La police essaie désespérément de résoudre l'affaire Breckenridge. Dans son zèle, elle s'est un peu trop intéressée à toi, et certains l'ont mal interprété. Peut-être y a-t-il des gens assez stupides pour en parler au dîner. Tu sais mieux que moi que les gosses sont comme des éponges : ils absorbent tout et le ressortent sans vraiment comprendre. Ce n'est probablement rien de plus, et je ne pense pas qu'il faille rechercher une formidable conspiration insulaire fomentée dans l'ombre.

— Tu en es convaincue ?

— Oui, et tu verras : tout cela va se dégonfler. Bientôt, ce ne sera plus qu'un incident isolé. »

2

Les lecteurs du *Sentinel* étaient si habitués, depuis plus d'un mois, à voir le gros encadré à la page des petites annonces qu'ils s'inquiétèrent le matin où ils ne l'y trouvèrent plus.

« Qu'est-il arrivé ? » s'interrogèrent-ils le vendredi devant leur verre au Pélican.

« Où est-il passé ? » se demandèrent-ils en montant sur le ferry.

« Pourquoi ne passent-ils plus l'annonce de Purdy ? »

« Qu'est-ce que cela signifie ? »

« Est-ce que la police a pris l'assassin ? »

« Qui est-ce qui l'a dénoncé ? »

« Qui a eu la récompense ? »

Les appels affluèrent à la maison Curtis au rythme de deux douzaines à l'heure.

« Ils ont commencé par nous critiquer parce que nous passions cette annonce, commenta Iris Tanaka, et maintenant ils nous accusent de l'avoir fait disparaître !

— Ce n'est pas nous, lui rappela Gail. C'est Malcolm Purdy. »

De fait, l'ancien marine avait appelé tard le mercredi, pour les remercier de leurs services et les informer qu'il n'était plus nécessaire de publier son annonce.

« Si j'ai bien compris, la police est près d'aboutir, avait-il dit, alors je crois qu'on n'a rien à gagner à la faire paraître plus longtemps.

— Près d'aboutir ? avait répété Gail en cachant sa surprise. Je ne savais pas que tout le monde était au courant. »

En fait, elle n'avait pas eu la plus petite confirmation, depuis sa dernière conversation avec Ginger, d'une arrestation imminente. Il y eut un silence à l'autre bout du fil.

« Eh bien, c'est ce que j'ai entendu dire, lui déclara Purdy.

— Dans ce cas, à qui ira la récompense ?

— Trop tôt pour le dire. »

« Oh, Seigneur, mais qui va-t-on arrêter ? demanda Iris.

— Le professeur, je pense.

— Le professeur ? répéta l'assistante, stupéfaite. Ils pensent vraiment que c'est le professeur ? Je n'arrive pas à le croire !

— Pourquoi pas ?

— Je n'en sais rien. Sans doute parce qu'il a l'air d'un type bien. Ma petite sœur est dans une de ses classes, et elle dit toujours que c'est un professeur formidable, et très gentil.

— Il arrive que des hommes gentils tuent.

— C'est vrai... Mais je pensais que tous ces trucs qu'on publiait sur lui étaient du simple bavardage, juste pour vendre. »

L'image d'Alice Easton derrière une fenêtre traversa l'esprit de la rédactrice en chef et disparut. Peut-être, songea-t-elle.

« Peut-être pas », dit-elle.

Ginger fredonnait l'air d'une chanson à la mode tout en repassant. C'était une tâche qu'elle détestait, et elle avait toute une semaine de linge à rattraper. Le secret, avait-elle décidé, c'était de ne pas penser à ce qu'on faisait, aussi son esprit n'était-il pas du tout fixé sur son repassage.

On était dimanche soir. Elle avait passé la journée à Seattle avec Ruben et Stacey à parcourir les allées du vénérable marché de Pike Place pour choisir leur menu, à admirer les artisans, à rire au spectacle des poissonniers qui s'amusaient à jongler avec leurs poissons en se les envoyant d'un étal à l'autre.

« Du crabe tout cuit ! annonça l'un d'entre eux. Vot'dame aura pas à cuisiner ce soir.

— Vous voulez du crabe pour dîner ? demanda Ruben en souriant.

— Non ! protesta Ginger en regardant le prix. Je veux une pizza.

— Moi aussi, renchérit Stacey.

— Désolé ! » s'excusa Ruben auprès du marchand.

Ils lurent les noms, gravés dans le ciment sur le sol, de ceux qui avaient contribué au sauvetage de ce trésor national. Ils achetèrent des légumes et des fleurs. Puis, sur le ferry du retour, ils discutèrent de la pizza qu'ils allaient commander, comme n'importe quelle famille.

Ginger ne s'était jamais sentie plus heureuse, car la solution dont ils avaient besoin pour l'affaire Breckenridge était à portée de main, ce qui sauverait non seulement l'emploi de Ruben mais aussi leur relation en pleine évolution. Même le conseil municipal trouverait déraisonnable de faire des histoires à quelqu'un qui venait de réussir si brillamment.

Le prof était coupable. Elle en était certaine. Cela n'aurait plus d'importance qu'il leur ait fallu trois mois pour l'épingler. Il y avait peu d'indices, et Frankel s'était montré très malin, très insaisissable. Mais ce qui comptait, c'était qu'ils l'avaient enfin démasqué, derrière son numéro puéril d'innocent, et qu'ils allaient l'épingler. C'était cela que les gens retiendraient, que le journal raconterait – et que le conseil devrait reconnaître.

Il avait fallu vingt-huit ans à Ginger pour découvrir l'homme avec qui elle voulait passer le reste de sa vie. Même si certains les trouvaient curieusement assortis, il n'y avait aucun doute dans son esprit : Ruben Martinez était exactement celui qu'il lui fallait – calme alors qu'elle était nerveuse, réfléchi alors qu'elle était impulsive, et si sage, si attentionné, si sexy. Elle mettrait tout en œuvre, quitte à se battre ou à s'agenouiller, pour que personne ne le lui prenne.

Ginger finit de repasser son dernier pantalon et l'accrocha derrière la porte de son placard afin de l'avoir à portée de la main le matin. Puis elle débrancha le fer, se lava la figure, se brossa les dents et se glissa dans son lit, où Twink sauta et s'étira près d'elle en ronronnant.

« Tu ne vaux pas vraiment Ruben, lui dit-elle au souvenir de celui était près d'elle la nuit précédente, mais chaque chose en son temps. »

Elle caressa Twink et s'endormit en souriant.

Charlie Pricker détestait être malade. Un simple rhume le rendait irritable parce qu'il émoussait ses sens, et là il n'avait pas qu'un rhume.

« C'est une pneumonie, et vous ne pouvez rien faire de plus que prendre vos antibiotiques et attendre que ça passe, lui déclara Magnus Coop.

— Une pneumonie ! Comment ai-je bien pu attraper ça ?

— À vous de me le dire. Il y a plus d'un mois que je vous ai demandé de venir me voir à propos de votre toux.

— Ce n'était rien.

— Eh bien, maintenant, ce n'est plus rien. Vous avez des frissons, une fièvre à quarante et du sang dans les crachats. Rentrez chez vous et restez-y, sinon je vous expédie à l'hôpital.

— Je ne peux pas m'absenter plus d'un jour ou deux, protesta Charlie, j'ai une pile de travail plus haute que la Space Needle !

— J'expliquerai tout à Ruben. Et je vais dire à Jane d'ôter le téléphone de votre chambre, ajouta le médecin. Repos complet. »

Quand il rentra, Jane avait déjà parlé au docteur, et elle tenait le téléphone de la chambre dans sa main.

« Couche-toi. Je t'apporte de la soupe, dit-elle à son mari.

— Je descendrai pour la manger.

— Je te la monterai ! J'ai promis à Magnus de t'enfermer à clé si tu faisais un pas de plus que pour aller à la salle de bains. »

Il ne discuta pas. Il ne l'aurait jamais avoué, mais le diagnostic du docteur l'effrayait. Un de ses parents était mort d'une pneumonie après

267

un accident de bateau, et un autre y avait succombé après un voyage en Inde. Dans sa famille, les problèmes pulmonaires étaient courants.

Charlie resta dix jours en arrêt de travail sous la surveillance de Jane, jusqu'à ce que la fièvre soit définitivement tombée et qu'il ne crache plus de sang. En retournant au bureau le troisième jeudi de janvier, il trouva, dans la pile de courrier qui l'attendait, une lettre du laboratoire de la police criminelle.

« Hé ! lança-t-il à Ginger. Ce doit être le rapport sur les empreintes de Frankel. Ça leur en a pris, du temps ! C'est là depuis quand ?

— C'est arrivé hier soir, je crois, dit-elle en jetant un coup d'œil vers lui.

— Pourquoi donc ne l'as-tu pas ouvert ?

— On n'ouvre pas le courrier l'un de l'autre, lui rappela-t-elle d'un air détaché.

— Tu n'étais pas curieuse ?

— Bien sûr que si. Et je t'aurais appelé à ce sujet si Jane ne m'avait pas dit que tu revenais ce matin. »

Charlie déchira l'enveloppe et lut le rapport. En quelques secondes, un large sourire fendit son visage.

« On le tient ! s'écria-t-il. Ce fils de pute ! On le tient ! »

Sur la base des empreintes et de tout un faisceau de coïncidences circonstancielles, le juge Irwin Jacobs signa un mandat de perquisition concernant la personne et les biens de Jeremy Frankel.

Ruben, Ginger, Charlie et Glen Dirksen arrivèrent chez le professeur, Larkspur Lane, le vendredi à 15 h 5. Frankel et son fils étaient chez eux, pas l'épouse.

« Je suis désolé, monsieur, mais nous avons un mandat pour fouiller les lieux », dit Ruben en montrant le document officiel à couverture bleue.

Jerry le regarda sans comprendre.

« De quoi parlez-vous ? demanda-t-il. Fouiller ma maison ? Pourquoi ? Dans quel but ?

— Nous recherchons des preuves liées à l'affaire Breckenridge, répondit Ginger.

— Je ne comprends pas. Il n'y a rien, ici.

— Peut-être pas, monsieur, déclara Charlie, mais le mandat nous donne le droit de regarder.

— Suis-je censé appeler mon avocat ?

— À vous de décider, lui dit Ruben. Toutefois, nous avons légalement le droit d'être ici. Je doute que votre avocat vous dise le contraire. Pouvons-nous entrer ?

— Vous voulez dire, là tout de suite ? demanda Jerry.

— Oui, monsieur.

268

— Mais ma femme n'est pas encore revenue de son travail. Est-ce qu'elle ne devrait pas être là pendant que des étrangers fouillent sa maison ?

— Ce n'est pas notre problème, répliqua Ruben.

— Je ne sais que faire, dit Frankel en regardant Ginger. Il faut que j'y réfléchisse. Pouvez-vous revenir dans deux heures ?

— Je crains bien que non, répondit Ginger.

— Mais mon fils est là. Vous ne pouvez pas faire ça devant mon fils. Il n'a que neuf ans. Il ne comprend pas. »

Ruben et Ginger échangèrent un regard.

« Peut-être votre fils pourrait-il quitter la maison un moment ? suggéra Ginger. Est-ce qu'il ne peut pas aller chez un ami ? »

Jerry sembla y réfléchir un moment, puis il hocha la tête.

« Nous vous laissons le temps d'organiser son départ », ajouta Ruben.

Comme dans un brouillard, Jerry s'éloigna de la porte, mais il se retourna brusquement.

« Qu'est-ce que je lui dis ? questionna-t-il.

— Juste le nécessaire », répondit Ginger.

« Ces personnes veulent me voir un moment, expliqua Jerry à Matthew, et il vaudrait mieux que tu nous laisses seuls. J'ai appelé Mme Hildress. Elle est d'accord pour que tu ailles jouer chez elle avec Billy jusqu'à ce que j'en aie terminé. »

Matthew regarda longuement chacun des officiers de police avant de reporter ses yeux sombres sur son père.

« D'accord, j'y vais, accepta-t-il de mauvais gré. Mais tu m'appelles si tu as besoin de moi.

— Tu peux y compter, affirma Jerry en aidant le gamin à mettre sa veste et en le conduisant à la porte. Reste chez Billy jusqu'à ce que je vienne te chercher. On commandera une pizza pour le dîner. »

Ginger sentit sa gorge se serrer. Étonnée, elle se prit à penser qu'il se conduisait comme n'importe quel père.

Le petit garçon partit sur l'allée, non sans se retourner plusieurs fois vers la maison. Ensuite, il disparut dans la rue.

La fouille fut méticuleuse. Les policiers essayèrent de procéder proprement, mais il ne fallut que quelques instants à Jerry pour savoir que Deborah s'apercevrait immédiatement de leur visite. Il dut écarter de son esprit tout espoir de lui cacher la perquisition.

« Non, tu ne peux pas les en empêcher, confirma Scott de son bureau de Seattle en réponse à son appel urgent. Que vont-ils trouver ?

— Rien, répondit Jerry.

— Alors, laisse-les chercher. »

Les quatre officiers de polices furent rapides et efficaces, se dispersant dans toutes les pièces, sans rien laisser de côté. Le professeur les suivait comme un chiot perdu. Une heure plus tard, ils se rejoignirent dans la cuisine sans rien avoir découvert.

« Il reste le garage, dit Ruben. Et on pourrait aussi regarder rapidement dehors, avant qu'il fasse nuit. »

Pendant les mois d'été, dans le nord-ouest du Pacifique, le jour durait au-delà de 22 heures ; en hiver, le soleil se couchait peu après 16 h 30.

C'est Glen Dirksen qui se rendit à l'arrière, dans la cour que Jerry avait clôturée à cause de Chase. Le chien vint à sa rencontre, tout joyeux, et Dirksen se pencha pour le caresser. Considérant que l'étranger signifiait par là son désir de jouer, Chase fonça chercher son jouet préféré : un sweat-shirt gris tout sale roulé en boule et noué avec les manches, avec lequel Matthew et lui s'amusaient souvent en l'attrapant par les deux bouts.

Dans la pénombre, Dirksen en prit un. Il lui fallut une bonne minute avant de se rendre compte que le chiffon n'était pas seulement sale, mais qu'il avait des taches noires. Il défit le nœud et déroula le vêtement. Les taches maculaient tout le devant du sweat-shirt.

Le cœur battant, Dirksen courut vers le garage.

« Regardez ça ! cria-t-il à Ruben et Charlie, qui suspendirent leurs activités pour venir à sa rencontre.

— C'est juste un vieux sweat qui sert de jouet au chien, déclara Jerry.

— Ça ressemble bien à des taches de sang, observa Charlie.

— En effet, confirma Jerry. Je me suis coupé le pouce il y a quelques semaines, et j'ai mis du sang sur mon sweat. Les taches ne sont pas parties au lavage, alors on l'a donné à Chase.

— Il nous faut vérifier ça », dit Charlie.

Il savait qu'en plus du sang on avait trouvé sur le corps de Tara un certain nombre de fibres gris clair non identifiées. Il plia le sweat-shirt et le plaça dans un sac en papier qu'il ferma et étiqueta.

Quelques secondes plus tard, Ginger arriva avec une expression d'incrédulité mêlée de joie.

« Regardez-moi ça ! s'écria-t-elle en tendant vers eux une feuille de journal dans laquelle reposait un couteau à gros manche noir et lame incurvée de quinze centimètres.

— Où avez-vous trouvé ça ? demanda le professeur.

— Dans le compartiment secret à l'arrière de votre voiture, répondit Ginger.

— Ma voiture ? Qu'est-ce qu'il faisait là ?

— C'est une bonne question, monsieur Frankel, répondit Ruben. Justement celle que j'allais vous poser.

— Je n'en ai aucune idée, dit Jerry en regardant l'objet. Ce n'est pas à moi. Jamais je n'ai possédé un tel couteau.

— Il nous faut vérifier ça, redit Charlie tandis que tous le regardaient répéter l'opération de mise en sac.

— Monsieur Frankel, déclara Ruben, vous allez maintenant devoir nous accompagner à la clinique où on prendra un échantillon de votre sang et de vos cheveux aux fins d'analyses.

— Le mandat de perquisition vous donne-t-il le droit de m'y contraindre ? interrogea Jerry.

— Tout à fait, monsieur.

— Est-ce que cela prendra longtemps ?

— Pas très. Vous devriez pouvoir aller rechercher votre fils à 18 heures au plus tard.

— Je vais chercher mon manteau », annonça le professeur en soupirant.

Gail Brown était au courant de la fouille avant même qu'elle commence. C'était ainsi que les choses se passaient dans les petites villes. Sans en connaître tous les détails, elle en avait assez pour tirer quelques conclusions fiables et mettre son meilleur reporter sur le coup.

« Je te réserve toute une colonne, lui dit-elle. Ce sera à la une demain. Tu as une heure. Ne me déçois pas. »

Il ne la déçut pas. Cinquante-neuf minutes plus tard, il lui apportait un rapport circonstancié sur la manière dont le mandat avait été accordé, des précisions sur ceux qui avaient pratiqué la perquisition et le temps que cela leur avait pris. Il ne lui manquait que le détail de ce que la police avait découvert chez Frankel – que Ruben n'avait apparemment pas voulu lui révéler.

Gail parcourut rapidement le texte, notant au passage que les justifications du mandat ne mentionnaient ni l'Académie Holman ni Alice Easton. Sans bien savoir pourquoi, elle se sentit immensément soulagée. Certes, elle s'était rendue à Scarsdale avec des images de célébration du prix Pulitzer dans les yeux, pour y chercher des renseignements susceptibles de faire avancer l'affaire sur l'île Seward, mais elle n'était pas à l'aise avec ce qu'elle avait trouvé – ou, plus exactement, avec ce qu'elle n'avait pas trouvé. Si elle avait donné l'information à Ginger, c'était dans l'espoir de garder l'attention de la police braquée assez longtemps sur le professeur pour découvrir quelque preuve concrète de sa complicité dans le meurtre de Tara Breckenridge, s'il y en avait une.

D'après ce qu'avait appris son reporter, il y en avait apparemment une.

Contrairement à Eleanor Jewel, Mildred MacDonald, et quelques autres de la même eau, Libby Hildress n'était pas considérée comme une commère de l'île. Elle appartenait à plusieurs associations et connaissait beaucoup de monde, ce qui la plaçait en position de récolter bien des

271

informations, mais la seule personne avec qui elle discutait de ce qu'elle avait entendu dire était son époux.

« Au milieu de l'après-midi, voilà qu'il m'appelle, lui raconta-t-elle dès que Bud et Billy eurent quitté la table du dîner pour aller faire leurs devoir. "Est-ce que Matthew peut venir jouer chez vous un moment ?" me demande-t-il.

— Alors ? répondit Tom.

— Alors, Matthew dit à Billy que la police est chez lui pour parler à son père.

— Encore !

— Tom, écoute-moi. Je t'assure que ce n'est pas innocent. Pourquoi aurait-il fallu que Matthew quitte sa maison juste parce que la police y était ? Ça ne tient pas debout.

— Où veux-tu en venir ?

— Je ne pense pas que la police était là juste pour parler. J'ai bien l'impression qu'elle est venue perquisitionner, chercher des indices. C'est pour ça que Jerry a fait partir le gamin.

— Il leur faut un mandat de perquisition pour ça, lui dit Tom. Et bien plus que des soupçons pour l'obtenir.

— C'est exactement ce que je veux dire.

— Tu crois qu'il l'a tuée, c'est ça ?

— Je ne veux pas le croire, mais je ne sais pas quoi croire d'autre. L'intérêt que lui porte la police dure depuis beaucoup trop longtemps. Quand il est venu rechercher Matthew, il a essayé de se comporter normalement, mais on voyait bien qu'il était éreinté.

— Éreinté ?

— Tu vois ce que je veux dire. Ses yeux bougeaient tout le temps et son corps semblait être englué. Enfin, je ne sais pas comment te l'expliquer autrement : il avait l'air coupable. »

3

Ruben et Ginger ne purent résister à l'envie d'une petite célébration privée. Ils avaient découvert la preuve directe qui allait, pensaient-ils, résoudre l'affaire Breckenridge, et ils savouraient cet instant, avec des croquettes de poisson, des frites et une bière, au café du Bord de l'Eau.

« Dès qu'on a eu le mandat de perquisition, j'ai su qu'on allait trouver ce dont on avait besoin, exultait Ginger, tout en baissant la voix parce qu'ils n'étaient pas encore prêts à livrer cette information au public.

— Ce qui est effrayant, c'est de penser que nous l'avions déjà disculpé, dit Ruben.

— C'est Gail qui a sauvé la situation, reconnut Ginger. Si elle n'avait pas déterré ce truc à l'Académie Holman, nous n'aurions pas eu d'autre choix – et nous n'aurions toujours rien.

— Peut-être, admit Ruben, mais c'est ta brillante manœuvre du verre d'eau qui l'a mis sous clé. Sans ses empreintes, nous demeurions au point mort.

— Peu importe comment c'est arrivé, dit-elle avec un geste indifférent. Ce qui compte est que nous avons coincé ce fils de pute et que maintenant le conseil municipal devra danser pieds nus sur des tessons de bouteille pour te garder.

— Oh, s'exclama Ruben en pouffant, ils n'auront peut-être pas à aller jusque-là !

— Tu vas bien les faire ramper un peu à tes pieds !

— Tu sais, j'admire toujours un bon travail d'enquête, observa-t-il d'un air songeur, mais c'est fou le nombre de fois où une affaire est résolue juste parce que le suspect s'est montré négligent.

— Que veux-tu dire ?

— Eh bien, on avait fouillé le Taurus de Frankel la première fois qu'on est allé chez lui, et on n'avait pas trouvé le couteau.

— Oui, mais on n'avait pas de mandat, à l'époque, alors je n'ai pas ouvert ce compartiment à l'arrière.

— Justement, on n'a pas affaire à un type stupide et il savait qu'on le soupçonnait. Pourquoi a-t-il gardé l'arme du crime dans sa voiture ?

— Parce qu'il n'a pas pensé qu'on fouillerait à nouveau la voiture ? suggéra Ginger.

— Non. Je veux dire : pourquoi l'a-t-il gardée ? Il ne manque pas d'endroits, sur l'île, où il aurait pu se débarrasser d'un couteau, des endroits où nous ne l'aurions jamais retrouvé, et il a eu trois mois pour ça.

— Qui sait... Les assassins font des choses stupides. Peut-être a-t-il pensé qu'il nous avait eus, qu'il allait s'en sortir et qu'il n'avait donc pas besoin de jeter un bon couteau. Peut-être voulait-il le garder en souvenir. »

En vingt-cinq ans, Ruben avait vu son lot d'assassins ; des intelligents, des stupides, des intelligents qui faisaient des choses stupides. Mais il avait toujours remarqué que si certains gardaient les armes à feu, tous se débarrassaient des couteaux.

« C'est ce que je veux dire en parlant de négligence, dit-il. Ce n'est jamais logique.

— Est-ce important ? Il l'a fait, c'est ça qui compte, non ?

— Tu n'as pas tort.

— Il faut que je te dise, avoua Ginger. Pendant un moment j'ai vraiment eu peur qu'il nous échappe, qu'on nous renvoie de nos postes, que le premier meurtre de l'île Seward ne soit jamais résolu. Ça me donne des frissons quand je pense comme nous sommes passés près...

— Alors, n'y pensons pas.

— Dis-moi, si tu étais à sa place, est-ce que tu essaierais de t'enfuir ?

— Je n'en sais rien. Peut-être, si je n'avais pas de famille à prendre en considération. Mais lui en a une, et de plus il a le meilleur avocat d'assises du pays.

— N'empêche, juste au cas où l'idée lui viendrait, j'ai dit à Dirksen de le surveiller.

— Tu es un sacré bon flic, tu sais ça ? répliqua Ruben en riant. Tu vas au fond des choses, tu restes toujours professionnelle, tu couvres tes arrières, et tu as une saine méfiance du genre humain.

— Je suis si excitée, déclara Ginger avec un petit rire, que je pourrais sauter du rocher de l'Aigle et voler. Franchement, j'étais désespérée à l'idée d'avoir à mettre au courant un nouveau chef de la police.

— J'étais assez inquiet pour ma part d'avoir à quitter l'île, avoua Ruben avec un timide sourire. Quoique, je dois l'admettre, mon inquiétude ne concernait pas seulement mon poste.

— J'espère bien ! »

Sous la table, pour que personne ne remarque rien, ils joignirent leurs mains.

« Le *Sentinel* va probablement parler de la perquisition dans l'édition de demain, reprit Ginger. Quand vas-tu dire à Albert ce qu'on a trouvé ?

— Charlie aura les résultats préliminaires concernant le couteau et le sweat-shirt lundi. En supposant qu'ils aillent dans le sens qui nous paraît logique, j'enverrai un compte rendu à Van Pelt, et après j'informerai le maire. »

Harvey Van Pelt était l'avocat général du comté de Puget. Ce serait à lui de déterminer si les preuves contre Jerry Frankel étaient assez solides pour conduire à son arrestation. Ginger poussa un soupir de contentement. Ce serait le premier pas vers la condamnation du salaud qui avait massacré Tara Breckenridge.

Deborah Frankel passa le vendredi soir à remettre sa maison en ordre ; elle nettoya, plia, rangea, replaça. Elle vivait comme un véritable viol la fouille de ses affaires par des étrangers en son absence, sans son autorisation, sans même qu'elle en ait été avertie. Elle était scandalisée que ce genre de choses puisse se produire. Et, même si elle redoutait de se l'avouer, elle avait peur – une peur qu'elle n'avait jamais connue de toute sa vie – que la police sache quelque chose qu'elle ne s'était pas encore autorisée à envisager.

« Mais comment ont-ils pu obtenir un mandat de perquisition ? demanda-t-elle quand elle n'eut plus rien à ranger et que Jerry réussit à la convaincre de venir se coucher. Sur quelle base ?

— Ils ont dit qu'ils avaient comparé mes empreintes digitales à celles trouvées sur une croix que portait la petite Breckenridge, répondit-il.

— Est-ce que... c'est possible ? demanda-t-elle dans un souffle.

— Je n'en sais rien, dit-il en regardant par-delà l'épaule de sa femme. Je suppose que oui. »

C'est à cet instant que la peur s'empara d'elle, comme une main glacée tordant son estomac, et que la pensée impensable qu'elle avait eu tant de mal à ignorer s'insinua dans son esprit. Avec cette pensée s'imposèrent tous les instincts de protection, les instincts maternels qu'elle avait développés, sans en prendre pleinement conscience, depuis le jour, si lointain maintenant, où elle avait compris que son mari avait plus besoin d'une mère que d'une épouse.

« Prenons le week-end ! suggéra-t-elle soudain d'un air agité, oubliant la serviette pleine de travail qu'elle avait rapportée. Montons dans la voiture et partons !

— Où ?

— Je ne sais pas... Pourquoi pas sur la côte ? Ou dans les montagnes. On pourrait même aller au Canada, prendre le ferry pour Victoria. Je m'en moque. On a juste besoin de partir d'ici pendant deux jours. J'ai l'impression que des murs s'élèvent autour de moi.

— Je ne suis pas certain que ce soit judicieux.

— Pourquoi pas ?

— Étant donné les circonstances, ce n'est peut-être pas une bonne idée de quitter l'île. Ça pourrait paraître... bizarre.

— Tu veux dire que quelqu'un pourrait avoir l'idée fausse que tu tentes de t'enfuir ?

— Quelque chose comme ça. »

Elle le regarda, la question qu'elle n'arrivait pas à poser remplissant l'espace entre eux. Au bout d'un moment, elle éteignit la lumière et se glissa sous les couvertures.

À peine une heure plus tard, le téléphone sonna, et tira brutalement Jerry d'un sommeil profond et sans rêves. Il tâtonna pour trouver le combiné, dans le noir, en se demandant qui pouvait appeler et quelle heure il pouvait être.

« Assassin ! cria une voix sans nom et sans visage. On sait que t'as tué cette pauvre fille sans défense, et tu t'en sortiras pas comme ça. Sale juif ! Salaud d'assassin ! »

Près de lui, Deborah cherchait l'interrupteur pour allumer sa lampe de chevet.

« Qui appelle donc à une heure pareille ? questionna-t-elle d'une voix impatiente. Pour l'amour de Dieu ! Il est 1 heure du matin... Qu'est-ce qu'il y a ? s'inquiéta-t-elle soudain en voyant le visage livide de son mari. Il est arrivé quelque chose à Aaron ? »

Jerry ne répondit pas. Il resta allongé, le combiné dans la main. Deborah le lui prit et le porta à son oreille, mais elle n'entendit que la tonalité.

« Dis-moi ! insista-t-elle.

— Ce n'est pas Aaron, lui déclara-t-il d'une voix éteinte. C'était juste un appel anonyme.

— Un appel anonyme ? murmura-t-elle, dégoûtée. On dirait que tu as vu un fantôme sorti du passé. »

Ce n'était pas un fantôme du tout, pensa-t-il, et il n'appartenait pas non plus au passé, il était bien vivant, sur l'île Seward.

« Ça m'a juste réveillé en sursaut, répondit-il.

— Avec un peu de chance, dit Deborah en bâillant, on arrivera à se rendormir.

— Tu te souviens de ton idée de partir pour le week-end ? s'enquit Jerry dans le noir quand elle eut éteint sa lampe. Eh bien, tant pis pour les circonstances et pour ce que les gens vont penser. Partons !

— D'accord, marmonna-t-elle dans son oreiller. Faire un sac ne prendra que quelques minutes. Nous pourrons attraper le premier ferry. »

« Est-ce que tu as lu le *Sentinel* de ce matin ? » demanda Rachel Cohen à son mari au petit déjeuner.

La nouvelle de la perquisition s'étalait sur toute la première page. Scott hocha la tête.

« Désolée, mais je n'arrive vraiment pas à croire que Jerry puisse avoir le moindre lien avec la mort de cette jeune fille. »

Le Chérubin haussa les épaules.

« Je sais que tu ne peux parler d'un client, continua Rachel, mais ces gens sont nos amis... On va l'arrêter, c'est ça ?

— C'est possible.

— Quelle horreur ! Et sa famille...

— As-tu parlé à Deborah ?

— Je l'ai appelée à la première heure, dit Rachel en secouant la tête, mais le répondeur était branché. J'imagine ce qu'elle doit traverser. Elle reste digne, et pourtant je crois qu'au fond d'elle-même elle meurt de peur. Elle a paru prendre à la légère l'incident à l'école de Matthew, mais je sais que ça l'a rendue malade.

— Quel incident ?

— Ces brutes qui ont tabassé le petit et lui ont lancé des insultes antisémites ! Je suis sûre de t'en avoir parlé.

— Dans ce cas, je ne m'en souviens plus. Raconte-moi ça à nouveau. »

Rachel reconstruisit au mieux le récit de Deborah.

« Je sais qu'il y a des gens sur cette île qui ont ce genre d'idées, conclut-elle, mais, comme je l'ai dit à Deborah, en général ils se terrent. Je ne me souviens pas d'un autre incident aussi flagrant depuis qu'on est là.

— De l'antisémitisme... », murmura Scott, tandis que ses yeux verts s'étrécissaient.

Sa femme sourit. On était samedi, le jour de la semaine où officiellement il ne travaillait pas, mais cela ne l'avait jamais empêché de réfléchir. Presque comme s'il avait ostensiblement changé de vitesse, elle sut que l'esprit de son mari était maintenant totalement engagé dans un type de raisonnement dont il avait le secret. Elle se leva et entreprit de débarrasser la table. Il était inutile d'en dire plus. Son mari ne l'entendrait pas.

Le téléphone sonna chez Ginger peu après 13 heures le samedi.

« Je t'appelle de la côte, déclara Glen Dirksen.

— Qu'est-ce que tu fais là-bas ?

— Je suis Frankel. Tu m'as dit de le surveiller, non ? Eh bien, ils se sont levés à l'aube ce matin et ont pris le premier ferry – le prof, sa

277

femme, le gosse et le chien. Comme j'ignorais ce qu'ils avaient en tête, j'ai pensé qu'il valait mieux les suivre. »

Il avait attendu discrètement toute la nuit à quelques maisons de chez les Frankel, somnolant comme il le pouvait jusqu'à ce que les lumières s'éteignent pour de bon à l'étage et se réveillant toutes les demi-heures jusqu'à ce qu'elles se rallument.

« Qu'est-ce qu'ils font ? demanda Ginger soudain en alerte.

— Ils sont descendus à l'auberge du Phare, puis ils sont allés en ville manger un morceau, et maintenant ils se promènent sur la plage.

— Quel genre de bagages ont-ils pris ?

— Une petite valise pour eux trois.

— Est-ce qu'ils savent que tu es là ?

— Je ne crois pas. Je ne porte pas d'uniforme et je conduis mon pick-up. Il n'y a pas foule ici à cette époque de l'année, mais je fais attention.

— Approche-toi d'eux autant que tu peux. Je me moque qu'ils te repèrent. Je veux que tu leur colles aux fesses.

— D'accord.

— Tu as assez d'argent pour te loger et te nourrir ?

— Ouais, mais c'est l'argent de mon loyer, alors j'espère que je serai remboursé.

— Ne t'inquiète pas pour ça. Écoute, s'ils jettent ne serait-ce qu'un coup d'œil en direction du Canada, interviens. Arrête-le, s'il le faut, sous n'importe quel prétexte. Sinon, tiens-moi au courant. »

« Tu vois, j'avais raison, déclara Libby Hildress en agitant le *Sentinel* sous le nez de son mari. C'est pour ça qu'il a expédié Matthew ici : pour qu'il ne soit pas chez lui pendant que la police trouvait des preuves.

— Le journal ne dit pas qu'on a trouvé des preuves, lui rappela Tom. C'est sans doute beaucoup de bruit pour rien.

— Si la police a obtenu un mandat de perquisition, ce n'est pas pour rien, insista Libby. À ma connaissance, aucune autre maison n'a été fouillée. »

Tom dut l'admettre.

« Attendons quand même des informations précises avant de lui passer la corde au cou.

— Je regrette, mais même si Matthew est un gentil gamin, je crois que nous ne devrions pas continuer à laisser Billy fréquenter cette famille. Il est resté des heures et des heures là-bas alors que nous ne savions ni l'un ni l'autre ce qui se passait vraiment. Je n'ai rien dit jusque-là, mais cette amitié ne m'a jamais plu, dès le départ.

— Pourquoi ?

— Parce qu'on ignore ce que pensent ces gens-là... Et comment ils ont pu tenter d'influencer un enfant aussi impressionnable que Billy.

278

— L'influencer en quel sens ?

— Eh bien... pour toutes sortes de choses. Contre Jésus, peut-être.

— Tu ne parles pas sérieusement ?

— Mais si. Les juifs ne croient pas en Jésus. Ils ont pu tenter de le convertir.

— Libby, je crois que tu vas un peu loin. Billy n'a jamais rien dit pouvant nous laisser supposer que les Frankel lui ont parlé de religion.

— Tout de même, qui sait ce qu'ils ont pu dire, ou même quelles sont leurs pratiques ? Ils pourraient aussi bien être membres d'un de ces cultes bizarres qui manipulent l'esprit des gosses au point qu'après les parents doivent les faire déprogrammer.

— Mais enfin ! Qu'est-ce qui te permet de penser une chose pareille ?

— Je n'affirme rien. Je dis juste que nous devrions être prudents. Après tout, qu'est-ce qu'on sait réellement d'eux ?

— Ce sont des gens comme nous.

— Oh non, pas du tout. Ils ne nous ressemblent pas, ne pensent pas comme nous, et ne croient certainement pas aux mêmes choses que nous. Alors, avec des gens comme ça... comment savoir de quoi ils sont capables ? »

4

En comptant le jour du test au détecteur de mensonges, Stacey Martinez était sortie quatre fois avec Danny Leo, pour aller au réveillon, au cinéma et à un concert à Seattle. Ce soir serait leur cinquième rendez-vous, et ils allaient patiner.

À cause de son climat tempéré en hiver, l'île ne possédait pas de surface glacée naturelle. Quinze ans plus tôt, un vote majoritaire de la population avait convaincu les élus de construire une patinoire en plein air. Dans un territoire aussi isolé, sans beaucoup de distractions pour occuper la jeunesse, on avait conçu ce projet comme un antidote potentiel à l'usage croissant de la drogue.

Le Pavillon de la Glace, situé sur un promontoire qui s'enfonçait dans le détroit de Puget, juste au nord de la ville, était entretenu par le bureau municipal des Parcs et Espaces verts. Un snack-bar bien approvisionné aidait à éponger les coûts, ainsi que le bureau des écoles, qui louait les lieux pour l'entraînement de l'équipe de hockey. Avec sa coupole en verre et ses trois côtés ouverts, la patinoire offrait à toute heure un merveilleux panorama sur le continent, par-delà le bras de mer. Le soir, on voyait les lumières de Seattle danser sur l'eau tandis qu'on glissait et tourbillonnait au rythme de la musique.

Trois fois par semaine, de novembre à mars, Danny Leo s'entraînait sur cette patinoire. Il en connaissait chaque centimètre.

« Tu vois beaucoup ce jeune homme, fit observer Ruben pendant que Stacey se préparait à son rendez-vous. Trois week-ends de suite...

— Je l'aime bien, répondit la jeune fille. Il est beaucoup plus mûr que la plupart des garçons du lycée, et il se prend en main. Par exemple, il a déjà planifié toute sa vie et sait très précisément ce qu'il veut faire.

— C'est ma faute, constata tristement Ruben. Tu as dû grandir bien avant l'âge. Maintenant, tu es trop vieille dans ta tête pour penser à des fêtes et à des jolies robes, comme les autres filles, et les garçons de ton âge sont trop jeunes pour toi.

— Je ne sais pas pourquoi je suis comme je suis, répliqua Stacey en venant serrer son père dans ses bras, mais je ne voudrais pas être quelqu'un d'autre. »

Il ne se souvenait pas de l'avoir jamais aimée davantage qu'à cet instant. Les larmes lui vinrent aux yeux. Il les refoula et s'éclaircit la gorge.

« Tu... hum... tu ne fais rien d'idiot, avec ce garçon, n'est-ce pas ?

— Rien d'aussi idiot que Ginger et toi, si tu veux le savoir ! répondit Stacey en riant.

— Je veux le savoir, et je n'apprécie pas la comparaison, gronda-t-il sans pourtant pouvoir s'empêcher de sourire.

— Danny est un parfait gentleman. Et comme tu m'as élevée en parfaite demoiselle, tu peux chasser tous ces soucis de ta tête... pour le moment du moins, ajouta-t-elle avec un clin d'œil coquin.

— Pour combien de temps ?

— Voyons..., dit-elle en levant la tête pour faire mine de réfléchir, jusqu'à ce que je trouve quelqu'un qui me mette dans l'état où te met Ginger.

— Et ce n'est pas le cas de Danny Leo ?

— Ce pourrait sans doute l'être, répondit-elle en repoussant sa chevelure blonde et soyeuse d'un coup de tête, si je lui en donnais l'occasion. »

« Tu vois beaucoup cette fille, fit remarquer Peter Leo à la porte de la salle de bains où son fils se rasait. Est-ce une si bonne idée ?

— Je ne vois pas quel mal il y a à ça, répondit Danny en le regardant dans le miroir.

— Elle est jeune, lui rappela son père. Si quelque chose arrivait – si elle se mettait dans les ennuis –, elle n'est pas majeure. Ce serait la fin de tout pour toi.

— Alors, il suffit que je veille à ce que rien n'arrive, rétorqua Danny avec un petit sourire.

— Ne fais pas le malin. Parfois, on ne peut contrôler la situation en dépit de ses bonnes intentions.

— Stacey et moi sommes amis, papa. Il n'y a rien de plus entre nous. »

La soirée était claire et inhabituellement froide, même pour un mois de janvier. Un millier d'étoiles brillaient à travers le toit de verre, et les lumières de Seattle scintillaient par-delà le détroit de Puget. La glace était remplie de patineurs, en majorité des adolescents. Le snack n'arrivait plus à fournir en chocolats chauds.

Danny était un excellent patineur. Il ne faisait aucun doute qu'il joue-rait dans l'équipe de Harvard l'année suivante. Stacey était gracieuse, mais pas aussi à l'aise que lui sur la glace.

« Ne t'inquiète pas, la rassura-t-il. Tiens-toi à moi, et tout ira bien. »

Il lui passa le bras autour de la taille et la guida sans heurts sur la glace, parfaitement en rythme avec la musique. Elle avait l'impression de flotter.

« Je n'avais jamais patiné à l'extérieur, lui déclara-t-elle. En Californie, on n'a que des patinoires artificielles dans des salles à air conditionné. Je n'en reviens pas, tellement c'est différent ! »

Il leva les yeux vers les étoiles et regarda par-delà la mer.

« C'est comme ça que ça doit être », dit-il en la faisant tourbillonner jusqu'à ce qu'elle soit tout étourdie.

Elle rit.

« Vous êtes ensemble ? questionna Bert Kriedler quand ils s'arrêtèrent pour reprendre leur souffle. Je veux dire, officiellement ensemble ? »

Danny regarda Stacey et sourit.

« Nous sommes officiellement amis », affirma-t-il.

« Quel est ton secret ? s'informa Melissa Senn lorsqu'elle rejoignit Sta-cey aux toilettes. Jamais je n'ai pu obtenir que ce superbe étalon me regarde !

— Je ne crois pas avoir de secret, lui répondit honnêtement Stacey. Nous sommes juste amis. »

« Tu crois qu'elle joue le grand jeu ? demanda Melissa à Jeannie Gem-metta. Et que c'est pour ça qu'elle l'intéresse ?

— Pas Stacey, répondit Jeannie en secouant la tête. Elle est catholique et prudente, et elle sait que son père tuerait celui qui la toucherait. Elle ne s'allongera pour rien de moins qu'une alliance.

— Oui, mais souviens-toi, c'est ce qu'on pensait aussi de Tara. »

Deux rasades de scotch, une demi-bouteille de vin au dîner, plusieurs gorgées de Kahlua et un bon feu avaient rendu Ruben étonnamment loquace.

« Je suis un homme simple, avec des besoins simples, expliqua-t-il à Ginger tandis qu'ils étaient lovés dans des coussins devant la cheminée en compagnie de Twink. Je n'ai jamais désiré posséder beaucoup d'ar-gent, n'ai jamais rêvé de célébrité. J'ai seulement voulu faire de ma vie quelque chose de valable, et j'ai surtout aspiré au bonheur.

— Eh bien, il est certain que tu n'as pas beaucoup d'argent, répliqua Ginger en riant, et que tu n'es pas célèbre non plus. Tu as un travail valable, oui. Alors, il ne reste que... Es-tu heureux ?

— Je le crois. Mais tu pourras me le redemander après qu'on aura coffré le prof. »

— Comme tu es romantique ! s'exclama Ginger en lui enfonçant un doigt dans les côtes.

— Tout dépend de ce que tu trouves romantique. Je crois que les miracles sont romantiques, et résoudre l'affaire Breckenridge tient du miracle. Avoir réussi à faire boire Frankel dans ce verre avant qu'arrive son avocat était plus que de la chance.

— Des miracles se produisent, parfois. »

Twink cligna les yeux.

« C'est vrai, mais celui-ci a probablement sauvé mon emploi. Et je ne l'avouerais à personne d'autre qu'à toi, mais je suis un petit peu plus heureux d'avoir sauvé mon emploi que d'être sur le point de résoudre l'affaire.

— Moi aussi », avoua Ginger avec un soupir de satisfaction.

Twink bâilla.

« Tu sais, l'endroit où je travaillais n'a jamais eu grande importance pour moi. Pourvu que les écoles soient bonnes et l'environnement sain, un emploi, c'est un emploi, et j'ai toujours été prêt à passer au suivant. Mais maintenant, les choses sont différentes et, je dois l'admettre, je suis frappé par l'ironie de la situation.

— De quoi parles-tu ?

— Soyons francs, je ne me fonds pas dans le paysage. Jamais je ne serai intégré, ici. Je suis aussi étranger qu'on peut l'être sur l'île Seward, et il n'est guère probable que cette communauté m'accepte jamais en son sein. Et pourtant, c'est là que je veux être – ces gens que je veux servir, ce poste de police que je veux diriger, cette équipe avec laquelle je veux continuer à travailler. Je désire que Stacey termine ses études secondaires ici, qu'elle rentre ici quand elle sera à l'université, et j'aimerais y vieillir. Je n'avais pas réalisé à quel point ce lieu était important pour moi avant de penser que j'allais devoir le quitter. »

Pour toute réponse, Ginger l'enlaça et le serra contre elle. Elle ne voulait pas lui dire combien elle avait eu peur à l'idée de le perdre.

Twink se mit à ronronner.

« Puisque j'ai commencé à me livrer, reprit Ruben, j'ajouterai que j'en ai un peu assez de passer toutes ces merveilleuses soirées avec toi et de devoir ensuite rentrer chez moi. Il serait temps d'envisager un changement.

— Quel genre de changement ? demanda Ginger en se reculant pour mieux le regarder.

— Eh bien, justement, je ne sais pas trop. Je suis assez égoïste pour savoir que j'aimerais t'épouser, mais assez intelligent pour savoir qu'une jeune femme ne doit pas épouser un vieil homme.

— La dernière fois que je me suis penchée sur la question, je n'étais pas si jeune et tu n'étais pas si vieux.

— Tu vois ce que je veux dire. Quand une femme comme toi se marie

283

pour la première fois, c'est pour commencer une toute nouvelle vie, pas pour reprendre au milieu celle de quelqu'un d'autre. Et les enfants ? Toutes les femmes rêvent d'avoir des enfants. Je ne voudrais pas te voler cette joie, mais je suis assez vieux pour être ton père. Si nous avions des enfants, je serais plutôt leur grand-père.

— Je crois que, dans la vie, rien n'est jamais parfait, répondit lentement Ginger. Même le meilleur exige quelques accommodements. Je te mentirais si je te disais que je n'ai pas pensé avoir un jour des enfants : c'est naturel pour une femme d'y penser. Mais je te mentirais aussi si je te disais qu'avoir des enfants est plus important pour moi que toi.

— Il est possible que tu le penses maintenant, mais dans un an ? Dans dix, vingt ans, quand il sera trop tard ?

— Je n'ai aucune idée de ce que je penserai à ce moment-là, reconnut-elle honnêtement. Je sais seulement ce que je ressens maintenant, et qu'il serait idiot de renoncer à ce que je désire aujourd'hui pour un futur hypothétique.

— On dirait que tu as déjà réfléchi à tout ça, remarqua Ruben en la regardant à la lumière des flammes.

— C'est vrai, admit-elle avec un petit sourire. Le soir de notre deuxième rendez-vous. J'attendais seulement que tu me rattrapes. »

Il se demanda si elle serait toujours un pas devant lui, et décida que cela lui serait de toute façon égal.

« Alors, lança-t-il en prenant une profonde inspiration, veux-tu m'épouser ? »

Ginger regarda un moment le feu pour s'imprégner de ces paroles. Elle voulait s'assurer qu'elle avait bien compris toutes les implications d'un tel engagement. Elle se remémora sa vie passée, le chemin qui l'avait conduite où elle en était. Puis elle regarda Ruben, son avenir, qui attendait sa réponse.

« Oui », répondit-elle.

« Je crois que tu ne peux rien faire sur cette île sans que tout le monde essaie d'anticiper tes réactions, déclara Danny en reconduisant Stacey jusqu'à sa porte. Tout le monde est sûr qu'on est ensemble.

— Je me moque de ce qu'ils pensent, répondit Stacey. Nous savons que nous sommes juste amis.

— Eh bien, justement..., répliqua Danny en frottant le bout de ses baskets sur le rebord d'une marche du perron, je commence à me dire que nous pourrions peut-être être plus que des amis.

— La pression de tes camarades agit sur toi ? demanda Stacey en pouffant.

— Rien à voir », affirma-t-il avec un sourire.

En fait, ses amis lui disaient qu'il était fou de perdre son temps avec une petite de seconde quand il pouvait choisir qui il voulait dans sa classe. Stacey le regarda à la lumière de la lune.

« Je t'aime beaucoup, avoua-t-elle. Est-ce que cela fait de nous plus que des amis ?

— Je... je n'en sais rien. Pourquoi est-ce qu'on ne vérifierait pas ? »

Il se pencha vers elle et pressa doucement ses lèvres contre les siennes. Elle les trouva douces, chaudes, vibrantes. Elle sentit imperceptiblement le monde se décentrer.

« C'était comment ? s'enquit Danny.

— Je ne sais pas... », murmura-t-elle.

Pour rien au monde, elle ne lui aurait avoué que c'était son premier baiser et qu'elle n'avait donc aucun critère de comparaison à sa disposition.

« Alors, que penses-tu de ça ? »

Il pressa de nouveau ses lèvres contre les siennes. Cette fois, elles étaient légèrement entrouvertes et humides, et il sembla vouloir aspirer tout l'air qu'elle avait en elle. Le monde se renversa franchement autour de Stacey.

« C'était bien ! admit-elle sans vraiment savoir où ils allaient ni être certaine de vouloir le découvrir. Mais je crois que je ferais mieux de rentrer, maintenant.

— D'accord, chuchota Danny avec un petit rire. On n'est pas pressés », ajouta-t-il en lui caressant la joue.

5

« Il y a trois mois, un terrible crime a été commis parmi nous, entonna le pasteur de l'église méthodiste d'Eagle Rock pendant la messe du dimanche, et il semblerait maintenant que la vérité soit finalement apparue. Nous sommes des gens honnêtes et respectueux des lois, sans animosité dans le cœur. Nous étions horrifiés à l'idée qu'un d'entre nous pouvait s'être rendu coupable de cet acte haineux, et nous avons prié le Tout-Puissant pour qu'il ait pitié de nous. C'est avec un énorme soulagement que je viens ici vous dire que nos prières ont été entendues : le monstre qui a assassiné Tara Breckenridge n'est pas un des nôtres. »

Le bon pasteur s'interrompit et nombre de fidèles se regardèrent avec un sourire.

« Mais que cela vous rappelle bien qu'on ne peut jamais relâcher sa vigilance, continua le pasteur. Satan est parmi nous, et il prend de multiples apparences. Il peut tenter de nous ressembler, et d'agir comme nous, mais il n'est pas un de nous ; et nous devons toujours rester sur nos gardes, prêts à combattre le mal quand et où nous le rencontrons, prêts à nous protéger de lui et à protéger ceux que nous aimons. Au nom de Notre-Seigneur Jésus-Christ, amen.

— Amen », répétèrent les fidèles.

« Tu vois ? murmura Libby Hildress à son mari, assis près d'elle au deuxième rang. Je te l'avais bien dit. »

« Ruben et moi allons nous marier », annonça Ginger au milieu du dîner du dimanche.

Verna Earley laissa tomber sa fourchette à salade.

« Vous marier ? » souffla-t-elle alors qu'elle se préparait à ce moment depuis plus d'un mois.

En fait, c'était le premier dîner du dimanche depuis Noël auquel le chef de la police et sa fille ne participaient pas.

« Nous marier, confirma Ginger.

— Eh, félicitations, petite sœur ! » dit son frère aîné.

Quoi qu'en pense sa mère, il ne voyait rien qui cloche vraiment avec Ruben. En fait, le chef de la police jouait assez bien au billard.

« Ouais ! s'écrièrent les autres en écho. Félicitations !

— Avez-vous déjà fixé une date ? demanda une des belles-sœurs.

— Pas encore, répondit Ginger en secouant la tête. Mais ce serait bien au printemps. Ni lui ni moi n'avons envie de longues fiançailles. »

Jack Earley se leva de table et vint serrer sa fille dans ses bras.

« Si c'est ce que tu veux, murmura-t-il, alors c'est ce que je veux pour toi.

— Merci, papa ! dit Ginger, rayonnante. Merci à tous ! ajouta-t-elle en regardant sa mère.

— Eh bien, je suppose que cela signifie un vrai mariage, dit Verna d'un air aussi joyeux qu'elle le put en de telles circonstances. Tu es ma seule fille, et ce sera mon unique chance d'en organiser un.

— Nous ne voulons pas d'un grand mariage, maman, précisa Ginger. C'est le second pour Ruben, tu sais, et nous ne tenons pas à en faire toute une histoire. Juste la famille et quelques amis.

— Très bien ! approuva Verna, soulagée d'avoir une bonne raison pour exclure certaines de ses relations. On n'a jamais dit que les petits mariages ne peuvent pas être aussi chic que les grands.

— Merci, répondit Ginger en regardant sa mère avec surprise. J'avais peur d'avoir à me battre.

— C'est ta vie, déclara Verna. De plus, maintenant que vous êtes sur le point de boucler le dossier Breckenridge, je pense que Ruben va devenir très populaire sur l'île.

— Ce n'est pas encore bouclé, dit Ginger, toujours attentive à ne pas trop en révéler, mais incapable d'effacer une note de satisfaction dans sa voix. Mais je ne serais pas surprise que cela aille vite. »

« Ce sera un petit mariage, dit Ruben à Stacey. Quelque chose de discret...

— Mais enfin, papa, vous ne commettez aucun crime, répondit Stacey. Vous vous mariez. Que ce soit la fête !

— Tu ne crois pas que c'est une erreur ? Je veux dire... Il y a tant de choses contre ce mariage...

— Est-ce que tu l'aimes ?

— Beaucoup.

— Crois-tu qu'elle t'aime ?

— Oui.

— Alors, qu'est-ce qui t'inquiète ?

— Pour commencer, j'ai peur de notre différence d'âge. Ensuite, je m'inquiète de ce que *tu* penses. »

L'adolescente pencha la tête comme pour réfléchir.

« Ouais... cette histoire d'âge peut te poser un problème... Mais si tu as peur d'avoir une autre fille, moi, je serai ravie d'avoir une grande sœur ! »

Et elle se dépêcha de partir pour qu'il ne puisse l'attraper.

Le Taurus bordeaux sortit du dernier ferry le dimanche et prit la direction du nord, Jerry au volant. À l'arrière, Matthew et Chase dormaient, serrés l'un contre l'autre. Assise à côté de son mari, Deborah pensait que ces deux jours passés au bord de l'eau leur avaient fait grand bien à tous.

Ils avaient couru, joué, et respiré l'air de l'océan comme s'ils n'avaient aucun souci au monde. Et maintenant, alors qu'ils entraient dans leur quartier, les phares du break éclairant une maison familière ici, isolant un arbre bien connu là, elle était prête à croire que c'était vrai.

« Je suis contente qu'on soit partis, dit-elle en bâillant. C'est la première fois depuis je ne sais combien de temps que je me suis sentie vraiment détendue.

— Alors, il faudra que nous le fassions plus souvent, suggéra Jerry en tournant dans leur rue.

— Mais sans le planifier. Je crois que c'est grâce à la spontanéité de la décision que tout a si bien marché. Je n'aurais jamais cru possible de m'entendre le dire, mais je suis même contente de revoir notre rue.

— Dans ce cas, pas de doute, nous devons absolument devenir plus spontanés ! plaisanta Jerry.

— Tu sais, peut-être que cet endroit n'est pas si mal, après tout. Peut-être ne devrions-nous pas laisser l'attitude de quelques-uns déteindre sur l'ensemble.

— Tu as raison », dit Jerry en s'engageant sur leur allée.

C'est alors qu'il la vit, dans le feu de ses phares, comme ils approchaient du garage – grande et noire, bombée à la peinture sur le portail.

Ils restèrent immobiles, incrédules et pourtant très lucides.

« Comment est-ce que quelqu'un... ? bredouilla Deborah. Pourquoi ont-ils... ? Qu'avons-nous fait qui... ? »

Il y avait des réponses à toutes ses questions, mais Jerry savait qu'il n'était pas nécessaire de les fournir. Il en avait entendu parler depuis qu'il avait dix ans, il l'avait appris en classe, il l'avait lu dans des dizaines de livres. Mais pour la première fois de sa vie, Jerry connaissait maintenant ce qu'Aaron avait connu quand il était enfant : l'humiliation, la trahison, la peur et un écrasant sentiment d'impuissance.

Il y avait d'abord eu Matthew et les brutes dans la cour de l'école, et il avait laissé passer. Puis ç'avait été l'appel anonyme, et il s'était persuadé de l'oublier. À présent, c'était cette obscénité nazie sur la porte de son garage. L'enquête sur l'affaire Breckenridge avait tout déclenché, bien sûr, mais qui était derrière tout cela, se demanda-t-il, jusqu'où ces gens étaient-ils prêts à aller – et sa famille était-elle vraiment en sécurité ? Il regarda sa femme, le cœur lourd.

« Crois-tu toujours que c'est juste un incident isolé ? » demanda-t-il.

L'officier Glen Dirksen, fatigué et affamé, fut content de rentrer. Il avait vu les Frankel descendre du ferry, il les avait suivis jusqu'à ce qu'ils tournent dans leur rue puis était revenu chez lui, un vaste appartement au rez-de-chaussée d'une maison victorienne récemment rénovée, Johansen Street, près du centre de la ville.

Normalement, il n'aurait pas pu s'offrir une telle résidence, mais le propriétaire avait baissé le loyer parce que les autres locataires aimaient l'idée d'avoir un policier dans leur immeuble. Jusque-là, il n'avait pour meubles que deux futons – un dans la chambre sur lequel il dormait, et un au salon sur lequel il regardait la télévision –, une armoire en chêne trouvée d'occasion qui cachait le téléviseur, la chaîne stéréo et une collection éclectique de disques compacts, et une vieille table accompagnée de deux chaises dont il avait laqué le bois en vert foncé.

Son réfrigérateur était presque vide, si bien qu'il se contenta de deux sandwiches au beurre de cacahuète et d'un paquet de biscuits au chocolat, qu'il fit descendre avec un verre de lait. Il avait peu mangé, ces deux derniers jours, et dormi dans son pick-up pour ne pas perdre de vue les Frankel une seconde de plus que le strict nécessaire. Jamais il n'aurait pu expliquer qu'ils lui avaient échappé en pleine nuit parce qu'il dormait à poings fermés dans une confortable chambre de motel.

Sa grande aventure sur la côte s'était révélée une simple filature de routine. La famille semblait contente de manger n'importe quoi sur le pouce, de se promener sans but sur la plage et de lécher les vitrines des rares boutiques ouvertes à cette époque de l'année. Les Frankel n'avaient pas une fois pris la direction du Canada, ni aucune autre direction, et ils n'avaient pas semblé s'intéresser au policier en civil qui les suivait.

« L'endroit était presque désert, rapporta Dirksen à Ginger. Il n'a pas pu ne pas me voir, mais je ne crois pas qu'il se soit souvenu de qui j'étais, parce qu'il m'a souri deux ou trois fois, tu sais, comme font les étrangers quand ils sont loin de chez eux.

— Bon boulot, affirma Ginger. Va dormir. »

Mais le sommeil ne vint pas tout de suite. Dirksen resta allongé sur son futon à réfléchir à Jerry Frankel. Il se disait surtout que le professeur d'histoire avait agi de manière complètement normale, et pas du tout comme quelqu'un qui aurait commis un crime horrible.

Le jeune officier de police avait été formé pour repérer les marques de culpabilité dans le langage corporel d'un suspect, dans la manière dont il vous regardait, dans son attitude générale envers ce qui l'entourait, même quand il n'avait pas conscience d'être observé. Mais, en deux jours d'observation, Dirksen n'avait détecté aucun signe, et il s'émerveillait de l'habileté de l'homme à se contrôler. Cela montrait simplement, décida-t-il, à quel point certains meurtriers gardent leur sang-froid. Il devait se rappeler de dire à Ginger que ce prof ne serait pas du genre à craquer sous la pression.

Jerry et Deborah restèrent éveillés presque toute la nuit, allongés côte à côte sans pourtant partager leurs pensées, et ils ne sombrèrent dans le sommeil que peu avant l'aube. Ils avaient oublié de mettre le réveil, et ils auraient sans doute dormi tard s'ils n'avaient été réveillés à 7 heures et demie par ce qui ressemblait au bruit d'un puissant jet d'eau.

« Mais qu'est-ce... ? » marmonna Jerry.

Il enfila non sans peine sa robe de chambre et sortit. Une demi-douzaine de ses voisins étaient dans son allée en train de nettoyer sa porte de garage.

« Ça a dû se passer à la nuit tombée, dit un d'entre eux. Je suis rentré à 16 heures et je l'aurais vue si elle avait été là.

— Nous ne sommes pas comme ça, dans le quartier, dit un autre. Nous voulons que vous sachiez que cela nous embarrasse tous.

— Nous vous connaissons, Jerry, et nous vous aimons bien, ainsi que Deborah et Matthew, dit un troisième. Vous avez été un apport de grande valeur dans le quartier, et nous sommes fiers d'être vos amis.

— Merci », répondit Jerry, mais il fut incapable de leur expliquer pourquoi il les remerciait en fait.

« On n'a pas pu déterminer le groupe sanguin des taches sur le sweat-shirt, rapporta Charlie à Ruben et Ginger. Trop d'eau de Javel. Le labo aura peut-être plus de chance avec l'analyse génétique, mais il ne faut pas en attendre grand-chose. Quant aux fibres grises, elles sont bien les mêmes que celles trouvées sur le corps de Tara, mais ce n'est pas une preuve absolue : ce sweat-shirt est en vente dans une demi-douzaine de magasins en ville. Il est fabriqué ici.

— Et le couteau ? demanda Ginger.

— On s'en sort mieux de ce côté. Magnus affirme qu'il a la taille du couteau utilisé pour le meurtre, et nous avons trouvé une trace de sang du même groupe que celui de Tara juste à la jonction de la lame et du manche. Mais la moitié des habitants de l'île est aussi de ce groupe, alors on a besoin de l'analyse génétique pour être sûrs.

— Si le sang est du même groupe que celui de la victime, cela nous suffit pour le moment, remarqua Ruben.

— Et il y a autre chose, dit Charlie. Le journal dans lequel on a trouvé le couteau... c'était la première page du *Sentinel* du deuxième week-end d'octobre.

— Nom de dieu ! murmura Ginger.

— Bien sûr, ce ne sont que des présomptions. Des empreintes sur le couteau nous auraient donné une preuve, mais on n'en a pas relevé d'assez nettes.

— Il est normal qu'elles aient été brouillées, affirma Ginger.

— Et sur le journal ? questionna Ruben.

— Rien de net, là non plus, répondit Charlie. Mais l'important, c'est que nous avons là, selon toute probabilité, l'arme du crime.

— D'accord, dit Ruben. Apportons tout ça à Van Pelt. »

Harvey Van Pelt approchait de la fin de sa carrière sans avoir jamais eu à traiter une affaire qui aurait attiré sur lui l'attention de la presse, et fait les gros titres – l'affaire déterminante dont rêvent presque tous les magistrats.

Grand et maigre, avec une masse de cheveux poivre et sel, il arborait une moustache drue sur un gentil visage souriant que la plupart trouvaient rassurant, au point que quelques années plus tôt Harvey avait caressé l'idée de faire de la politique.

« Si tu veux être élu ailleurs qu'au bureau du procureur, lui avait alors conseillé un membre de son parti, fais-toi une réputation.

— Quel genre de réputation ?

— Réflexion faite, avait répondu son interlocuteur, tu ferais mieux de rester où tu es. »

Van Pelt était donc resté à son poste. Il avait maintenant soixante-deux ans, et derrière lui vingt-neuf années comme procureur du comté de Puget, réélu tous les quatre ans sans pratiquement aucune opposition. Même si personne d'autre que son épouse ne le savait encore, c'était son dernier mandat. Le cancer qui détruisait son foie ne lui laisserait pas quatre ans de plus.

Il n'était pas amer. Tout bien considéré, il en avait bien profité. La vue du port depuis la baie vitrée de son bureau était splendide, son fauteuil confortable, sa maison à dix minutes du tribunal et à cinq minutes du golf. Il avait un appartement en multipropriété sur l'île tropicale de Maui, il conduisait une Lincoln et il avait envoyé à l'université ses quatre enfants, dont deux avaient poursuivi en troisième cycle.

De surcroît, Van Pelt aimait sincèrement son travail : intéressant, pas trop pesant, parfois récompensé, qui vous donnait un statut social et le respect de vos concitoyens – ce qui n'était pas rien, sur l'île Seward, pour le fils d'une couturière que son mari avait abandonnée six mois après la naissance. Mais le procureur n'était pas un saint et, périodiquement, il réfléchissait au fait que, si sa carrière avait été gratifiante dans le comté de Puget, elle lui avait procuré peu d'occasions de briller.

Peu après 10 heures, le troisième lundi de janvier, tout changea. L'affaire d'une vie arriva sur le bureau de Harvey Van Pelt.

Quoi de plus parfait, songea-t-il, que de clore sa carrière par l'inculpation du salaud qui avait massacré la pauvre petite Tara Breckenridge ? Devant lui s'étalaient, semblait-il, le mobile, l'occasion, l'intention, une foule d'indices compromettants – et sans doute même l'arme du crime. Il ne manquait que les résultats des analyses génétiques – certainement la cerise sur le gâteau pour un jury qui serait libre de les accepter ou non. En d'autres termes, c'était le grand chelem.

Enfin, presque. Restait le petit problème de l'avocat de Frankel. Van Pelt n'avait jamais dû l'affronter au tribunal, mais il connaissait sa réputation de ténor du barreau. En plus de vingt ans de pratique le Chérubin n'avait jamais perdu aux assises pour une affaire de meurtre – et là, justement, était le défi à relever. Quelle victoire, exultait-il, de faire condamner un meurtrier et d'infliger du même coup sa première défaite à Scott Cohen !

« Il me semble que vous avez effectué un excellent travail, et très complet, dit-il à Ruben. Je ne vois aucune raison de perdre davantage de temps. Allez l'arrêter. »

Le second service du déjeuner commençait juste au lycée Seward. Comme d'habitude, Melissa Senn et Jeannie Gemmetta étaient à la table de Hank Kriedler et Bill Graham. Plus curieux, ils avaient invité Stacey Martinez à se joindre à eux.

« Danny Leo et toi êtes le sujet de conversation de tout le lycée, l'informa Jeannie.

— Vraiment ? répondit Stacey. Pourquoi ?

— Eh bien, sans doute parce que vous vous êtes beaucoup vus ces derniers temps.

— Nous ne sommes que des amis », répéta Stacey comme par automatisme.

Elle n'avait nulle intention de partager avec ces quatre-là quoi que ce soit de sa relation avec Danny.

« Eh, dit Melissa, tu as accroché le meilleur du lycée – profites-en !

— Ouais, nous, les petits de seconde, on n'est plus assez bons pour toi, hein ? » ricana Hank.

Stacey leur adressa un sourire angélique. Jamais Hank ni ses amis ne lui avaient montré le moindre intérêt. En fait, ils l'avaient totalement ignorée. Elle était la même qu'avant, mais maintenant, du fait de sa relation avec Danny Leo, elle avait apparemment gagné de la valeur à leurs yeux.

« Comment le saurais-je ? répliqua-t-elle. Aucun de vous ne m'a jamais invitée à sortir. »

Hank et Bill échangèrent des regards entendus.

« Il va nous falloir remédier à ça, plaisantèrent-ils.

— Devinez quoi ! s'exclama Jack Tannauer en arrivant à leur table. Je viens de voir ton père, Stacey. La détective Earley et lui allaient au bureau de Huxley.

— Vraiment ? murmura Melissa. Qu'est-ce que ça veut dire, d'après toi ?

— Ils vont arrêter M. Frankel ? demanda Jeannie en retenant son souffle. Le journal a dit qu'on avait fouillé sa maison vendredi, vous vous rappelez ? La police a dû trouver quelque chose.

— Peut-être que Stacey le sait ? suggéra Jack.

— Désolée de vous décevoir, répondit Stacey en secouant la tête, mais mon père ne me parle pas de ses enquêtes. Je ne sais rien de plus que vous.

— Est-ce que ça ne serait pas marrant, dit Hank, si c'était le prof qui l'avait fait, finalement ?

— Hé, lança Bill en bondissant de sa chaise, pourquoi on n'irait pas voir ? »

Ruben et Ginger entrèrent dans la classe de Jerry Frankel dix minutes avant que débute le premier cours de l'après-midi, laissant Jordan Huxley faire les cent pas dans le couloir. Le professeur écrivait au tableau, tournant le dos à la porte.

« Jeremy Frankel ? dit Ruben en s'approchant de lui.

— Oui ? » répondit Jerry, qui sursauta et pivota sur lui-même.

Ginger était à la porte, pistolet au poing, et Ruben à moins de deux mètres de lui, la main sur son étui.

« Jeremy Frankel, vous êtes en état d'arrestation pour le meurtre de Tara Breckenridge.

— Mais de quoi parlez-vous ? s'exclama le professeur en écarquillant les yeux.

— Je vous demanderai de vous retourner et de poser les mains sur le tableau.

— Attendez une minute ! Je ne comprends pas. Il doit y avoir une erreur...

— Retournez-vous, s'il vous plaît, répéta Ruben, et posez les mains sur le tableau.

— Vous avez le droit de garder le silence, commença Ginger. Si vous renoncez à ce droit, tout ce que vous direz pourra être retenu contre vous au tribunal. Vous avez le droit de vous faire assister par un avocat... »

Dans le couloir, Jordan Huxley retenait les élèves de Jerry qui arrivaient pour leur cours.

« Vous ne pouvez pas encore entrer, leur disait-il. Attendez ici, contre le mur, s'il vous plaît. »

Il ne fallut que quelques secondes à Ruben pour constater que le professeur ne portait pas d'arme et pour lui menotter les mains derrière le dos.

« Est-ce bien nécessaire ? demanda Jerry. Je suis tout à fait disposé à vous suivre. Devez-vous me traîner dehors avec les menottes devant les gosses ?

— Désolé, répondit Ruben, c'est le règlement. »

Ginger ouvrit la porte et, avec Ruben, ils encadrèrent le professeur pour partir dans le couloir, devant une haie de regards curieux.

6

« Rachel, je voudrais que tu ailles chercher Matthew à l'école, déclara Scott Cohen à sa femme, moins d'une heure plus tard. Tout de suite ! Ramène-le chez nous et garde-le à l'intérieur, si tu le peux. J'ai appelé Deborah. Elle sera sur le prochain ferry et viendra directement le chercher. Je serai sur le même bateau, mais je passerai d'abord au tribunal.

— C'est horrible, dit Rachel.

— Ça ne sent pas bon », admit son mari.

Le palais de justice du comté de Puget était un bâtiment rectangulaire en pierre de trois étages, surmonté d'un dômé doré qui, depuis un demi-siècle, se couvrait de ridicule par son allure pompeuse. Il trônait sur la Seward Way, au nord de la ville, au milieu d'un hectare et demi de parc amoureusement entretenu par les dames du club de jardinage.

En dehors de ses deux salles d'audience, dont la plus grande n'était presque jamais utilisée, il abritait les bureaux spacieux du juge Irwin Jacobs et de ses collaborateurs, celui plus modeste du procureur Harvey Van Pelt et une foule d'autres de moindre rang.

Le troisième étage de l'aile ouest était réservé à la prison du comté, reconnaissable de l'extérieur par une rangée de fenêtres munies de barreaux. C'est là qu'on emmena Jerry Frankel pour les formalités, la prise d'empreintes digitales et de photos. Son unique coup de téléphone autorisé avait été pour son avocat, et, sur les conseils du Chérubin, il avait dès lors refusé de faire la moindre déclaration ou de répondre à la moindre question.

Scott le trouva assis au bord d'un lit de camp dans une petite cellule, l'air éberlué.

« Je ne comprends pas ce qui arrive ! dit-il après qu'ils eurent été escortés jusqu'à une pièce à peine assez grande pour une table et deux chaises, et qu'on les y eut laissés seuls. Ils ne peuvent pas avoir trouvé la moindre preuve me rattachant au meurtre de Tara Breckenridge. »

Scott parcourait le dossier qu'il avait réclamé en arrivant au tribunal.

« Ils affirment le contraire, expliqua-t-il. Ils disent qu'ils ont relevé ton empreinte digitale sur la croix que portait la victime ; qu'ils ont découvert dans ta cour un sweat-shirt taché de sang dont les fibres sont les mêmes que celles relevées sur le corps ; et qu'un couteau déclaré similaire à l'arme du crime par l'expert médical a été trouvé dans ta voiture.

— C'était *mon* sang sur le sweat-shirt, dit Jerry après avoir secoué la tête comme pour s'éclaircir les idées. Je me suis coupé dans l'atelier. Et je ne sais pas du tout d'où peut venir ce couteau. Je n'ai jamais rien possédé de tel. Je ne suis pas chasseur, pourquoi donc aurais-je un couteau de chasse ? De plus, si j'avais tué cette pauvre gamine, crois-tu vraiment que j'aurais été assez stupide pour garder l'arme du crime chez moi, où n'importe qui aurait pu tomber dessus ? »

Scott regarda intensément son client, ses yeux verts ne ratant rien.

« Si tu étais chasseur, on pourrait plaider que le couteau a été une arme de circonstance, pas une arme intentionnelle. Ce serait un meurtre non prémédité, ce qui signifierait la prison, mais sans doute pas à vie, dit-il lentement. En revanche, si tu ne chasses pas, il est possible que tu sois accusé de préméditation sans circonstances atténuantes, et que Van Pelt réclame la peine de mort.

— Si tu essaies de me faire peur, tu y réussis à merveille !

— J'essaie de te présenter les choses telles qu'elles sont. »

Le message était sans ambiguïté, et Jerry regarda longuement son avocat.

« Je ne chasse pas, déclara-t-il enfin.

— D'accord, dit Scott avec un léger hochement de tête. Au boulot. »

« Ruben, je tiens à être le premier à vous féliciter ! s'exclama un Albert Hoch tonitruant, comme Ginger l'avait prédit, en pénétrant dans la maison Graham peu après 14 heures. J'ai su que vous étiez celui qu'il nous fallait dès notre première rencontre, et jamais je n'ai douté que vous mettriez la main sur ce salaud.

— Je suis heureux que nous ayons réussi, répondit le chef de la police sans que l'expression de son visage ou l'intonation de sa voix trahissent ses pensées.

— Ne vous inquiétez plus du conseil municipal et de leurs idées idiotes de renvoi, continua Hoch. Quand j'en aurai fini avec eux, je peux vous assurer qu'ils vous supplieront à genoux de rester.

— Je vous en suis très reconnaissant, monsieur le Maire », affirma Ruben, qui retint à grand-peine un sourire.

Dans le bureau voisin, Ginger, elle, eut du mal à ne pas éclater de rire.

Le défilé commença vers 16 heures. Un à un, les membres du conseil municipal, qui justement se trouvaient dans le quartier, passèrent afin d'exprimer leur gratitude pour l'excellent travail accompli par Ruben et ses collègues, et pour exprimer l'espoir qu'il comprendrait à quelles énormes pressions ils avaient été soumis tant qu'il n'y avait pas de résultats.

« Bien sûr que je comprends, déclara Ruben à chacun d'eux. J'étais d'ailleurs moi-même soumis aux mêmes pressions. »

« Je suis si heureuse que tout soit réglé, confia Maxine Coopersmith. Je n'étais vraiment pas en faveur de votre remplacement. »

« Bon boulot, vieux ! lança Dale Egaard. Vous nous avez entre autres évité la recherche bien superflue d'un remplaçant. »

« Nous nous sommes conduits comme un ramassis de vieux imbéciles, admit Ed Hingham. Nous vous avons engagé pour ce travail et nous aurions dû avoir plus confiance dans votre manière de l'effectuer. »

Le seul membre du conseil qui ne se présenta pas fut Jim Petrie.

« Il a probablement trop à faire à la quincaillerie, plaisanta Charlie, avec le renvoi de tous ces verrous qu'il ne trouvera plus à vendre. »

Deborah était incapable de se concentrer sur quoi que ce soit. Elle fit les gestes qui lui permirent de prendre le ferry et d'en descendre, d'aller chercher Matthew chez Rachel, de le ramener à la maison et de le nourrir, mais elle n'aurait pu dire ce qu'elle lui prépara, ni s'il mangea. Elle éluda les questions angoissées de son fils, parce qu'elle n'avait aucune réponse à lui offrir. Elle n'en avait pas pour elle-même.

Scott vint vers 18 heures. Il lui assura que Jerry allait bien et qu'il leur faisait dire qu'il les aimait, Matthew et elle.

« Quand est-ce qu'on le laissera rentrer ? demanda-t-elle.

— Je n'obtiendrai pas de mise en liberté, répondit l'avocat en secouant la tête. Il s'agit d'un crime de sang.

— Tu veux dire qu'il devra rester là-bas ? s'écria-t-elle, horrifiée, en se représentant l'endroit et les gens qui le peuplaient comme elle les avait vus au cinéma.

— Il n'est pas en prison, la rassura Scott comme s'il lisait dans son esprit. C'est une simple maison d'arrêt cantonale. Il est seul dans sa cellule, qui est petite, mais propre et sûre. Le café du Bord de l'Eau lui apporte ses repas. Il est accusé, mais pas encore reconnu coupable d'un crime. Personne ne l'ennuiera. »

Dès que Scott fut parti, Deborah appela Scarsdale pour parler à ses parents.

« Non, ne venez pas maintenant ! dit-elle, affreusement honteuse de devoir leur apprendre ce qui était arrivé. Matthew et moi allons bien. C'est inutile pour le moment. Plus tard, peut-être. »

297

Puis elle se força à appeler Cheltenham.

« J'avais peur de quelque chose comme ça, déclara Aaron. Je m'inquiète depuis que vous êtes repartis, depuis que Matthew et moi avons parlé. Mon fils sert de bouc émissaire.

— Nous avons un avocat exceptionnel, lui affirma Deborah, et il est aussi un très bon ami. Croyez-moi, si c'est un coup monté, il le dévoilera, et tout rentrera dans l'ordre.

— Je veux venir, dit Aaron.

— Je sais, mais pas pour l'instant. Quand le procès commencera – si nous allons jusqu'à un procès, bien sûr –, il aura besoin de vous, nous aurons tous besoin de vous. »

Elle ne se sentait vraiment pas la force d'apaiser la douleur du vieil homme alors qu'elle-même ne savait pas comment surmonter la sienne.

Vers 20 heures, les voisins commencèrent à arriver, apportant gâteaux et tourtes avec des visages solennels, comme s'ils revenaient de funérailles. Ils essayaient d'être gentils, mais ils ne firent qu'aggraver les choses aux yeux de Deborah.

« Je ne comprends pas comment cela a pu arriver, gémissait-elle. Jerry n'a pas pu faire ce dont on l'accuse !

— La police se trompe parfois », lui affirmèrent-ils, quoiqu'ils n'en soient plus très sûrs eux-mêmes, car ils ne voulaient pas que cette femme et son enfant soient tenus pour responsables de quelque chose que le mari pouvait avoir fait.

Elle réussit à survivre aux condoléances, nourrit le chien, fit la vaisselle et coucha Matthew. Beaucoup plus tard, comme si elle pensait vraiment réussir à dormir, elle gagna sa chambre. Dans la salle de bains, tandis qu'elle se démaquillait, elle surprit dans le miroir son visage, pâle et creusé autour des yeux.

« Il ne l'a pas fait, dit-elle à son reflet.

— *En es-tu vraiment certaine ?* » demanda une petite voix.

Et c'est alors que les larmes se mirent à couler.

LE PROFESSEUR ACCUSÉ
DANS L'AFFAIRE BRECKENRIDGE

Ce titre s'étalait à la une du *Sentinel* dès le lendemain matin.

Les autorités ont arrêté hier, en liaison avec la mort de Tara Breckenridge, un professeur très estimé du lycée Seward.

Jeremy Frankel, trente-cinq ans, a été arrêté dans sa classe, ce qui met fin à trois mois d'enquête. Tara Breckenridge, quinze ans, avait été poignardée à mort au cap Madrona en octobre.

Frankel, qui enseigne l'histoire à Seward depuis janvier dernier, avait quitté son précédent emploi d'enseignant dans l'État de New York dans des circonstances « peu claires », nous a révélé la détective Ginger Earley.

« Ça a peut-être pris trois mois, Kyle, mais on le tient ! déclara Albert Hoch. Je sais que beaucoup d'entre nous espéraient un règlement immédiat de l'affaire, mais comme le dit Ruben, chaque chose arrive à son heure. Finalement, c'est la patience, la détermination et le sacré bon travail de la police qui ont permis ce résultat. Je sais, pour l'avoir constaté de mes yeux, que personne à la maison Graham n'a jamais baissé les bras, pas une minute.

— Les preuves contre ce professeur... elles sont vraiment solides ? s'enquit Kyle Breckenridge. Ce salaud ne va pas nous échapper par quelque faille juridique, n'est-ce pas ?

— Oh, pas de danger, le rassura le maire. Ruben est un homme très prudent ; il ne bâcle rien et n'est pas du genre à refermer le piège avant d'être certain de tenir la bonne proie.

— Martinez est bien, après tout, admit Breckenridge. Je dois dire que j'en doutais, mais j'avais tort.

— Oh, vous étiez en bonne compagnie, répliqua Hoch avec un sourire. Tout le conseil municipal défile à la maison Graham en ce moment pour présenter ses excuses.

— Un peu d'humilité ne les tuera pas, remarqua Breckenridge en haussant les épaules.

— Vous savez, déclara Hoch en inspectant ses ongles bien manucurés, ce ne serait pas une mauvaise idée que vous y passiez, vous aussi, pour dire un mot à Ruben.

— Vous me le conseillez, Albert ?

— Je..., commença le maire en rougissant. C'était seulement une suggestion, Kyle, pas plus.

— Ne vous en faites pas, répondit le président de la banque. J'avais bien l'intention de me rendre en personne à la maison Graham avant la fin de la journée.

— Ce sera très important, assura Hoch en souriant.

— L'important, c'est que nous commencions enfin à remettre nos vies en ordre, répliqua Breckenridge avec un long soupir. Nous venons de vivre trois mois affreux ; non seulement ma famille et moi, mais toute l'île, je crois. Nous avons besoin maintenant d'un procès dans les formes, d'une condamnation rapide et du passage de la justice. Ce sera difficile pour nous tous, surtout pour Mary, de devoir revivre tout cela, mais c'est l'unique façon de panser les blessures. J'espère seulement qu'il n'y aura pas trop à attendre. »

299

Mary Breckenridge passa la journée au lit, rideaux tirés, lampes éteintes, ses médicaments contre les maux de tête sur sa table de nuit.

Elle était descendue prendre le petit déjeuner avec son mari et sa fille, ainsi qu'elle le faisait chaque jour, et ainsi qu'elle l'avait fait quand Tara était encore là. À vrai dire, elle continuait d'insister pour que la place à sa gauche, sur la magnifique table ovale en bois de rose, soit dressée à chaque repas, comme si sa fille aînée allait revenir – un rituel plutôt macabre que Kyle et Tori ignoraient de leur mieux.

« Prêtez-vous à ses désirs, madame Poole, avait demandé Kyle à sa domestique. Nous avons chacun notre façon de pleurer Tara. »

Ce matin-là, à son habitude, la servante apporta à Kyle son jus de fruits, ses céréales et les éditions du matin du *Seattle Post-Intelligencer* et du *Wall Street Journal*. Puis elle servit à Mary son café, son toast beurré et l'édition du matin du *Sentinel*.

Un coup d'œil au titre lui suffit : le café se renversa sur la table, un morceau de toast resta coincé dans sa gorge et, sans explications, elle s'enfuit à l'étage.

La dernière chose que voulait Mary était de savoir que quelqu'un avait été arrêté pour le meurtre de sa fille – avec tous les efforts qu'elle avait déployés pour se convaincre que Tara n'était pas vraiment morte, mais simplement absente ! C'était ainsi qu'elle supportait sa perte – et c'était le seul moyen qu'elle avait trouvé pour la supporter : il s'agissait d'une situation provisoire qui un jour serait corrigée. Alors, le monde redeviendrait ce qu'il était. Que les autres pensent ce qu'ils voulaient.

Même si l'affaire n'avait jamais vraiment quitté les colonnes du journal, les comptes rendus quotidiens n'étaient que des spéculations – c'est peut-être ceci, ou bien cela... –, et suffisamment vagues pour qu'elle n'en tienne pas compte. Une arrestation n'était pas vague, mais bien réelle, et elle menaçait de mettre Mary face à la vérité qu'elle avait eu tant de mal à ignorer.

Elle attendit pendant ce qui lui sembla des heures que Kyle soit parti pour la banque, Tori au collège et que Mme Pool soit occupée ailleurs dans la grande maison. Puis, rassemblant tout son courage (une quantité qu'elle ne croyait même pas posséder), elle décrocha le téléphone posé sur la table qui séparait son lit de celui de son mari et composa le numéro de la maison Graham.

« Bonjour, je voudrais parler au chef Martinez, dit-elle à l'employée qui répondit.

— Je suis désolée, mais il n'est pas là pour le moment, déclara Helen Ballinger. Puis-je vous passer quelqu'un d'autre ?

— Non. Personne d'autre. Je veux lui parler personnellement.

— Alors, puis-je prendre un message ?

— Oui, dit Mary après avoir réfléchi presque une minute. Je suis Mme Breckenridge. Dites, je vous prie, au chef Martinez que ce professeur qu'il a arrêté n'a pas tué ma fille.

— Je vous demande pardon ? bredouilla Helen, abasourdie.

— J'ai dit que le professeur ne l'a pas tuée.

— Comment le savez-vous, madame Breckenridge ? questionna doucement la jeune femme.

— Je le sais parce que... parce qu'il est un très bon professeur. Tara assure que c'est le meilleur professeur qu'elle ait jamais eu. Il l'a aidée pour son travail scolaire, voyez-vous. Jamais il ne lui ferait du mal. Vous devez le dire au chef Martinez. »

Mary raccrocha, sachant qu'elle avait fait tout ce qu'elle pouvait, espérant que cela suffirait pour écarter d'elle la réalité, du moins pendant quelque temps encore.

« Pauvre femme, déclara plus tard Helen en rapportant sa conversation à Ginger.

— Elle est en plein refus, affirma Ginger. Si nous arrêtons quelqu'un pour le meurtre de sa fille, cela la force à admettre que sa fille est vraiment morte. »

7

Évidemment, tout le monde fut bientôt au courant du svastika peint sur la porte du garage chez les Frankel. On diffusa la nouvelle non tant par méchanceté que par incrédulité. La plupart des gens ne pouvaient l'accepter. Il était inconcevable pour eux qu'un tel symbole de brutalité et d'intolérance fût ainsi ouvertement exposé dans leur communauté, et de manière aussi lâche – un individu anonyme muni d'une bombe de peinture avait agi sous le couvert de la nuit.

Si le jet sous pression avait éliminé presque toute la peinture, il restait une ombre très reconnaissable. Bientôt, les curieux défilèrent lentement Larkspur Street, avides de jeter un œil sur les stigmates.

« Je ne l'ai pas cru avant de me retrouver devant ! affirma Paul Delaney, photographe au *Sentinel*, à Gail Brown. C'est l'île où je suis né ! Les gens d'ici ne font pas ce genre de choses...

— Vraiment ?

— Enfin, tu y es née, toi aussi, et jamais on n'a rien vu de tel !

— Tu as pris une bonne photo ?

— Tu parles ! »

Dans un texte commun, les représentants d'une demi-douzaine de religions différentes de l'île déclarèrent :

En aucun cas, nous ne soutenons ni n'approuvons le graffiti récemment peint au vu et au su de tous. Quelle que soit la raison de cet étalage de perversion, nous sommes atterrés qu'une telle chose ait pu se produire sur une île aussi harmonieuse.

« C'est probablement la première fois que ces coqs se mettent d'accord sur quelque chose », fit remarquer Charlie Pricker.

Le conseil municipal pesa chaque mot de son communiqué :

Si la liberté d'expression est le fondement de notre nation, nous condamnons cette grossière manifestation idéologique qui défigure une maison de notre communauté. Ce genre de choses nous blesse tous, à nos propres yeux comme aux yeux du monde.

Une presbytérienne dévote écrivit au journal :

En tout cas, si ces gens n'étaient pas venus, pour commencer, Tara Breckenridge serait toujours en vie et personne n'aurait eu de raison de peindre cette porte de garage !

« De quels gens parle-t-elle ? demanda très logiquement Rachel Cohen. De Nathaniel Seward et de son équipage ? »

À la télévision nationale, aux nouvelles du soir, Peter Jennings lança ainsi le reportage d'ABC :

L'antisémitisme a redressé sa tête hideuse sur une petite île du détroit de Puget. Quelqu'un a peint une croix gammée sur la porte du garage d'un professeur juif accusé d'avoir assassiné une jeune fille de quinze ans.

« Formidable ! s'exclama Albert Hoch avec dégoût, maintenant tout le pays va penser que cette île n'est qu'un repaire de nazis !

— T'en fais pas, lui dit Jim Petrie, nous allons avoir notre quart d'heure de gloire, et quand ce sera fini on nous oubliera de nouveau.

— Peut-être, grogna le maire, mais quitte à être célèbres, j'aurais préféré que ce soit pour autre chose. »

C'est un groupe de gens aux pensées bien sombres qui se rassembla dans l'abside de l'église unitarienne de la vallée des Cèdres. Appelés en urgence, ils représentaient cinquante-neuf des soixante-treize familles juives de l'île.

« Qu'allons-nous faire ? » se demandaient-ils.

« Qu'est-ce que cela signifie ? »

« Nous ne savions pas que certains avaient ce genre d'idées ici. »

« Comment sommes-nous supposés réagir ?

« Je n'arrive pas à croire ce qui se passe. »

« Nous ne vivons sur l'île que depuis peu de temps, mais nous nous y sommes toujours sentis à l'aise, nous n'avons jamais eu l'impression qu'on nous... remarquait. »

« Parce qu'ils croient qu'un d'entre nous a assassiné cette jeune fille, ils nous condamnent tous ? Quand l'un d'entre eux fait quelque chose de mal, est-ce que nous les condamnons tous en bloc ? »

« Lorsqu'il s'agit de nous, une mauvaise pomme dans le cageot et toutes les autres sont pourries. C'est comme ça que ça marche... »

« Bien, asseyez-vous donc, dit le chef de la communauté, un cardiologue très respecté, et voyons si nous pouvons trouver un sens à tout cela.

— Nous habitons cette île depuis près de dix ans, maintenant, constata un agent immobilier. À part une lettre publiée dans le journal de temps à autre, je n'ai pas entendu parler de véritable problème...

— Vous faites allusion aux bêtises publiées à Noël à propos des commerçants juifs qui gagnent des fortunes ? demanda un conseiller fiscal.

— Oui, ce genre de choses.

— Et, selon vous, c'est sans importance ?

— Les gens qui écrivent au journal sont des mécontents, répondit l'agent immobilier. Ils sont antisémites, antinoirs, antihomosexuels, anti-tout hormis leur interprétation personnelle du Nouveau Testament. Mais ils ne représentent pas la majorité. Regardez-moi : je vends des maisons, dans la boutique de ma femme on vend des *chackhas*, et mes gosses sont amis avec tout le monde.

— Eh bien, en tout cas, le magasin de fournitures pour jardin de mon frère a fait faillite quand la quincaillerie a ouvert une section de jardinage, répliqua un consultant en informatique. Elle a pratiqué des prix si bas qu'il ne pouvait plus s'aligner. Et, à la minute où il a dû fermer boutique, les prix sont montés plus haut qu'ils ne l'avaient jamais été.

— Ce n'est pas de la discrimination, remarqua quelqu'un, c'est la libre entreprise.

— En vérité, dit un chiropracteur, nous somme ici en minorité, et comme presque toutes les minorités, si nous proposons un service dont la majorité a besoin, nous sommes tolérés. Sinon, on nous ignore.

— On nous ignorait jusqu'à présent, plus exactement, corrigea le cardiologue avec un soupir. À présent, nous avons un professeur juif accusé du meurtre d'une adorable adolescente, et quelqu'un semble vouloir nous accuser tous à partir de là. Le problème est de savoir ce que nous allons faire.

— Vous voulez dire, si nous allons protester ? questionna un agent d'assurances. Comment ? En défilant Commodore Street ? En passant une annonce dans le *Sentinel* ? En assurant les gens que nous sommes gentils et que nous ne méritons pas d'être gazés ?

— Que suggérez-vous donc ? demanda quelqu'un.

— Moi, je conseille de ne pas faire de vagues. Je pense qu'il est juste de dire que la plupart d'entre nous vivent ici parce qu'ils y sont bien. C'est un lieu assez tranquille et discret où l'écrasante majorité des gens sont contents de vivre et de laisser les autres vivre. Si nous commençons à faire des vagues, ça se retournera contre nous, soyez-en sûrs. »

Les autres s'entre-regardèrent.

« Vous voulez dire que nous devrions faire comme si de rien n'était ?

— Pourquoi pas ? Soyons réalistes. Nous parlons d'un professeur qui a été arrêté pour meurtre. Si quelqu'un peint un svastika sur la porte de son garage, c'est son problème. On n'en a pas eu sur nos portes, que je sache ?

— Pas encore, murmura quelqu'un.

— Attendez une minute, intervint un autre. La dernière fois que nous nous sommes vus, est-ce que Jerry Frankel n'était pas un des nôtres ? »

Il y eut des frottements de pieds et des bruits de chaises, et bien des participants baissèrent les yeux, embarrassés.

« Bien sûr qu'il est un des nôtres, renchérit aussitôt le cardiologue. Et bomber cette chose sur son garage revient à la bomber sur toutes nos portes.

— Oh non, absolument pas, protesta l'agent immobilier. Je n'ai tué personne.

— Est-ce de cela que nous parlons ? s'étonna le conseiller fiscal. S'agit-il d'être les premiers à rejeter Jerry pour qu'on ne nous attaque pas à la bombe de peinture ?

— Pourquoi pas ? demanda l'agent d'assurances. S'il est coupable, il mérite de payer pour son crime.

— Vous ne comprenez rien, répliqua le conseiller fiscal. Il n'est pas seulement question de Jerry Frankel, mais de nous tous. Quelqu'un profite des malheurs de Jerry pour nous envoyer à tous un message très clair.

— Foutaises, lança l'agent immobilier. Ce n'est pas le moment de devenir hystérique. Il n'y a aucun message alarmant, aucun complot machiavélique derrière cette stupide croix gammée. Il est ridicule de penser que ce genre de bêtises puisse se produire sur l'île Seward, presque au XXIe siècle. C'était juste une blague – des gosses sans doute, un peu échauffés par un de nos célèbres groupes de cinglés du Nord-Ouest. J'admets que ce n'était pas de très bon goût, mais ces gens n'ont aucun goût, alors que peut-on attendre d'eux ?

— Vous avez tout à fait raison, approuva l'agent d'assurances. Nous faisons une montagne de rien. Et tant que mes clients ne me fuient pas, j'ai bien l'intention de rester en dehors de cela. »

Un murmure d'approbation passa dans la majorité des rangs. Presque tout le monde sembla soulagé. Le cardiologue et le conseiller fiscal échangèrent un regard.

« Ceux d'entre nous qui voient dans ce geste un funeste présage sont donc juste des alarmistes, c'est ça ? demanda le cardiologue.

305

— Oui, affirma l'agent d'assurances. Voyons, nous sommes chez nous. Nous connaissons ces gens : nous les avons pour voisins et sommes en affaires avec eux. J'ai été invité dans leurs clubs. Ils ne nous ont pas rejetés. Quoi qu'il arrive, vous verrez, ce ne sera rien de plus qu'un incident isolé. »

8

Dans les jours qui suivirent l'arrestation de Jerry Frankel, les habitants de l'île Seward sortirent de leur réclusion volontaire de trois mois. Ils cessèrent de verrouiller leurs portes, d'enfermer leurs enfants, de regarder par-dessus leur épaule, et recommencèrent à se faire confiance.

Ruben et Ginger furent submergés par les marques de reconnaissance émanant des insulaires. Boîtes de bonbons, paniers de fruits et bouquets de fleurs envahirent la maison Graham, et les cadeaux allaient du plus simple au plus extravagant. Le facteur apporta le courrier par sacs entiers. On proposait des décorations, des cérémonies officielles.

« Il y a une semaine, ils réclamaient nos têtes, fit remarquer Ginger avec un sourire. Maintenant, nous sommes des héros.

— Nous ne faisons que notre travail, dit Ruben avec une sincère modestie. Je ne sais pas pourquoi ils en font une telle histoire. »

« "Pendant tous ces mois, lut Deborah à haute voix, j'ai eu si peur que le meurtrier ne soit un d'entre nous ! Dieu merci, ce n'était pas le cas !" C'est la secrétaire de l'église luthérienne du détroit de Puget qui a écrit ça au journal, expliqua-t-elle à Rachel. Qu'est-ce qu'elle veut dire ? Qui est ce "nous" ? »

Dans la masse des autres témoignages, elle remarqua aussi le communiqué de Jordan Huxley :

Nous avons mis fin au contrat liant Jeremy Frankel au lycée. Sur le papier, je dois dire qu'il m'avait paru le professeur idéal. Il n'y avait dans son dossier aucun signe d'un comportement déviant. J'ai l'impression d'être en partie responsable de la mort de Tara, mais comment aurais-je pu savoir ?

Et la mère d'une élève de troisième au collège écrivait :

Il doit bien y avoir un meilleur moyen de sélectionner les enseignants. Nous devons trouver celui de protéger nos enfants contre de tels dangers.

Une vieille fille de quarante-neuf ans qui consacrait sa vie à soigner sa mère invalide s'interrogeait pour sa part :

Pourquoi tout le monde semble-t-il soudain penser que nous sommes en sécurité ? Ce n'est pas parce qu'un d'entre eux est derrière les barreaux que nous ne craignons plus rien. Qu'en est-il de tous les autres qui se sont installés chez nous et se promènent comme si l'île leur appartenait ?

Enfin, un homme issu d'une famille où il avait été maltraité faisait une proposition :

Je dis qu'un procès, c'est bien trop bon pour quelqu'un qui s'en prend aux petites filles – surtout quelqu'un qui est en position d'autorité sur les enfants. Est-ce que quelqu'un veut me rejoindre au vieil érable ?

L'érable en question, un arbre géant se trouvant au milieu de la place centrale, avait servi jadis de potence, à ce qu'on racontait...

« La liberté de la presse est une chose, fit gravement remarquer Scott Cohen à la rédactrice en chef du *Sentinel*, mais publier une lettre qui appelle directement au lynchage public est aller trop loin.

— Ce n'est que l'avis d'un homme, répondit Gail d'un air indifférent. Mais il vaut mieux que vous le sachiez : cette opinion s'exprime dans plus de la moitié des lettres que nous avons reçues.

— Mon client est innocent jusqu'à ce que sa culpabilité soit prouvée, insista Scott. Et ce n'est pas une opinion : c'est la loi de ce pays. Veillez à en informer vos lecteurs.

— Puis-je vous citer ? » répliqua Gail avec un grand sourire.

« Ils m'ont déjà condamné, et maintenant ils veulent me pendre, protesta Jerry auprès de son avocat.

— Il ne semble pas que l'opinion soit en ta faveur, avoua Scott.

« — Alors, qu'est-ce qu'on fait ?

— Nous gardons notre calme. Nous avançons avec prudence, et ne nous précipitons pas dans une bataille sans préparation suffisante.

— Facile à dire pour toi.

— Écoute, je sais que tu t'es déjà trouvé en meilleure posture, mais il faut tenir le coup. L'audience préliminaire approche, et là, on verra comment Van Pelt pense pouvoir plaider. Quant à moi, je vais demander un changement de juridiction.

— On l'obtiendra ?

— Je le crois. Le *Sentinel* semble tout faire pour nous le livrer sur un plateau. »

Harvey Van Pelt était surexcité par l'affaire Frankel. Plus il étudiait le dossier, plus il était convaincu qu'il avait là *la* grosse affaire, celle qu'il avait attendue toute sa carrière.

Ruben avait veillé à ce que chaque document soit présenté au procureur avec la précision d'une carte routière menant à son propre seuil. Aucune erreur n'avait été commise, ni avec les mandats, ni dans la recherche et le maniement des preuves. Tout avait été fait selon les règles. Il ne manquait que les analyses scientifiques et les résultats des tests génétiques. Van Pelt se demanda combien de temps Scott Cohen attendrait pour proposer un marché...

... et repartir les mains vides, songea-t-il avec un sourire intérieur. Quoi que cela puisse coûter au contribuable, cette affaire irait jusqu'au gibet. Pour la première fois en vingt-neuf ans à son poste, Van Pelt était heureux que la pendaison soit la méthode d'exécution retenue par son État. Si barbare fût-elle, elle convenait parfaitement à celui qui avait commis ce crime.

Les procédures légales qui marquaient en général les premières étapes d'un procès avaient déjà commencé. Des demandes avaient été remplies, on discutait du secret de l'instruction, on organisait l'emploi du temps. C'était comme un jeu d'échecs, chaque partie voulant évaluer l'adversaire, deviner ses projets, rester un pas devant l'autre. Et c'était l'étape que Van Pelt préférait dans une affaire. Il était un excellent joueur d'échecs.

Non qu'il n'appréciât pas le procès même. Il aimait particulièrement le son de sa voix résonnant dans la salle d'audience et volant vers les jurés pour marteler ses arguments. Célèbre pour l'animation qu'il mettait dans les banquets, il se flattait d'être un très bon orateur.

Mais Harvey Van Pelt était encore un meilleur serviteur de l'État. En plus d'un quart de siècle, aucun soupçon de corruption n'avait entaché sa réputation ni celle de son service. On le savait juste, honnête et totalement dévoué aux principes de justice et de droit.

Bien qu'il fût élu à son poste, jamais Van Pelt ne se posait en politicien et jamais il ne s'autorisait à subir quelque influence extérieure que ce soit. D'un œil impartial, il évaluait chaque affaire arrivant sur son bureau selon ses critères propres, et jamais il n'entreprenait de poursuivre quelqu'un qu'il ne croyait pas coupable. Après une étude minutieuse du dossier Breckenridge, il croyait sincèrement Jerry Frankel coupable.

« Je me livre rarement à des spéculations concernant les affaires en cours, surtout dans les premières étapes, déclara-t-il au reporter du *Sentinel* qui vint l'interviewer. Il y a toujours un risque réel d'empoisonner l'esprit des futurs jurés, vous savez. Je plaide mes procès au tribunal, pas dans la presse. Tout ce que je peux dire pour le moment, c'est que je suis certain que justice sera faite. »

« Van Pelt est un type bien, affirma Scott à Jerry, et à mon avis meilleur magistrat que son passé ne le laisse entendre. Alors, au stade où nous en sommes, je dois te demander ce que tu souhaites plaider.

— Que veux-tu dire ?

— Je ne sais pas ce que pense présentement Van Pelt, ni à quel point il est sûr d'une condamnation, mais il est possible que nous puissions plaider le meurtre sans préméditation.

— Qu'est-ce que ça implique ?

— Tu admets l'avoir tuée, mais sans en avoir vraiment eu l'intention, répondit Scott avec un visage inexpressif. C'était plus ou moins un acte commis dans le feu de l'action. Vous vous disputiez. Peut-être le couteau n'était-il censé que lui faire peur. La dispute a pris des proportions incontrôlables et tu as perdu ton sang-froid sans bien comprendre ce que tu faisais. Cela signifie une longue peine de prison, mais c'est mieux que le meurtre avec préméditation.

— Mais pas mieux que l'acquittement.

— Non, en effet.

— Je refuse de plaider coupable, déclara Jerry. Si Van Pelt croit avoir assez de preuves pour obtenir une condamnation, laissons-le faire.

— Peut-être devrais-je t'expliquer quelques petites choses concernant notre système judiciaire. Parfois, une condamnation s'appuie bien moins sur des preuves que sur la manière dont les jurés perçoivent l'accusé – toi, en l'occurrence. S'ils te croient coupable, ils prendront facilement en compte les preuves présentées. S'ils te croient innocent, ils feront leur possible pour ne pas voir les preuves.

— Attends un peu ! Je pensais que j'étais innocent jusqu'à ce qu'on prouve ma culpabilité.

— Dans l'idéal, oui. Malheureusement, ce n'est pas toujours la réalité.

— Les gens d'ici veulent à l'évidence me lyncher, quelles que soient les preuves. Est-ce qu'un changement de juridiction fera la différence ?

— C'est possible. Mais le meurtre d'une gamine enceinte de quinze ans n'incite pas grand monde à la clémence, où que ce soit.

— Me conseilles-tu de plaider coupable ?

— Non. Cette décision t'appartient. Mon travail est de m'assurer que tu la prends en toute connaissance de cause. Il est clair qu'ils avaient assez de preuves pour t'arrêter. Van Pelt doit penser qu'il en a assez pour engager des poursuites. Mais cela ne signifie pas automatiquement qu'il en a assez pour te faire condamner. »

Il y eut un moment de silence, pendant lequel le professeur pesa ses chances et l'avocat attendit.

« Je dois pouvoir m'en sortir, dit Jerry. Ils ne peuvent pas prouver que c'était mon couteau, et même s'il y a dessus du sang de Tara, il n'y aura pas le mien, et pas non plus mes empreintes. Alors, pourquoi le vrai meurtrier, qui me savait soupçonné, n'aurait-il pas caché l'arme dans ma voiture ? Cela n'aurait pas été très difficile : jamais je ne verrouille mon garage.

— C'est un argument valable.

— J'ai aussi lu des choses concernant les analyses génétiques, depuis que je suis coincé ici, et si je dis que c'est *mon* sang sur le sweat-shirt, je ne vois pas comment quiconque pourrait produire une preuve absolue que ce n'est pas le cas.

— Tu as sans doute raison.

— Quant à l'empreinte digitale partielle qu'ils ont trouvée sur sa croix, qui sait comment elle est arrivée là ? Cela a pu se produire à n'importe quel moment. Le jour où je lui ai parlé dans le couloir du gymnase, par exemple. Ils ne sont certainement pas capables de prouver que je l'ai laissée là le soir du meurtre.

— C'est vrai.

— Et tu m'as assuré que l'incident avec Alice Easton ne sera pas reçu par la cour ?

— En effet.

— Alors, je crois que le tout crée un doute raisonnable, et qu'on peut aller au procès.

— D'accord. On plaidera l'innocence. »

Matthew Frankel prenait maintenant le ferry pour aller en classe. Deux jours après l'arrestation de son père, les trois brutes l'avaient traîné dans les toilettes, lui avaient plongé la tête dans une cuvette sale et l'avaient maintenu ainsi, toussant et étouffant, jusqu'à ce qu'il s'évanouisse. Ils auraient aussi bien pu terminer leur œuvre, tant ils s'amusaient, mais un grand de onze ans était arrivé.

« Qu'est-ce que vous faites ? demanda-t-il.

— Rien ! »

Le nouveau venu observa la scène et photographia dans sa tête chacun des trois visages à travers ses lunettes rondes.

« Dehors ! » leur ordonna-t-il.

Les brutes s'enfuirent, laissant le grand retirer Matthew des toilettes. Il l'allongea à plat ventre, lui tourna la tête de côté et lui pressa la poitrine jusqu'à ce que le petit garçon vomisse. Il ne le quitta pas avant d'avoir la certitude que Matthew serait capable de s'en sortir seul. C'est Billy Hildress qui trouva son meilleur ami sur le sol des toilettes cinq minutes plus tard.

« Quelqu'un m'a aidé, raconta Matthew par la suite, mais je n'ai pas pu voir qui c'était. »

« Mais quel est votre problème ? s'écria Deborah en faisant irruption dans le bureau de la directrice. Il n'a que neuf ans, pour l'amour de Dieu ! Il n'a rien fait pour mériter ça.

— Je suis tout à fait d'accord avec vous, et terriblement désolée, répondit la directrice d'une voix compatissante, car elle craignait que la mère furieuse qui venait de s'asseoir face à son bureau ne soit tentée de traîner l'école en justice. Dès que nous aurons identifié les garçons qui ont commis cet acte horrible contre Matthew, nous nous chargerons de les punir, je vous l'assure.

— Mais pourquoi était-il sans surveillance ?

— Je me rends compte maintenant, bien sûr, que nous aurions dû être plus attentifs ; mais en vérité, nous n'avons pas assez de personnel pour surveiller chaque enfant à chaque moment de la journée.

— Après deux incidents préalables concernant *cet enfant-là*, j'estime que vous auriez dû trouver le personnel. »

La directrice refoula sa colère. Qu'est-ce que vous croyez ? avait-elle envie de crier. Votre mari assassine l'enfant de quelqu'un d'autre, et vous pensez que ça ne va pas avoir de répercussions par rapport au vôtre ? Mais elle tourna les choses autrement :

« Nous n'avons jamais rencontré ce genre de situation auparavant. Si vous voulez bien vous montrer un peu patiente, je suis certaine que nous arriverons à une solution appropriée. »

Mais Deborah n'attendit pas. Elle contacta une école privée sur le continent pour organiser un transfert et, peu de temps après, mère et fils prenaient cinq fois par semaine le ferry ensemble pour se rendre à Seattle et en revenir.

Son ancienne école ne manqua pas beaucoup à Matthew. Il aimait son nouveau maître et s'entendait bien avec ses nouveaux camarades. Mais surtout, personne ne semblait savoir qui il était, et il n'avait plus peur de sortir dans les couloirs ni d'aller jouer dans la cour.

Le mauvais côté, cependant, c'était qu'il ne voyait plus Billy chaque jour, mais seulement le samedi, où ils tentaient de rattraper toute une semaine d'amitié perdue. Deborah les emmenait en excursion hors de l'île, ils faisaient courir Chase au cap Madrona, ils allaient patiner au Pavillon de la Glace ou ils s'amusaient à la maison avec des jeux vidéo. S'il se produisait quelque chose qui ne pouvait attendre le samedi, ils s'appelaient entre-temps.

C'est à Billy que Matthew confia ses craintes les plus profondes concernant son père, dans les jours sombres qui suivirent l'arrestation.

« Mon père n'a jamais pu faire de mal à personne, dit-il à son ami. Il n'est pas comme ça. Il ne se met même jamais en colère contre personne ! Ma mère oui, mais pas mon père. Il est toujours gentil avec tout le monde, toujours prêt à discuter des problèmes. Il ressemble vraiment beaucoup à ton père à toi.

— C'est exactement ce que je pense, affirma Billy. Tout ça n'est sans doute qu'une grosse erreur.

— Mais j'ai tellement peur que personne ne le sache, en dehors de nous deux !

— Tu ne crois pas que M. Cohen le sait ?

— Si. Mais s'il ne parvient pas à convaincre la police, on risque d'enfermer mon père toute sa vie pour quelque chose qu'il n'a pas fait.

— Ça ne marche pas comme ça, il paraît. C'est un truc qu'on appelle un jury qui décide.

— C'est quoi un jury ?

— Je ne sais pas trop. Mais mon père assure que M. Cohen doit convaincre un jury de ne pas mettre ton père en prison s'il n'a rien fait de mal.

— Oh ! » dit Matthew.

Il se sentit un peu mieux, sans bien savoir pourquoi. Cette amitié avec Billy était sa bouée de sauvetage : quelqu'un à qui parler, quelqu'un dont il était certain qu'il lui dirait la vérité, quelqu'un sur qui compter lorsque les choses tournaient vraiment mal.

« Je suis désolée, Matthew, mais Billy n'est pas là pour le moment », répondit Libby Hildress au téléphone quand Matthew appela un mercredi soir, alors que son fils protestait à trente centimètres du combiné.

« Ah ? s'étonna le petit garçon. Il a laissé un message demandant que je le rappelle en rentrant. Ça avait l'air important.

— Eh bien, je pense que ce n'était finalement pas très important.

— Non...

— Ou peut-être t'appelait-il pour te prévenir qu'il ne pourra plus passer ses samedis avec toi.

— Non ? dit Matthew après une pause.

— Je le crains. Nous avons décidé que le samedi serait notre journée familiale, désormais. Nous nous sommes rendu compte que nous ne passions pas assez de temps ensemble tous les quatre.

— Oh !

— Tu comprends, je l'espère, que nous n'avons rien contre toi personnellement, Matthew. Mais, étant donné les circonstances, nous avons le sentiment qu'il vaudrait mieux que tu n'appelles plus. »

9

L'audience préliminaire se tint au tribunal du comté de Puget le deuxième lundi de février, dans la plus grande des deux salles, celle qu'on n'utilisait presque jamais.

Les hautes fenêtres faisaient luire le parquet de chêne ainsi que les murs lambrissés et ornés de moulures sculptées. À 9 heures du matin, la salle était déjà pleine d'autant de public que pouvaient en contenir ses six rangs de bancs, très semblables à ceux d'une église.

Une balustrade basse en bois séparait le public de la cour sur toute la largeur de la salle. Dans l'espace réservé, et accessible par de petites portes battantes au centre de la balustrade, deux longues tables attendaient les parties opposées. Harvey Van Pelt et trois membres de son équipe s'installèrent à celle de gauche, tandis que Jerry Frankel et Scott Cohen occupaient celle de droite. Les jurés prendraient place sur une plate-forme surélevée derrière une autre balustrade de bois ciré, le long des hautes fenêtres. Mais, pour cette audience, leurs quatorze fauteuils resteraient vides. En face du jury, à un petit bureau muni d'un téléphone, était assis Jack Earley, dans son uniforme d'huissier, son arme à la ceinture.

Au centre, dominant toute l'assistance, trônait le juge Irwin Jacobs, petit homme chauve de soixante-six ans au gros nez et dont les épais sourcils noirs semblaient se rejoindre complètement. On ne voyait de lui que sa tête et ses mains, le reste étant perdu dans sa toge noire.

Il fallut un peu plus de trois heures pour qu'une poignée de gens prêtent serment et témoignent.

Kristen Andersen fut la première, l'air extrêmement nerveux, la voix à peine plus forte qu'un murmure.

« Donc, trois jours avant sa mort, vous avez vu Tara Breckenridge dans les bras de M. Frankel et leur attitude vous a semblé inconvenante, c'est cela ? résuma Harvey Van Pelt.

— Oui.

314

— À vous, dit-il au Chérubin.

— Vous souvenez-vous d'un moment dans votre vie où vous avez été bouleversée au point de pleurer, et que votre père, ou un autre homme adulte, vous a prise dans ses bras ? » demanda Scott Cohen.

Kristen jeta un coup d'œil à ses parents, assis au deuxième rang du public.

« Je crois, marmonna-t-elle.

— Et pour quelle raison cet adulte a-t-il fait cela ?

— Pour que je me sente mieux.

— Tout à fait. Alors, pouvez-vous déclarer, en toute certitude, que ce dont vous avez été témoin dans le couloir du lycée était inconvenant ?

— Eh bien...

— Est-il possible, mademoiselle Andersen, que M. Frankel ait voulu réconforter Tara Breckenridge, un peu comme votre père voudrait vous réconforter ?

— C'est possible, dit Kristen après un long moment de réflexion.

— Merci. »

« Pouvez-vous nous dire à quelle heure vous avez vu le Taurus bordeaux entrer sur le parking du cap Madrona ? demanda le procureur à Owen Petrie.

— Vers 11 heures, répondit l'adolescent.

— À quelle heure êtes-vous parti ?

— Vers 11 heures et demie.

— Le Taurus était toujours là à ce moment ?

— Oui.

— À vous, maître Cohen.

— M. Van Pelt vient de présenter le break que vous avez vu entrer sur le parking comme étant bordeaux, déclara le Chérubin. Est-ce ainsi que vous l'avez décrit au chef Martinez ?

— Eh bien, pas exactement, reconnut Owen. J'ai dit qu'il était de couleur sombre, pas noir, mais peut-être vert, bordeaux ou marron. Je n'en étais pas sûr. J'ai dit aussi que ce n'était peut-être pas un Taurus, mais un Sable.

— Avez-vous déjà vu la voiture de M. Frankel sur le parking du lycée ?

— Bien sûr. Tous les jours.

— Et quand vous avez aperçu sur le parking, cette nuit-là, le véhicule que vous avez décrit, est-ce que vous avez automatiquement pensé : "Tiens, voilà le Taurus de M. Frankel" ? »

Owen regarda longuement le Chérubin avant de répondre.

« Non.

— Alors, pouvez-vous identifier sans erreur possible la voiture que vous avez vue au cap Madrona comme étant celle de mon client ?

— Non. Et je ne l'ai jamais affirmé. »

« Pouvez-vous nous dire avec précision ce dont vous avez personnellement été témoin entre la victime et l'accusé pendant la session d'été ? demanda Van Pelt à Heidi Tannauer, qui était spécialement revenue de l'université pour l'audience.

— J'ai vu Tara et M. Frankel seuls ensemble plusieurs fois après les cours.

— Que faisaient-ils ?

— Ils marchaient, parlaient, riaient ensemble. Une fois je l'ai vu assis sur un des bancs, et Tara est venue s'installer près de lui. Une autre fois, ils partageaient une pomme.

— Avez-vous jamais vu M. Frankel marcher, parler et rire avec un autre élève après les cours ?

— Non.

— Le témoin est à vous.

— À propos de la pomme que vous avez vu M. Frankel partager avec Tara Breckenridge, questionna Scott, est-ce qu'ils mangeaient tous deux le même morceau du fruit ?

— Que voulez-vous dire ?

— Se passaient-ils un gros morceau de fruit l'un à l'autre, ou bien l'un tenait-il la pomme et faisait-il prendre des bouchées à l'autre ?

— Non, répondit Heidi. Ils en avaient chacun une moitié.

— Et toutes les fois où vous dites les avoir aperçus ensemble pendant la session d'été... hum, je suis désolé, combien de fois était-ce, déjà ?

— Deux ou trois fois.

— Oui, eh bien, ces deux ou trois fois, avez-vous jamais vu M. Frankel toucher Tara Breckenridge ? l'enlacer ? lui tenir la main ? la caresser d'une façon ou d'une autre ?

— Non, pas que je m'en souvienne », admit Heidi après un petit silence.

« Selon les résultats de l'autopsie que vous avez pratiquée, docteur Coop, quelle fut la cause de la mort de Tara Breckenridge ? demanda le procureur au médecin légiste.

— Sa mort résulte de plusieurs coups de couteau.

— Pouvez-vous, je vous prie, décrire l'arme du crime à la cour ?

— Un couteau de chasse à lame incurvée d'environ quinze centimètres de long sur trois à l'endroit le plus large.

— Toutes les blessures de la victime ont bien été provoquées par cette arme ?

— Oui.

— Et avez-vous pu établir si elles ont été infligées par une seule personne ?

— Je le crois.

— Et, d'après vos examens, avez-vous déterminé quelque chose d'autre au sujet du meurtrier ?

— D'après la nature et l'angle des blessures, j'estime qu'il mesurait entre un mètre soixante-dix-huit et un mètre quatre-vingt-huit, et qu'il était assez fort.

— Connaissez-vous la taille de l'accusé ?

— Si je me souviens bien, je l'ai mesuré en août dernier, et il faisait un mètre quatre-vingt-trois.

— Autre chose ?

— À mon avis, d'après mes observations, le tueur est très probablement gaucher.

— Savez-vous, docteur, si l'accusé est gaucher ?

— Oui, je sais qu'il l'est.

— Le témoin est à vous.

— Docteur, questionna Scott, combien de vos clients adultes, à votre avis, mesurent entre un mètre soixante-dix-huit et un mètre quatre-vingt-huit ?

— Au moins deux cents.

— Et combien d'entre eux sont-ils gauchers ?

— Une vingtaine.

— Sans citer de noms, combien, sur cette vingtaine, connaissaient Tara Breckenridge, selon vous ?

— Je dirais... au moins 70 pour 100 d'entre eux, selon toute probabilité, répondit Coop après avoir regardé un instant l'avocat.

— Maintenant, docteur, le couteau que vous avez décrit comme étant l'arme probable du meurtre, est-ce un genre de couteau plutôt rare par ici ?

— Non.

— Bien. Si vous deviez noter sa popularité, disons entre un et dix, un étant le plus faible, combien lui donneriez-vous ?

— Neuf, ou même dix.

— Et si vous deviez estimer le nombre de ces couteaux que l'on pourrait trouver chez les habitants de cette île, combien croyez-vous qu'il y en aurait ?

— Objection, cria Van Pelt. C'est pure spéculation, Votre Honneur. Comment le témoin pourrait-il savoir combien de tels couteaux il y a sur cette île ?

— Il n'y a pas de jury, aujourd'hui, monsieur Van Pelt, répliqua le juge Jacobs, et je pense avoir assez d'expérience en tant que juriste pour évaluer ce témoignage. Répondez, docteur.

— Je dirais au moins cinq cents.

— Une dernière question, conclut Scott. Partant de votre connaissance personnelle de cette communauté, combien de vos clients gauchers, d'après vous, mesurent entre un mètre soixante-dix-huit et un mètre qua-tre-vingt-huit, connaissaient Tara Breckenridge et possèdent un tel couteau ?

— Personnellement, j'en connais onze », répondit le docteur.

Quand Magnus Coop quitta la barre des témoins, Ginger vint parler des déclarations du prévenu et de la découverte du couteau dans la voiture de Jerry Frankel.

« Voudriez-vous, s'il vous plaît, décrire ce couteau ? demanda le pro-cureur.

— Il s'agit d'un couteau de chasse, répondit Ginger, avec un manche noir et une lame incurvée de quinze centimètres de long et de trois centi-mètres en son point le plus large. »

Ensuite, ce fut au tour de Glen Dirksen d'expliquer comment il avait trouvé le sweat-shirt taché dans la cour de Jerry Frankel.

« Était-il enterré ? interrogea Scott lors de son contre-interrogatoire. Avez-vous dû le déterrer ?

— Non, maître.

— Vous voulez dire qu'il était là au vu et au su de tous ?

— Oui, maître, le chien jouait avec. »

Un rire nerveux parcourut l'assistance.

Charlie Pricker fut le témoin suivant, à propos des empreintes de Jerry Frankel, qui correspondaient à l'empreinte partielle sur la croix de Tara, et à propos de l'identification des fibres relevées sur le corps de la vic-time, qui étaient identiques à celles du sweat taché appartenant au pro-fesseur.

« Nous n'avons pu déterminer le groupe auquel appartient le sang sur le sweat-shirt, mais nous espérons beaucoup de l'analyse génétique, dit Charlie.

— Avez-vous trouvé du sang sur le couteau ? s'enquit Van Pelt.

— Oui. Nous avons recueilli un échantillon de sang sur le couteau, et établi qu'il était du même groupe que celui de la victime.

— À vous, maître.

— Dites-moi, détective Pricker, interrogea Scott, avez-vous trouvé un pantalon taché de sang lors de votre perquisition chez les Frankel ?

— Non, maître.

— Et des chaussures ou des chaussettes tachées de sang ?

— Non, maître.

— Que croyez-vous qu'ils soient devenus ?

— Pardon ?

— Eh bien, si mon client a été assez bête pour conserver un sweat-shirt aussi accusateur chez lui, où on pouvait si facilement mettre la main dessus, qu'a-t-il fait, d'après vous, des autres vêtements qu'il portait cette nuit-là ?

— Je n'en sais rien. Peut-être qu'il s'en est débarrassé. Ou qu'aucun de ses autres vêtements n'était taché de sang.

— Étant donné la brutalité du crime, cela vous semble-t-il possible ?

— Je me contente de faire mon travail, maître, dit le détective. Je n'ai guère le temps de penser à ce qui pourrait être ou non. »

À 12 h 12, Jerry Frankel apprit qu'il devrait comparaître pour le meurtre de Tara Breckenridge. Il n'y eut ni fanfare ni roulement de tambour, juste le choc d'un marteau et les douze mots de la sentence.

« J'ai suffisamment d'éléments pour traduire l'accusé devant un tribunal », déclara le juge Jacobs d'une voix grave sans aucune inflexion.

« C'est tout ? demanda le professeur à son avocat tandis que Jacobs se levait et quittait la salle, et que Jack Earley s'approchait de lui pour le reconduire dans sa cellule.

— C'est tout, lui dit Scott. À quoi t'attendais-tu ?

— Je n'en sais rien. C'est de ma vie qu'on vient de décider. Je crois que je m'attendais à plus de décorum. »

On ouvrit un magnum de champagne lorsque Ginger, Charlie et Glen Dirksen revinrent à la maison Graham.

« Seigneur ! s'exclama Ginger, d'où est-ce que ça vient ?

— Du conseil municipal, répondit Ruben avec un sourire.

— Les nouvelles vont vite, fit remarquer Dirksen. Il n'y a que dix minutes à pied d'ici au palais de justice.

— Bienvenue au village ! » s'exclama Ginger en riant.

Un contribuable en colère écrivit au *Sentinel* :

S'il n'a fallu que deux semaines pour obtenir l'audience préliminaire, j'ai entendu dire qu'il faudrait au moins un an avant que commence le procès. Je ne peux me permettre de rester chez moi à lire des livres, regarder la télévision et manger trois repas par jour livrés par le café du Bord de l'Eau. Pourquoi est-ce que je dois payer pour qu'un putain d'assassin puisse le faire ?

Et un directeur de supermarché d'ajouter :

Les rouages de la justice tournent trop lentement dans ce pays. Même si nous obtenons une condamnation d'ici à un an, il faudra des dizaines d'années, avec tous les appels qui seront sûrement introduits, pour que la sentence soit exécutée. Tara Breckenridge n'a jamais fêté son seizième anniversaire, mais son meurtrier va sans doute vivre encore vingt ans avant de payer pour son crime.

« Nous avons obtenu de changer de juridiction, annonça Scott deux jours plus tard. Tu seras jugé dans le comté de Whatcom.

— Mais ce n'est qu'à trois heures d'ici, protesta Jerry.

— C'est ce que le juge Jacobs a pu faire de mieux. Van Pelt était déjà assez furieux.

— Dommage, soupira Jerry. J'avais très envie que ça se passe dans le comté de Bucks.

— Il n'y a pas de comté de Bucks dans l'État de Washington !

— Non, c'est en Pennsylvanie.

— Au moins, dit l'avocat dont les yeux verts scintillèrent, tu n'as pas perdu ton sens de l'humour. C'est bien.

— Quelle différence est-ce que cela fera ? J'étais là, à cette audience, et j'ai écouté ce que ces gens disaient sur moi. En vérité, si je ne me savais pas innocent, je les aurais crus. Moi-même, je me serais jugé coupable.

— Ce n'était qu'un côté de l'histoire.

— Je le sais. Mais dis-moi franchement : avons-nous une chance, dans un quelconque comté, avec un quelconque jury ?

— Nous avons toujours une chance, répondit Scott en regardant son client droit dans les yeux. Il y a beaucoup d'incertitudes, dans cette affaire, et il faudra que Van Pelt les efface, s'il veut obtenir une condamnation.

— Il y a quatre mois, j'avais une famille, un travail que je considérais comme important. J'étais plein de belles idées sur la manière de rendre ce monde meilleur. Maintenant, je ne désire rien de plus que mettre à nouveau mon fils au lit le soir, serrer ma femme dans mes bras et regarder par une fenêtre qui n'aurait pas de barreaux...

— Cette affaire n'est pas encore terminée, le rassura Scott. Fais-moi confiance. Elle n'a même pas encore commencé. »

Une mère scandalisée demandait au journal :

Qu'est-ce qui se passe, ici ? Jerry Frankel massacre Tara Breckenridge sur l'île Seward, mais il sera jugé à Bellingham ? Est-ce ce qui arrive quand les meurtriers ont l'autorisation de louer les services d'avocats véreux pour les sortir de là ?

Et un vendeur de pièces détachées pour voitures :

Moi, je dis que c'est *notre* meurtre et *notre* procès. Les jurés devraient être des gens qui connaissaient Tara Breckenridge et l'aimaient. C'est toute l'impartialité que mérite ce boucher.

« J'ai protesté avec toute mon énergie contre ce changement de juridiction, expliqua Harvey Van Pelt sur les marches du tribunal. Mais le juge Jacobs l'a ordonné... Je suis certain qu'il a ses raisons.
— Tu parles qu'il en a, marmonna quelqu'un d'un ton dégoûté. Un juif qui en protège un autre. »
Van Pelt, qui était assez bon juriste pour savoir que le juge avait dans cette affaire pris la décision légale qui s'imposait – en fait, la seule possible, étant donné la nature de la publicité donnée à cette affaire –, fit comme s'il n'avait pas entendu.

10

Ginger se moquait bien du lieu où se tiendrait le procès. Ce n'était plus de sa responsabilité. Elle avait terminé le travail lui incombant. Elle avait aidé à étayer une argumentation qui avait abouti à l'arrestation d'un cruel meurtrier, et grâce à ses efforts elle était devenue une sorte d'héroïne locale. Elle s'était aussi fiancée. Jamais elle n'avait été plus heureuse.

À deux mois de son vingt-neuvième anniversaire, elle avait le sentiment que les morceaux épars de sa vie constituaient enfin la bonne image – tout à fait comme les puzzles que son père et elle avaient méticuleusement élaborés pendant tant de soirées de son enfance.

Ruben n'arriverait jamais à se faire accueillir au sein des échelons supérieurs de la bonne société sur l'île Seward, mais il était du moins accepté maintenant comme un personnage important de la communauté insulaire. Au grand étonnement de Ginger, certaines des amies de sa mère avaient été parmi les premières à reconnaître ses mérites.

Peu après l'arrestation de Jerry Frankel, Verna avait pris sur elle de faire insérer dans le *Sentinel* un petit faire-part concernant les fiançailles. En quelques jours, plusieurs messages de félicitations sur du papier parfumé arrivèrent à la maison Graham. On y parlait de leur excellent travail et on saisissait l'occasion de faire quelques remarques favorables concernant les futures noces.

« Quel dommage que vous ne vouliez pas un grand mariage ! regretta Verna, que les succès de sa fille avaient propulsée au faîte de sa popularité. Toute l'île a envie de venir. Ce pourrait être l'événement mondain de la décennie ! »

« Ils se sont donné beaucoup de mal pour nous cacher ça, hein ? gloussa Helen Ballinger.

— Oui, admit Charlie Pricker avec un sourire. Et ils ont misérablement échoué ! »

« Eh bien, claironna Albert Hoch en serrant si fort la main de Ruben qu'il crut qu'elle allait se déboîter, je pense qu'il va vous falloir une plus grande habitation, maintenant ! Je vais en parler à Ed Hingham. Il possède la moitié de l'île, et je sais de source sûre qu'il a sur Somerset une très jolie petite maison, qui plairait sûrement à Ginger. Il y a trois chambres, deux salles de bains et une superbe vue sur le port. Et nous allons aussi renégocier votre contrat, pour être sûrs que vous passerez heureux les cinq prochaines années. Je vais en parler au conseil dès que possible. Je veux que vous n'ayez aucun souci. »

« Il n'a peut-être pas tort, dit Ruben à Ginger. Ma maison est affreusement petite.

— Ils craignent que tu ne prennes le premier bateau à cause de leur attitude inqualifiable d'il y a quelques jours à peine. Je connais la maison sur Somerset. C'est une merveille. Profitons de leur générosité le peu de temps qu'elle durera. »

« Je n'y aurais pas pensé, mais ils sont si parfaitement assortis, tu ne trouves pas ? suggéra Maxine Coopersmith à Dale Egaard.

— Bien sûr ! Je me demande seulement pourquoi ils ont mis si longtemps à s'en rendre compte. »

« Félicitations, Ruben ! s'écria Kevin Mahar, un dimanche où le chef de la police vint rechercher Stacey après la messe. Tu as pris non seulement un meurtrier, mais aussi une femme dans ton filet, semble-t-il.

— Ginger a beaucoup de chance, renchérit Doris O'Connor avec un chaleureux sourire.

— Avez-vous déjà fixé une date ? s'informa Lucy Mahar. Juin est un si beau mois, sur l'île ! »

« Après la tragédie vient l'apaisement, et même l'amour... », affirmait Gail Brown au début de son éditorial.

Ruben était gêné.

« J'aimerais qu'ils arrêtent. Pas tant à cause du tumulte concernant l'affaire Breckenridge que de cet étalage de notre vie privée ! »

Ginger était bien trop heureuse pour s'en inquiéter. En quelques petites semaines, Ruben le bouc émissaire était devenu le sauveur, et elle avait contribué à ce changement. Bientôt, ils allaient se marier et vivre dans une merveilleuse maison. Lié à jamais à ces changements, il y avait un professeur d'histoire qu'on allait juger pour meurtre et sans aucun doute condamner pour son crime, et elle était aussi à l'origine de son arrestation. Mais s'il était également vrai que l'un n'aurait sans doute jamais pu se produire sans l'autre, elle refusait d'y penser.

Puisque l'île désirait fêter l'événement, Ginger ne voyait pas pourquoi elle s'y opposerait. De telles occasions n'étaient-elles pas les jalons publics par lesquels on jaugeait la vie d'une personne ? Des événements dont on se souviendrait, des moments qu'on chérirait, des instants singuliers qui assurent un passé et déterminent un avenir. Même si elle devait vivre cent ans, elle savait que jamais les choses ne pourraient aller mieux pour elle qu'à ce moment précis.

Alors, s'interrogeait Ginger, comment se faisait-il qu'elle se tournait et retournait dans son lit, incapable depuis six semaines de dormir une nuit entière ?

Deborah Frankel ne dormait pas davantage. À peine quelques mois plus tôt, elle contrôlait sa vie : son fils poussait comme un champignon, elle faisait une brillante carrière, son mariage tenait bon. Et maintenant, tout était sens dessus dessous. Le petit ne souriait presque plus, elle prenait du retard dans son travail et ses collègues murmuraient dans son dos ; quant à ses relations avec son mari, elles se limitaient à quelques mots échangés au parloir à travers un trou dans une paroi en Plexiglas.

« Comment va Matthew ? demandait Jerry au début de chaque visite.

— Le mieux possible », mentait Deborah.

À quoi bon lui dire la vérité – lui avouer qu'elle entendait son fils pleurer chaque soir jusqu'à ce qu'il s'endorme d'épuisement ?

« Il s'est bien adapté à sa nouvelle école, déclara-t-elle d'une voix artificielle au bout de quelque temps, et il est devenu un supporter inconditionnel de l'équipe des Sonics. Chase et lui sont inséparables.

— Il me manque.

— Tu lui manques aussi. Peut-être pourrais-je demander à Scott d'organiser une visite ?

— Non. Je ne veux pas qu'il me voie ici, et qu'il doive me parler à travers un trou dans un mur.

— D'accord.

— Est-ce qu'il comprend ce qui se passe ?

— Un peu », lui répondit-elle.

En fait, il comprenait probablement beaucoup plus qu'elle ne voulait se l'avouer, elle le sentait.

« Et toi, comment vas-tu ?

— Je mets un pied devant l'autre, avoua-t-elle. Je ne peux pas faire mieux pour le moment. »

Deborah détestait ces visites. Elle n'avait aucune envie de s'asseoir et de bavarder avec lui pour ne rien dire. Elle voulait crier, marteler le Plexiglas de ses poings – envoyer les bras dans ce foutu trou, pour prendre Jerry à la gorge et exiger de savoir pourquoi il leur faisait subir ça. Puis elle passait les nuits allongée dans son lit à compter les heures et à se demander s'il était juste de l'accuser de tout, si elle n'avait pas joué un rôle dans la terrible tragédie qui se déroulait autour d'eux.

« Un seul suffit pour un mauvais mariage, lui avait toujours dit sa mère. Il faut être deux pour en réussir un bon. »

Avait-elle été trop occupée par sa propre carrière ? Ne lui avait-elle consacré que trop peu d'elle-même ? N'avait-elle pas été assez proche de lui pour discerner ses besoins ? Un petit garçon de neuf ans était-il la seule chose qui les maintenait ensemble ?

Deborah avait plusieurs fois pensé au divorce. Mais ce n'était qu'une pensée abstraite, comme un prisonnier rêve à une évasion impossible, et davantage un exercice mental qu'une réelle possibilité. De plus, cette pensée repartait aussi vite qu'elle était venue. Quoi qu'il arrive, jamais elle ne quitterait son mari. Bien sûr, elle aspirait parfois à une relation différente, mais elle savait que Jerry n'y survivrait pas.

Aaron avait élevé son fils dans l'idée que rien n'était plus important qu'une famille, qu'il n'y avait rien d'autre sur quoi compter, rien d'autre en quoi avoir confiance. Et Emma l'avait abandonné de la manière la plus cruelle possible. Deborah ne pouvait même pas imaginer les cicatrices qu'avait laissées son suicide, parce que Jerry ne parlait jamais de sa mort. En fait, il ne faisait pour ainsi dire pas allusion à sa mère, et seulement en passant.

Aux yeux du monde, il était le visionnaire enthousiaste, optimiste, dévoué qui l'avait séduite en troisième année d'université à Bryn Mawr. Mais elle avait aussi appris qu'il possédait un côté sombre. Elle en avait surpris des éclairs – un geste, une expression – quand parfois son humeur l'entraînait loin d'elle et de Matthew.

Certes, tout le monde avait un côté sombre, mais jamais Deborah n'était parvenue à sonder la profondeur de celui de Jerry. Elle avait seulement compris qu'il se confondait avec sa fragilité, sa dépendance, son refus de parler franchement de la douleur.

Pendant dix ans ils avaient partagé le même lit, et ce lit représentait pour eux un havre de sécurité, un endroit serein où ils pouvaient déposer le fardeau des responsabilités du jour ; un endroit neutre où ils pouvaient éteindre la lumière et se confier l'un à l'autre ; un endroit tendre de paix et de confort qui, même s'il n'évoquait plus pour eux le genre d'intimité qu'ils avaient connu au début, restait un lieu de satisfaction.

Jusqu'à Alice Easton. Là, tout avait basculé.

Deborah avait soutenu Jerry tout au long de cette affaire sordide ; elle l'avait protégé, défendu ; elle avait gardé la tête haute sous les invectives, la censure, la boue. Mais après, ils n'avaient plus été les mêmes : si Jerry avait à maintes reprises protesté de son innocence, rien n'était plus pareil entre eux.

« Je n'ai jamais touché cette gamine, avait-il proclamé. Tu me crois, n'est-ce pas ?

— Ce que je crois est sans importance, avait-elle répliqué en soupirant. C'est ce que croient les autres qui compte. »

Jerry voulait rester et prouver son innocence. C'était Deborah qui l'en avait dissuadé. Quel était l'intérêt de rester en un lieu où sa réputation était déjà détruite ? raisonnait-elle.

« Fuir, c'est comme avouer ma culpabilité, avait-il protesté. Je ne peux pas faire ça à mes élèves. Qu'est-ce que ça leur apprendra ?

— Je m'en moque. Je ne m'intéresse qu'à nous et à Matthew. Même si tu gagnes, tu as perdu ton travail, de toute façon. Le père d'Alice Easton veillera à ce que tu ne puisses plus jamais enseigner, non seulement à Holman mais dans toute autre école à mille kilomètres à la ronde. Alors, à quoi bon ? Il vaudrait beaucoup mieux que nous partions et que nous recommencions notre vie ailleurs, quelque part où personne ne nous connaît et où nous pourrons oublier tout ça. Accepte plutôt leur marché et partons. »

Il lui avait cédé, bien sûr, comme toujours ; et le lieu qu'elle avait choisi, parmi ceux où son entreprise pouvait l'envoyer, était aussi éloigné que possible de Scarsdale. Mais il n'avait pas encore été assez éloigné.

Maintenant, allongée sur son lit, Deborah fixait de ses yeux secs l'obscurité, à la recherche d'une réponse qui n'y était pas – la réponse à une question qui l'avait suivie comme une ombre d'une côte à l'autre du pays. Est-ce que sa maturité, son refus d'avoir d'autres enfants, son engagement dans sa carrière, leur lent éloignement l'un de l'autre avaient contribué à ce que Jerry bascule du bord de la falaise ?

Le Jerry Frankel qu'elle connaissait, celui avec qui elle avait vécu toutes ces années, n'aurait jamais pu toucher Alice Easton ni tuer Tara Breckenridge. Mais qu'en était-il du Jerry qu'elle ne connaissait pas ?

Mary Breckenridge elle aussi attendait chaque nuit pendant de longues heures que le jour se lève.

Elle ne voulait pas penser à Jerry Frankel, voir son visage ou entendre son nom, mais elle ne pouvait s'en empêcher. Même dans le sanctuaire que constituait sa chambre, dans l'obscurité, elle se le représentait, avec ses cheveux bruns, ses yeux intelligents, son côté enfantin, sa mâchoire bien dessinée. Et dans le silence, elle entendait son nom résonner à ses oreilles, encore et encore.

Sa tentative désespérée pour convaincre Ruben Martinez n'avait abouti à rien. Le professeur d'histoire était toujours en prison, et le moindre aspect de sa vie indéfiniment disséqué à la télévision, dans les journaux, à la première page des magazines à scandales.

Chaque détail horrible du crime qui occupait les insulaires depuis des mois était maintenant rappelé sans cesse à la nation tout entière. Il semblait que plus personne n'eût d'autre sujet de conversation, qu'il n'y eût rien d'autre à publier.

Mary ne pouvait le supporter. Chaque mot concernant Frankel était une agression, chaque photo de lui une souillure, et elle ressentait ces coups comme ceux d'un couteau plongé dans son âme. Comme ce qu'avait dû ressentir Tara.

Elle savait qu'elle ne pouvait risquer un autre appel à la maison Graham : si Kyle le découvrait, il serait furieux contre elle – ou, pis encore, il l'enverrait dans un hôpital pour malades mentaux. Mais elle devait faire quelque chose, pour effacer tout cela. Elle renonça à la télévision, aux journaux et aux gens qu'elle connaissait depuis toujours, et elle se retira dans sa chambre pour rester éveillée pendant la nuit et somnoler nerveusement pendant la journée. Mais chaque fois qu'elle s'endormait, ne fût-ce que quelques instants, c'était Tara qu'elle voyait, les larmes ruisselant de ses yeux, les bras tendus dans sa direction, la suppliant en silence de lui apporter réconfort et assistance. Et plus Mary tentait d'approcher sa fille, plus celle-ci s'éloignait. Ensuite, la souffrance la réveillait en sursaut, si forte qu'elle en était insupportable. À la fin de février, Mary Seward Breckenridge sut ce qu'était l'enfer.

Gail Brown passa presque tout le mois de février enfermée dans son bureau pour écrire cinq articles qui, pensait-elle, constituaient le meilleur travail de sa carrière jusque-là. Elle intitula cette série « Anatomie d'une tragédie », et y raconta l'enquête sur le meurtre en un récit fascinant et détaillé qui riva sur leur siège ses lecteurs, dont bon nombre croyaient pourtant déjà tout connaître de l'affaire Breckenridge.

Dès que fut publié le cinquième texte, qui expliquait les articulations de toutes les manœuvres légales entourant le procès, Gail décida qu'elle ajouterait à sa série un sixième article, juste avant que commence le procès, et un septième, à l'occasion du verdict. Elle les avait déjà esquissés, et elle était bien décidée à faire personnellement chaque jour le voyage jusqu'à Bellingham pour être le témoin direct de chaque instant des débats au tribunal.

« J'ai décidé de suivre l'affaire du début à la fin, dit-elle à propos de sa série d'articles. Je veux que les gens sachent précisément en quoi consiste toute enquête criminelle foncièrement honnête, et aussi ce qui se passe vraiment pendant un procès, tant à l'intérieur qu'à l'extérieur du tribunal. Cela m'a semblé le meilleur moyen de le faire. »

Des félicitations lui parvinrent de tout le pays, saluant un travail puissant, inspiré, remarquable. Le *Seattle Post-Intelligencer* acheta les droits pour publier dans ses colonnes toute la série. D'autres grands journaux en reprirent des extraits. Les chaînes de télévision demandèrent des interviews.

« Tu es célèbre ! déclara Iris Tanaka quand elle lui passa un appel d'un producteur de "Nightline". Même Ted Koppel te veut dans son émission !

— Si c'est ce qu'il faut pour qu'on situe l'île Seward sur la carte, dit Gail avec un grand sourire, je crois que je pourrai le supporter. »

La petite brune trop maigre pensa à sa garde-robe et se demanda si son compte en banque résisterait à une expédition à Seattle pour dévaliser le grand magasin Nordstrom's.

Libby Hildress lut la série de Gail Brown dans le *Sentinel* et se sentit valorisée. Le destin semblait avoir voulu que ce soit son mari qui découvre le corps de Tara Breckenridge, et qu'elle, Libby, soit ensuite une des premières à envisager que Jerry Frankel avait joué un rôle dans son assassinat. Elle se demandait en secret si, peut-être sans s'en rendre compte, elle n'avait pas reçu un message de Dieu. Cette simple idée suffit à mettre son esprit en joie et à renforcer sa conviction.

« Si tu le soupçonnais depuis le début, pourquoi est-ce que tu n'as rien dit ? lui murmura son amie Judy Parker pendant la répétition de la chorale.

— Parce que je suis une bonne chrétienne, répondit Libby, et que je n'aime pas penser du mal de quelqu'un, même s'il n'est pas un des nôtres. Mais au bout d'un moment, avec tout ce qui arrivait, je savais que deux et deux ne pouvaient faire que quatre.

— Quand je pense que tu as laissé ton Billy passer tout ce temps chez ces gens !

— Je dois remercier le Seigneur de l'avoir protégé », reconnut Libby en soupirant.

Mais Billy Hildress ne se trouvait pas protégé. Il se trouvait terriblement seul.

« Matthew est mon meilleur ami, se plaignait-il. Je ne comprends pas pourquoi je ne peux plus jouer avec lui.

— Parce que son père a fait une chose horrible, lui expliquait patiemment Libby.

— Mais Matthew n'a rien fait de mal. Ce que son père a fait, ça n'a rien à voir avec lui ! »

Libby pensa immédiatement que la pomme ne tombait pas loin de l'arbre, mais elle ne pouvait le dire à l'enfant qui, pour quelque insondable raison, restait très fidèlement attaché à son ami.

« Tu es trop jeune pour comprendre, affirma-t-elle pour se sortir d'affaire. Un jour, quand tu seras plus grand, je pourrai te l'expliquer mieux. »

Insatisfait de cette dérobade, le petit garçon était allé trouver son père.

« Tu ferais peut-être mieux d'en parler avec ta mère, lui suggéra Tom Hildress. Elle a tout clairement en tête.

— Elle m'a dit que j'étais trop jeune pour comprendre, répondit Billy. Mais je ne le suis pas. Elle pense que M. Frankel est coupable, et que ça rend Matthew coupable. Mais c'est pas vrai, hein ?

— Non, pas du tout, déclara Tom en soupirant. Mais ce n'est sans doute pas ce qu'elle a voulu dire.

— Si Matthew n'a rien fait de mal, pourquoi est-ce qu'on ne peut plus être amis ?

— Jusqu'à ce que la situation de son père soit éclaircie, maman a l'impression que tu ne peux être en sécurité chez Matthew, je crois.

— Mais son père n'est même plus chez lui ! Il a été mis en prison. Et puis, Matthew pourrait venir ici. »

Tom essayait toujours de ne pas mentir à son enfant.

« Billy, on ne sait pas toujours ce que peuvent faire les gens, surtout quand ils sont sous pression. Maman pense qu'il vaut mieux laisser les choses s'apaiser chez les Frankel, vois-tu. Dans quelques mois, tout se résoudra peut-être au mieux, et alors Matthew et toi pourrez vous voir à nouveau, comme avant.

— Papa, dis-moi franchement : est-ce que tu crois que M. Frankel a tué cette fille ?

— Franchement, je n'en sais rien. On dirait bien, au point où en sont les choses ; mais je garde à l'esprit qu'on a entendu une seule version de l'histoire, jusqu'ici.

— Maman semble certaine qu'il l'a fait. Mais ça ne t'ennuie pas si j'attends avec toi d'entendre l'autre version de l'histoire ?

— Je pense que c'est très bien », répondit Tom.

11

La constitution du dossier d'accusation contre Jerry Frankel commença à poser des problèmes au milieu du mois de mars.

« Nous n'avons découvert aucune concordance avec les cheveux, dit Charlie Pricker le deuxième mercredi du mois. Pas un seul de ceux que nous avons prélevés sur la victime ne correspond à la chevelure de Frankel.

— C'est curieux, dit Ruben en fronçant les sourcils. J'aurais cru qu'il y en aurait au moins un.

— Est-ce qu'il aurait pu porter une casquette... ou un chapeau ? demanda Ginger avec espoir.

— Rien ne l'indique, répondit Charlie. Et on n'a rien trouvé de tel pendant la fouille. Bien sûr, reste la possibilité qu'il ait porté une casquette et qu'il s'en soit débarrassé avec le reste de ses habits.

— Les cheveux qu'il aurait laissés sur le corps pourraient-ils en avoir été déplacés quand il l'a roulée dans le tapis ? questionna Ruben.

— Ce n'est pas impossible, répondit Charlie d'un air dubitatif. Mais on n'a relevé aucun de ses cheveux sur le tapis non plus. »

« Qu'est-ce que ça veut dire, pas de concordance avec les cheveux ? demanda Albert Hoch.

— Ça veut dire que le labo n'a trouvé aucun cheveu de Frankel sur le corps de Tara ni sur le tapis, répondit Ruben.

— Non, je veux dire, qu'est-ce que ça signifie pour notre dossier contre lui ?

— Eh bien, une concordance nous aurait certainement aidés, avoua le chef de la police. Ç'aurait été un clou légal pour fermer le cercueil, en quelque sorte. Mais cela ne nous nuit pas nécessairement. Il y a bien des manières d'expliquer l'absence de cheveux. Il a pu porter une casquette.

Ou bien les cheveux qu'il a laissés sur le corps ont pu tomber quand il l'a roulée dans le tapis.

— Vous avez trouvé d'autres cheveux sur elle, n'est-ce pas ?

— Oui, mais ils peuvent venir du tapis lui-même.

— J'entends Scott Cohen ricaner depuis Seattle !

— Nous devons faire avec ce que nous avons, lui rappela Ruben. Nous ne pouvons fabriquer ce que nous n'avons pas.

— Mais êtes-vous certain que ce que vous avez suffit ?

— À mon avis, nous avons remis à Van Pelt un dossier très solide. Même s'il faut avouer que l'essentiel s'appuie sur des indices circonstanciels, il ne devrait y avoir aucun problème devant un jury. »

« Le sweat-shirt est revenu du labo, déclara Charlie le jeudi avec un air défait. Test génétique négatif. On ne peut pas prouver que le sang était celui de Tara.

— Et les fibres ? demanda Ginger.

— Ce sont les mêmes, sans doute possible. Mais nous avons trouvé trois magasins sur l'île qui vendent des sweat-shirts identiques – même lot de teinture, même livraison, tout – depuis au moins six mois. »

« Nous n'avons pas tiré grand-chose de la voiture », annonça Charlie le lundi suivant.

Ils avaient mis sous scellés le Taurus bordeaux le jour de l'arrestation de Jerry Frankel, puis le laboratoire de la police criminelle de Seattle avait passé près de deux mois à lui faire subir tous les tests connus.

« Vas-y ! lança Ruben.

— Aucune empreinte, dit Charlie.

— Aucune ?

— Aucune appartenant à Tara.

— Il les a essuyées, affirma catégoriquement Ginger.

— C'est possible, admit Charlie, mais il n'y avait pas non plus de cheveux, du moins aucun correspondant à ceux de la victime. Aucune trace de peau non plus.

— Il a passé l'aspirateur, déclara Ginger. N'oubliez pas que nous avons seulement examiné la voiture trois mois après les faits. Il a eu tout le temps d'être très méticuleux.

— Y a-t-il une bonne nouvelle ? demanda Ruben. J'ai beaucoup de mal à croire, même au bout de trois mois, qu'il n'y ait pas le moindre indice, même microscopique, du passage de Tara dans cette voiture, étant donné qu'elle a dû l'emprunter de Southwynd au cap Madrona.

— Eh bien, on a peut-être une chance, mais maigre, répondit Charlie. Les gars du labo ont trouvé des fibres de denim bleu au fond du siège du passager à l'avant, compatibles avec celles de la jupe qu'elle portait cette nuit-là.

— Est-ce que ça suffit ? s'informa Ginger avec anxiété.

— Pas vraiment. Vous voyez, ils ne peuvent pas dire avec certitude si la fibre vient de cette jupe précise : comme le sweat-shirt, elle a été un des grands succès de l'automne. En fait, dans une seule boutique en ville, on en a vendu deux douzaines, toujours provenant du même bain de teinture, etc.

— D'accord, on n'a ni empreintes ni cheveux, et des fibres douteuses, résuma Ruben. Et le sang ?

— C'est le plus gros problème, affirma Charlie. La voiture est propre.

— Il doit y avoir une erreur ! s'insurgea Ginger avec une note de désespoir perceptible dans la voix. C'est carrément impossible !

— C'est ce que j'ai dit aux types du labo, répondit Charlie. Mais ils m'ont répondu que la seule substance identifiable dans la voiture était un produit de nettoyage ménager courant.

— En d'autres termes, conclut Ruben avec un soupir, le labo n'a obtenu aucune preuve absolue que Tara Breckenridge soit jamais montée dans la voiture de Jerry Frankel.

— C'est à peu près ça, admit Charlie. Nous avons du possible, du probable même, mais rien de définitif.

— Est-il possible qu'elle ne soit pas montée dans la voiture ? s'interrogea Ginger à haute voix. Qu'elle soit allée au cap d'une autre manière et qu'elle l'ait rejoint là-bas ?

— Cela ne colle pas avec le reste, lui rappela Ruben.

— Non, confirma Charlie. L'heure, la chronologie des événements – tout ce qu'on a indique qu'il l'a prise près de Soutwynd peu après 10 heures et qu'il l'a emmenée au cap Madrona vers 11 heures, quand le fils Petrie a vu le Taurus. Nous avons bien dans les pneus des graviers correspondant à ceux du parking du cap, mais on ne peut prouver qu'ils s'y sont logés la nuit du crime. »

Ruben se massa les tempes du bout des doigts.

« L'absence de preuve absolue que la victime soit jamais montée dans la voiture, je peux l'accepter, marmonna-t-il d'un air pensif. Mais l'absence de sang ? Après ce qu'il lui a fait... il devait en être couvert. Est-il possible qu'il ait pu effacer toute trace de sang de la voiture ?

— Avec assez de temps et assez de produit nettoyant ? demanda Charlie. La réponse est... oui.

— Pour commencer, soupira le chef de la police, on n'a pas le moindre cheveu de Frankel sur la victime, puis on fait chou blanc avec le sweat-shirt, et maintenant on n'a presque rien concernant le véhicule... Je ne suis pas certain d'aimer la direction de tout ça. »

« Que se passe-t-il, Ruben ? mugit Albert Hoch au téléphone.

— Je n'en sais rien, répondit le chef de la police.

— Est-ce que cette affaire va nous péter à la gueule ? »

Il y eut un long silence embarrassé, puis Ruben affirma :

« Pas encore. Il nous reste les analyses génétiques de paternité, et nous sommes très confiants en ce qui les concerne. Sans oublier le couteau et l'empreinte sur la croix. »

Ginger se lava et se brossa les dents avant d'enfiler son pyjama. Mais elle ne jeta pas même un coup d'œil à son lit pourtant si tentant. Elle savait qu'elle n'y dormirait pas. Enfilant sa robe de chambre et de grosses chaussettes, elle gagna le salon.

Un feu crépitait vivement. Elle l'avait préparé comme Ruben le lui avait appris. Twink était pelotonné sur le canapé gris-bleu, jouissant de la chaleur. Ginger s'assit près de lui et se mit à le gratter entre les oreilles, comme si cela devait l'aider à réfléchir.

Les choses ne se déroulaient pas du tout comme elle l'avait supposé. Telle une rangée de pigeons d'argile, chaque preuve qu'elle avait été si certaine de voir constituer une accusation irréfutable de Jerry Frankel avait été pulvérisée par leurs propres experts.

Le dossier qu'elle avait aidé à constituer, dont elle avait eu tant de mal à dénicher le moindre élément, menaçait maintenant de se disloquer à ses pieds. Ce qui, quelques jours auparavant, semblait sans équivoque commençait à lui paraître insuffisant.

Ginger soupira. Deux mois plus tôt, elle avait pris une décision doulou-reuse – une sorte de pacte avec le diable. Bien que cette décision ait conduit l'enquête sur une voie qu'elle croyait fermement être la bonne, elle devait à présent la reconsidérer – ce qui avait toutes les chances de détruire davantage encore que les quelques preuves subsistant contre Jerry Frankel.

Elle regarda le feu presque toute la nuit, comme si elle cherchait une réponse dans ses flammes. De temps à autre, elle se levait et ajoutait une bûche dans la cheminée. Puis elle se rasseyait et reprenait le cours de ses réflexions. Et, comme s'il lisait dans sa tête, Twink parfois battait de la queue et gémissait.

Si cela occupait beaucoup l'esprit de Harvey Van Pelt, Scott Cohen, lui, pensait rarement au fait qu'il n'avait jamais perdu en assises. Il préfé-rait se concentrer sur chaque affaire telle qu'elle se présentait, comme si c'était la première. Chaque situation était unique, avec une série de circonstances précises qui la situaient totalement à l'écart de n'importe quelle autre. C'était pour cette raison que jamais deux affaires ne pouvaient être préparées ni plaidées de la même façon.

Il avait défendu des clients qu'il croyait innocents à 100 pour 100, en fouillant dans le dossier du procureur pour trouver la faille inévitable qui conduirait à l'acquittement.

Mais il avait aussi défendu des clients qu'il croyait coupables à 100 pour 100, en fouillant dans le dossier du procureur pour trouver la petite erreur susceptible de créer un doute raisonnable.

Quelle que fût la façon dont les choses se déroulaient, Scott n'avait aucun mal à dormir la nuit, parce qu'il croyait profondément en la loi. Si la justice se révélait parfois imparfaite, toute sa carrière demeurait fondée sur un principe unique : avant qu'on ne déclare un homme coupable de meurtre, l'argumentation contre lui devait être assez solide pour supporter n'importe quel assaut venant de n'importe quelle direction.

Sur la centaine d'affaires qu'il avait plaidées en un quart de siècle, le Chérubin n'avait jamais menti à un jury, présenté les faits de façon trompeuse ou avancé une théorie qu'il aurait été incapable d'étayer. Le secret de son succès résidait dans le fait qu'il était un superbe stratège. Il savait exactement où trouver les points faibles d'une argumentation, et ensuite s'y attaquer jusqu'à ce qu'ils se défassent, un à un, et que tout le dossier s'effondre sur les genoux du procureur.

« Je n'ai rien contre l'État, dit-il un jour dans une interview au *Seattle Times*. Mais je ne suis pas prêt à mettre ma vie entre les mains d'un fonctionnaire omnipotent. Il en va de même pour mes clients. Nous avons la chance, dans ce pays et contrairement à d'autres, de disposer d'un système qui permet la controverse. Et c'est ce système, où l'État est tenu pour responsable des capacités de ceux qu'il emploie et de l'intégrité de leur travail, qui nous protège tous. »

Le dossier contre Jerry Frankel le laissait perplexe. Si toutes les pièces distinctes s'accordaient parfaitement en un joli petit motif, elles ne semblaient pas avoir été coupées dans le même tissu, mais plutôt dans divers morceaux cousus ensemble à la hâte et qui commençaient à se défaire.

L'empreinte sur la croix ; le break aperçu sur le parking ; le sweat-shirt couvert de sang ; le couteau ; le témoin qui avait vu le professeur et l'élève ensemble – tout avait été atténué, voire contredit, par les preuves scientifiques. Il y avait dans ce tissu des trous à travers lesquels on aurait pu faire passer un troupeau de bisons !

En dépit du fait que Jerry était un ami autant qu'un client, Scott n'était absolument certain ni de sa culpabilité ni de son innocence. En surface, l'homme était un doux philosophe, incapable de violence. Mais, en dessous, Scott avait toujours senti une âme troublée. Cela n'avait pas vraiment d'importance : ce n'était pas le problème qui devait l'intéresser. Tout ce qui comptait, c'était que le dossier du procureur se délitait.

« Vous n'avez rien, dit-il à Harvey Van Pelt le mardi. Rien qui place mon client sur le lieu du crime, qui mette mon client en contact avec la victime, qui atteste la présence de la victime dans la voiture de mon client. Vous n'avez même aucune preuve que ç'ait été la voiture de mon client, au cap Madrona. Votre dossier n'est que de la fumée, des miroirs aux alouettes et des vœux pieux.

— Mais de quoi parlez-vous ? s'insurgea Van Pelt. Il me reste le mobile et l'occasion ; j'ai l'arme du crime trouvée dans sa voiture, de même que l'empreinte sur la croix. Et, d'un jour à l'autre, j'aurai les analyses génétiques pour confirmer tout cela.

— En êtes-vous certain ? demanda doucement Scott.

— Bien sûr, répondit l'avocat général avec colère.

— Je regrette, répliqua le Chérubin. Je sais combien il est important pour tous sur l'île de traduire en justice l'assassin de Tara Breckenridge, mais je crains que la police n'ait pas fait son travail à fond. Je demande une ordonnance de non-lieu », conclut-il en tendant au procureur un document à couverture bleue.

« Ruben, implora Van Pelt dans le téléphone, j'ai besoin de votre aide. Cohen se rend chez le juge Jacobs ce matin pour demander le non-lieu. Est-ce qu'on a quelque chose permettant de s'y opposer ?

— Je vous rappelle », répondit le chef de la police.

Ils étaient dans la salle d'interrogatoire, Ruben et Charlie à chaque extrémité de la table métallique, et Ginger au milieu – étrangement silencieuse, pâle, les yeux enfoncés dans ses orbites sombres.

« Ça va ? s'enquit Ruben tant l'aspect de Ginger l'inquiéta.

— Je n'ai pas très bien dormi, se contenta-t-elle de murmurer.

— J'ai parlé au labo, annonça Charlie. Les analyses génétiques ne sont pas encore terminées, et ils ne peuvent rien nous dire de concret avant qu'elles le soient. Sans ces résultats, et étant donné ce qu'il est advenu de certaines de nos preuves, je ne sais pas ce qu'on peut dire à Van Pelt.

— Peut-être tout cela signifie-t-il que nous n'aurions pas dû l'arrêter, remarqua Ginger d'une voix neutre.

— Curieux discours venant de toi, la citadelle de l'île Seward veillant sur la vérité et la justice ! fit observer Ruben.

— Si nous n'avons pas de preuve, Van Pelt n'obtiendra pas de condamnation. »

Maintenant, les deux hommes la fixaient du regard.

« Attends un peu, qu'est-ce qui se passe, ici ? demanda Charlie. C'est toi qui nous as tous convaincus que Frankel était coupable. Ce n'est pas ton genre de renoncer.

— Je ne renonce pas, répliqua Ginger avec un soupir. Je me montre réaliste.

— Mais nous avons des preuves solides, affirma Charlie. Si le sweat et les fibres sont un peu légers, le couteau était dans sa voiture...

— Oui, dit Ginger d'un ton morne en serrant ses mains jusqu'à ce que leurs jointures blanchissent, parce qu'elle savait ce qui allait suivre.

— ... et il y avait son empreinte sur la croix. »

Ça y était. Le moment qu'elle avait redouté, le moment qui l'avait gardée éveillée tant de nuits. Et elle se rendit compte, comme si elle contemplait un long tunnel, que c'était inévitable, depuis le début.

« Non, murmura-t-elle si doucement que ni l'un ni l'autre des hommes ne fut certain de l'avoir bien entendue.

— Pardon ? » demanda Ruben.

Ginger inspira profondément et expira dans un frisson.

« Ce n'était pas son empreinte, déclara-t-elle.

— Mais si, affirma Charlie. J'ai lu le rapport.

— Non, répéta-t-elle. Tu as lu le *second* rapport. »

Les deux hommes étaient visiblement déconcertés.

« Je ne te suis pas, dit Ruben.

— Les empreintes que nous avons prises sur le verre de Frankel ne correspondaient pas à l'empreinte partielle sur la croix de Tara, expliqua-t-elle de la même voix éteinte. J'en ai fabriqué une autre que j'ai envoyée au labo.

— Tu as fait quoi ? demanda Charlie en suffoquant.

— J'ai falsifié l'empreinte partielle pour qu'elles correspondent.

— Mais qu'est-ce qui a bien pu te prendre de faire une chose pareille ? interrogea Ruben.

— Je savais qu'il était coupable, répondit Ginger. Et que le seul moyen de le prouver était d'entrer chez lui. Il ne nous fallait qu'une preuve solide pour obtenir un mandat. Je me suis dit que si la perquisition ne donnait rien, il n'y aurait pas de mal. Mais que si nous trouvions ce que nous cherchions, eh bien, le tueur serait pris. Et j'ai eu raison : on a trouvé l'arme du crime. »

Un lourd silence tomba dans la pièce sans fenêtre.

Charlie se tortilla sur sa chaise.

« J'ai quelque chose à faire », finit-il par marmonner avant de s'échapper.

Ruben resta immobile. Pas un de ses muscles ne bougeait, mais Ginger le sentait qui s'écartait, qui prenait ses distances avec elle. Elle avait été si près de tout avoir ! se dit-elle. Tout ce qu'elle avait toujours voulu avait été à sa portée, et elle avait tout gâché.

« Ils allaient te renvoyer, murmura-t-elle, les larmes aux yeux. Je venais de te trouver. Je ne voulais pas te perdre. J'étais sûre qu'il était coupable. »

Il ne savait que lui dire, que ressentir, que faire. La femme qu'il avait attendue si longtemps, cette femme adorable, chaleureuse, pleine d'humour, sexy, auprès de qui il comptait passer le reste de sa vie était devenue quelqu'un qu'il avait soudain peur de ne pas connaître.

Il avait déjà travaillé avec des flics qui avaient considéré comme opportun de forcer un peu les preuves afin d'épingler un suspect particulièrement difficile à appréhender, et tous l'avaient fait avec les meilleures intentions du monde : pour mettre ce fils de pute derrière des barreaux, à la place qu'il méritait. Peu importait : Ruben les avait toujours obligés à rendre leur plaque. La loi était la loi, et il avait prêté serment de la respecter. De surcroît, les officiers de police qui infléchissaient la loi à leur convenance ne valaient à ses yeux pas mieux que ceux qui la transgressaient.

« Je dois appeler Van Pelt », dit-il au bout d'un long moment.

Ginger hocha la tête.

Ruben se leva lentement et gagna la porte.

« Il faudra, bien sûr, que nous réglions cette question, ajouta-t-il, mais pas maintenant. Pourquoi ne prendrais-tu pas deux jours de congé ? Fais-toi porter malade, ou quelque chose comme ça. »

Il quitta la pièce sans la regarder.

« Je vous en prie, Votre Honneur, protesta Van Pelt le mercredi matin quand le juge Jacobs prononça un non-lieu au profit de Jerry Frankel. Il nous reste ce qui est presque certainement l'arme du crime, sans compter les tests génétiques qui vont presque certainement incriminer le prévenu !

— Si c'est le cas, nous pourrons toujours le réinculper, lui dit le juge d'une voix très lasse. Mais cet homme n'a pas d'antécédents, il semble être un membre éminemment respecté de cette communauté, et je ne vais pas le garder en prison sur la base des éléments que vous me fournissez. »

On aurait dit que de la fumée et des flammes allaient s'échapper de tous les orifices faciaux de Van Pelt. Il était rouge de confusion, non parce que Jacobs venait en quelques mots de rejeter l'affaire de sa vie, mais parce qu'il savait au fond de son cœur que le juge avait raison de le faire.

« J'aurais dû abandonner les charges moi-même à l'instant où Cohen est arrivé, déclara-t-il à son assistant. Je savais que c'était ce qu'il fallait faire. Maintenant, j'ai l'air d'un idiot. J'aurais dû attendre les analyses génétiques avant de clore le dossier. Je me suis trop précipité. »

« Qu'est-ce que tu dis ? Je peux sortir ? bafouilla Jerry.

— Le juge a prononcé le non-lieu pour manque de preuves, lui expliqua Scott.

— Mais tu m'avais dit qu'ils détenaient un solide dossier, s'étonna Jerry.

— Il semble qu'il leur ait fondu entre les doigts, répliqua le Chérubin en haussant les épaules.

— Comment ça ? On a les résultats des analyses génétiques ?

— Non, pas encore. Mais il n'y a pas assez d'autres preuves pour te garder. Bien sûr, ils pourront toujours t'accuser de nouveau si les analyses t'incriminent. »

Le professeur émit un rire presque hystérique.

« As-tu jamais eu l'impression d'être ligoté sur une voie de chemin de fer ? demanda-t-il à son avocat. Tu vois le train qui arrive sur toi, qui se rapproche, se rapproche encore, et tu sais qu'il va te passer dessus, te pulvériser, mais tu ne peux t'enfuir. Et au dernier moment, le train s'arrête à quelques centimètres de toi, et tu ignores pourquoi... C'est ce que je ressens à l'instant.

— Prends quelques heures pour bien comprendre ce qui t'arrive, lui conseilla Scott. Il me faut une nuit de plus pour remplir toutes les formalités, mais demain matin tu seras chez toi, où tu pourras embrasser ton fils et serrer ta femme dans tes bras autant qu'il te plaira. »

« D'accord, alors, Jacobs libère le prof, dit Glen Dirksen le mercredi après-midi. Mais qu'est-ce qui se passera quand on aura les résultats des analyses génétiques ?

— Si ça l'incrimine, Van Pelt l'inculpera de nouveau, répondit Ruben. Dans le cas contraire, il faudra reprendre l'enquête.

— Van Pelt n'aura pas l'occasion de l'inculper une nouvelle fois, prédit l'officier visiblement furieux. J'ai observé Frankel pendant l'audience préliminaire : il connaît les résultats des analyses, et il ne va pas les attendre. Je ne le ferais pas, à sa place. Dès qu'il sera libéré, je pourrais le suivre jusqu'à Tombouctou que ça ne servirait à rien. On ne réussira pas à l'arrêter.

— Nous avons fait de notre mieux avec ce que nous avions, répondit Ruben. Simplement, nous n'avions pas assez.

— Eh bien, regardez le bon côté des choses, répliqua Charlie Pricker : personne ne nous accusera de ne pas avoir réussi. Tout le monde sait qu'il est coupable. Ils vont tout mettre sur le dos de son avocat vedette ! »

« Jacobs laisse sortir Frankel ? s'exclama Gail Brown.

— C'est ce que j'ai entendu dire, répondit Iris Tanaka.

— Incroyable ! murmura la journaliste, commençant déjà à envisager de quelle façon elle devrait revoir les sixième et septième articles de son exemplaire série pour montrer comment une bonne enquête pouvait parfois aller de travers. Mets quelqu'un dessus tout de suite et retire l'édito-rial de demain. J'en fais un autre.

— Après tout ça, commença Iris, ne pas arrêter le bon... »

Gail soupira en se remémorant Alice Easton derrière sa fenêtre. Jamais elle n'avait révélé le contenu de la lettre anonyme à quiconque, sauf à Ginger, et pas davantage les résultats de son voyage à Scarsdale.

« C'est tout le problème, dit-elle. Et si c'était le bon ? »

Cela surprenait Malcolm Purdy d'avoir vécu la mort de Tara Brecken-ridge de manière si personnelle. Mais c'était ainsi, et de ce fait il avait suivi l'enquête officielle pas à pas, et même pris la peine de mener sa propre petite enquête en utilisant quelques sources bien placées dans tout le pays. Il avait bien sûr abouti aux mêmes conclusions que les autorités, mais avant elles. Jamais il ne comprendrait pourquoi la police réagissait aussi lentement, pourquoi la procédure était aussi laborieuse, et pourquoi on prenait tant de peine pour ne pas piétiner les précieux droits d'un vulgaire assassin de merde.

Pour l'ex-marine, la culpabilité de Jerry Frankel ne faisait aucun doute. Les anomalies psychologiques de l'homme lui semblaient évidentes : les symptômes classiques d'inadaptation socio-affective – avec sa famille décimée par l'Holocauste et sa mère déséquilibrée – l'avaient conduit vers une profession où il pouvait manipuler les esprits des enfants, puis abuser de cette position d'autorité. Il ne fallait pas posséder une intelli-gence supérieure pour le voir : il suffisait d'avoir étudié le comportement humain, il suffisait... d'avoir des filles.

Après l'audience préliminaire, Purdy avait arrosé l'inculpation. Jusque-là, il n'avait que peu confiance dans la procédure judiciaire que vantaient les libéraux au cœur tendre. Mais le système avait gagné : les bons gars étaient sortis vainqueurs. Tara Breckenridge triomphait.

Il y avait un jeune homme chez lui, à l'époque, et tous deux s'étaient partagé une caisse de bière et une bouteille de bourbon devant un feu dans la cheminée. La femme avait essayé de leur faire manger quelque chose, puis elle avait nettoyé derrière eux.

« Ce fumier va se balancer au bout d'une corde », avait prédit Purdy en faisant tournoyer la femme autour de la pièce en une sorte de gigue instable.

Mais le soir où il apprit que Frankel allait être libéré, il marcha de long en large dans sa maison jusqu'à l'aube. Il se sentait trahi. Sa confiance restaurée n'avait pas duré longtemps : le système avait failli de nouveau, et Tara Breckenridge ne triompherait pas au tribunal.

Pas besoin d'être un génie pour comprendre que ce salaud n'attendrait pas les résultats du test génétique, et qu'il s'enfuirait à la première occasion.

Purdy passa des heures dans le noir à se demander si la police, entravée par les règlements et la paperasserie, aurait la capacité de l'arrêter.

Le cauchemar allait se terminer, se dit Deborah Frankel après une brève conversation avec Jerry et une plus longue avec Scott. Ou bien commençait-il à peine ? Quand elle se regarda dans le miroir, elle n'était sûre de rien. Du moins le dossier contre son mari avait-il été discrédité suffisamment pour que le juge accepte de le laisser partir – pour le moment, en tout cas, jusqu'à ce que ces analyses de sang soient terminées.

Elle se surprit à se demander ce que révéleraient les analyses génétiques. Jerry avait-il eu une aventure avec Tara Breckenridge... ? Était-il le père de l'enfant à naître... ? Désirait-elle vraiment le savoir ? Il avait tout nié avec véhémence et à plusieurs reprises, et elle en avait tiré un certain réconfort, mais sous la lumière crue de la salle de bains, elle n'était plus aussi certaine de le croire. De bien des manières, il eût été plus facile de laisser un jury lui dire quelle était la vérité.

Pour Matthew, elle était heureuse que Jerry rentre à la maison. Le petit garçon adorait son père, buvait chacune de ses paroles et lui faisait une confiance aveugle. Comme l'enfance est simple ! songeait-elle. Pour elle, en revanche, des décisions s'imposaient. Que l'analyse prouve ou non la culpabilité de Jerry, il fallait qu'elle se protège, qu'elle protège son fils – et aussi son mari. Pour Matthew.

Mettre la maison en vente était un choix évident. Elle l'aurait fait si Jerry avait été jugé et condamné. C'était ce qu'elle devait faire maintenant. Vivre sur l'île Seward était devenu un enfer pour son fils et elle, et Jerry n'y enseignerait certainement plus jamais ; alors, pourquoi rester un instant de plus que nécessaire ? Deborah nota dans son agenda d'appeler une agence immobilière à la première heure le lendemain.

Elle quitterait, bien sûr, son travail – enfin, à condition que son entreprise ne la renvoie pas d'abord. Étant donné le battage médiatique renouvelé, aller chaque jour au bureau était à présent aussi difficile pour elle que pour Matthew de fréquenter son ancienne école. Même si elle faisait un excellent travail, elle était gênante pour l'image de l'entreprise, qui ne serait que trop heureuse de se débarrasser d'elle. Mais cela lui était égal. Ils avaient quelques économies, et elle n'aurait aucun mal à retrouver du travail dans une autre entreprise, dans un autre État. Son passé professionnel parlait de lui-même. Elle n'aurait qu'à contacter une des grandes entreprises de chasseurs de têtes et à attendre que pleuvent les propositions.

Jerry, en revanche, c'était une autre histoire. Même s'il était lavé de toute accusation dans le meurtre de Tara Breckenridge, Deborah doutait qu'il puisse réenseigner. Il n'y aurait pas d'accord, cette fois, comme à Scarsdale, aucun marché avec l'école, aucune protection.

On avait porté une accusation, procédé à une arrestation, et on était allé jusqu'à l'inculpation. Coupable ou non, innocenté ou non, la trace de l'affaire le suivrait partout où il irait. De plus, elle était certaine qu'il ne trouverait jamais le courage de reprendre l'enseignement.

Mais une idée lui tournait dans la tête depuis un moment. Il y avait tant d'aspects différents de l'histoire qui fascinaient Jerry ! Il ne cessait de prendre des notes en se promettant de les ressortir un jour pour écrire un livre. Voilà ce qu'il pourrait faire : écrire. Pourquoi pas ? C'était la solution parfaite pour rester dans son domaine de prédilection sans avoir à remettre les pieds dans une classe. Et peu importait qu'il soit publié ou non : ils n'avaient pas vraiment besoin de son salaire.

Deborah pensa qu'elle lui parlerait de son idée quand Matthew et elle iraient le chercher au palais de justice, après sa libération.

12

Pour la première fois depuis qu'il avait été arrêté, Jerry Frankel dormit toute la nuit. Aucun cauchemar ne le hanta, aucun sentiment de panique ne le réveilla en sursaut. Le gardien qui lui apporta son petit déjeuner à 7 heures et demie le jeudi matin dut le réveiller.

« Je croyais que vous seriez déjà prêt à partir ! dit le gardien sans le moindre sourire.

— Moi aussi », répondit timidement Jerry.

Il ne se souvenait pas d'avoir jamais bu un si bon café, ni un jus d'orange si frais. Il s'émerveilla que le bacon soit si croustillant et les œufs si parfaitement brouillés, que juste la bonne quantité de beurre fonde sur les toasts. Il savait que plus jamais il ne trouverait normaux les petits plaisirs de la vie, et il en conclut qu'aucune drogue n'était plus puissante que la liberté.

Scott lui avait apporté des vêtements propres : pantalon gris, chemise blanche, sweater bleu, sous-vêtements, chaussettes. Il les mit dès qu'il eut fini de manger, heureux d'abandonner par terre l'uniforme orange qu'on l'avait forcé à porter.

Le soleil filtrait par la fenêtre à barreaux de sa cellule. Un nouveau jour, songea-t-il, un nouveau départ. Deborah avait dit qu'elle viendrait le chercher avec Matthew. Cela faisait deux mois que Jerry n'avait pas vu son fils ; il était impatient de le prendre dans ses bras et de lui promettre de ne plus jamais le laisser.

La foule commença à se rassembler sur la place du palais de justice, composée de personnes silencieuses et sombres attirées là pour être témoins de quelque chose, mais sans savoir exactement ni quoi ni pourquoi. Il se forma de petits groupes qui grossirent de minute en minute, jusqu'à ne plus constituer qu'une masse de corps débordant des trottoirs sur la chaussée circulaire, et même sur la pelouse qui entourait l'imposant bâtiment. Seule une certaine timidité semblait les tenir à l'écart de la large volée de marches conduisant à l'entrée.

« C'est incroyable, murmura Gail Brown à Paul Delaney. Ils doivent être un millier ! »

Ils se faufilèrent jusqu'au pied de l'escalier pour s'assurer une meilleure vue, et y retrouvèrent une douzaine de reporters et de photographes qui avaient eu la même idée. Depuis que le svastika avait été peint sur la porte du garage de Jerry Frankel, l'affaire avait beaucoup attiré l'attention.

« Que font-ils tous ici ? s'étonna Glen Dirksen qui, depuis le hall d'entrée du palais de justice, regardait à travers les lourdes portes vitrées.

— Ils sont venus observer un déni de justice, jeune homme, répondit Harvey Van Pelt. Voilà ce qu'ils font là.

— Pourquoi avez-vous annoncé l'heure de la libération de mon client ? questionna Scott Cohen.

— Les gens ont le droit de savoir, et d'être là s'ils le veulent, lui rappela le procureur. De plus, le journal ne nous a pas demandé notre permission avant de diffuser l'information. Peut-être préférez-vous sortir par-derrière ?

— Mon client n'est coupable d'aucun crime, répondit le Chérubin. Il n'a pas besoin de s'échapper en catimini. Il a tous les droits de sortir par la grande porte, en homme libre.

— Je ne crois pas qu'il y aura de problème, maître Cohen, déclara Jack Earley. On ne dirait pas une foule prête à lyncher, seulement des curieux.

— Pouvez-vous au moins dégager la route pour que nous approchions la voiture ? demanda Scott.

— Oui, allons-y ! » dit Glen Dirksen.

Il fit signe à deux policiers en uniforme qui attendaient dans le hall. Tous trois quittèrent le bâtiment, descendirent rapidement les marches et se frayèrent un chemin à travers la foule, incitant les gens à reculer.

Il était 13 h 10. Les papiers étaient signés, les formalités avaient été réglées. Il ne restait qu'à attendre Deborah, qui emmènerait son mari chez eux. Deux minutes plus tard, elle arriva dans le Taurus bordeaux et s'arrêta au pied des marches. Un murmure jaillit de la foule à la vue de la voiture.

« D'accord, c'est bon ! » dit Scott.

Jack Earley fit sortir Jerry de la petite salle d'attente qui donnait sur le hall et, flanqué du Chérubin et de l'huissier du comté de Puget, le professeur franchit les portes du palais de justice pour se retrouver à la lumière du soleil.

« Le voilà, s'écria Gail à l'intention de son photographe. Ne rate rien ! »

Jerry ne vit pas vraiment la foule. Impatient de repérer son fils sur le siège arrière, il avait les yeux fixés sur la voiture. Soudain, un large sourire éclaira son visage et il se mit à descendre les marches en courant.

« Attendez, monsieur Frankel ! » cria Jack Earley.

Mais le professeur d'histoire ne l'entendit même pas. À l'instant où il quitta son escorte, Matthew descendit de la voiture et se précipita vers lui. Le petit garçon n'avait jamais été aussi excité, en ce jour tellement spécial que sa mère n'était pas allée travailler et l'avait autorisé à manquer l'école.

Quand le père et le fils furent à vingt pas l'un de l'autre, un frisson glacé, comme une rafale d'air arctique, passa sur Scott Cohen. Quand ils ne furent plus qu'à quinze pas, l'avocat, agissant sur une impulsion qu'il ne put expliquer plus tard, se précipita soudain derrière son client. Quand ils ne furent plus séparés que de dix pas, Scott se mit à appeler Glen Dirksen et les policiers en uniforme qui se tenaient encore dans la foule. Quand l'homme et l'enfant furent à cinq pas seulement l'un de l'autre, le Chérubin entendit le son qu'il avait redouté d'entendre, comme un pot d'échappement au loin, et il vit Jerry Frankel s'effondrer dans les bras de son fils.

Rares furent les spectateurs qui prêtèrent grande attention au bruit, tant ils étaient absorbés par la scène se déroulant sous leurs yeux. Au début, beaucoup pensèrent qu'ils assistaient à de touchantes retrouvailles. Puis les plus proches des marches commencèrent à se rendre compte que quelque chose de très différent se produisait. Ils virent l'avocat se pencher sur son client en faisant des gestes désespérés, l'huissier descendre précipitamment vers lui, les trois policiers s'approcher, l'arme au poing.

Jerry reposait, la tête sur les genoux de Matthew, ses yeux ouverts regardant son fils sans le voir.

« Papa ? Qu'est-ce qu'il y a, papa ? » criait l'enfant tandis que son jean s'imbibait de sang et de cervelle.

Il ne reçut pas de réponse. Une simple balle dans le front, qui n'avait laissé qu'un trou du diamètre d'un crayon, avait fait éclater l'arrière du crâne de son père.

Dans le break, Deborah était paralysée. Elle avait regardé Jerry descendre, puis avait suivi sa progression stoppée par une force qui avait projeté sa tête en arrière et lui avait fait plier les genoux, et elle avait immédiatement compris ce qui se passait. Elle savait qu'elle devait aller chercher Matthew, pour le protéger, le sortir de là. Mais elle était incapable de bouger, les mains figées sur le volant, prise entre l'horreur absolue et un soulagement coupable.

Autour du Taurus, la foule s'avançait, comprenant enfin ce dont elle venait d'être témoin, et un immense cri de joie résonna soudain.

L'événement n'avait pris que vingt-six secondes.

Ils emportèrent le corps à la clinique. Magnus Coop le fit placer à la morgue, sur la même table qui avait accueilli la dépouille de Tara Breckenridge, et le recouvrit d'un drap.

« C'est terrible, marmonnait-il sans cesse. C'est absolument terrible. »

« Fais développer le film et apporte-moi les épreuves dès que possible, ordonna Gail à Paul Delaney comme tous deux retournaient en hâte à la maison Curtis. Dégage toute la une, aboya-t-elle à son assistante. On va avoir une édition du tonnerre demain !

— Qu'est-il arrivé ? demanda Iris Tanaka.

— Quelqu'un a tué Jerry Frankel alors qu'il quittait le tribunal, lui dit Gail.

— Oh, mon Dieu, qui ?

— Je n'en sais rien et il y a toutes les chances que nous ne le saurons jamais. Mets quand même quelqu'un dessus.

— Vous l'avez vraiment vu ?

— Peter et moi étions au premier rang. Il devait y avoir, oh, au moins un millier de personnes là-bas. Et dès qu'elles ont compris ce qui était arrivé, elles sont devenues folles : tout le monde a poussé des cris de joie, et s'est mis à danser et à chanter dans la rue. Jamais je n'avais rien vu de tel.

— C'est horrible, murmura Iris.

— Ce n'était pas très joli, admit Gail. Et on a tout sur la pellicule. Appelle l'imprimerie : on double le tirage, demain. »

Charlie Pricker était de retour au bureau à 15 heures. Il ne lui fallut pas très longtemps pour reconstituer l'événement. Une évaluation de l'angle d'entrée de la balle et une rapide étude des bâtiments autour de la place du palais de justice le conduisirent à un immeuble victorien de trois étages qui subissait de gros travaux pour accueillir un ensemble de boutiques à la mode. Situé à environ quatre cents mètres de l'impact, l'immeuble offrait à tout tireur un accès libre au toit.

« À en juger par la distance, je dirais que le type a utilisé une carabine de chasse à lunette, expliqua-t-il à ses collègues. Et à en juger par l'orifice d'entrée, les dégâts infligés à la boîte crânienne et les fragments de métal trouvés sur les marches du palais de justice, il a utilisé une saloperie de balle explosive, de calibre 30 au maximum. Elle a éclaté dans la tête de Frankel comme une grenade miniature. Les chances de retrouver le tireur sont pratiquement nulles. Le type qui a fait ça connaissait son affaire.

— Ce n'est pas exactement de cette manière que nous voulions refermer le dossier, déclara Ruben avec un soupir.

— Mais à y repenser, fit remarquer Glen Dirksen, ce n'est que justice, même si les règles sont faussées.

— Je vois ce que tu veux dire, répondit le chef de la police d'une voix sans timbre, mais cela ne justifie rien.

— Peut-être pas, mais il était à *ça* de s'en tirer ! s'exclama Dirksen en écartant le pouce et l'index de quelques millimètres. Et tu sais aussi bien que moi qu'un jour il aurait recommencé. Même si on réprouve la méthode, il y a au moins une gamine quelque part qui bénéficiera du résultat.

— Notre travail ne consiste pas à protéger la société d'un crime qui n'a pas encore été commis, répliqua Ruben.

— N'empêche, c'est fait, et je ne peux pas dire que ça me chagrine beaucoup.

— Je suppose qu'on n'exercera pas sur nous de grandes pressions pour découvrir le tireur, remarqua Ruben, en soupirant de nouveau, mais nous devons au moins ouvrir une enquête.

— Tu plaisantes ? demanda Charlie. Ce type va être le nouveau héros de la ville ; une légende va se former autour de lui. "L'homme qui a libéré l'île Seward", c'est comme ça qu'ils vont l'appeler.

— Il n'en demeure pas moins un meurtrier, rétorqua le chef, et c'est notre travail de l'attraper si nous le pouvons.

— Ne te méprends pas, dit Charlie. Je suis vraiment désolé pour la femme et le gosse de Frankel. Surtout pour le gamin, qui a tout vu. Je ne peux rien imaginer de plus horrible que ce qu'ils viennent de traverser. Mais cela m'étonnerait que quelqu'un d'autre soit en deuil, ce soir. Un assassin a été assassiné – c'est ce que chacun va penser.

— Tu as peut-être raison, admit Ruben. Mais, juste pour te porter la contradiction : et s'il ne l'avait pas fait ?

— Tu veux dire que tu as des doutes ? interrogea Dirksen, incrédule.

— J'ai toujours des doutes, répondit Ruben. Notre travail n'est jamais parfait. C'est pour cela que je me repose sur le système judiciaire : il garantit notre probité.

— Mais le système a failli ! C'est le talent de son avocat qui l'a fait sortir.

— Non, dit Ruben en secouant tristement a tête. Le système a fonctionné. C'est le manque de preuves qui l'a fait sortir.

— Mais il était coupable, insista Dirksen. Je me moque de ce qui est arrivé avec les preuves, je sais qu'il était coupable. Alors, peu m'importe que la victime soit ou non montée dans sa voiture. Peut-être qu'il ne conduisait même pas cette voiture, ce soir-là...

— Et que fais-tu du fils Petrie ? questionna Charlie.

— Il a pu se tromper. Peut-être qu'on a tout faux et qu'ils se sont rejoints au cap Madrona. Frankel habitait à moins d'un kilomètre de là ; il a pu y aller à pied. De toute façon, on a trouvé le sweat-shirt plein de sang, non ? même si les analyses n'ont rien donné. Et on a trouvé le couteau. De plus, il avait aussi bien le mobile que l'occasion de la tuer, et nous savons qu'il avait déjà fait presque la même chose ailleurs. En ce qui me concerne, il a eu ce qu'il méritait. Et si cela veut dire que je préfère la justice expéditive à la procédure légale, eh bien... je l'assume. »

À 15 h 38, Ginger entra d'un pas décidé dans la maison Graham, emprunta le couloir et pénétra dans le bureau de Ruben.

« Ma démission, déclara-t-elle simplement en laissant tomber une enveloppe devant lui avant de tourner les talons pour repartir.

— Attends ! » dit-il.

Il avait passé presque deux nuits à y réfléchir, le regard fixé sur le plafond de sa chambre, essayant de trouver un moyen de garder ses convictions tout en laissant à Ginger une place dans sa vie. Finalement, il avait décidé qu'à tort ou à raison les émotions pouvaient parfois fausser le jugement. Et que puisqu'elle avait fait cela autant pour lui que pour elle ou pour l'affaire Breckenridge, il devait accepter une part des responsabilités.

« Il faut qu'on parle, ajouta-t-il.

— Il n'y a plus rien à dire, répondit-elle en secouant la tête. J'ai fait ce que j'ai fait pour ce que j'estimais être de bonnes raisons. Mais, à reconsidérer la situation à travers ton regard, je me rends compte à quel point j'ai eu tort. Je ne peux plus travailler ici. Nous le savons tous les deux.

— Tu es un bon flic.

— Je l'étais.

— On commet tous des erreurs.

— Ruben, j'ai falsifié une preuve dans une affaire de meurtre.

— Oui. Mais seulement jusqu'à un certain point. Tu voulais que cela te garantisse un mandat de perquisition, mais pas que toute l'accusation en dépende. Cela fait une différence.

— La nuance me semble bien faible, maintenant. Un homme est mort.

— Ce n'est pas ta faute.

— Bien sûr que si ! Il n'aurait pas été emprisonné, sans moi.

— Tu n'en sais rien. Tu ne sais pas comment aurait pu tourner l'enquête. Nous serions peut-être arrivés à lui par un tout autre moyen.

— Nous étions dans l'impasse.

— Tu le croyais coupable. Tu voulais que personne d'autre ne souffre à cause de lui.

347

« — Mais enfin, j'ai violé tous les principes qui dirigent ta vie, et tu tentes de me justifier ? Comment peux-tu... »

Il pesa soigneusement ses mots avant de parler.

« Je ne justifie rien. Mais je ne peux ignorer le fait que tu es un simple être humain, et que tu subissais de très fortes pressions. Oui, ce que tu as fait est mal. Mais quand il l'a fallu, et tout en sachant que cela allait te coûter ta carrière, tu as avoué... Pourtant, en tant que chef, je ne peux me montrer laxiste.

— Je suis désolée de t'avoir déçu. J'aurai débarrassé mon bureau dans une demi-heure. »

Ruben devait accepter sa démission : il n'avait pas le choix. Il lui était reconnaissant de ne pas l'avoir obligé à prendre la décision de son renvoi, parce qu'il ne savait pas s'il en aurait été capable.

« Il vaudrait mieux que tu donnes un préavis d'un mois, dit-il. Tu peux invoquer l'épuisement, une réévaluation de ta carrière, ou une autre raison dans ce genre. Comme ça, on ne bouleversera pas le travail de tout le monde et on évitera trop de spéculations à ton sujet. »

Elle le regarda. Il lui offrait une sortie honorable au lieu de l'humiliation publique qu'elle méritait. C'était une main tendue qu'elle voulait désespérément saisir.

« Mais Van Pelt... ? demanda-t-elle.

— Je lui ai dit que c'était une erreur, répondit Ruben en s'agitant sur sa chaise d'un air gêné. Une substitution dans ce qu'on avait envoyé au labo dont on ne s'était rendu compte qu'après avoir revu tout le dossier.

— Tu lui as menti ?

— Ce n'était pas vraiment un mensonge. Il y avait là une part de vérité. »

Elle sembla hésiter un moment, puis elle secoua la tête.

« Il y a aussi Charlie, dit-elle.

— J'ai mis les choses au point avec Charlie. Ce qui s'est passé restera strictement entre nous trois.

— Tu ne me dois rien ! J'ai trahi mon serment, ta confiance. Je mérite d'être expulsée de la ville dans une benne à ordures. Pourquoi te compromets-tu à cause de moi ? Pourquoi veux-tu que je reste à mon poste une minute de plus – et surtout un mois ? »

Il sourit faiblement. Peut-être l'image de Ginger était-elle un peu ternie à ses yeux. Peut-être y aurait-il fugitivement, pendant les semaines à venir, des moments où il se demanderait s'il pourrait jamais lui faire de nouveau confiance. Mais il savait que si on recherche souvent la perfection, on l'atteint rarement.

« Parce que je t'aime », répondit-il.

Et il pensa qu'on ne cesse pas d'aimer une personne juste parce qu'elle vous a déçu.

348

Les Cohen ramenèrent Deborah et Matthew chez eux. Rachel donna un Valium à Deborah et la mit au lit dans la chambre d'amis. Elle retira à l'enfant ses vêtements ensanglantés et lui fit couler un bain aussi chaud que possible, pour enrayer les tremblements et frissons qui s'étaient emparés du petit corps dès l'instant où il avait compris ce qui s'était réellement produit sur les marches du tribunal. Elle envoya Daniel chercher Chase. Quand le chiot arriva, Matthew était à la table de la cuisine, enveloppé dans un peignoir, et il tentait de manger le bol de bouillon de poulet aux nouilles qu'on lui avait servi.

« On va bien sûr les garder cette nuit, dit Rachel à son mari. Il n'est pas question de les laisser seuls. Les parents de Deborah sont déjà dans le train, et ils arriveront au petit matin. Le père de Jerry sera là à midi.

— Quelle journée terrible, dit Scott en hochant la tête. Terrible pour les Frankel, et terrible pour l'île Seward. »

Quand Matthew eut avalé ce qu'il pouvait de sa soupe, Rachel lui donna un Valium et le coucha dans le lit près de sa mère. Chase se coucha en rond sur le parquet. Puis Rachel retourna dans le salon pour tenir compagnie à Scott, sans beaucoup parler – car que pouvait-on dire ? –, jusqu'à ce que la nuit tombe, et qu'amis et voisins commencent à arriver.

« Jamais nous n'aurions imaginé qu'une telle chose se produise, dirent-ils tous. C'est une île civilisée. On ne parvient pas à croire que les gens aient pu en arriver là...

— Pourquoi ce meurtre ? demanda quelqu'un. Nous avons pensé, quand l'accusation a été levée, que cela signifiait qu'il était innocent !

— Je crois que quelqu'un a vu les choses de manière différente, répondit Scott.

— Nous sommes en état de choc, déclara un voisin. Il paraît que les gens ont poussé des cris de joie ?

— Oui, beaucoup d'entre eux, confirma Scott.

— Pensez-vous que c'était lié, vous savez, avec l'autre chose... ? s'enquirent discrètement le cardiologue et le conseiller fiscal.

— C'est difficile à dire », reconnut Scott.

« Il y a deux mois, nous avons publié l'histoire d'un professeur juif accusé d'avoir assassiné une adolescente sur une île lointaine de l'État de Washington. Il avait été la cible d'une manifestation antisémite caractérisée, commença Peter Jennings sur une chaîne nationale au journal du soir. Maintenant, cette histoire a pris un tour curieux. »

« Je n'ai jamais voulu qu'on l'assassine, dit Libby Hildress à son mari. Je suis juste allée là-bas pour voir ce qui se passait.

— Et que croyais-tu qu'il se passerait ? demanda Tom avec un soupir. À la manière dont cette île était montée contre lui, c'est un miracle que les gens ne l'aient pas lynché devant son gosse.

— Tu ne peux en vouloir à toute l'île. Si tu veux blâmer quelqu'un, tu n'as qu'à t'en prendre à son avocat.

— Pourquoi ? C'est l'avocat qui l'a tué ?

— Oh, tu sais ce que je veux dire !

— Et maintenant, tu vas me raconter, je suppose, que tu étais parmi ceux qui ont célébré l'événement ?

— Eh bien... peut-être un peu. Je n'ai pas pu m'en empêcher. Personne n'a pu. Il y a eu un tel sentiment de... je ne sais pas comment te dire... de soulagement. Et... tout le monde criait de joie. Bien sûr, maintenant je regrette de m'être jointe à eux.

— Vraiment ? Et pourquoi ?

— Parce que..., avoua Libby en se mordant la lèvre inférieure et en levant les yeux vers lui... Parce que je me rends compte que les médias vont tout déformer, pour plein de gens qui ne nous connaissent même pas. Et on aura l'air d'une bande de... de sauvages. »

On sonna à la porte des Martinez à 19 h 30, et Stacey alla ouvrir. Danny Leo se tenait sous le porche.

« Salut ! dit-il.

— Salut ! répondit Stacey.

— J'ai appris ce qui s'était passé aujourd'hui, commença-t-il, et je me suis senti si mal que j'ai eu envie de venir en parler à ton père. Le moment est-il mal choisi ?

— Il est très bouleversé, dit Stacey en secouant la tête, mais je ne crois pas que ça l'ennuiera. »

Ils passèrent au salon, où Ruben était assis sur le canapé, un verre de scotch intact à la main, les yeux dans le vide. Ginger avait accepté de donner un mois de préavis et ils avaient ajourné le mariage.

« Nous avons des choses à mettre au point tous les deux, lui avait-elle dit. Peut-être réussirons-nous à trouver un moyen de nous rejoindre après ça, peut-être pas. Seul le temps nous le dira. »

Elle avait raison, bien sûr. Et il savait, probablement mieux qu'elle, que leur avenir ensemble était au mieux incertain. Reconstruire leur relation serait un processus douloureux, sans garantie de succès : à n'importe quel moment, un problème des plus insignifiants pourrait survenir et tout gâcher. Le seul point positif était qu'ils souhaitaient l'un et l'autre y parvenir, ils en étaient au moins venus à cette conclusion. Ruben s'imaginait les mois, sinon les années qui l'attendaient, et il se sentait horriblement seul. Jamais il n'avait été aussi mal.

Danny se racla la gorge pour attirer l'attention de Ruben.

« Je voulais vous dire combien je suis désolé, monsieur, déclara le jeune homme.

— Désolé de quoi, Danny ? demanda doucement Ruben en tournant les yeux vers lui.

— Je suis désolé parce que ce n'était pas ainsi que les choses devaient se passer. Pendant un moment, vous avez pensé que je pourrais être l'assassin de Tara, mais j'ai eu l'occasion de me disculper. M. Frankel n'a pas eu cette chance, et maintenant la question restera toujours pendante. Ces gens qui ont crié leur joie, là-bas, aujourd'hui, ont à mon avis eu tort. Ceux qui croient que le meurtrier de M. Frankel est un héros ont tort eux aussi. » Il s'interrompit, un peu gêné par son monologue. « Je voulais juste que vous sachiez ce que je ressens. »

Ruben regarda un moment le jeune homme.

« Je dois admettre que je n'étais pas particulièrement ravi quand vous avez commencé à sortir avec ma fille, déclara-t-il. Mais je lui ai toujours fait confiance. Ce soir, je crois que je vois un peu ce qu'elle vous trouve.

— C'est bien, monsieur, répondit Danny avec un sourire, parce que j'aime beaucoup Stacey et, avec votre permission, j'aimerais beaucoup continuer à la voir. »

Comme l'enfance est simple ! se dit tristement Ruben. Pourquoi tout changeait-il quand on grandissait ?

Malgré tout le mal qu'elle se donnait pour se protéger du monde qui l'entourait, Mary Breckenridge apprit la mort de Jerry Frankel.

Irma Poole la lui annonça quand elle lui apporta dans sa chambre un plateau avec du thé.

« C'est fini, dit fermement la femme de chambre. Pour le meilleur ou pour le pire, c'est terminé. Avec la volonté de Dieu, nous pouvons mettre tout ça derrière nous et aller de l'avant. »

Mary leva les yeux vers la femme qui s'était occupée d'elle et de sa famille depuis près d'un quart de siècle.

« Vraiment ? demanda-t-elle d'une voix tragique. Est-ce possible ? »

13

La maison Curtis fut très vite envahie de lettres concernant l'assassinat de Jerry Frankel, et, comme Charlie Pricker l'avait prédit, elles soutenaient l'assassin à cinq contre une.

« Chapeau ! Ruben, exulta Albert Hoch. Si ce salaud s'en était sorti, jamais on ne vous l'aurait pardonné, mais de cette manière l'affaire est close, et on peut passer à autre chose.

— Reste le problème du tireur.

— Oh, je ne remuerais pas ciel et terre pour le retrouver, si j'étais vous !

— C'est mon travail, lui rappela Ruben.

— Si ça vous aide à soulager votre conscience, concéda Hoch avec un clin d'œil, passez donc quelques heures à rassembler les suspects habituels.

— Puisque j'ai votre approbation, répliqua Ruben doucereusement, je peux aussi bien vous dire que Kyle Breckenridge est tout en haut de cette liste. Il avait un mobile plus solide que quiconque pour tuer le meurtrier de sa fille.

— Vous pouvez le rayer immédiatement de cette liste ! répondit le maire d'un ton sec. Il se trouve que Kyle et moi étions ensemble à l'heure exacte où Frankel a été tué.

— Vous en témoignerez sous serment, si nécessaire ?

— Parfaitement. Et puisque vous semblez avoir quelque difficulté à comprendre le climat qui règne dans cette communauté, permettez-moi de vous inciter vivement à passer à autre chose. »

« Je me demande si quelqu'un sur cette île a conscience que notre pays fonctionne parce que c'est un État de droit, s'exclama Ruben d'un ton rageur.

352

— Ils sont tous tellement soulagés que ce soit enfin terminé qu'ils n'en sont pas encore arrivés là, répondit Ginger avec une pointe d'ironie. Laisse-leur du temps.

— On ne contrôle pas le temps, et en dépit des désirs de notre très estimé maire nous avons une enquête à mener.

— D'accord, dit-elle d'une voix obéissante. À part Kyle Breckenridge, qui d'autre figure sur ta liste ? »

Malcolm Purdy ouvrit le portail électrifié et regarda calmement Ginger arrêter sa voiture pie devant sa maison.

« Qu'est-ce qui vous a tant retardée ? questionna-t-il avec un sourire cynique.

— Vous m'attendiez ? s'enquit Ginger.

— Hier.

— Bien, alors vous savez pourquoi je suis là, et nous ne perdrons pas de temps en préliminaires.

— Oh, vous pouvez perdre votre temps comme vous voulez, mais il me semble que quelqu'un a épargné aux contribuables une belle somme d'argent. Si vous trouvez ce type, vous devriez lui décerner une médaille.

— Je n'oublierai pas votre suggestion.

— Je n'ai pas bougé d'ici de toute la journée. J'ai deux témoins, si besoin est : un ami qui est là pour quelques semaines, et la femme qui travaille pour moi. L'un comme l'autre sont restés avec moi tout le temps.

— M'autorisez-vous à regarder vos armes ?

— Avez-vous un mandat ?

— En ai-je besoin ? »

Il haussa les épaules et l'emmena à l'arrière de sa maison, où il déverrouilla la porte d'une ancienne remise à bois, découvrant un petit arsenal qui allait du fusil d'assaut aux armes de tir à la cible, de la carabine de chasse au revolver, le tout nettoyé, huilé, et aligné sur un présentoir. Sur une étagère attendaient des boîtes de munitions et des lunettes de visée de toutes sortes.

« Vous pourriez livrer une véritable bataille, si l'occasion vous en était donnée, fit observer Ginger.

— Cette époque est révolue pour moi. C'est juste une distraction. »

La détective prit son temps pour regarder la collection avant de saisir une Winchester, une arme de toute beauté. Elle passa la main sur le bois lisse de la crosse, sur l'acier bleu du canon, nota que la carabine était de calibre 270 et qu'elle était munie d'un socle de fixation pour lunette de visée. Puis elle fit jouer le levier d'armement et en apprécia le ressort souple. Le magasin exhala une odeur de lubrifiant. Elle remit finalement la Winchester à sa place et laissa Purdy la raccompagner jusque devant la maison.

353

« Alors, vous n'aurez pas à payer la récompense, dit-elle en montant dans la voiture.

— Vraiment ?

— Les cent mille dollars devaient être remis pour l'arrestation et l'inculpation, non ?

— En ce qui me concerne, le contrat a été rempli. Et il semblerait bien, détective, que vous en soyez la première bénéficiaire.

— Moi ?

— C'est bien vous qui avez trouvé la première véritable preuve, non ? Les empreintes !

— Désolée, répliqua-t-elle brusquement en claquant la portière et en mettant le moteur en marche. Je ne suis pas sur les rangs. Si vous voulez vraiment donner votre argent, il faudra que vous cherchiez ailleurs. »

Purdy attendit qu'elle ait franchi le portail, puis il le referma. Ensuite, il gagna l'arrière de sa maison pour refermer le verrou de la remise.

La femme l'y attendait.

« Tu as pris un risque, remarqua-t-elle.

— Pas du tout, affirma l'ex-marine avec un petit sourire. Même si elle avait tenu la bonne arme dans ses mains, elle n'aurait jamais pu le prouver, et elle le savait. »

« Il a deux témoins prêts à jurer qu'il était avec eux toute la journée, expliqua Ginger à Ruben, et une merveille de Winchester qu'il sait impossible à identifier comme l'arme du crime.

— Tu crois que c'est notre tireur d'élite ?

— J'en suis certaine. On peut enquêter sur tous les autres types de l'île qui possèdent une carabine capable de tirer du calibre 30 ou n'importe quelle autre saloperie, mais ce sera une perte de temps.

— D'accord, admit le chef de la police avec un soupir. Inutile de perdre notre temps. Mettons l'enquête entre parenthèses pour un temps indéfini.

— Et l'affaire Breckenridge ?

— Dès qu'on a les résultats des analyses génétiques, on ferme le dossier.

— On est à mi-chemin, dit Charlie Pricker en s'encadrant dans l'embrasure de la porte.

— Que veux-tu dire ? demanda Ginger.

— Celles du couteau viennent d'arriver, répondit Charlie en brandissant une enveloppe. C'était bien le sang de Tara. »

Un grand sourire éclaira le visage parsemé de taches de rousseur de Ginger, un sourire de soulagement plus que de joie.

« Je le savais, s'écria-t-elle. Je savais qu'il l'avait fait, et que l'ADN le prouvait !

— On dirait bien, reconnut Ruben.

— On aura le rapport sur le test de paternité la semaine prochaine, dit Charlie. Mais ce n'est plus qu'un problème technique, maintenant.

— Ça me retire un de ces poids, s'exclama Ginger. Oh, mon Dieu, j'avais tellement peur d'avoir eu tort, d'avoir fait tuer un innocent !

— Apparemment, ce n'est pas le cas, la rassura Ruben.

— J'ai envie de grimper au sommet du rocher de l'Aigle, exulta-t-elle, et de crier de tous mes poumons : "Ouais !"

— Je comprends, dit Charlie, mais est-ce que tu pourrais te contenter d'une voix normale et d'une bonne vieille conférence de presse ? Dès que l'information sera connue, nous allons être assaillis. Nous n'avons pas seulement fait les titres des stations locales pour les nouvelles du soir, tu sais, on a parlé de nous sur les chaînes nationales !

— Tu te charges de ça, Charlie ! lui répondit Ginger, brusquement retombée de son nuage. Tu es bien meilleur que moi à l'écran, et tu peux leur parler de tous les aspects techniques, que tu connais mieux. »

Glen Dirksen passa la tête par la porte.

« Je viens d'avoir au téléphone un des agents immobiliers de l'île. Il assure qu'hier matin, à 9 heures, Deborah Frankel lui a demandé de mettre sa maison en vente.

— Que dites-vous de ça ? murmura Charlie.

— Alors j'avais raison, ajouta Dirksen. Elle s'apprêtait à le prendre au tribunal et à filer sans se retourner. C'est probablement ce qu'ils vont faire.

— Charlie, suggéra Ginger, je crois que tu devrais laisser l'officier Dirksen faire la conférence de presse avec toi. Ça lui donnera de l'expérience.

— Vraiment ? Moi, à la télé ? Ouah ! Attendez un peu que j'avertisse mes parents ! s'exclama Dirksen, qui partit en courant.

— Il a l'étoffe d'un bon flic, ce garçon », déclara Charlie avec un petit rire.

Ginger le regarda. Ils avaient été si proches, ils avaient tant partagé, tous les deux. Après Ruben, ce serait lui qui lui manquerait le plus.

« Le fait que Frankel s'avère coupable n'efface pas ce que j'ai fait, je le sais, lui dit-elle. J'apprécie beaucoup que tu sois prêt à le garder pour toi et à me laisser partir la tête haute. Mais si un jour, n'importe quand dans le mois qui vient, tu décides que tu ne peux le supporter, je m'en vais aussitôt – sans qu'une explication soit nécessaire. On est bien d'accord là-dessus ? »

Charlie haussa les épaules, puis hocha la tête.

« Qui sait, répliqua-t-il gentiment, si j'avais été à ta place, j'aurais peut-être été tenté de faire la même chose. »

Cette fois, la rencontre dans le sous-sol ne fut pas vraiment une réunion mais une célébration bruyante. Il y eut des cris et des rires, et une énorme quantité de champagne avec lequel les sept hommes trinquèrent à la lueur des bougies et se congratulèrent. Chacun d'eux avait au moins un toast à porter.

« Aux idiots qui ne sauront jamais ce qui les a frappés ! s'écria Axel Tannauer, le directeur du cinéma local.

— À nous ! lança Tavis Andersen, le pharmacien.

— Au commencement ! dit Grant Kriedler, le concessionnaire Ford. Maintenant que nous savons pouvoir le faire, personne ne nous arrêtera.

— À y repenser, s'émerveilla Andersen, tout a été si ridiculement facile...

— Presque tout, admit Tannauer. L'idée de génie, ç'a été la lettre à Gail Brown.

— Pure chance qu'un de mes cousins vive à Scarsdale, remarqua Jim Petrie. Le génie, c'était de savoir que la mère Brown ne lâcherait pas le morceau avant d'avoir fouillé toute la boue.

— Ce dont je ne me remets pas, c'est l'histoire de la croix gammée ! s'exclama en secouant la tête Barney Graham, l'embaumeur.

— Pourquoi ? demanda Andersen. C'est pas nous qui l'avons faite, mais quelqu'un d'autre.

— Justement, répondit Graham. On a lancé la balle et quelqu'un l'a reprise.

— C'est parfait, constata Tannauer. Ça prouve d'autant plus notre efficacité.

— C'était stupide, et ç'aurait pu tout gâcher, répliqua Kriedler d'une voix cassante. J'ai tout de suite vu que ça rendait l'avocat juif soupçonneux.

— Tu t'inquiètes trop, dit Andersen. Tu commences toi aussi à parler comme un juif ! »

Les autres rirent et tapèrent du pied.

En se répercutant dans toute la maison, le bruit réveilla le gamin de onze ans qui dormait à l'étage. Mais peut-être ne dormait-il pas, peut-être attendait-il une occasion. Il descendit l'escalier tout doucement, en pyjama, veillant à ce que ses pieds nus ne fassent aucun bruit.

Personne ne l'entendit quand il entrouvrit la porte de la cave. Personne ne le vit s'accroupir tout contre, les yeux attentifs derrière ses lunettes rondes afin d'identifier les hommes dans la lumière instable de la flamme et de se rappeler leur visage ; les oreilles tendues afin d'entendre leurs vantardises et leurs rodomontades, de surprendre un nom, de l'associer à un visage, et de tout garder en mémoire pour plus tard, quand il serait important qu'il ait été témoin de cette soirée.

Il ne comprenait pas tout ce qu'il observait, mais c'était plus que ce dont il avait besoin pour conclure qu'il se passait quelque chose de mal.

Il savait mieux que personne que les brutes de l'école auraient pu tuer Matthew Frankel dans les toilettes, ce jour-là ; maintenant, quelqu'un avait vraiment tué le père de Matthew... et, pour une raison inexplicable, ces hommes s'en réjouissaient.

« Est-ce que quelqu'un parmi vous a une idée de qui est le tireur ? demanda Petrie.

— Je pourrais avancer une hypothèse assez sûre, dit Kriedler, concernant un certain ex-marine qui était tellement impatient de dilapider son argent...

— Dans ce cas, je propose qu'on l'élise à la mairie ! » lança Andersen.

Les autres rirent.

« Il considère à présent sans doute qu'il a lui-même gagné la récompense », dit Tannauer.

Quand ils n'eurent plus de champagne pour trinquer, ils déclarèrent que la soirée était terminée et remontèrent de la cave en titubant. Le petit garçon s'éclipsa discrètement. Il en avait assez vu et entendu. Un jour, quand il serait plus grand et qu'il trouverait des gens prêts à l'écouter, peut-être raconterait-il ce qu'il savait.

La nuit était claire et étoilée, l'air frais et plein de senteurs, en ce début de printemps. Sans raison apparente, les hommes s'arrêtèrent dans l'allée pour regarder la maison d'en face. Elle était sombre et silencieuse. Aucune voix d'enfant, aucun aboiement de chiens ne brisait le silence. La porte du garage venait d'être repeinte. Une pancarte « À VENDRE » avait été plantée à l'entrée de l'allée y menant.

« Un dernier toast, lança Tavis Andersen en levant un verre imaginaire. À l'amélioration du quartier ! »

Leur hôte, Martin Keller, ricana.

« Maintenant que tout est fini, s'interrogea Axel Tannauer, est-ce que vous croyez vraiment qu'il l'a fait ?

— Qui sait ? répondit Jim Petrie.

— Qui s'en préoccupe ? demanda Kriedler.

— Quelle importance ? lâcha Keller.

— C'était forcément lui, dit Graham. Ils ont trouvé le couteau dans sa voiture, non ? Bien que Dieu seul sache pourquoi cet idiot l'avait gardé ! »

Les six hommes regardèrent le septième, celui qui était resté silencieux, leur chef.

« Bien sûr qu'il l'a fait, affirma Kyle Breckenridge. Aucun doute. Nous avons juste facilité pour tous la découverte de la vérité. »

14

Il ne voyait que ses yeux. C'était toujours ainsi. À la lueur de la lune, ils semblaient brûler d'une vie propre, comme s'ils n'avaient aucun lien avec le reste de son corps, comme s'il n'y avait rien d'autre d'elle. Il avait beau se tourner et se retourner, il ne pouvait échapper ni à ce regard ni à l'horrible accusation qui l'accompagnait.

Il se couvrit le visage de ses mains pour ne plus voir. Mais, même le visage couvert, les yeux étaient là. Toujours. Et il tenta de se cacher, comme toujours, gémissant, se recroquevillant, parce qu'il savait ce qui allait forcément venir. Il se couvrit les oreilles, espérant ne pas entendre. Mais, même les oreilles couvertes, le cri abominable déchira la nuit et le dénonça au monde.

Il se réveilla en sursaut, trempé de sueur, la poitrine se soulevant péniblement, la tête prête à éclater. Le cauchemar était revenu gâcher son sommeil, mettre sa santé en péril, menacer son équilibre mental. Le révéler tel qu'il était.

Violeur d'enfant ! Assassin !

Impossible de fuir.

Pourquoi maintenant ? se demandait-il, cherchant de l'air à inspirer. Maintenant que tout était fini, que le professeur était mort et l'affaire pratiquement close, maintenant qu'il était enfin libre ?

Ce n'était pas juste. Pas alors qu'il avait tout orchestré avec une telle maîtrise – conception des indices, mise en place du couteau, manipulation de la population, pour s'assurer que quelqu'un d'autre, quelqu'un de sacrifiable, allait payer le prix – et que personne ne l'avait percé à jour !

Sauf elle.

Il n'avait pourtant fait que ce que n'importe qui aurait fait à sa place : il s'était protégé. C'était de l'autodéfense, la chose était claire. Elle ne lui avait pas donné le choix. Pourquoi ne pouvait-elle le comprendre ? Pourquoi n'avait-elle pas voulu le laisser tranquille ?

Il pressa ses mains contre sa tête, ordonnant à la douleur de partir, la chassant de toutes ses forces. Mais elle demeura. *Combien de temps crois-tu que je pourrai encore supporter ça ?* lui hurla-t-il en silence.

Peu importait à présent qu'il dorme ou qu'il soit éveillé, elle était toujours là pour le hanter, le mettre à l'épreuve, faire de sa vie un enfer. Il n'était plus capable de la chasser de ses pensées, d'interposer la raison entre eux, de la combattre par le raisonnement.

Il ne supportait plus l'idée de passer le reste de sa vie comme cela, dans un total isolement affectif. Il lui fallait le réconfort de quelqu'un d'autre, quelqu'un qui ne le jugerait pas, et qui, sans avoir à comprendre, l'absoudrait. Mais ce ne pouvait être n'importe qui. Il lui fallait une personne qui lui ferait implicitement confiance et lui vouerait un amour inconditionnel, pour l'enlacer et le serrer contre elle jusqu'à ce que la douleur parte.

Il sortit du lit et tituba à l'aveuglette jusqu'à la porte, qu'il ouvrit d'un coup sec, trop torturé pour se soucier de ne pas faire de bruit. Il resta là un moment, aveuglé par la lumière pourtant tamisée qui éclairait le couloir. Puis il s'avança vers une chambre, tout au bout de ce couloir, une chambre juste en face de la chambre rose et jaune où il trouvait jadis le réconfort.

Horrifiée, Mary Breckenridge le regarda s'éloigner.

Achevé d'imprimer par N.I.I.A.G.
en janvier 1999
pour le compte de France Loisirs, Paris

*Cet ouvrage est imprimé
sur du papier sans bois et sans acide.*

N° d'édition : 31111 - N° d'impression : 5/0917
Dépôt légal : février 1999
Imprimé en Italie